안나 카레니나

MINI BOOK
CLOUD
LIBRARY
29

안나 카레니나
-1-

Anna
Karenina

레프 니콜라예비치 톨스토이 지음
엄인정 옮김

생각뿔

차례

제1부

Anna
Karenina

1

행복한 가정은 모두 비슷하지만 불행한 가정은 제 나름대로의 이유로 불행하다.

오블론스키 집안은 모든 게 엉망이 되어 버렸다. 예전에 가정 교사로 있었던 프랑스 여자와 남편이 바람이 난 것을 알아챈 아내는, 그에게 더 이상 함께 살 수 없다고 선언했다. 사흘째 이어진 이러한 분위기 탓에 당사자인 부부는 물론이고 동거인들 또한 괴로울 수밖에 없었다. 그들은 이런 식으로 그들 부부가 함께 사는 것은 무의미하다고 생각했다. 그러면서 어느 여인숙에서 우연히 만난 사람들조차도 그들 부부와 자신들의 관계보다는 더 친밀할 거라 생각했다. 아내는 자신의 방에 틀어박혀 얼굴도 비치지 않았고, 남편은 집을 나간 지 사흘이나 되었다. 아이들은 고아들처럼 온 집 안을 헤집으며 뛰어다녔다. 영국인 가정 교사는 가정부와 말다툼을 한 뒤 새 직장을 구하고 싶다며 친구에게 조언을 구하는 편지를 썼다. 게다가 요리사는 어제, 식사 때에 맞춰 사라져 버렸고 가정부와 마부도 급여를 지급해 달라고 아우성이었다.

부부 싸움이 벌어진 지 사흘째 되던 날, 스테판 아르카디이치 오블론스키(주로 스티바로 불린다.)는 평소처럼 눈을 떴다. 그는 아내의 침실이 아닌 서재의 모로코가죽으로 된 소파 위에서 깨어났다. 그러고 나서 그는 다시 한숨 더 자려는 듯, 살집은 있으나 약한 몸뚱이를 소파의 스프링 위에서 뒤척이며 방향을 바꿔 돌아누웠다. 그러고는 베개를 꽉 끌어안고 얼굴을 파묻었다. 그러다가 갑자기 벌떡 일어나 소파에 앉으며 눈을 떴다.

'그래, 그러니까 어떤 꿈이었지?' 그는 기억을 더듬으며 꿈에 대해 생각했다. '그게 어떤 꿈이었더라? 맞아. 다름슈타트에서 알라빈이 만찬을 베풀었지. 아니, 다름슈타트가 아니었던가. 어쨌든 미국풍이었어. 그래, 꿈속에서는 다름슈타트가 미국에 있었지. 알라빈이 유리 테이블에 만찬을 마련했어. 그리고 그 유리 테이블들은 모두 〈Il mio tesoro(내 마음의 보물)〉라는 노래를 부르고 있었지. 아니, 〈Il mio tesoro〉보다 더 멋진 노래였어. 그리고 그 테이블 위에 아기자기한 유리 술병들이 있었지. 그 술병들은 모두 여자였어.' 그는 이러한 것들을 생각해 냈다.

스테판 아르카디이치의 두 눈은 기쁨으로 반짝거렸다. 그는 싱글거리며 생각에 잠겼다. '그래, 좋았지. 정말 좋았어. 거기엔 또 어마어마한 것들이 가득했어. 말로는 뭐라 형용할 수 없는, 현실에선 감히 상상도 할 수 없는 것들이었어.'

모직 커튼 옆 사이로 스며든 햇빛을 보며 그는 소파에 늘어진 두 다리로 바닥을 더듬어 실내화를 찾았다. 그것은 지난해 그의 생일 선물로 아내가 직접 만들어 준, 금색 모로코가죽 테두리로 장식된 슬리퍼였다. 그러고 나서 그는 9년간 몸에 밴 습관대로 자리에 앉은 채, 침실에 늘 가운이 걸려 있던 곳을 향해 손을 뻗었다. 그제야 그는 자신이 왜 아내의 침실이 아닌 자신의 서재에서 잠이 들었는지 깨닫게 되었다. 그러자 그의 얼굴에서 웃음기가 사라졌다. 그는 이마를 찌푸렸다.

"아아, 아아, 아아! 아아……." 그는 이미 돌이킬 수 없는 일들을 생각해 내며 신음했다. 그러자 아내와 말다툼하던 모습과 이러지도 저러지도 못하는 자신의 비참한 상황이 떠올랐다. 무엇보다 견디기 힘들었던 것은 자신이 저지른 잘못이었다.

'그래! 그녀는 날 용서 못 할 거야. 아니, 용서할 수 없을 테지. 모든 잘못은 내게 있으니까. 하지만 그게 내 탓은 아니야. 그래, 비극은 바로 거기에 있어.' 그는 생각했다. '아아, 아아, 아아!' 그는 말다툼하다가 벌어진, 그를 끔찍하게 괴롭히는 기억들을 떠올리며 절망에 빠져 외쳐 댔다.

무엇보다 절망스러웠던 순간은 바로 그때였다. 그가 유쾌한 기분으로 아내에게 줄 커다란 배 하나를 들고 극장에서 돌아왔을 때 아내는 객실에도 서재에도 없었다. 그러다가 그는 불행의 원천이 된 그 편지를 들고 침실에 있던 그녀를 발견했던 것이다.

늘 불안정한 모습으로 사소한 모든 일에까지 신경을 쓰는, 그다지 현명하지 못하다고 생각했던 돌리가 편지를 손에 쥐고 가만히 앉아 있었다. 그녀는 공포와 절망, 분노가 뒤섞인 얼굴로 그를 바라보았다.

"대체 이게 뭐예요, 네?" 그녀는 편지를 가리키며 물었다. 그때의 일을 돌이켜 보면, 사건 자체보다는 아내의 말에 자신이 보인 반응이 떠올라 스테판 아르카디이치는 더욱 괴로웠다. 그는 마치 자신이 저지른 너무도 수치스러운 죄에 대한 증거를 잡힌 사람들처럼, 자신의 과오가 드러나자 아내 앞에서 그 어떤 표정도 꾸며 낼 수가 없었다. 수치심에 화를 내든가 변명하며 용서를 빌든가 아니면 차라리 아무런 내색도 하지 말았어야 했다. 그 어떤 것도 그가 그 순간에 저지른 행동보다는 나았으리라. 그는 무의식적으로 어느새 습관이 되어 버린(그는 유독 생리학을 맹신하고 있었는데, 이것은 '뇌 신경의 반사 작용'이라고 생각했다.) 그 특유의 선량하면서도 어리석어 보이는 미소를 지은 것이다.

그는 그런 자신을 용서할 수 없었다. 그의 미소를 본 돌리는 온몸에 고통을 느끼듯 몸을 부들부들 떨며 그에게 독설을 퍼붓고는 방에서 뛰쳐나갔다. 그 후로 그녀는 남편을 보려 하지 않았다.

'모든 게 다 이 어리석은 미소 때문이야.' 스테판 아르카디이치는 그렇게 생각했다. "하지만 이제 어떻게 해야 하는 것인가? 뭘 어떻게 해야 하는 거지?" 절망에 빠진 그가 혼잣말을 했지만 어떠한 해답도 찾을 수 없었다.

2

스테판 아르카디이치는 자신에게 솔직한 사람이었다. 그렇기에 자기 자신을 속여 가면서까지 자신의 행동을 후회하고 있다고 말할 수는 없었다. 6년 전쯤 그가 처음으로 부정한 짓을 저질렀을 때는 후회했지만 지금은 아니었다. 그는 서른네 살의 미남이었고 다정한 성품을 지닌 남자였다. 그는 자신이 지금, 다섯 아이와 죽은 두 아이의 엄마인, 자신보다 겨우 한 살 어린 아내에게 충실하지 못했다고 해서 후회하고 싶지는 않았다. 단지 후회되었던 것은, 좀 더 완벽하게 아내를 속이지 못했다는 것뿐이었다. 하지만 그는 자신의 비참한 처지에 대해서는 절감하고 있었고, 아내와 아이들이 안쓰럽다는 생각이 들기는 했다. 그는 그 편지가 아내에게 그토록 큰 충격을 줄 거라 짐작했다면 자신의 죄를 좀 더 완벽하게 숨겼을 것이라 생각했다. 그는 그 문제에 관해 진지하게 고민하지 않았다. 그저 아내가 이미 그의 부정을 알고 있으면서도 짐짓 모른 척하고 있는 것이라 여겼다. 그러면서 이제는 나이가 들어 아름다운 모습이라고는 도무지 찾아볼 수 없고 매력이라고는 조금도 남아 있지 않은 평범한 주부가, 양심이 있다면 이 정도의 일쯤은 그냥 넘어가야 한다고까지 생각했던 것이다. 하지만 현실은 정반대였다.

"아아, 두렵다. 아아, 정말 두렵다." 스테판 아르카디이치는 혼잣말을 반복하며 중얼거렸으나 뾰족한 방법이 없었다.

'이 사건이 벌어지기 전까지 우리는 얼마나 화목했던가. 우리 사이는 얼마나 좋았던가! 아이들을 바라보며 흡족해하며 행복해하던 아내, 아이들과 집안일에 관해선 그녀에게 모든 권한을 넘기며 나는 어떠한 일에도 관여하지 않았었는데. 문제는 그녀가 우리 집 가정 교사였다는 것이지. 자기 집 가정 교사와 관계를 맺는다는 것 자체가 점잖지 못한 짓이었지. 하지만 그녀는 얼마나 멋졌던가! (그는 마드무아젤 롤랑의 매력적인 검은 눈동자와 미소 짓는 모습을 생생하게 떠올렸다.) 하지만 그녀가 우리 집에 있는 동안 나는 함부로 처신하지 않았어. 무엇보다 비극적인 건, 마치 그녀가 일부러 계획이라도 한 것처럼 이러한 사태가 벌어졌다는 거야. 아아, 아아, 아! 대체 어떻게 해야 하는 것인가! 무엇을 어떻게 해야 하는 것인가!'

그는 너무도 복잡하고 풀기 어려운 문제에 대해 삶이 주는 보편적인 해답밖에는 찾을 수 없었다. 그 해답이란, 사람은 하루하루 삶이 원하는 대로 살아가야 한다는 것, 즉 자기 자신을 잊고 살아야 한다는 것이다. 하지만 꿈을 꾸어 잊기 위해서는 밤이 되어야만 한다. 이제 더 이상 유리 술병 여인들이 노래를 부르던 곳으로 되돌아갈 수 없다. 그러니 현실의 꿈으로 모든 것을 잊어야만 하는 것이다.

"무슨 수가 생기겠지." 스테판 아르카디이치가 중얼거리며 자리에서 일어나, 푸른빛 명주로 안감을 덧댄 회색 가운을 걸치고 허리끈을 동여맸다. 그러고는 넓은 가슴을 활짝 펴 공기를 실컷 들이마신 뒤 건장한 몸을 지탱하고 있는 두 다리로 힘차게 창가로 다가가 커튼을 열고 요란스럽게 벨을 울렸다. 그러자 오래된 시종 마트베이가 옷과 장화, 전보를 가지고 곧바로 들어왔다. 면도 도구를 든 이발사도 그의 뒤를 따랐다.

"관청에서 서류가 왔나?" 전보를 손에 든 스테판 아르카디이치가 거울 앞에 앉으며 물었다.

"테이블 위에 있습니다." 마트베이가 호기심 어린 눈빛으로 그를 힐끗 쳐다보며 말했다. 잠시 뒤 그는 넉살 좋은 미소를 띠며 말했다. "삯마차 주인이 사람을 보냈습니다."

스테판 아르카디이치는 아무 말 없이 거울에 비친 마트베이를 바라보았다. 그들은 거울 속에서 마주친 눈빛만으로도 얼마나 서로를 잘 이해하고 있는지 알 수 있었다. 스테판 아르카디이치의 눈빛은 마치 '넌 왜 그런 소리를 하느냐? 정말 모르는 것이냐?'고 질책하는 듯했다.

양손을 재킷 주머니에 넣고 한쪽 다리를 조금 뻗은 자세로 살며시 미소를 띤, 선량한 얼굴의 마트베이가 주인을 바라보았다.

"일요일에 오라고 전했습니다. 그리고 그때까지는 주인님을 귀찮게 하거나 불필요한 용건으로 찾아오지 말라는 말도 전했습니다." 그는 미리 준비라도 한 듯한 말을 꺼냈다.

스테판 아르카디이치는 마트베이가 재치 있는 말로 주의를 끌고 싶어 한다는 것을 느꼈다. 그는 전보의 봉투를 찢으며, 으레 그러했듯 잘못된 글자들을 고쳐 가며 전보를 읽었다. 그러다가 갑자기 그의 얼굴이 환해졌다.

"마트베이, 내 누이동생 안나 아르카디예브나가 내일 온다는군." 그는 면도하느라 그의 곱슬거리는 구레나룻 사이에 분홍빛 흔적을 남기고 있던 이발사의 반질거리고 두툼한 손을 잠시 멈추게 하고는 말했다.

"그거 참 고마운 일이네요." 마트베이가 대답했다. 그는 주인과 마찬가지로, 스테판 아르카디이치의 누이동생인 안나 아르카디예브나가 이들 부부의 화합에 중요한 열쇠가 될 것임을 자신도 이미 잘 알고 있다는 뜻을 내비쳤다.

"혼자 오시는 건가요, 아니면 남편분과 함께 오시나요?" 마트베이가 물었다.

이발사가 스테판 아르카디이치의 윗입술 쪽을 면도하고 있었기에 그는 대답 대신 손가락 하나를 들었다. 그러자 거울 속 마트베이가 고개를 끄덕였다.

"혼자 오시는군요. 2층에 준비할까요?"

"일단 어디다 준비하면 좋을지 다리야 알렉산드로브나한 테 물어봐."

"다리야 알렉산드로브나 마님께요?" 마트베이가 뭔가 석 연치 않은 듯 재차 물었다.

"그래, 물어봐. 이 전보를 전하면서 그 사람이 하라는 대로 해."

'아, 한번 의중을 떠보려고 그러시는 거군.' 마트베이는 주 인의 속마음을 알아챘지만 그저 이렇게 말했다. "그렇게 하겠 습니다."

전보를 손에 든 마트베이가 삐걱거리는 장화를 신고 부드 러운 양탄자를 밟으면서 주춤거리며 방으로 돌아왔을 때, 스 테판 아르카디이치는 세수하고 빗질하고는 옷을 갈아입으려 는 중이었다. 이발사는 이미 가고 없었다.

"다리야 알렉산드로브나 마님께서는 외출하신다고 하셨 습니다. 그러시면서 주인님의 마음대로 하시라고 전하셨습 니다." 그는 살짝 웃음 띤 얼굴로 말했다. 그러고는 양손을 주 머니에 넣고 고개를 옆으로 기울인 채 주인의 얼굴을 바라보 았다.

스테판 아르카디이치는 아무 말도 없었다. 잘생긴 그의 얼 굴에는 선량하면서도 슬픈 미소가 어려 있었다.

"아아, 어떻게 될까, 마트베이." 그가 고개를 가로저으며 말했다.

"다 잘될 겁니다." 마트베이가 말했다.

"잘될 거라고?"

"네, 그럴 겁니다."

"그리 생각하나? 거기, 누구야?" 옷자락이 스치는 듯한 소리가 문 밖에서 들리자 스테판 아르카디이치가 외쳤다.

"저예요." 다정하면서도 당찬 여자의 목소리가 들렸다. 잠시 후, 문 뒤에서 유모 마트료나 필리모노브나의 늙은 얼굴이 보였다.

"무슨 일인가, 마트료나?" 스테판 아르카디이치가 그녀에게 다가가며 물었다.

모든 게 스테판 아르카디이치의 명백한 잘못이었고, 그 스스로도 그렇게 느끼고 있었음에도 집안사람 모두가 그의 편이 되어 주었다. 심지어 다리야 알렉산드로브나와 가장 친한 유모마저도 그의 편이었다.

"그래, 어쩐 일이야?" 그가 침울한 얼굴로 물었다.

"마님을 한 번 더 찾아뵙고 용서를 구하세요, 주인님. 하느님께서도 분명 도와주실 겁니다. 마님께서 너무 괴로워하셔서 보는 제가 너무 안쓰러울 정도예요. 집 안은 또 어떻고요. 어르신, 가여운 아이들을 생각하세요. 그러니 제발 용서를 구하세요. 이것 말고는 무슨 방법이 있겠어요. 가정의 평화를 위해서라면 그 정도의 수고는 하셔야……."

"하지만 만나 주지 않을 거야."

"그래도 주인님께서 할 수 있는 일은 다 하셔야 합니다. 자비로우신 하느님께 기도하세요. 주인님, 제발 하느님께 기도를 드리세요."

"그래, 알았으니 그만 나가 봐." 스테판 아르카디이치가 상기된 얼굴로 말했다.

"자, 이제 옷을 입어 볼까." 그는 마트베이 쪽으로 다가가 가운을 벗었다.

마트베이는 미리 준비해 둔 루바슈카(셔츠와 비슷한 러시아의 남성용 겉옷)를 마치 무거운 짐인 양 들고는 입으로 바람을 불어 대며 보이지도 않는 먼지를 떨어내고 있었다. 그러고 나서 매우 흡족한 얼굴로 주인에게 루바슈카를 입혔다.

3

옷을 갈아입은 스테판 아르카디이치는 향수를 뿌리고 루바슈카의 소매를 잡아당겨 옷을 정리한 뒤 능숙한 손놀림으로 담배와 지갑, 성냥, 그리고 작은 장식이 달린, 사슬로 된 두 줄짜리 회중시계를 주머니 속에 넣었다. 그러고 나서 그는 불행한 상황 속에서도 향긋하고 상쾌하며 건강한, 그리고 육체적으로도 활기찬 기분으로 식당을 향해 가볍게 발걸음을 옮겼다. 그곳에는 커피와 더불어 관청에서 온 서류와 편지들이 놓여 있었다.

스테판 아르카디이치는 자리에 앉아 편지들을 다 읽었다.

그런데 그중 하나가 그를 매우 불쾌하게 만들었다. 그것은 아내가 소유하고 있던 숲을 매입하려는 상인에게서 온 편지였다. 물론 처분해야 할 숲이기는 했지만 아내와 화해할 때까지는 쉽게 결정할 수 없는 일이었다. 그는 아내와의 화해가 시급한 이 순간, 금전과 관계된 일이 개입된다는 것 자체가 불쾌했다. 그럼에도 그는 자신이 금전적인 문제에 흔들릴 수도 있으며, 또한 숲을 처분하기 위해서라도 아내와의 화해를 서두르려고 마음먹을 것이라는 생각에 모욕감이 들었다.

편지를 다 읽은 뒤 스테판 아르카디이치는 관청에서 온 서류 중 두 개를 빠르게 훑어보고는 연필로 몇 군데 표시를 하고서 나머지는 한쪽으로 밀어 놓았다. 그러고는 커피 잔을 들어 커피를 마시며 눅눅한 조간신문을 읽어 내려갔다.

스테판 아르카디이치는 자유주의 신문을 구독하고 있었다. 그의 자유주의 성향은 다수가 지지하는 것을 따르는 정도의 온건한 수준이었다. 평소 학문이나 예술, 정치 따위에는 관심이 없던 그는 그 분야에 대해서는 그저 다수가 지지하는 의견에 동조할 뿐이었다. 그러다 다수의 의견이 바뀔 때면 자신의 견해도 바꾸었다. 어쩌면 그가 스스로 바꿨다기보다는 그들을 따라 무리 속에서 자연스럽게 그의 의견이 바뀌었다고 하는 편이 옳을지도 모른다.

스테판 아르카디이치는 정치적 입장이나 견해를 스스로 선택하지 않았다. 오히려 그 주장이나 견해가 그에게 다가왔다. 그것은 그가 모자나 프록코트를 직접 고르지 않고 남들이 입는 것을 그대로 따르는 것과 같은 이치였다. 상류층에 속하면서 나이가 듦에 따라 어떤 신념을 가져야 할 필요성을 느낀 그가 여러 분야에 견해를 가지는 것은 모자를 고르는 일과 비슷한 것이었다. 그의 주변에 보수주의자들이 많음에도 그가 자유주의 성향을 지지하는 이유가 있다면, 그것은 자유주의가 현명하다고 판단했기 때문이 아니라 그게 그의 생활 방식에 더 부합했기 때문일 것이다. 자유주의자들은 러시아 사회를 부정적으로 바라보았다. 실제로 스테판 아르카디이치는 빚만 잔뜩 지고 가진 돈은 풍족하지 않았다. 자유주의자들은, 결혼이란 제도는 구시대적인 것이며 개혁해야 할 대상이라고 주장했다. 스테판 아르카디이치에게 결혼 생활은 만족감을 주기보다는 그의 성향과 상반된 거짓과 기만을 요구했다. 자유주의자들의 말에 따르면, 어쩌면 암시하고 있다는 말이 더 적절할 수도 있겠지만, 종교라는 것은 그저 야만인들을 위한 굴레일 뿐이었다. 스테판 아르카디이치는 기도하는 짧은 순간도 참을 수 없어 다리가 저린 사람이었다. 그는 무엇보다, 즐거운 이승에서의 생활을 두고 왜 두려움에 가득 찬 허황된 저승에 관한 이야기를 듣고 있어야 하는지 도무지 이해할 수 없었다. 또한 그는 자신의 선조에 대해 내세우고 싶다면 류리크(러시아의 시조)를 내세울 것이 아니라 인류의 시조인 원숭이를 인정하는 게 옳지 않느냐며 순진한 사람들을 곤경에 빠뜨리며 재미를 느끼곤 했다. 그러면서 자유주의 사상은 자연스럽게 스테판 아르카디이치에게 스며들었다. 그래서 그는 식후에 피우는 담배처럼 머릿속에 옅은 안개를 피어오르게 만드는 이 신문에 애정을 가질 수밖에 없었다.

그가 읽은 사설에서는, 오늘날 진보주의가 보수주의를 혁파할 것이라 으름장을 놓는다든가, 음지에서 펼쳐지고 있는 혁명 운동에 대해 정부가 제대로 대비하지 않으면 안 된다고 외치는 소리들은 아무 의미가 없다고 역설하고 있었다. 그러면서 "우리의 견해를 말하자면, 무엇보다 위험한 것은 음지에서 펼쳐지고 있는 혁명 운동이 아니라 진보에 걸림돌이 되는 지속적인 인습이다."라고 설파하고 있었다.

　　다음으로 그는 경제면의 논설을 읽어 내려갔다. 벤담과 밀에 대해 언급하면서 재무부를 조롱하는 풍자가 담긴 글이었다. 그는 특유의 민첩한 판단력을 발휘해 그 화살이 누구를 겨냥하고 있는지, 왜 그래야만 하는지 알 수 있었기에 만족스러운 기분이 들었다.

　　하지만 오늘은 이러한 만족감도 마트료나 필리모노브나의 충고와 불행한 자신의 가정사에 관한 생각이 떠오르자 희미해져 갔다. 그는 소문대로 보이스트 백작이 비스바덴으로 여행을 떠났다는 소식과 머지않은 미래에 백발을 가진 사람을 볼 수 없을 것이라는 광고, 경륜 여행 마차를 매각하는 광고와 구직을 원하는 어느 처녀에 대한 광고를 보았다. 그러나 오늘은 이러한 기사들도 그에게 평소처럼 편안하면서도 알 수 없는 묘한 만족감을 주지 못했다.

　　그는 신문을 다 읽은 뒤, 이미 두 잔째인 커피를 마시고 버터를 곁들인 빵을 다 먹은 뒤 자리에서 일어났다. 그러고는 조끼에 붙은 빵 부스러기를 털고 미소 띤 얼굴로 넓은 가슴을 활짝 폈다. 하지만 그것은 즐겁기 때문이 아닌 그저 소화가 잘된 기분 탓에 떠오른 생리적 쾌감의 웃음이었다.

하지만 기분 좋은 미소도 잠시, 그것이 곧 그에게 모든 일들을 상기시켜 주자 그는 우울한 생각에 잠겼다.

문 밖에서 두 아이의 목소리(그는 막내아들 그리쉬아와 큰딸 타냐의 목소리라는 것을 알 수 있었다.)가 들려왔다. 아이들이 들고 온 무언가가 떨어진 듯했다.

"내가 그랬잖아. 손님들을 지붕 위에 태우면 안 된다고 말이야." 딸아이가 영어로 소리쳤다. "어서 주워."

'모든 게 엉망이야.' 스테판 아르카디이치는 생각했다. '아이들이 저렇게 제멋대로 뛰어다니다니.' 그는 문 쪽으로 다가가 아이들을 불렀다. 상자로 기차놀이를 하던 아이들은 그것을 내던지고는 아버지에게 달려왔다. 큰딸은 아버지의 귀여움을 독차지하고 있었다. 딸아이는 힘껏 달려와 그에게 안기며 늘 그랬듯 그의 목을 끌어안고 구레나룻에서 나는 향수 냄새를 맡으며 까르르 웃어 댔다. 앞쪽으로 기울어진 자세 탓에 붉어진 그의 얼굴은 사랑으로 빛나고 있었다. 딸아이는 아버지의 얼굴에 키스한 뒤 팔을 풀고 문 밖으로 나가려고 했으나 그가 붙잡았다.

"엄마는 뭐하고 계시니?" 딸아이의 매끄럽고 부드러운 뺨을 어루만지며 그가 물었다. 그러고 나서 아들이 인사를 하자 "안녕." 하며 미소로 화답했다. 그는 상대적으로 아들을 덜 귀여워했기에 늘 그것을 의식하면서 공평하게 대해 주려고 노력했다. 하지만 아들도 그런 그의 마음을 알고 있었기에 아버지의 차가운 미소에 웃음으로 답하지는 않았다.

"엄마요? 일어나 계세요." 딸아이가 말했다.

'또 밤을 새웠나보군.' 스테판 아르카디이치는 한숨을 내쉬었다. "그래, 기분은 좋아 보이시던?"

딸아이는 자신의 부모님이 말다툼을 벌였기에 어머니의 기분이 좋지 않다는 것을 알고 있었다. 또한 아버지가 그 사실을 알고 있다는 것도, 그러면서 아무렇지 않은 듯 짐짓 태연한 척 묻고 있다는 것도 말이다. 그런 생각이 들자 그녀의 얼굴은 붉어졌고 그것을 알아챈 그의 얼굴도 마찬가지로 붉어졌다.

"모르겠어요." 그녀가 말했다. "공부하라는 말씀은 안 하시고 대신 미스 굴리랑 할머니 댁에 다녀오라고 하셨어요."

"그래, 그렇게 하렴. 탄추로치카, 오, 잠시만 기다려." 그는 딸아이를 붙들고 그녀의 부드러운 손을 어루만지며 말했다.

그러고 나서 그는 어제 벽난로 위에 두었던 과자 상자에서 초콜릿과 과자를 하나씩 꺼내 딸아이에게 주었다.

"그리쉬아요?" 초콜릿을 가리키며 딸아이가 말했다.

"물론, 그래야지." 그는 그녀의 작은 어깨를 어루만지며 머리와 목덜미에 키스하고는 보내 주었다.

"마차가 준비되었습니다." 마트베이가 다가와 말했다. "그런데 여성 한 분이 청원하러 오셨습니다." 그가 덧붙였다.

"오래되었나?" 스테판 아르카디이치가 물었다.

"한 30분가량 되었습니다."

"손님이 오시면 곧바로 알리라고 그렇게 말했거늘!"

"하지만 커피라도 드실 시간은 있어야 할 것 같아서요." 다정하고 친근한 마트베이의 말투는 더 이상 화를 낼 수 없게 만들었다.

"빨리 들어오시게 해." 화가 난 오블론스키는 얼굴을 찌푸리며 말했다.

청원하러 온 사람은 이등 대위의 미망인인 칼리니나였다. 그녀는 전혀 가능성이 없는 무의미한 일을 의뢰했다. 하지만 스테판 아르카디이치는 평소처럼 그녀에게 앉으라고 권하고는 그녀의 말을 경청하며 누구에게 도움을 요청해야 하는지에 관해 조언해 주었다. 그러고는 큼직하고 곧은 필체로 그녀에게 도움이 될 사람에게 보내는 소개장을 적어 주었다. 이등 대위의 미망인이 돌아가자 스테판 아르카디이치는 혹시 잊어버린 게 없는지 한참을 생각하더니 모자를 들고 일어났다. 잊기를 바랐던 것은 아내와의 일 말고는 다행히 없는 듯했다.

'아, 그렇지!' 그가 고개를 떨구었다. 잘생긴 그의 얼굴에 슬픔이 어렸다. '가야 하나, 가지 말아야 하나.' 그는 자문했다. 그의 마음은, 그것은 거짓이나 다름없으니 굳이 갈 필요가 없다고 외치고 있었다. 그렇게 해서는 그들 부부의 관계는 전혀 회복될 수 없다고 말이다. 아내가 매력적이고 사랑스러운 여자로 되돌아가는 것이 불가능하듯, 그 역시 열정 없는 노인이될 수는 없기 때문이다. 지금 그에게서 나올 수 있는 것은 그의 성향과 상반된 거짓과 기만뿐이었다.

'하지만 언젠가는 해야 한다. 언제까지 이렇게 살 수는 없어.' 그는 스스로에게 용기를 주며 다짐하듯 말했다. 그러고는 가슴을 쭉 펴고 담배를 꺼내 불을 붙이더니 몇 모금 빨고는 진주조개 재떨이에 던져 버렸다. 그러고 나서 빠른 걸음으로 어두운 응접실을 지나 아내의 침실로 향하는 문을 열었다.

4

다리야 알렉산드로브나는 블라우스를 입고, 한때는 풍성하고 윤기 있었지만 이제는 성글어진 머리카락을 땋아 핀을 꽂고 목덜미 쪽에 고정시킨 모습이었다. 커다란 눈은 앙상해진 얼굴 탓에 더욱 도드라져 보였다. 그녀는 어질러진 방 안에서 옷장 문을 열고 뭔가를 꺼내고 있었다. 그러다가 남편의 소리가 들리자 하던 일을 멈추고는 문 쪽을 바라보며 냉정하고 경멸에 가득 찬 얼굴을 보이려 했다. 하지만 그녀는 자신이 그를 두려워하고 있다는 것을 느꼈다. 또한 지금 눈앞에 있는 그와 마주해야 할 상황을 겁내고 있었다.

그녀는 지난 사흘간 아이들과 자신의 물건을 챙겨 어머니에게 가려고 여러 번 시도했으나 실행에 옮기지 못했다. 하지만 더 이상은 이렇게 지낼 수 없었다. 그녀는 어떻게 해서든 남편에게 모욕감을 주고 자신이 겪은 괴로움의 극히 일부라도 되돌려 주겠다고 다짐했다. 그녀는 지금도 집을 나갈 것이라고 마음먹었지만 그것은 불가능한 일이라는 것을 스스로도 잘 알고 있었다. 그녀는 지금껏 자신이 사랑했던 남편에게서 벗어날 수 없었다. 여기서도 다섯 아이를 겨우 돌보고 있는 형편인데 그 아이들을 혼자서 데리고 어딘가로 간다는 건 상황만 더 악화시킬 뿐이라 생각했기 때문이다.

안 그래도 지난 사흘간 막내아들은 상한 수프를 먹어 탈이 났고, 어제는 다른 아이들도 밥 한 끼 제대로 먹이지 못한 상태였다. 이런 상황에서 이 집을 나간다는 건 도저히 불가능하다는 것을 그녀 스스로도 잘 알고 있었다. 하지만 그녀는 이런 상황을 다 외면한 채 자신의 짐을 챙겨 당장이라도 이 집을 떠나고 싶었다.

남편을 보자 그녀는 옷장 속에서 무언가를 찾고 있었던 것처럼 서랍을 뒤적거렸다. 그가 가까이 다가오자 그녀는 그제야 뒤를 돌아보았다. 그녀는 최대한 냉정한 표정을 지으려 했으나 절망에 빠진 고통스러운 얼굴을 보였을 뿐이었다.

"돌리!" 그는 주저하는 듯, 작은 목소리로 말했다. 그는 어깨 사이로 고개를 떨구며 풀이 죽은 측은한 모습을 보이려 했지만, 여전히 활기 넘치고 건강해 보였다.

그 순간, 그녀는 활기 넘치는 건강한 그의 모습을 빠르게 훑어보았다. '그래, 이 사람은 지금 행복을 느끼며 만족스러워하고 있어. 그런데 나는 어떤가?' 그녀는 생각했다. '게다가 소름 끼치는 이 다정함은 또 뭐란 말인가? 모두들 그의 이런 모습을 좋아하고 찬사를 보내지. 하지만 난 그저 혐오스러울 뿐이야.' 이렇게 생각하며 그녀는 입술을 질끈 깨물었다. 예민하고 창백한 그녀의 오른쪽 뺨이 파르르 떨리고 있었다.

"무슨 일로 오셨죠?" 그녀는 빠르면서도 평소와는 다른 낮은 목소리로 물었다.

"돌리!" 그가 떨리는 목소리로 다시 말했다. "오늘 안나가

올 거요."

"그래서요? 난 그녀를 만나고 싶지 않아요!" 그녀가 소리쳤다.

"하지만, 그러면 안 되잖아, 돌리……."

"나가요, 나가세요, 어서요!" 그녀는 괴로움에 몸부림치듯 그를 쳐다보지도 않고 소리쳤다.

방금 전까지만 해도 스테판 아르카디이치는 마트베이의 말대로 모든 일이 잘될 거라 기대하고 있었기에 아내와의 일에 대해 크게 신경 쓰지 않고 있었다. 그렇기 때문에 느긋하게 신문을 보고 커피를 마실 수 있었다. 하지만 괴로워하는 그녀의 모습을 보고, 체념한 듯 절망에 빠진 목소리를 듣자 그는 답답해 숨이 막힐 것 같았다. 그의 두 눈에는 어느새 눈물이 맺혀 있었다.

"아아, 대체 내가 무슨 죄를 저지른 것인가! 돌리! 내가 정말……." 그는 감정이 북받쳐 말을 잇지 못했다.

그녀가 옷장 문을 세게 닫고 그를 쳐다보았다.

"돌리, 나는 할 말이 없어. 그저 용서를 구하고 싶을 뿐이야. 그러니 다시 한번만 생각해 줘. 9년이라는 결혼 생활 동안, 단 한순간의 실수도 용서할 수 없는 거야?"

그녀는 시선을 떨구고 그가 무슨 말을 할지 기대하고 있었다. 그는 그녀의 마음이 풀어지기를 간절히 바라고 있는 듯했다.

"한순간…… 잠시 마음을 빼앗겼던 그 한순간을……." 그는 계속 말을 이으려고 했으나 그녀는 다시 고통스러운 듯 입을 굳게 다물었다. 오른쪽 뺨에서 다시 경련이 일어나고 있었다.

"나가요, 어서 나가라고요!" 그녀는 날카롭게 소리쳤다. "앞으로는 마음을 빼앗겼다는 둥 그 더럽고 역겨운 말은 더이상 꺼내지도 말아요!"

그러고 나서 그녀가 밖으로 나가려던 순간 몸이 휘청거렸다. 그녀는 의자 등받이를 붙들고 기대어 섰다. 얼굴은 상기되어 입술은 부풀어 오르고 두 눈에는 어느새 눈물이 맺혀 있었다.

"돌리!" 그가 흐느끼듯 말했다.

"제발, 아이들을 생각해 줘. 애들은 죄가 없잖아. 잘못은 나한테 있으니 나를 벌하고 첫값을 치를 수 있게 기회를 줘. 할수 있는 일은 뭐든지 할게. 내가 잘못했어. 그러니 돌리, 제발 용서해 줘!"

그녀는 자리에 앉았다. 거칠고 가쁜 숨소리가 들리자 순간 그는 그녀가 너무 가엽게 느껴졌다. 그녀는 말을 꺼내려고 몇 번이나 시도했지만 아무 말도 할 수 없었다. 그는 기다렸다.

"당신은 데리고 놀 때에나 가끔 아이들을 생각하겠죠. 하지만 나는 항상 아이들을 생각하고 있어요. 이젠 틀렸어요." 그녀는 지난 사흘간 속으로 수없이 되뇌던 한마디를 꺼냈다.

그녀가 부드러운 말투로 '당신'이라고 불렀기에 고마운 마음이 든 그는 그녀를 바라보며 손을 잡으려 했다. 그러나 그녀는 경멸하듯 그를 쳐다보며 몸을 피했다.

"나는 항상 아이들을 우선으로 생각하고 있어요. 아이들을 위해서라면 뭐든지 할 수 있어요. 하지만 이젠 어떻게 하는 것이 아이들을 위한 길인지 모르겠어요. 아버지한테서 떼어 놓는 게 맞는 건지 아니면 이대로 방탕한 아버지와 함께 살도록 내버려 둬야 하는지. 그래요, 방탕한 아버지요. 어디 한번 말해 봐요! 그런 일이 있었는데도 우리가 같이 살 수 있는지, 과연 그게 가능한 일인지! 어서 말해 보라고요!" 그녀는 언성을 높이며 같은 말을 반복했다. "남편이라는 사람이, 아이들 아버지라는 사람이, 그 애들의 가정 교사와 불륜을 저지르고도……."

"그럼 내가 어떻게 해야 돼?" 그는 고개를 떨구며 측은한 목소리로 무의식적으로 말했다.

"당신이 더러워요. 더러워서 싫다고요!" 그녀가 흥분해서 소리쳤다. "당신의 눈물은 진정성이 없어요. 당신은 날 사랑한 적도 없고요. 당신은 심장도 기품도 없어요! 당신은 그저 비열하고 더러운 남일 뿐이에요! 나와는 전혀 상관없는 남이라고요!"

그녀는 자신에게도 끔찍하게 다가왔던 '남'이라는 말을 괴로움과 분노에 몸부림치며 뱉어 냈다.

그는 그녀를 바라보았다. 분노 어린 그녀의 표정이 그를 두렵게 했다. 그는 그녀를 향한 자신의 연민이 오히려 그녀를 분노하게 만들 줄은 몰랐다. 그녀는 그의 마음이 단지 동정일 뿐 사랑이 아님을 느꼈던 것이다.

'안 되겠어. 아내는 나를 증오하고 있어. 절대 용서하지 않을 거야.' 그는 생각했다. '끔찍해! 정말 끔찍해!' 그가 속으로 외쳤다.

그때 옆방에서 아이의 울음소리가 들려왔다. 아무래도 넘어진 것 같았다. 다리야 알렉산드로브나는 그 소리에 귀를 기울였다. 그러자 그녀의 표정이 차츰 부드러워지기 시작했다. 그녀는 자신이 어디에 있는지 무엇을 해야 하는지 다 잊어버린 사람처럼 잠시 생각에 잠겼다가 이내 정신을 차리고는 자리에서 일어나 문 쪽으로 다가갔다.

'아내는 내 아이들을 얼마나 사랑하고 있는가!' 그는 아이의 울음소리를 듣고 낯빛이 바뀌던 그녀의 모습을 떠올리며 생각했다. '내 아이를 말이야. 그런데도 나를 미워할 수 있단 말인가?'

"돌리, 잠깐, 한마디만……." 그는 그녀의 뒤를 따라가며 말했다.

"계속 따라오면 하인들과 아이들을 부를 거예요. 모두에게 당신의 비열함을 알릴 거예요. 난 당장 떠날 테니 당신은 여기서 당신 정부(情婦)하고 사세요."

그녀는 문을 세게 닫아 버리고는 밖으로 나갔다.

스테판 아르카디이치는 한숨을 쉬며 마른세수를 하고는 조심스럽게 방 안을 거닐었다. '마트베이는 모든 게 잘될 거라 했는데, 이렇게 돼 버렸군. 일말의 희망도 없어. 아, 아아. 너무 끔찍한 일이야! 생각 없이 소리까지 지르고. 참으로 한심해.' 그는 그녀가 소리치며 비열한 사람이니, 정부니 하던 말들이 생각이 났다. '하녀들도 들었을 테지! 정말 끔찍하게 품위 없는 짓이야.' 멍하니 서 있던 스테판 아르카디이치는

눈물을 닦고는 한숨을 내쉬더니 가슴을 쭉 펴고는 방에서 나
갔다.

금요일이라 독일인 시계공이 식당에 와서 시계태엽을 감
고 있었다. 스테판 아르카디이치는 언젠가 이 꼼꼼한 대머리
시계공을 보며 '저 독일 시계공은 평생 시계태엽을 감도록 몸
에 태엽이 감겨 있겠지.'라고 했던 자신의 농담을 떠올리며
웃었다. 스테판 아르카디이치는 이렇듯 재치 있는 말을 좋아
했다. '모든 게 다 잘 마무리될 거야. 잘 마무리된다는 말은 얼
마나 멋진 말인가. 언젠가 이 말을 꼭 써먹어야지.' 그는 생각
했다.

"마트베이!" 그가 소리쳤다. "다리야와 안나 아르카디예브
나가 머물 소파가 있는 방을 잘 치워 놔." 그가 자신에게 다가
온 마트베이를 향해 말했다.

"네, 알겠습니다."

외투를 입은 스테판 아르카디이치는 현관 쪽으로 걸어
갔다.

"집에서 식사하실 건가요?" 그의 뒤를 따라온 마트베이가
물었다.

"글쎄, 어떻게 될지 모르겠군. 일단 이거 받아 두게." 그는
지갑에서 10루블을 꺼내며 말했다. "이 정도면 충분하겠지?"

"충분하든 그렇지 않든 어떻게든 예산에 맞춰야죠." 마트
베이가 마차의 문을 닫고 현관 계단 쪽으로 물러서며 말했다.

다리야 알렉산드로브나는 아이를 달래고 있었다. 그러다
가 마차 소리가 들리자 남편이 외출한 것을 알고는 침실로

돌아왔다. 그곳은 그녀를 기다리고 있는 온갖 집안일에서 해방될 수 있는 유일한 공간이었다. 방금 전 일만 해도 그랬다. 그녀가 아이들 방으로 건너간 지 얼마 되지 않아 영국인 여자와 마트료나 필리모노브나가 찾아왔던 것이다. 그들은 오로지 그녀만이 해결할 수 있는 질문을 했다. 그것은 아이들이 산책을 나갈 때 어떤 옷을 입혀야 하는지, 아이들에게 우유를 먹여도 되는지, 또 다른 요리사를 불러야 하는지에 관한 것이었다.

"아, 제발 날 그냥 좀 내버려 둬!" 그녀는 이렇게 말하고는 침실로 돌아와 조금 전 남편과 대화를 나눴던 그 자리에 앉았다. 그러고는 손가락에 낀 반지가 헐거울 정도로 앙상하게 뼈만 남은 두 손을 맞잡고, 대화의 내용을 하나씩 떠올려 보았다. '나가 버렸어. 그런데 그 여자하고는 어떻게 된 걸까? 끝난 걸까? 아직 만나고 있을지도 모르지. 물어볼 걸 그랬나? 아니, 끝이야. 더 이상은 안 되겠어. 이런 식으로 계속 한집에서 산다 해도 우린 이제 남이야, 영원히!' 그녀는 스스로도 겁이 났던 말들을 여러 번 되풀이했다. '난 그를 얼마나 사랑했던가. 아아, 얼마만큼 사랑했던가. 대체 얼마나 사랑했던 것인가. 이젠 그를 사랑하지 않는 걸까. 어쩌면 전보다 훨씬 더 그를 사랑하고 있을지도 몰라. 내가 두려워하는 건 바로 그거야.'

그때 마트료나 필리모노브나가 문틈으로 얼굴을 비쳤기에 그녀는 잠시 생각을 멈추었다.

"저희 오라버니를 불러 주셨으면 해서요." 그녀가 말했다.

"식사 준비를 해야 하니까요. 어제처럼 6시가 넘도록 아드님들이 아무것도 못 드시면 안 되니까요."

"그래, 알았어. 가서 전할게. 참, 새 우유를 가져오라고 사람을 보냈어?"

다리야 알렉산드로브나는 그날 자신이 처리해야 할 집안일 때문에 잠시 슬픔을 잊을 수 있었다.

5

재능이 뛰어났던 스테판 아르카디이치는 학교에서 공부를 썩 잘했지만 게을렀고 장난치는 것을 좋아했기에 졸업 성적은 거의 하위권이었다. 방탕한 기질과 그다지 출중하지 않은 관등과 젊은 나이라는 조건에도 그는 모스크바의 관청장으로서 후한 급여를 받으며 명예로운 생활을 하고 있었다. 물론 지금 그의 지위는 그가 일하는 관청이 소속된 곳의 고위직에 있던, 누이동생 안나의 남편인 알렉세이 알렉산드로비치 카레닌의 덕분이었다. 하지만 카레닌이 자신의 처남에게 도움을 주지 않았더라도 스티바 오블론스키는 형제나 누이, 친인척들을 동원해 지금의 이 자리와 비견될 만한 지위를 얻을 수 있었을 것이다. 아내가 가진 어마어마한 재산에도 씀씀이가 컸던 그에게는 6,000루블쯤의 연봉은 필요했기 때문이다.

모스크바, 페테르부르크 사교계 사람들의 반 이상이 스테판 아르카디이치와 친인척이거나 친구였다. 그는 한때 유력했던 집안의 사람들과 앞으로 전도가 유망한 사람들 사이에서 태어났다. 정치인들의 3분의 1가량은 어릴 때부터 그를 알고 있던 그의 아버지의 친구였고, 3분의 1은 그와 안면이 있는 사이였으며, 나머지 3분의 1은 그와 허물없는 친구들이었다. 이 세상의 온갖 지위나 부동산, 이권을 가지고 있는 이들은 모두 그를 외면할 수 없는 그의 지인들이었던 것이다. 그 덕분에 오블론스키는 좋은 자리를 차지하기 위해 굳이 애쓸 필요가 없었다. 단지 누군가의 부탁을 거절하거나 질투한다거나, 혹은 언쟁하거나 화를 내는 따위의 일만 하지 않으면 되었다. 다행히 그는 천성이 선량했기에 그런 일은 일어나지 않았다. 그는 자신에게 과분할 만큼의 것을 바라지 않았기에, 누군가가 그에게 원하는 만큼의 연봉을 받을 수 있는 자리를 얻지 못할 것이라 한다면 오히려 코웃음을 쳤을 것이다. 그는 자신과 비슷한 나이대의 사람들이 누리고 있는 만큼의 것을 가지려 했고, 그 정도는 큰 노력 없이도 얻을 수 있었다.

타고난 성품이 선량하고 유쾌하며 솔직했기에 스테판 아르카디이치의 주변 사람들은 그를 아꼈다. 게다가 그의 훤칠한 외모와 생기 있는 눈동자, 짙은 눈썹과 머리카락, 깨끗하면서도 붉은 빛이 감도는 얼굴은 보는 이들로 하여금 다정하고도 유쾌한 인상을 받게 했다.

"오, 스티바! 오블론스키! 이제야 왔군!" 그와 마주한 모든 이들은 언제나 미소를 띠며 이렇게 말했다. 혹 그와의 만남이 특별히 유쾌하지 않았을지라도 다음 날과 그다음 날이 되면 사람들은 다시 그를 찾으며 그와의 만남을 즐거워했다.

스테판 아르카디이치는 모스크바의 관청에서 3년간 고위 직을 맡고 있었다. 그가 재임하는 동안 동료들과 부하, 상관 들과 더불어 그와 알고 지내던 사람들은 그를 아끼는 것을 넘어서 존경하고 있었다. 이렇듯 직장에서 그가 존경을 받고 있는 데에는 그만한 이유가 있었다. 그는 자신의 부족함을 인정했기에 다른 사람들에게 아량을 베풀 수 있었다. 그것이 첫 번째 이유였다. 두 번째 이유는 바로 그의 자유로운 기질 덕분이었다. 그의 그러한 자유주의 정신은 신문에서 배운 게 아닌 타고난 기질이었다. 그는 가진 재산이나 타고난 신분으로 사람을 차별하지 않았고 누구에게나 공평하게 대했다. 가장 중요한 세 번째 이유는 바로 그가 자신의 일에 대해 감정적이지 않았기 때문이다. 그리하여 그는 어떤 일에도 과도하게 에너지를 쏟거나 실수를 하는 경우가 없었던 것이다.

스테판 아르카디이치가 직장에 도착하자 관리인은 그의 가방을 공손히 받아들고는 안내를 해 주었다. 그가 작은 개인 사무실에서 제복을 갈아입고 사무실로 들어가자 서기관과 직원들이 일어나 예의를 갖추고는 반갑게 그를 맞이했다. 여느 때처럼 스테판 아르카디이치는 빠른 걸음으로 자리로 가서 그들과 악수하고는 자리에 앉았다. 그러고 나서 예의상 유쾌한 농담을 몇 마디 주고받고는 업무에 들어갔다. 스테판 아르카디이치는 업무를 진행하는 데 있어 필수적인 자유로움과 솔직함, 그리고 공적인 태도를 구분할 줄 아는 사람이었다.

스테판 아르카디이치의 직원들과 마찬가지로 유쾌하면서

도 예의 바른 태도를 지닌 한 사무장이 그를 찾아왔다. 사무장은 그에게 서류를 건네며 스테판 아르카디이치에게 영향을 받은 것이 분명한 다정함과 자유로움을 지닌 어조로 말했다.

"펜자 현청에서 드디어 보고서가 도착했습니다. 여기 이것인데, 어떻게 될지……."

"드디어 받았군." 스테판 아르카디이치가 서류를 가리키며 말했다. "자, 그럼 여러분……."

회의가 시작되었다.

'저 사람들이 그 일에 대해 알게 된다면.' 그는 굳은 표정으로 고개를 숙이고 보고를 들으며 생각했다. '불과 30분 전까지만 해도 자신의 상관이 완전히 기죽은 아이 같았다는 걸 말이야.' 보고를 듣는 동안 이런저런 생각을 하자 그의 얼굴에는 어느새 미소가 번졌다. 2시까지는 꼼짝없이 일해야 했고, 2시부터 점심시간이 시작되었다.

2시가 채 안 된 시간이었다. 갑자기 사무실의 커다란 유리문이 열리며 누군가가 들어왔다. 분위기를 반전시킬 누군가가 등장했다는 사실만으로도 즐거웠기에 황제의 초상화 아래에 있던 직원들과 정의표(제정 러시아 때 관청 사무실 책상 위에 놓았던 장식품. 제정 러시아의 황제였던 표트르 1세의 교훈이 새겨져 있었음) 뒤에 있던 직원들의 시선은 일제히 문 쪽을 향해 있었다. 그러나 문 앞에 서 있던 관리인이 불청객을 쫓아 버리고 유리문을 닫았다.

보고가 끝나자 스테판 아르카디이치는 자리에서 일어나

기지개를 켰다. 그러고는 자유로운 기질에 따라 담배를 꺼내고는 개인 사무실로 갔다. 그러자 두 보좌관인, 고참 관리 니키틴과 부하 그리네비치가 따라 나섰다.

"점심식사 후에 해도 충분하겠지?" 스테판 아르카디이치가 말했다.

"물론이죠." 니키틴이 대답했다.

"그런데 포민이란 그자가 어마어마한 사기꾼인 것 같습니다." 그리네비치가 그들이 한창 조사 중인 사건과 관련된 인물에 대해 언급했다.

그의 말을 듣자 스테판 아르카디이치는 얼굴을 찌푸렸다. 그러면서 그는 그런 식으로 속단하는 것은 잘못된 행동이라고 알려 주려는 듯 아무 말도 하지 않았다.

"방금 전에 왔던 사람은 누군가?" 그가 관리인에게 물었다.

"잘 모르겠습니다, 각하. 잠깐 딴 곳을 보고 있는 사이에 허락도 없이 들어와서 각하를 뵙겠다고 하지 않겠습니까. 그래서 직원들이 다 함께 나올 때 그때 만나 뵈라고……."

"그 사람은 어디 있나?"

"현관 쪽으로 갔을 겁니다. 조금 전까지 저쪽에서 거닐고 있었는데……. 아, 여기 계시는군요." 관리인이 한 남자를 가리키며 말했다. 그는 양가죽 모자를 벗지도 않고 낡은 돌층계를 재빠르게 뛰어 올라왔다. 곱슬머리에 어깨가 넓은 풍채 좋은 남자였다. 그때 계단을 내려가던 사람들 중 가방을 옆에 낀, 마른 체형의 관리 한 명이 가던 길을 멈추고는 방금 뛰어

올라온 남자를 탐탁지 않은 표정으로 바라보다가 고개를 돌려 뭔가 미심쩍은 눈길로 오블론스키를 바라보았다.

스테판 아르카디이치는 칼라에 수가 놓인 제복을 입고 선량하게 빛나는 얼굴로 계단 위에 서 있었다. 그는 뛰어 올라오는 남자의 얼굴을 알아보고는 더욱 환한 표정을 지었다.

"그래, 그럼 그렇지! 레빈, 어서 오게나!" 자신에게 다가오는 레빈을 바라보며 그는 반가움과 장난이 뒤섞인 미소를 지으며 말했다. "어떻게 여기까지 올 생각을 한 건가?" 그는 레빈의 손을 잡는 것만으론 부족했는지 입을 맞추며 말했다. "어쨌건, 여기 온 지 오래됐나?"

"방금 막 도착했네. 자네가 너무 보고 싶어서 참을 수가 있어야지." 레빈은 쑥스러워하면서도 다소 노기가 뒤섞인 불안정한 모습으로 주위를 두리번거리며 말했다.

"어쨌든 내 사무실로 가세." 스테판 아르카디이치는, 자존심이 세고 쉽게 화를 내는 레빈의 성향을 잘 알고 있었기에 마치 위험한 곳을 지나가기라도 하듯 그의 손을 잡고 안내했다.

스테판 아르카디이치는 대부분 지인을 '너'나 '자네'라 부르며 허물없이 지냈다. 육십 먹은 노인도, 스무 살 청년도, 배우나 장관, 상인이나 시종무관장과도 말이다. 이러한 까닭에 그와 허물없이 지내는 지인들은 사회적 지위로 보았을 때 극과 극의 경우도 있었다. 그렇기 때문에 그들이 오블론스키라는 사람을 통해 뭔가를 공유하고 있다는 걸 알게 된다면 분명 놀랄 것이다. 그는 자신과 한 번이라도 샴페인을 마신 사람이라면 누구와도 허물없는 사이가 되었다. 그는 수많은 사람과 샴페인을 마셨지만, 자신의 직원들이 있는 곳에서 다른 사람들이 느끼기에 다소 '불편한' 친구와 함께할 때면 직원들이 불편하지 않게 특유의 익살로 배려해 주었다. 레빈은 불편한 친구는 아니었으나, 그가 직원들 앞에서 자신의 모습을 굳이 드러내고 싶지 않을 수도 있다는 생각이 들어 스테판 아르카디이치는 레빈을 개인 사무실로 데려갔다.

레빈은 오블론스키와 비슷한 나이대였다. 그와 레빈은 고작 샴페인을 같이 마신 단순한 사이가 아니라 아주 어릴 때부터 알고 지낸 친구였다. 서로의 성향이나 취미는 달랐지만 어릴 때부터 함께 자란 친구 사이가 으레 그렇듯 서로를 아꼈다. 하지만 생활하는 분야가 너무도 달랐기에 서로의 세계를 인정하면서도 한편으로는 경멸하고 있었다. 그들은 서로 자신의 생활 방식만이 옳은 것이고 친구의 것은 그저 망상이라 여기고 있었다. 레빈을 만날 때마다 오블론스키는 조소를 지었다. 그는 레빈이 시골에서 모스크바로 올 때마다 몇 차례 만났지만 정작 레빈이 하고 있는 일이 무엇인지 알지 못했고 크게 관심도 없었다. 모스크바에 올 때마다 레빈은 늘 들떠 있었고 조급해하며 불안해하고 있었다. 게다가 레빈은 남들과는 다른 시각으로 사물을 바라보았다. 스테판 아르카디이치는 이런 레빈의 모습이 우습기도 했지만 마음에 들었다.

레빈 역시 그와 마찬가지였다. 의미 없는 도시 생활을 하고 있는 친구의 모습을 비웃기도 하고 경멸하기도 했던 것이다. 다른 점이 있다면 오블론스키가 남들처럼 평범하게 살아가면서 자신감을 가지고 선량하게 비웃는 것에 반해, 레빈은 자신감 없이 화난 태도로 비웃는다는 것이었다.

"오랫동안 기다렸네." 사무실에 도착한 스테판 아르카디이치가 레빈의 손을 놓으며 이제는 안전하다는 듯한 투로 말했다. "이렇게 자네를 다시 만나서 정말 너무 반갑네." 그가 말을 이었다. "그래, 어떻게 지냈나? 언제 왔나?"

레빈은 처음 만난 오블론스키의 동료 두 사람을 바라보며 아무 말도 하지 않았다. 그는 그리네비치의 우아한 손을 바라보았다. 하얗고 긴 손가락에 손톱은 다소 누렇고 구부러져 있었으며 루바슈카 소매에는 아주 크고 반짝이는 커프스단추가 달려 있었다. 레빈은 그 모든 것에 넋을 빼앗긴 듯 그를 바라보고 있었다. 그 모습을 본 오블론스키는 슬며시 미소를 지었다.

"아 참, 이분들을 소개하지." 그가 말했다. "여긴 내 동료 필립 이바노비치 니키틴 그리고 미하일 스타니슬라비치 그리네비치일세." 그는 레빈을 가리키며 말을 이어 갔다. "여기 이분은 젬스트보(러시아의 지방 자치 단체)의 의원이지. 5푸드(러시아에서 쓰는 무게 단위. 1푸드는 약 16.38kg에 해당함)를 한 손으로 거뜬히 들어 올리는 운동선수이기도 하고, 목축업자이자 사냥꾼이기도 한 내 친구 콘스탄틴 드미트리치 레빈일세. 세르게이 이바노비치 코즈니셰프의 동생이기도 하지."

"만나서 반갑습니다." 고참 관리가 말했다.

"형님이신 세르게이 이바노비치를 만난 적이 있습니다." 그리네비치가 손톱이 긴 가느다란 손을 내밀며 말했다.

그러자 레빈은 인상을 살짝 찌푸리며 형식적인 악수를 하고는 오블론스키 쪽을 바라보았다. 레빈은 러시아에서 유명한 작가인, 아버지가 다른 그의 형을 존경하고는 있었지만 남들이 자신을 콘스탄틴 레빈이 아닌 유명한 코즈니셰프의 동생으로 대하는 것은 도저히 참기 힘들었다.

"아니, 나는 이제 젬스트보 의원이 아닐세. 그쪽 사람들과는 견해가 달라서 더 이상 의회에 나가지 않는다네." 레빈이 오블론스키를 바라보며 말했다.

"그런 일이." 오블론스키가 미소 지으며 말했다. "하지만 무슨 이유로?"

"말하자면 길어. 기회가 되면 얘기해 주지." 레빈은 이렇게 말하긴 했으나 곧바로 그에 관한 이야기를 이어 갔다.

"요점은 이걸세. 내가 젬스트보에서 할 수 있는 일이 없고 앞으로도 없을 거란 얘기네." 레빈은 모멸감이라도 느낀 듯 흥분한 몸짓으로 말했다. "한마디로 그저 허울일 뿐이지. 그 사람들은 젬스트보에서 장난을 치고 있는 것뿐이야. 하지만 나는 장난을 칠 만큼 젊지도, 늙지도 않았어. 달리 말하면." 그는 말을 더듬기 시작했다. "그건 현 내의 무리들이 돈을 벌기 위한 수단에 지나지 않아. 전에 감독청이나 법원이 그랬던 것처럼 현재는 젬스트보가 그렇다는 얘기지. 이젠 뇌물이 아니라 봉급을 주면서 말이야." 레빈은 이 자리에 있는 누군가가 자신의 의견에 반론이라도 제기한 듯 한껏 열을 올리며 말했다.

"흠! 자네 생각이 또 바뀐 게로군. 이번엔 보수 쪽인가?" 스테판 아르카디이치가 말했다.

"어쨌든 그 얘긴 다음에 하기로 하지."

"그래, 다음에 하세. 어쨌든 나는 자네를 꼭 만나 보고 싶었다네." 레빈은 그리네비치의 손을 못마땅하게 바라보며 말했다.

스테판 아르카디이치는 옅은 미소를 지었다.

"다시는 유럽풍의 옷은 안 입겠다고 하더니." 스테판 아르카디이치는 프랑스 재단사가 만들었다고 확신한 레빈의 새 옷을 바라보며 말했다. "그래, 잘 알겠네. 이것도 새로운 변화 중 하나겠지."

레빈의 얼굴이 갑자기 붉어졌다. 그것은 어른들이 순간적으로 얼굴을 붉히는 정도가 아닌, 어린아이들이 사람들 앞에서 웃음거리가 되어 부끄러움에 얼굴이 빨개지고는 너무 창피해서 금방이라도 눈물이 터지려 할 때 얼굴이 붉어지는 것과 같았다. 오블론스키는 그의 총명하고 남자다운 얼굴에 아이 같은 얼굴이 보이자 낯설게 느껴져 그의 시선을 피했다.

"어디에서 볼까? 자네와 꼭 하고 싶은 얘기가 있어서 그래." 레빈이 말했다.

잠시 생각에 잠긴 듯한 얼굴로 오블론스키가 말했다.

"이렇게 하는 게 어떤가. 구린에 있는 식당으로 가서 얘기를 나누세. 3시까진 여유가 있으니까."

"그건 좀 곤란한데." 레빈이 잠시 고민하다가 말했다. "가 봐야 할 데가 있어서 말이야."

"그럼 저녁 식사를 같이하지."

"저녁 식사? 두어 마디 물어볼 게 있어서 그렇지 특별한 얘기는 아닐세. 다른 얘기는 나중에 천천히 해도 되고 말이야."

"그럼 지금 그 두어 마디 얘기를 하는 게 어떤가. 다른 얘기들은 저녁 식사를 하면서 하고 말이야."

"그 두어 마디란 게……." 레빈이 머뭇거리며 말했다. "근데 별 얘긴 아닐세."

레빈의 얼굴은 수줍음을 억지로 참아 내려고 애쓰느라 마치 화가 난 것처럼 보였다.

"쉬체르바쓰키가 사람들은 잘 지내나? 다들 잘 있지?" 레빈이 말했다.

스테판 아르카디이치는 레빈이 자신의 처제 키티를 좋아하고 있다는 사실을 오래전부터 알고 있었다. 그는 희미한 미소를 지으며 눈을 반짝였다.

"진짜 두 마디군. 그런데 나는 두 마디로 답할 수는 없네. 오, 잠시만."

그때 비서관이 예의를 갖추어 들어왔다. 하지만 비서관이라는 자들이 으레 그러하듯, 그는 실무상의 지식은 자신이 상사보다 훨씬 더 많다는 우월감에 젖은 채 서류를 들고 오블론스키에게 다가왔다. 문의 사항이 있다고 말하기는 했으나 그는 복잡한 문제에 대해 말하기 시작했다. 그러자 스테판 아르카디이치는 도중에 자신의 손을 비서관의 소매 위에 부드럽게 얹었다.

"아니, 내가 전에 얘기한 대로 하게." 그는 미소를 지으며 감정을 누그러뜨리며 목소리를 낮췄다. 그러고는 그 일에 관해 자신의 견해를 간략하게 제시하고서는 서류를 밀어 놓으며 말했다. "이렇게 하게, 자하르 니키티치."

비서관은 겸연쩍은 듯한 얼굴로 나갔다. 레빈은 스테판 아르카디이치가 비서관과 대화를 나누는 동안 기분이 나아진 듯, 냉소를 보이며 의자 등받이를 짚고 일어서 있었다.

"모르겠어, 정말 모르겠어." 레빈이 말했다.

"뭘 말이야?" 오블론스키가 웃으면서 담배를 꺼내며 말했다. 그는 레빈이 뭔가 특별한 이야기를 꺼내기를 바라고 있었다.

"자네들이 대체 무슨 일을 하는지를 말이야." 레빈은 어깨를 으쓱이며 말했다. "자네는 이런 일을 참 착실하게 잘 해내고 있군."

"이 일이 어때서?"

"어떠냐고? 별 볼 일 없는 일이잖아."

"자네 생각은 어떨지 몰라도 우리는 그 일 더미 속에서 지내고 있어."

"일이 아니라 서류 더미 속에서 말이지. 하긴 자네는 이런 일에 재능이 있으니까." 레빈이 말했다.

"자네가 하고 싶은 말은, 그러니까 내가 뭔가 잘못하고 있다는 얘기로군."

"그럴지도 모르지." 레빈이 말했다. "하지만 난 여전히 유능한 자네의 모습을 좋아하고 이렇게 훌륭한 사람이 내 친구라는 게 정말 자랑스러워. 그런데 자네는 내 질문에 아직 답을 하지 않았네." 레빈은 오블론스키의 눈을 똑바로 쳐다보며 말했다.

"그래, 좋아. 근데 얼마 후면 자네도 이렇게 되고 말걸. 어쨌든 자네는 현재 카람진 현에 3,000데샤티나(약 3,300만 제곱미터, 약 1,000만 평)의 땅이 있고 그런 멋진 근육과 소년의 풋풋함을 가지고 있으니 활기가 넘치겠지. 하지만 자네 역시 언젠가는 우리처럼 될 거야. 참, 자네가 좀 전에 했던 질문 말인데, 딱히 특별한 일은 없지만 자네가 한동안 오지 않아서 좀 섭섭했을 뿐이네."

"그게 왜?" 레빈이 놀라며 물었다.

"음, 아무것도 아닐세." 오블론스키가 대답했다. "그 얘긴 나중에 하도록 하지. 헌데 자네는 대체 무슨 일로 온 건가?"

"그 얘기도 나중에 하도록 하지." 얼굴이 벌게진 레빈이 말했다.

"그래, 그럼 그렇게 하지." 스테판 아르카디이치가 말했다. "어쨌든 자네를 집에 초대하고 싶은데 지금 아내의 건강이 좋지가 않아서 말이야. 만약 우리 집 식구들을 만나고 싶다면 동물원으로 가 보게. 4시에서 5시 사이에는 거기에 있을 테니까. 키티가 스케이트를 타러 그리로 가거든. 자네가 가면 나도 곧 따라갈 테니 그때 같이 식사나 하세."

"그래, 그렇게 하세."

"혹시나 해서 하는 말인데, 또 깜빡 잊어버리거나 갑자기 시골로 가 버리면 안 돼!" 스테판 아르카디이치가 웃으며 외쳤다.

"이번엔 절대 안 그래."

레빈은 문 밖으로 나오고서야 오블론스키의 동료들에게 인사를 하지 않았다는 것을 알아챘지만 그냥 밖으로 나왔다.

"방금 그분은 에너지가 넘치는 것 같군요." 레빈의 모습이 보이지 않자 그리네비치가 말했다.

"그렇고말고." 스테판 아르카디이치가 고개를 끄덕였다.

"정말 행복한 사람이지. 카람진 현에 3,000데샤티나의 땅이 있고, 전망도 밝고 쾌활하니까! 우리하곤 차원이 다르지."

"스테판 아르카디이치, 당신이 왜 그런 말씀을 하십니까?"

"모든 게 초라하고 비참할 뿐이야." 스테판 아르카디이치가 무거운 한숨을 내쉬며 말했다.

6

오블론스키가 레빈에게 자신을 찾아온 목적이 무엇인지 묻자 그의 얼굴은 새빨개졌다. 그러고 나서 레빈은 오히려 화를 냈다. 그가 오로지 그 하나의 목적을 위해 모스크바에 오긴 했지만 "자네 처제와 결혼하고 싶어서 왔네."라고 차마 말할 수 없었기 때문이다.

모스크바의 오랜 귀족 출신이었던 레빈 가족과 쉬체르바쓰키 가문은 서로 친밀한 관계였다. 그 관계는 레빈의 학창 시절에 더욱 돈독해졌다. 레빈은 돌리와 키티의 오빠였던 쉬체르바쓰키 공작과 함께 공부하고 대학에 들어갔다. 그 시절 레빈은 자주 쉬체르바쓰키가에 드나들었고 그들에게 애정을 가지고 있었다. 조금 이상하게 들릴지도 모르겠지만, 콘스탄틴 레빈은 그 집안 식구들 중에서도 특히 쉬체르바쓰키의 여인들에게 애정을 가지고 있었다. 어머니에 관한 기억이 전혀 없고, 하나뿐인 누이와는 나이 차가 워낙 컸던 레빈은 부모의 부재로 누릴 수 없었던 교양 있고 고결한 옛 귀족의 가정생활을 쉬체르바쓰키 가족을 통해 처음으로 경험했던 것이다. 레빈에게 있어 그 집안 식구들, 특히 그 집안 여인들은 신비로웠고 시적인 베일에 가려진 사람들처럼 느껴졌다. 그는, 그녀들에게는 어떤 결점도 없으며 또한 그녀들을 둘러싸고 있는 신비하고 시적인 베일 속에는 고귀함과 완벽함이 있을 거라 믿었다.

레빈은 도대체 왜 이 세 여인은 정해진 시간에 교대로 피아노를 치면서 위층에서 공부하고 있는 두 남학생의 방까지 들리도록 하는지, 왜 불문학이나 음악, 그림, 춤을 가르치는 교사들이 집 안에 드나드는지, 왜 세 여인이 일정한 시간에 새틴 코트를 — 돌리는 긴 코트를, 나탈리는 반코트를, 키티는 빨간 스타킹을 신고 매력적인 다리가 드러날 만큼 짧은 코트를 — 입고 리농과 함께 마차를 타고 트베르스코이 가로수 길로 향하는지, 또한 그녀들은 왜 모자에 금빛 장식을 한 하인을 데리고 그곳으로 가는지 알 수 없었다. 레빈은 그녀들만의 신비한 세계에서 펼쳐지고 있는 모든 일들을 이해할 수 없었던 것이다. 하지만 그는 그곳에서 벌어지고 있는 모든 일들이 아름답다고 생각했기에 그 신비로운 매력에 넋을 빼앗기고 말았다.

대학 시절, 레빈은 그 집안의 큰딸인 돌리한테 마음을 빼앗길 뻔했다. 하지만 그녀는 곧 오블론스키와 결혼했기에 레빈은 둘째 딸에게 관심을 가지기 시작했다. 그는 그녀들 중한 명을 사랑해야겠다고 생각했지만 누구 한 사람을 고르기가 어려웠다. 하지만 나탈리 역시 사교계에 나가자마자 외교관 리보프와 결혼했고, 레빈이 대학을 졸업했을 때 즈음에는 키티는 아직 소녀였다.

얼마 후 청년 쉬체르바쓰키가 해군에 입대해서 발트해에서 익사한 사건이 벌어졌다. 그러한 이유로 레빈과 오블론스키와의 친분에도 레빈과 쉬체르바쓰키 가족과의 관계는 멀어져 갔다. 그러다가 그해 초겨울, 레빈이 시골에서 모스크바로 나와 일 년 만에 쉬체르바쓰키 가족들을 만났을 때 그는 자신이 세 여인 중 누구와 사랑에 빠질 운명인지 알게 되었다.

레빈은 훌륭한 가문 출신이고 재산도 넉넉한 서른두 살의 남자였다. 그 정도로 모든 조건을 갖춘 훌륭한 남자가 쉬체르바쓰키가의 딸과 혼인하는 것은 너무도 쉬운 일이었을지도 모른다. 그러나 깊은 사랑에 빠져 있던 그는, 키티만큼 완벽한 여자는 없다고 생각했다. 반면에 레빈 자신은 다른 사람들이나 그녀에게 인정받을 수 없을 만큼 스스로 너무 부족하다고 여겼으며 이 세상에서 가장 보잘 것 없는 존재처럼 느껴졌다.

레빈은 키티를 만나기 위해 사교계에 발을 들여놓았다. 두 달 동안 거의 매일 그녀 주변을 맴돌며 모스크바에서 행복한 시간을 보냈다. 그러다가 갑자기 그는 그녀와 함께하는 것이 불가능하다고 생각하고는 시골로 떠나 버렸다.

그가 그러한 결심을 하게 된 이유는 이러했다. 키티의 부모님 입장에서 볼 때 레빈 자신은 그토록 아름다운 키티와는 어울릴 수 없는 존재였고 한없이 부족한 남자였기에 키티 역시 그런 자신을 사랑하지 않을 거라 생각했던 것이다. 그녀 부모의 시선으로 보았을 때 그와 비슷한 또래인 서른두 살의 남자라면 거의 대령이나 시종무관, 교수나 은행장, 철도청장, 그것도 아니면 오블론스키처럼 관청장쯤은 되어 있어야 했기 때문이다. 하지만 레빈은 사회적 위치에서 볼 때 어떤 자리에도 오르지 못했다. 레빈은 단지(그는 남들이 보는 자신의 모습을 너무도 잘 알고 있었다.) 소를 키우고 도요새를 사냥하며 건물을 짓는 지주였다. 남들이 보기에는 무능하고 전망도 없는, 아무 의미도 없는 일을 하고 있는 사람이었던 것이다.

그러했기에 그는 그토록 신비로우며 아름다운 키티가 뭐 하나 특별할 것 없는 추한 남자를(레빈은 자신을 그렇게 생각했다.) 사랑하지 않을 거라 여겼다. 게다가 키티 오빠와의 친분으로 말미암은 어린 시절 그녀와 그의 관계는 그저 어른과 아이와의 관계였을 뿐이었기에 그것은 사랑을 시작하는 데 있어서 장애물이 되었다. 그래서 그는 못생기고 선량하기만 한 자신은 그저 친구로서 사랑을 받을 수 있을지는 몰라도 키티를 향한 자신의 마음과 같은 사랑은 결코 받을 수 없을 거라 생각했다. 그러한 사랑을 얻기 위해서는 자신이 잘생기고 특별한 남자여야 한다고 믿고 있었다.

여자들이 못생기고 평범한 남자와 사랑에 빠지기도 한다는 말을 들어 보긴 했지만 레빈은 믿지 않았다. 그 역시도 키티처럼 아름답고 신비로운, 멋진 여자를 사랑할 것이기 때문이었다.

그러나 그는 시골에서 두어 달을 보내고 나서야 깨달았다. 자신의 사랑이 그저 사춘기 시절에 겪는 풋사랑이 아니라는 것을 말이다. 그러한 감정은 그를 늘 불안하게 만들었다. 그리하여 그는 그녀가 자신의 아내가 될 것인지에 대해 확인하지 않고서는 도저히 살 수 없다는 것을 깨달았다. 또한 그가 느꼈던 절망감은 단지 혼자만의 상상일 뿐이었으며, 그녀에게 거절당할 명백한 이유가 없다는 것도 말이다. 그러한 이유로 레빈은 그녀에게 청혼해야겠다고 생각했고 그녀가 허락한다면 바로 결혼하리라 결심하며 모스크바로 온 것이다. 하지만 만약 거절을 당한다면 어떻게 해야 할지에 대해서는 생각조차 할 수 없었다.

7

레빈은 아침 기차로 모스크바에 도착했다. 그러고 나서 어머니가 같은 형 코즈니셰프의 집에 잠시 들렀다. 그는 옷을 갈아입고는 이번에 모스크바로 온 이유에 대해 설명하고 형의 의견을 듣기 위해 서재로 갔다. 하지만 그곳에는 이미 손님이 와 있었다. 그는 하리코프에서 온 유명한 철학 교수였는데 두 사람 사이에 철학적 견해가 엇갈린 나머지 그것을 풀기 위해 이곳에 온 것이었다. 그는 유물론자에 관해 자신의 견해를 피력하고 있었는데, 마침 세르게이 코즈니셰프도 그것에 대해 관심을 가지고 있었기 때문에 최근 발표된 교수의 논문을 읽고서 그의 견해에 반박하는 내용을 보냈던 것이다. 그는 유물론자들에게 너무 우호적이라며 교수를 비난했다. 그러자 교수는 그에 대해 이야기를 나누기 위해 여기까지 온 것이다. 두 사람은 인간의 행동에 심리적인 것과 생리적인 것 사이에 경계가 있느냐, 만일 있다면 어디에 있느냐에 관한, 최근 쟁점이 되고 있는 문제에 대해 논쟁을 벌이고 있었다.

늘 그러했듯 세르게이 이바노비치는 다정하면서도 다소 차가운 미소로 동생을 맞이했다. 그는 교수에게 동생을 소개하고 나서 하던 이야기를 마저 이어 갔다.

교수는 이마가 좁고 안경을 꼈으며 왜소한 체구에 낯빛은 누렇게 떠 있었다. 그는 레빈과 인사하기 위해 잠시 이야기를 멈췄으나 곧 그에게 크게 관심을 가지지 않고 하던 이야기를 계속 이어 갔다. 레빈은 교수가 돌아갈 때까지 기다리기로 마음먹고 자리에 앉았다가 자신도 모르게 어느새 대화의 내용에 빠져들기 시작했다.

지금 논쟁을 벌이고 있는 내용에 관해 레빈은 잡지에서 종종 본 적이 있었다. 그는 대학에서 자연 과학을 전공했기에 이 내용에 관심을 가지고 읽곤 했다. 그러나 동물이라는 존재로서 의의를 가지는 인류의 기원에 관해서라거나 반사 작용,

생물학, 사회학과 관련된 결론을 삶과 죽음이라는, 자신과 직접적으로 관련된 문제와 연관 지어 생각해 본 적은 없었다. 그는 최근에 와서야 삶과 죽음에 관해 관심을 가지게 되었다.

형과 교수의 논쟁을 듣고 있던 레빈은 그들의 논점이 무엇인지 알 수가 없었다. 그들이 과학적인 문제와 정신적인 문제를 연관 지으며 가장 중요한 논점에 접근했다고 생각한 순간, 뒤로 물러서서 세세한 분석과 해설, 인용, 암시 등 전문적인 학설에 관해 심도 있게 대화를 나누었기 때문이다.

"나는 동의할 수 없습니다." 늘 그렇듯 세르게이 이바노비치가 단호하면서도 기품 있는 어조로 말했다. "외부 세계에 대한 '나'라는 존재의 관념이 인상에서 나온다는 케이스의 견해에 절대 동의할 수 없습니다. '나'라는 존재는 어떠한 감각도 거치지 않는, '실재'라는 가장 근본적인 관념입니다. 그러한 관념을 전달하는 특수 기관이 존재하지 않으니까요."

"동의합니다. 하지만 부르스트, 크나우스트, 프리파소프 같은 학자들은 분명 이렇게 말할 겁니다. 당신이 생각하는 존재의 관념은 모든 감각의 총체이며 또한 그 존재 인식은 모든 감각의 결과라고 말입니다. '감각 없이는 존재의 관념도 없다.'라고 부르스트가 단언하지 않았습니까."

"제 생각은 완전히 다릅니다." 세르게이 이바노비치가 말했다.

지금이야말로 가장 중요한 순간이며, 그들의 견해가 또다시 엇갈리고 있다는 것을 감지한 레빈은 교수에게 질문하기로 마음먹었다. "만약 육체가 죽게 되어 감각이라는 게 사라진다면 존재도 남아 있지 않는 것입니까?" 그가 물었다.

그러자 교수는 레빈이 끼어들어 대화가 끊긴 것이 불쾌하다는 듯 탐탁지 않은 얼굴로 철학자와는 거리가 먼, 뱃사공처럼 보이는 질문자를 바라보았다. 교수는 '도대체 왜 끼어드는 거야?'라고 세르게이 이바노비치에게 묻고 싶은 듯 그를 향해 고개를 돌렸다. 그러나 세르게이 이바노비치는 유연한 사고를 지닌 사람이었다. 그는 교수처럼 일방적으로 자신의 견해만을 고집하지 않았기에 교수와 대화를 하면서도 그러한 의문을 가진 레빈을 이해할 수 있었다. 그는 웃으며 말했다.

"우리는 그 문제를 해결할 수가 없어."

"우리에겐 그만한 자료가 없으니까요." 교수도 인정하고는 자신의 견해를 계속 피력해 갔다. "아니요. 내 생각은 이렇습니다. 만약 프리파소프의 말처럼 인상으로부터 감각이 도출된다고 한다면 우리는 그 두 가지 개념을 확실히 구별해서 이해해야 한다는 것입니다."

레빈은 더 이상 듣고 싶지 않았기에 그저 교수가 빨리 돌아가기만을 바랐다.

8

교수가 돌아가자 세르게이 이바노비치는 레빈을 보며 말했다.

"네가 와서 기쁘구나. 얼마나 머물 생각이야? 그래, 농사는 어때?"

레빈은 형이 농사 따위에는 조금도 관심이 없고 그저 인사 치례에 불과하다는 것을 알고 있었기에 최근 밀의 판매와 금 전적인 문제에 대해서만 간략하게 언급했다.

레빈은 형에게 자신의 결혼 문제를 의논하고자 마음먹고 왔다. 하지만 형과 교수의 논쟁을 듣고, 또 관심도 없는 농 사일에 관해 묻는 형의 태도를 보자(레빈은 아직까지 어머니의 토지를 관리하고 있었다.) 아직 결혼 문제에 관해서는 말도 꺼낼 수 없을 것 같았다. 게다가 레빈은 형이 결혼 문제를 자신과 다른 관점에서 볼 수도 있을 거라 생각했다.

"요즘 젬스트보 사정은 어때?" 젬스트보에 관심이 많았고 그것에 큰 의의를 두고 있던 세르게이 이바노비치가 물었다.

"글쎄, 잘 모르겠어요."

"모르다니? 넌 의원이잖니."

"이제는 아니에요. 사퇴했어요." 콘스탄틴 레빈이 대답했다. "더 이상 회의에도 참석하지 않고요."

"그래선 안 되지." 세르게이 이바노비치가 인상을 찌푸리 며 말했다. 그러자 레빈은 변명이라도 하듯 젬스트보의 사정에 대해 이야기를 시작했다.

"또 그렇게 됐군, 늘 그런 식이지." 세르게이 이바노비치가 레빈의 말을 가로막으며 말했다.

"러시아인들은 늘 이런 식이지. 자신의 단점을 파악하는 것, 뭐, 그게 우리의 장점일 수도 있겠지만 말이야. 하지만 우 리 러시아인들은 늘 정도를 넘어서 혀끝에 독을 품고 있지.

만약 우리나라의 지방 자치 제도 같은 권리를 독일인이나 영국인에게 준다면 그들은 분명 거기에서 자유를 찾아냈을 거야. 그런데 우리 러시아인들은 그저 냉소만 보일 뿐이지."

"하지만 어쩔 수 없었어요." 레빈이 멋쩍게 말했다. "마지막까지 최선을 다해 봤지만 더 이상은 못하겠어요. 내겐 그럴 만한 능력이 없어요."

"능력이 없다니 말도 안 되는 소리." 세르게이 이바노비치가 말했다. "너의 그 사고방식이 잘못된 거야."

"그럴 수도 있겠죠." 레빈이 풀 죽은 목소리로 말했다.

"어쨌든 그 얘긴 이쯤에서 그만하고, 니콜라이가 여기에 온 건 알고 있니?"

니콜라이는 콘스탄틴 레빈의 친형이자 세르게이 이바노비치와는 아버지가 다른 동생이었다. 니콜라이는 현재, 상속받은 어마어마한 재산을 모조리 탕진하고 이상한 사람들과 어울리는 탓에 형제들과의 관계도 좋지 못한 상태였다.

"네?" 레빈이 겁에 질린 어조로 말했다. "그걸 어떻게 아셨어요?"

"프로코피가 길에서 봤다고 하더군."

"여기, 모스크바에서 말입니까? 지금 어디 있습니까? 아세요?" 레빈은 당장 자리를 박차고 형을 찾으러 나가려는 듯 벌떡 일어났다.

"괜한 얘길 꺼낸 것 같군." 레빈의 흥분한 모습을 보자 세르게이 이바노비치가 고개를 저으며 말했다. "그가 어디 사는지 알아냈어. 그리고 내가 전에 대신 갚아 줬던 트루빈 앞으로 된 어음을 보냈지. 그랬더니 답장이 왔더군."

세르게이 이바노비치는 서진 밑에 두었던 편지를 꺼내 동생에게 건넸다. 그러자 레빈은 특이하면서도 익숙한 필체로 된 편지를 읽어 나갔다.

'제발 나를 좀 내버려 둬요. 이게 내 사랑하는 형제들에게 바라는 유일한 소망이야.'

편지를 다 읽고 나서도 레빈은 그것을 내려놓지 못하고 고개를 푹 숙인 채 세르게이 이바노비치 앞에 멍하니 서 있었다. 레빈의 마음속에서 이 불행한 형에 대해 잠시라도 잊고 싶다는 마음과 그것은 옳지 않은 일이라는 상반된 감정이 다투고 있었다.

"그는 날 모욕하고 있어." 세르게이 이바노비치가 말했다. "하지만 그럴 순 없어. 나는 진심으로 그를 돕고 싶어. 아마도 불가능한 일이겠지만."

"그래요. 그럴 테죠." 레빈이 반복했다. "형님의 그런 마음을 이해하고 존중합니다. 하지만 저는 니콜라이 형에게 가야겠습니다."

"권유하고 싶진 않지만 가고 싶으면 가 보거라." 세르게이 이바노비치가 말했다. "난 조금도 걱정되지 않는다. 그가 우리 사이를 갈라놓을 순 없을 테니까. 하지만 어차피 그를 도울 방법은 없을 테니 가지 말라고 하고 싶구나. 그래도 정 가고 싶다면 그렇게 하거라."

"그래요, 도울 방법이 없을지도 몰라요. 하지만 지금 이런 상황에서 가만히 있을 수는 없어요."

"잘 모르겠구나. 하지만 말이야." 세르게이 이바노비치가 말했다. "이거 하나만은 확실해." 그가 덧붙여 말했다. "겸손이라는 미덕 말이다. 니콜라이가 지금과 같은 처지가 된 후에 나는 비열한 자들에게 좀 더 관용을 베풀게 되었지. 그 녀석이 무슨 짓을 저질렀는지는 너도 잘 알고 있겠지."

"아, 끔찍한 일이에요. 정말 끔찍하다고요!" 레빈이 반복했다.

레빈은 세르게이 이바노비치의 하인에게서 니콜라이의 주소가 적힌 종이를 받고는 지금 당장 그를 만나러 가려고 했다. 그러다가 생각을 바꿔 저녁에 가기로 마음먹었다. 그는 자신의 불안한 마음을 잠재우기 위해 모스크바까지 나왔다는 사실을 잊지 않고 자신의 문제에 관해 매듭짓지 않으면 안 된다고 생각했다. 그래서 레빈은 형의 집에서 나와 오블론스키의 관청으로 향했다. 그곳에 도착한 그는 쉬체르바쓰키 가족들의 안부를 묻고는 마차를 타고 키티를 만날 수 있는 곳으로 향했다.

9

4시가 되자 레빈은 심장이 두근거렸다. 그는 마차에서 내려 오솔길을 지나 스케이트장으로 향했다. 동물원 입구에서 쉬체르바쓰키가의 마차를 보았기에 그는 그녀가 틀림없이 그곳에 있을 거라 생각했다.

화창했지만 쌀쌀한 날씨였다. 동물원 입구에는 사륜마차, 썰매 그리고 낡은 삯마차와 헌병들이 나란히 서 있었다. 멋진 조각으로 처마가 장식 된, 러시아풍의 오두막집 사이에 난 깨끗한 오솔길은 한껏 멋을 부리고 나온 사람들로 붐볐다. 그들의 모자는 밝은 햇빛에 반사되어 반짝거렸다. 동물원 내부의 오래된 자작나무 가지들은 눈이 내린 탓에 축 늘어져 있었는데, 그 모습은 마치 새 옷으로 단장한 것 같았다.

　오솔길을 따라 스케이트장으로 향하던 레빈이 혼잣말을 했다. "당황하지 말고 침착하자. 대체 지금 뭐하고 있는 거야, 이 멍청아." 그는 자신의 심장을 향해 외쳤다. 하지만 그럴수록 그는 오히려 숨이 가빠 왔다. 레빈을 발견한 지인들이 말을 걸어 왔으나 그는 알아보지 못했다. 그는 썰매가 오르락내리락할 때마다 들리던 쇠사슬 소리와 썰매 소리와 즐거워하는 사람들의 목소리가 들리는 스케이트장을 향해 갔다. 조금 더 걸어가자 드디어 스케이트장이 보였다. 그는 수많은 인파 속에서 그녀를 찾아냈다.

　그녀를 발견하자 그는 기쁨과 두려움이 뒤섞인 기분이었다. 그녀는 스케이트장 건너편 끝에서 어느 부인과 대화를 나누고 있었다. 그녀의 모습은 다른 사람들과 특별히 다르진 않았지만 레빈은 그녀를 찾아냈다. 그에게 있어 수많은 사람 속에서 그녀를 찾아내는 것은, 엉겅퀴 속에서 장미를 발견해 내는 것만큼이나 쉬운 일이었다. 그녀로 말미암아 주변의 모든 것들이 빛나고 있었다. 그녀는 주변의 모든 것들을 환히 비추는 햇살 같았다.

'과연 내가 저 얼음판을 지나 그녀 앞까지 갈 수 있을까?' 그는 생각했다. 그녀가 있는 곳은 그가 차마 다가갈 수 없는 신성한 공간처럼 느껴졌다. 그러자 두려워지기 시작한 레빈은 이대로 달아나고 싶은 생각이 들었다. 하지만 수많은 사람이 그녀 주위에 있었기에 레빈 역시 얼음판을 지나 그녀가 있는 곳으로 갈 수 있을 거라는 생각이 들었다. 레빈은 그녀가 마치 태양이라도 되는 것처럼 그녀를 오래 쳐다보지 못하고 얼음판을 향해 내려갔다. 하지만 그녀는 굳이 눈으로 보지 않아도 느껴지는 태양과 같았다.

일주일 중 이날, 서로 친분이 있는 사람들이 스케이트장에 모여 있었다. 그중에는 선수처럼 스케이트를 잘 타는 사람도 있었고, 겁에 질려 어설픈 몸짓으로 의자 등받이를 부여잡고 스케이트를 배우기 시작하는 초보들도 있었으며, 건강을 위해 소년들과 함께 스케이트를 타는 노인들도 있었다. 레빈은 그들이 단지 그녀 주변에 있다는 이유만으로 축복받은 자들이라고 생각했다. 그들은 그녀에게 큰 관심을 보이지 않으며 그녀의 뒤를 따르기도 하고 때로는 앞질러 나아가기도 하면서 그녀와 대화를 나누었고, 좋은 빙판과 날씨를 즐기며 스케이트를 타는 듯했다.

키티의 사촌 오빠인 니콜라이 쉬체르바쓰키는 짧은 재킷에 딱 붙는 바지를 입고 스케이트를 신고 벤치에 앉아 있었다. 그러다가 레빈을 발견하고는 소리쳤다. "오, 러시아 최고의 스케이터가 왔군! 언제 온 건가? 빙질이 좋아. 어서 스케이트를 신게."

"스케이트가 없어요." 레빈이 말했다. 그는 키티를 앞에 두고 이토록 대담하게 그녀에게 무관심할 수 있는 자신에게 놀랐다. 그는 그녀가 있는 곳을 쳐다보지는 않았지만 한순간도 그녀를 자신의 시야에서 벗어나게 하지는 않았다. 레빈은 곧 태양이 가까이 다가오고 있음을 느꼈다. 한쪽 코너에 있던 키티는 가녀린 두 다리에 목이 긴 스케이트를 신고서 두려움에 가득 찬 모습으로 레빈을 향해 다가왔다. 그때 러시아풍의 옷을 입은 소년이 몸을 아주 낮게 웅크리고는 두 손을 휘휘 저으며 그녀를 앞질러 나갔다. 그녀는 몹시 불안한 자세로 스케이트를 타고 있었다. 그녀는 끈이 달린 작은 벙어리장갑에 있던 손을 꺼내 팔을 뻗으며 넘어지지 않게 중심을 잡으려 애썼다. 그러다가 레빈을 알아보고는 겁먹은 자신의 태도에 대해 변명하듯 미소를 지었다. 그녀는 코너를 돌고 나서 한쪽 다리를 뻗어 가며 니콜라이 쉬체르바쓰키가 있는 쪽으로 다가왔다. 그러고 나서 그녀는 사촌 오빠의 손을 붙들고는 레빈에게 웃으며 인사를 건넸다. 키티는 레빈이 상상했던 것보다 훨씬 더 아름다웠다.

레빈은 그녀를 생각할 때면 아름다운 모습, 특히 어린아이 같이 순수하고 자그마한 얼굴, 아가씨다운 가녀리고 여성스러운 어깨 위로 가볍게 늘어진 옅은 금발의 머리카락을 떠올렸다. 아이 같은 그녀의 표정은 가녀린 몸매의 아름다움과 어우러져 묘한 매력을 풍기고 있었다. 특히 레빈을 놀라게 한 것은 그녀의 다정하면서도 진심 어린 눈빛과 미소였다. 그녀의 미소는 레빈이 유년 시절에 경험해 보지 못한 온화함과 감동을 느낄 수 있는 마법의 세계로 이끌었다.

"언제부터 여기 계셨던 거예요?" 그녀가 손을 내밀며 말했다.

"감사합니다." 레빈이 그녀의 장갑 속에서 떨어져 나온 손수건을 주워 건네주자 그녀가 말했다.

"저요? 별로 오래되지 않았어요. 어제…… 아니, 조금 전에 막 왔어요." 흥분한 레빈은 그녀의 질문을 제대로 이해하지 못하고 대답했다. "당신을 만나러 온 겁니다." 이렇게 말하자 그녀를 찾고 있었던 이유가 떠올랐고, 당황한 레빈의 얼굴이 붉어졌다. "당신이 스케이트를 타리라고는 생각 못했습니다. 게다가 이렇게 솜씨가 좋으실 줄은 몰랐어요."

그러자 그녀는 레빈이 당황하고 있는 이유를 알아내기라도 하려는 듯 그를 조심스럽게 바라보았다. "이곳에서 최고의 스케이터라고 소문 난 당신이 이런 칭찬을 해 주시니 믿고 싶네요." 그녀가 검은 장갑을 낀 자그마한 손으로 장갑에 붙은 눈을 털어 내며 말했다.

"그런가요. 하긴 한때는 최고가 되기 위해 정말 열심히 타긴 했죠."

"당신은 모든 일을 열심히 하시는 것 같아요." 그녀가 미소를 지으며 말했다. "당신이 스케이트를 타는 모습을 꼭 보고 싶어요. 그러니 어서 스케이트를 신고 함께 타요."

'함께 타자고? 그럴 수 있을까?' 레빈은 키티를 지긋이 바라보며 생각에 잠겼다. "곧 갈아 신고 올게요." 그는 그렇게 말하고는 스케이트를 신으러 갔다.

"오랜만에 오셨네요, 나리." 스케이트장 관리인이 레빈의 발을 받치고 발 뒤쪽을 나사로 꼭 죄어 주며 말했다. "나리만큼 잘 타는 사람은 아직까지 보지 못했습니다. 이 정도면 될까요?" 그가 가죽끈을 팽팽하게 당기며 말했다.

"그래, 됐어. 그러니까 빨리 좀 해 줘." 행복한 나머지 미소가 저절로 번진 레빈은 그것을 억누르려고 애썼다. '그래.' 그는 생각했다. '이것이 인생이다. 이것이 행복이다. 그녀가 '함께'라고 말했다. 함께 타자고 말이다. 지금 고백해 버릴까? 하지만 두려워. 나는 지금 그 희망만으로도 너무 행복한데. 만약...... 아니, 그렇다 해도 고백해야 해. 나약함 따위는 물리쳐야 해.' 레빈은 코트를 벗고 일어섰다. 그는 오두막 옆의 거친 얼음 위를 한 바퀴 돌고는 매끄러운 빙판 쪽으로 나와 속도를 마음대로 조절하며 자유자재로 방향을 바꿔 가며 가볍게 스케이트를 탔다. 레빈은 두려워하며 그녀에게 다가갔지만 미소 짓는 그녀의 얼굴을 보자 이내 진정이 되었다. 그녀가 그에게 손을 내밀자 두 사람은 속도를 맞춰 가며 미끄러져 나갔다. 속도가 빨라질수록 그녀는 그의 손을 꼭 잡았다.

"당신과 함께라면 금세 실력이 늘 것 같아요. 당신을 믿으니까." 그녀가 말했다.

"당신이 믿어 주시니 나도 마음이 든든합니다." 그가 말했다. 그러다가 자신이 한 말에 스스로 놀라 얼굴이 붉어졌다. 그가 이 말을 꺼내자마자 태양이 구름 뒤로 숨어 버리듯, 다정다감했던 그녀의 표정이 순식간에 변해 버렸다. 살짝 찌푸린 그녀의 이마를 보자 레빈은 그녀가 무언가를 생각하고 있다는 것을 알았다.

"혹시, 불쾌한 일이라도 있으신가요? 이런 질문을 해도 될 진 모르겠습니다만." 그가 말했다

"왜 그러시는지? 아뇨, 전혀요." 그녀는 다소 차갑게 대답 하고는 이렇게 말했다. "마드무아젤 리농을 만나 보셨나요?"

"아뇨, 아직이요."

"그분을 찾아가 보세요. 그녀는 당신을 정말 좋아해요."

'대체 이게 뭐람. 내가 그녀를 화나게 만들었나 보군. 오, 하느님, 제발 도와주소서!' 레빈은 이렇게 생각하며 백발의 곱슬머리 프랑스 부인이 앉아 있는 벤치를 향해 갔다. 그러자 그녀는 틀니가 보이도록 웃으며 다정하게 그를 반겼다.

"다들 이렇게 변해 가면서……." 그녀는 키티를 향해 눈짓 하며 말했다. "또 이렇게 나이를 먹는 거죠. 막내 곰이 저렇게 컸으니까." 프랑스 부인이 미소 지으며 말했다. 레빈은 한때 세 여인을 옛날 영국 민담에 나오는 곰에 비유하며 세 마리의 곰이라고 불렀었다. 그녀는 그 시절 레빈의 농담을 기억하며 말을 꺼낸 것이다.

"기억나시죠? 종종 그렇게 말씀하셨었는데."

하지만 그는 전혀 기억이 나지를 않았다. 그럼에도 그녀는 10년째 레빈의 농담에 관해 웃으며 이야기를 꺼내고 있었다.

"자, 어서 가세요. 가서 스케이트를 타세요. 키티도 정말 멋 지게 잘 타죠?"

레빈은 다시 키티를 향해 달려갔다. 다행히도 냉정한 빛이 사라진 그녀의 얼굴은 전과 같은 다정한 눈빛으로 그를 바라

보고 있었다. 하지만 그 눈빛은 여느 때와는 달리 왠지 가식적이라는 생각이 들었다. 레빈은 이내 서글퍼졌다.

키티는 자신의 예전 가정 교사의 특이한 점에 대해 이런저런 이야기를 하고 난 뒤 레빈의 안부를 물었다.

"겨울이 되면 시골은 좀 지루하지 않나요?" 그녀가 말했다.

"아니요, 그렇지 않습니다. 너무 바빠지지요." 그는 그녀의 침착한 말투에 이끌리고 있다는 것을 느꼈다. 그리고 지난 초겨울에 느꼈던 것처럼 그 안에서 헤어날 수 없을 것 같은 기분이 들었다.

"이번엔 오래 머무르실 계획이신가요?" 키티가 물었다.

"잘 모르겠습니다." 그는 자신이 무슨 말을 하고 있는지조차 의식하지 못한 채 대답했다. 그러다가 문득, 이런 분위기에 휩쓸리다가는 아무런 매듭도 짓지 못하리라는 생각이 들자 분위기를 전환시켜 보려고 했다.

"모르시다니요?"

"모르겠습니다. 모든 건 당신에게 달렸으니까요." 이렇게 대답하고 난 레빈은 자신이 한 말에 스스로 놀랐다. 레빈의 말을 못 들은 건지 아니면 일부러 그러는 건지 그녀는 발을 몇 번 구르더니 곧 다른 곳으로 갔다. 그녀는 리농이 있는 곳으로 다가가 몇 마디를 주고받은 뒤 부인들이 신발을 갈아 신을 수 있는 오두막을 향해 갔다.

'오, 내가 괜한 짓을 한 것 같아. 하느님, 저를 도와주소서!' 레빈은 기도했다. 그러다가 갑자기 달리고 싶은 충동을 느낀 그는 빙판 위에 원을 그리며 질주했다.

그때 스케이트의 새로운 강자로 급부상하고 있는 청년이 담배를 물고 찻집에서 나왔다. 그는 스케이트를 신은 채 이곳저곳을 돌아다니다가 쿵쾅거리며 계단을 뛰어 내려왔다. 그러고는 마치 하늘을 날 듯 경사면을 내려와 팔의 위치를 바로 잡지도 않은 채 빙판 위를 질주했다.

"오, 새로운 기술이네요!" 그의 모습을 본 레빈이 그 기술을 따라해 보려고 위로 뛰어 올라갔다.

"다칠 수도 있어. 연습이 필요해!" 니콜라이 쉬체르바쓰키가 외쳤다.

레빈은 계단 위로 힘껏 뛰어 올라갔다가 다시 아래로 내려왔다. 그러고 나서 양손으로 균형을 맞춰 가며 익숙지 않은 동작을 시도해 보았다. 그러다가 계단 하나를 남겨 놓고 발이 걸려 빙판 위를 손으로 짚을 뻗했으나 곧 날쌘 동작으로 자세를 잡았다. 그는 웃으며 저 멀리로 달려갔다.

'정말 좋은 사람이야. 다정다감하시고.' 마드무아젤 리농과 함께 오두막을 나오던 키티는 레빈을 보며 생각했다. 그녀는 마치 사랑하는 오빠를 보듯 다정한 미소를 머금으며 그를 지그시 바라보았다. '내가 잘못하고 있는 것일까, 내가 못된 짓을 한 건 아니겠지. 사람들은 내가 그에게 교태를 부린다고 생각하겠지. 나는 저 사람을 사랑하지 않아. 하지만 그와 함께 있을 때면 즐거워. 그는 좋은 사람이니까. 그런데 왜 조금 전에 그런 얘기를 한 걸까.' 그녀가 생각했다.

레빈은 이제 돌아가려고 하는 키티와 계단 위에서 그녀를 맞이하는 그녀의 어머니를 보자 그 자리에 멈춰 서서, 격렬하게 스케이트를 탄 탓에 상기된 얼굴로 잠시 생각했다. 그는 스케이트를 벗고 동물원 출구 쪽에서 그녀들을 따라잡았다.

"정말 잘 오셨어요." 공작 부인이 말했다. "늘 그랬듯 우리는 목요일에 손님을 맞이하죠."

"오늘이군요."

"당신이 오시면 정말 기쁠 거예요." 공작 부인이 무심하게 말했다.

어머니의 무심한 모습에 키티는 신경이 쓰였다. 그녀는 어머니를 대신해 사과의 의미를 담은 미소를 지으며 말했다. "그럼 이따 뵙기로 해요."

그때 모자를 비스듬히 쓴 스테판 아르카디이치가 밝은 얼굴로 눈을 빛내며 개선장군처럼 당당한 모습으로 동물원에 들어왔다. 하지만 장모가 있는 근처로 가자 그의 얼굴은 갑자기 침울해졌다. 그는 돌리의 안부를 묻는 그녀의 말에 대답하며 조용히 몇 마디를 나누었다. 그러고 나서 그는 가슴을 쭉 펴고 레빈의 팔을 붙들었다.

"자, 이제 슬슬 가지." 그가 말했다. "계속 자네 생각을 하고 있었다네. 자네가 와 줘서 정말 기뻐." 그는 의미심장한 얼굴로 레빈의 눈을 바라보며 말했다.

"그럼 가세." 레빈은 조금 전 키티가 말했던 '그럼 이따 뵙기로 해요.'라는 말을 되뇌어 보았다. 그는 그 말을 꺼낼 때의 그녀의 목소리와 미소 띤 얼굴이 생생하게 떠올라 행복해졌다.

"앙글리아로? 아니면 에르미타쥬로 갈까?

"어디든 상관없어."

"그럼 앙글리아로 가세."

앙글리아에 외상을 많이 졌던 스테판 아르카디이치는 그곳을 택했다. 외상을 졌다고 피하는 것은 옳은 일이 아니라는 생각이 들었기 때문이다.

"삯마차는 대기시켜 놨지? 마침 잘됐어. 내가 타고 온 마차는 돌려보냈거든."

두 사람은 말없이 목적지를 향해 갔다. 레빈은 키티와의 일을 떠올리며 그녀의 표정에서 일어난 변화가 어떤 의미를 담고 있는지 생각해 보았다. 그는 어느 순간 희망의 빛이 보이는 것 같기도 하다가도 또 말도 안 되는 일이라며 다시 절망에 잠기곤 했다. 하지만 미소를 띠며 '그럼, 이따 뵙기로 해요.'라고 했던 그녀의 말을 듣기 전과 후의 자신은 전혀 다른 사람이라고 느껴졌다.

저녁 식사 메뉴를 생각하고 있던 스테판 아르카디이치가 레빈에게 물었다.

"가자미 좋아하나?" 호텔에 거의 다다를 즈음이었다.

"응?" 레빈이 되물었다.

"가자미? 그럼, 아주 좋아하지!"

10

호텔에 들어서자 레빈은 오블론스키에게서 어떤 묘한 빛과 분위기가 풍겨나는 것 같은 느낌이 들었다. 오블론스키는 코트를 벗고 모자를 비스듬히 쓴 채 식당으로 들어갔다. 그러고는 연미복을 입고 냅킨을 든 채 시중을 들고 있는 타타르인에게 무언가를 지시했다. 언제나 그랬듯 그는 자신을 반갑게 맞아 주는 지인들과 인사를 나누고는 그들과 함께 생선 요리를 안주 삼아 보드카를 한 잔 마셨다. 그러고 나서 그는 프랑스 여인에게 다가가 농담을 건넸다. 그러자 리본과 레이스로 장식을 한, 곱슬곱슬한 머리를 위로 틀어 올린 프랑스 여인은 깔깔대며 웃었다. 레빈은 프랑스 여인을 보며, 그녀의 모습은 온통 가발과 분칠로 이루어져 있다는 생각이 들어 불쾌해진 나머지 보드카를 마시지 않았다. 마치 더러운 장소를 벗어나듯 그는 재빨리 그곳을 빠져나왔다. 그의 마음은 키티에 대한 생각으로 가득했다. 그는 승리와 행복감에 젖어 환한 미소를 지었다.

"이쪽으로 오십시오. 여기가 조용하고 좋습니다, 각하." 펑퍼짐한 엉덩이가 탓에 연미복 뒷자락이 쫙 벌어져 있던, 연로한 백발의 타타르인이 말했다. "모자를 주십시오, 각하." 그는 스테판 아르카디이치를 존경하는 의미에서 그와 동석한 손님에게도 존칭을 쓰며 레빈에게 말했다.

그는 청동으로 된 샹들리에 아래에 있는 원형 테이블보를 재빠르게 새것으로 교체하고 나서 벨벳 의자를 나란히 놓았다. 그리고 나서 냅킨과 메뉴판을 들고 서서 스테판 아르카디이치가 주문하기만을 기다렸다.

"별실을 원하시면 마련해 드리겠습니다, 각하. 지금 골리친 공작께서 숙녀분들과 함께 계시거든요. 때마침 싱싱한 굴도 준비되어 있습니다."

"음, 굴이라." 스테판 아르카디이치는 잠시 생각했다.

"계획을 좀 바꾸면 어떤가, 레빈?" 그가 손가락으로 메뉴판을 가리키며 말했다. 레빈은 조금 망설이는 듯한 얼굴이었다.

"굴은 최상품인가?"

"플렌스부르크산입니다, 각하. 오스텐드산은 없습니다."

"흠, 플렌스부르크라. 굴은 싱싱한가?"

"어제 들어왔습니다."

"그럼, 일단 굴로 시작하세. 그 후에 메뉴를 변경하든가 하고 말이야. 어때?"

"상관없어. 난 양배추 수프하고 죽만 있으면 되니까. 그런 건 여기 없을 테지만."

"러시아식 죽을 준비해 드릴까요?" 타타르인은 마치 어린아이에게 말을 건네는 유모처럼 몸을 숙이며 레빈에게 말했다.

"아닐세. 자네가 선택한 걸로 하세. 스케이트를 탔더니 허기가 지네." 그는 탐탁지 않은 오블론스키의 표정을 보며 말했다. "내가 자네의 의사를 존중하지 않는 건 아니야. 난 뭐든지 잘 먹으니까."

"물론이지. 먹는 즐거움은 참 크니까 말이야." 스테판 아르카디이치가 말했다.

"그럼, 굴 스무 개랑, 아니 부족하려나. 서른 개랑 야채수프를 가져다주게."

"프랑타니에르 말씀이신가요?" 타타르인이 곧바로 그의 말을 받았다. 하지만 스테판 아르카디이치는 타타르인에게 프랑스어로 음식 이름을 부르는 만족감을 부여하기 싫은 듯 이렇게 말했다. "야채수프 말일세. 잘 알잖아? 진한 소스를 곁들인 가자미랑 또, 로스트비프도 잘 좀 부탁하네. 닭 요리와 과일 조림도 좀 가져다주고."

메뉴 이름을 프랑스어로 말하지 않는 스테판 아르카디이치의 습관을 기억해 낸 타타르인은 더 이상 반복하지 않았다. 하지만 그는 주문 내용을 확인하기 위해 메뉴를 다시 언급하며 만족감을 느꼈다.

"수프 프랭타니에르, 튀르보 소스 보마르셰 , 플라르드 아 레스트라곤, 마세두안 드 프뤼……."

주문을 마치자마자 그는 마치 용수철이 튀어 오르듯, 두꺼운 표지를 댄 메뉴판을 내려놓고는 주류가 적힌 메뉴판을 스테판 아르카디이치에게 건넸다.

"뭐로 마실까?"

"아무거나 적당히. 샴페인 같은 걸로." 레빈이 말했다.

"아니, 시작부터? 그래, 그것도 나쁘진 않지. 흰색 봉인지가 붙은 걸 좋아했던가?"

"카쉐 블랑입니다." 타타르인이 말했다.

"그럼 그것과 굴을 갖다 주게. 나머진 차차 생각해 볼 테니."

"알겠습니다. 와인은 어떤 걸로 준비할까요?"

"뉘로 갖다 줘. 아니, 클래식한 샤블리가 낫겠어."

"알겠습니다. 늘 드시던 치즈도 준비해 드릴까요?"

"물론이지, 파르메산으로. 아니면 다른 걸로 할까?"

"아니, 아무거나 괜찮아." 레빈이 웃으며 말했다.

타타르인은 연미복 자락을 휘날리며 물러갔다. 5분쯤 지나자 그는 진줏빛 껍데기 위에 굴이 얹어진 접시를 든 채 술병을 손가락 사이에 끼고는 재빨리 돌아왔다.

스테판 아르카디이치는 뻣뻣한 냅킨을 손으로 비벼 조끼 가슴 언저리에 끼운 후 과감하게 손으로 굴을 먹기 시작했다.

"괜찮군." 그는 은으로 된 자그마한 포크로 물기를 가득 머금고 있는 굴을 진줏빛 껍데기에서 연신 발라 먹으며 말했다. "괜찮네, 괜찮아." 그는 빛나는 눈빛으로 레빈과 타타르인을 번갈아 보며 거듭 반복했다.

레빈도 굴을 먹기는 했지만 그의 입맛에는 치즈를 얹은 흰 빵이 더 만족스러웠다. 그는 음식을 먹으며 오블론스키를 신기하게 바라보았다. 타타르인 역시 병에서 마개를 뽑으며 하얀 거품이 이는 술을 깔때기 모양의 얇은 잔에 따르며 흡족한 미소를 지었다. 그러고는 자신의 하얀 넥타이를 고쳐 매며 그를 바라보았다.

"자넨 굴을 별로 좋아하지 않나 보군." 스테판 아르카디이치가 샴페인을 단숨에 들이켜며 말했다. "혹시 무슨 걱정이라도 있는 건가?" 그는 레빈을 만족시켜 주고 싶었다. 레빈은 이 자리가 나쁘지는 않았지만 가슴속에서 답답함이 밀려왔다. 마음에 걸리는 일이 있었기 때문이었다. 게다가 부인들과 함께 식사하는 이 식당의 혼잡한 별실 한가운데가 어수선하고 낯설게 느껴졌다. 그는 자신의 마음을 온통 사로잡고 있는 그것이 청동제 장식물, 거울, 가스등, 타타르인으로 말미암아 퇴색될까 봐 겁이 났다.

"그래, 좀 신경 쓰이는 일이 있어. 그런데 꼭 그 일 때문만은 아니야. 그냥 이곳이 마음에 들지 않을 뿐이야." 그가 말했다. "자네는 상상하기 힘들 테지만, 나 같은 시골뜨기가 보기엔 이곳에 있는 모든 것들이 좀 우스워. 자네 사무실에서 봤던 그 사내의 손톱처럼 말이야."

"그래, 나도 자네가 그리네비치의 손톱을 신경 쓰고 있었다는 걸 알고 있었지." 스테판 아르카디이치가 웃으며 말했다.

"참기 힘들더군." 레빈이 대답했다.

"시골뜨기인 내 입장에서 한번 보라고. 시골 사람들은 일할 때 거추장스럽지 않게 될 수 있으면 손톱을 바짝 깎고 소매를 걷어 올린단 말이야. 그런데 여기 사람들은 손톱을 길게 기르고 소매에 커다란 커프스단추를 달아서 아무 일도 할 수 없게 만들고 있지 않나."

그러자 스테판 아르카디이치가 유쾌하게 웃었다. "그건 그 사람이 험한 노동을 할 필요가 없다는 뜻이기도 하지. 머리를 쓰는 일을 하니까."

"그럴 수도 있겠지만 난 모든 게 우습단 말이야. 꼭 지금 우리의 모습처럼 말이야. 우리 시골 사람들은 한시라도 빨리 일을 하려고 재빨리 밥을 먹는데 지금 우리는 어떠냔 말이야. 이렇게 최대한 천천히 배를 채우며 느긋하게 굴을 먹고 있는 모습이란……."

"그래, 그렇군." 스테판 아르카디이치가 대답했다.

"하지만 교양을 위해서 그러는 거지. 온갖 것들에서 쾌락을 얻는 교양 말일세."

"흠, 그게 목적이라면 차라리 나는 야만인이 되고 말겠네."

"그래서 자네가 야만인인 거야. 자네 집안사람들은 모두 그렇지."

그러자 레빈은 한숨을 쉬며 니콜라이 형을 떠올렸다. 그러다가 그는 갑자기 수치스럽고 불쾌해진 나머지 이마를 찌푸렸다. 그러자 오블론스키가 새로운 화제를 꺼내며 그의 관심을 끌었다.

"그건 그렇고, 어떻게 할 건가. 오늘 저녁에 쉬체르바쓰키가로 올 건가?" 그가 울퉁불퉁한 굴 껍데기를 한쪽으로 밀어 놓고는 치즈 접시를 앞으로 당기며 말했다.

"물론이지, 꼭 가겠네." 레빈이 대답했다.

"공작 부인께선 별로 탐탁지 않으신 듯하지만."

"무슨! 그런 쓸데없는 소리 하나. 그분은 원래 그런 분이야. 여기, 스프 좀 갖다 주게. 그건 귀부인들이라면 으레 품고 있는 성향일 뿐이야." 스테판 아르카디이치가 말했다.

"바나나 백작 부인의 합창 연습회에 들렀다 나도 곧 가겠네. 그런데 과연 자네가 야만인이 아니라 할 수 있나? 왜 그렇게 모스크바에서 갑자기 사라졌던 건가? 쉬체르바쓰키 가족은 내가 꼭 자네에 대해 다 알고 있는 것처럼 늘 자네의 안부를 묻곤 했지. 하지만 내가 자네에 대해 알고 있는 건 이것뿐이야. 자네는 남들이 결코 하지 않는 일을 행하는 사람이라는 것 말이야."

레빈은 천천히, 그러나 조금 흥분하며 말했다. "자네 말이 맞아. 나는 야만인이야. 내가 그때 도망쳤기 때문이 아니라 지금 이곳에 왔기 때문이지. 이번에 내가 온 이유는……."

"오, 자네는 행복한 사람이군." 레빈의 눈을 바라보며 스테판 아르카디이치가 말했다.

"어찌 그리 생각하는가?"

"준마는 낙인으로 알 수 있고 사랑은 청년의 눈빛에서 나타나는 법이지." 마치 시를 낭송하듯 스테판 아르카디이치가 말했다. "자네는 모든 걸 미래에 맡겨 두었으니까."

"그럼 자네에겐 과거만이 있다는 건가?"

"아니, 꼭 그렇지만은 않아도 장래가 유망한 자네에 비해 나는 현재에 머물러 있을 뿐이지. 그 현재라는 것도 기복이 심하고 말이야."

"어째서 그런가?"

"아무튼 좋은 상황은 아니야. 내 얘긴 그만하지. 하나하나 다 설명할 수도 없으니까." 스테판 아르카디이치가 말했다.

"그런데 정말 무슨 일로 모스크바에 온 건가? 여기, 이것 좀 치워 주게." 스테판 아르카디이치가 타타르인을 향해 외쳤다.

"자넨 이미 알고 있지 않나." 레빈은 빛나는 눈빛으로 스테 판 아르카디이치의 얼굴을 빤히 바라보았다.

"짐작은 하고 있네. 하지만 먼저 얘기를 꺼낼 순 없지 않은 가. 이 정도만 말해도 내가 짐작하고 있는 게 맞는지 틀린지 자네는 알 테지." 스테판 아르카디이치가 레빈을 향해 슬며시 웃으며 말했다.

"자네 생각은 어떤가?" 얼굴이 경직되며 근육이 떨리는 것 을 느낀 레빈은 목소리마저 떨고 있었다. "자네 생각은 어떠 냐는 말일세."

스테판 아르카디이치는 시선을 레빈에게 고정시킨 채 천 천히 샤블리를 마셨다. "나 말인가?" 그가 말했다.

"이보다 더 좋을 순 없겠지. 내가 바라던 일 중에 최고의 일이야."

"혹시 자네가 오해하고 있는 건 아닐 테지. 지금 무엇에 관 해 얘기를 하고 있는지 말이야." 레빈은 그의 얼굴을 빤히 쳐 다보며 말했다. "그게 가능할 것 같은가?"

"그렇고말고. 안 될 이유가 없지 않나?"

"아니, 확실히 그렇게 생각하나? 가능한 일이라고? 솔직한 자네 생각이 듣고 싶네. 만약 거절한다면……. 난 이미 그런 생각이 드네."

"왜 그렇게 생각하나?" 흥분한 레빈의 모습을 보며 스테판 아르카디이치가 웃으며 말했다.

"만약 그런 일이 벌어진다면 나와 그녀에게 참으로 두려운 일이 되겠지."

"아니야. 아가씨들에게 그런 일은 전혀 두려운 일이 아니야. 어떤 아가씨든 청혼을 받으면 자랑하고 싶어지니까 말이야."

"그래, 모든 여자들이 그럴 테지만 그녀는 아니야."

레빈의 감정을 누구보다 잘 알고 있던 스테판 아르카디이치는 미소를 지었다. 레빈에게 있어 세상의 모든 아가씨는 키티와 키티를 제외한 여자로 나뉘었다. 키티를 제외한 그녀들은 인간의 단점을 그대로 지닌 평범한 아가씨들이었고 이에 반해 키티는 단점이라고는 찾아볼 수 없는, 인간을 초월한 유일한 사람이었던 것이다.

"참, 소스를 뿌려야지." 소스 그릇을 옆으로 밀어 두고 있는 레빈의 손을 막으며 그가 말했다.

레빈은 소스를 뿌렸지만 스테판 아르카디이치에게 먹을 틈을 주지는 않았다.

"아니, 잠깐만." 레빈이 말했다. "이 문제는 내 인생이 걸린 문제야. 아직 아무한테도 말한 적이 없어. 물론 자네는 나와 취향도, 견해도 다른 사람이지. 모든 면에서 말이야. 하지만 난 자네가 나를 아끼고 이해해 준다는 걸 알고 있어. 그래서 나도 자네를 정말 좋아한다네. 그러니 솔직하게 얘기해 줬으면 하네."

"난 지금 내 생각을 솔직하게 털어놓고 있다네." 스테판 아르카디이치가 미소를 띠며 말했다. "한마디 덧붙이자면 내 아내는 정말 멋진 여자인데." 자신과 아내의 관계를 떠올린 스테판 아르카디이치는 이내 한숨을 내쉬었다. 잠시 침묵하던 그가 계속해서 말을 이어 갔다. "그녀는 예지력이 있어. 남의 마음을 들여다볼 수 있는 능력도 있지. 결혼 문제에 관해선 특히 더 그렇다네. 일전에 그녀가 쉬아호프스카야가 브렌텔른과 결혼할 거라 얘기했던 적이 있었지. 물론 아무도 믿진 않았지만 결국엔 그녀의 말대로 되었지. 그런 그녀가 자네 편이란 말일세."

"무슨 뜻인가?"

"그녀는 자네를 좋아해. 언젠가 이런 말을 했었지. 키티는 분명 자네의 아내가 될 거라고 말이야."

그 말을 듣자 레빈의 얼굴은 환하게 빛났다. 그는 감동한 나머지 눈물 어린 미소를 짓기도 했다. "그녀가 그랬단 말이지!" 레빈이 소리쳤다. "그래서 난 늘 그녀를 멋진 여인이라고 했던 거야. 자, 그럼 이 얘긴 여기까지만 하지." 레빈이 자리에서 일어나며 말했다.

"그러지, 근데 잠깐 좀 앉아 봐. 수프가 나오고 있잖나."

마음을 진정시킬 수 없던 레빈은 좁은 방 안을 터벅터벅 왔다 갔다 했다. 그는 눈물을 참으려는 듯 눈을 몇 번 껌벅이고는 얼마 후 다시 테이블로 돌아와 앉았다.

"이해하게나." 그가 말했다. "이건 사랑이 아니라네. 물론 전에 사랑해 본 적이 있지만 이번에는 달라. 내가 어떻게 할 수 있는 감정이 아니라 마치 외부에서 날 지배하고 있는 느낌이 드니까 말이야. 내가 떠났던 이유도 그래서였지. 이건 도저히 있을 수 없는 일이라 생각했기 때문이야. 하지만 내 자신과 수없이 싸워 보니, 그녀 없는 내 삶은 상상할 수도 없다는 결론에 이르렀다네. 그래서 어떻게든 이 문제를 해결해야 한다고 생각했지."

"그런데 왜 떠났던 건가?"

"아, 지금 머릿속이 뒤죽박죽이야! 묻고 싶은 얘기가 너무 많은데! 자네의 말이 내게 얼마나 큰 영향을 미치는지 상상도 못 할 거야. 난 지금 내 자신이 혐오스러울 만큼 행복하다네. 난 모든 걸 다 잊어버렸어. 자네도 알지? 니콜라이 형 말일세. 난 오늘 그가 이곳에 있다는 걸 알았어. 그런데 지금은 그 사실조차도 까맣게 잊어버렸어. 심지어 니콜라이 형의 삶마저도 행복하다는 생각이 들 정도라네. 이건 좀 위험한 광기 같아 해. 자네는 아내가 있으니 이게 어떤 감정인지 잘 알 테지만, 우리처럼 사랑도 아닌 과거라는 죄가 있는, 이제는 나이를 제법 먹은 인간이 순결한 존재에게 다가간다는 것 자체가 두려운 일이야. 참으로 역겨운 일이지. 그럴 때마다 나는 내 자신이 혐오스러워."

"자네의 죄는 그리 크지 않아."

"꼭 그렇지도 않아." 레빈이 말했다.

"그렇지 않다고. '나 역시 내 삶을 혐오하며 두려움에 저주하고 개탄하지 않을 수 없도다.' 나는 그렇다니까."

"하지만 어쩌겠나. 세상 이치가 그러하거늘." 스테판 아르카디이치가 말했다. "내게 유일한 위안이 있다면, 늘 외우던 '나를 공적으로 용서하지 마시고 자비로써 용서하소서.'라는 기도문뿐이야. 이 말이 맞는다면 그녀도 나를 용서할 수 있을 테지."

11

레빈은 잔을 다 비웠다. 두 사람은 잠시 침묵했다.

"자네한테 하나 더 묻고 싶은 게 있네. 혹시 브론스키를 아는가?" 스테판 아르카디이치가 레빈에게 물었다.

"아니, 모르는 사람인데. 근데 왜 그러나?"

"여기, 한 병 더 가져다주게." 스테판 아르카디이치는 그들의 잔을 채우고 나서 주변에 머물고 있던 타타르인에게 말했다.

"내가 브론스키 그자를 알아야 되는 이유라도 있나?"

"그는 자네의 경쟁자 중 한 명이니까."

"브론스키란 자는 뭐하는 사람이야?" 조금 전 오블론스키가 마음을 빼앗긴, 기뻐하는 어린아이 같았던 레빈의 얼굴에 순식간에 불쾌한 감정이 떠올랐다.

"브론스키는 키릴 이바노비치 브론스키 백작의 아들이네. 페테르부르크의 귀족 청년 중에 가장 멋진 남자라고 해도 과언이 아닐 정도야. 트베리에서 일할 때 그를 알게 되었지. 그가 신병을 징집하러 왔거든. 보유한 재산만 해도 어마어마하고 잘생긴 외모에 인맥도 넓지. 또한 시종무관이라네. 게다가 교양까지 갖춘 현명한 사람이더라고. 출셋길이 훤한 사내라고나 할까."

얼굴을 찌푸린 레빈은 그저 침묵하고 있었다.

"자네가 다시 시골로 돌아가고 얼마 후에 그가 이곳에 왔어. 그리고 지금 키티한테 완전히 빠진 것 같단 말이야. 자네도 알다시피 키티 어머니는……."

"미안하지만 난 도대체 뭐가 어떻게 되어 가는지 모르겠어." 레빈이 얼굴을 찌푸리며 우울한 얼굴로 말했다. 그러고 나서 니콜라이 형을 떠올리고는 잠시나마 그를 잊고 있었던 자신에게 혐오감을 느꼈다.

"잠시만." 스테판 아르카디이치가 그의 손을 잡으며 미소 띤 얼굴로 말했다. "나는 단지 내가 알고 있는 걸 말했을 뿐이야. 한마디 덧붙이자면, 쉽지 않은 문제긴 하지만 내 짐작엔 자네에게 더 가능성이 있다고 말하고 싶네."

레빈은 창백해진 얼굴로 의자 등받이에 몸을 기댔다.

"하지만 이 문제는 너무 오래 끌지 말고 될 수 있으면 빨리 결론을 짓는 게 좋겠어." 레빈의 잔에 술을 따르며 오블론스키가 말을 이었다.

"고맙지만 사양하겠네. 더는 못 마시겠어." 술잔을 옆으로 치우며 레빈이 말했다.

"취할 것 같아서 말이야. 근데 자네는 요즘 어떤가?" 레빈은 분위기를 전환시키려는 듯 말했다.

"한마디만 더 하지. 어쨌든 이 문제는 한시라도 빨리 해결해야 돼. 하지만 오늘은 여기까지만 하지." 스테판 아르카디이치가 말했다. "내일 아침에 그녀를 찾아가 정식으로 청혼하는 거야. 하느님은 분명 자네 편일 거야."

"참, 자네는 늘 내가 있는 곳에 사냥하러 오고 싶어 하지 않았나? 올봄엔 꼭 왔으면 하네." 레빈이 말했다.

레빈은 스테판 아르카디이치와 그 문제에 관해 이야기를 나눈 것을 뼈저리게 후회했다. 페테르부르크의 장교 이야기와 스테판 아르카디이치의 추측과 충고 때문에 자신의 특별한 감정이 퇴색되었기 때문이다.

스테판 아르카디이치는 레빈의 심경의 변화를 알아채고는 미소를 지었다. "언제 한번 가도록 하지." 그가 말했다. "여자는 나사 같은 존재지. 그녀들을 중심축으로 해서 모든 게 돌아가니까. 지금 내 처지도 엉망이라네. 엉망진창이라고. 다 여자라는 존재 때문이지. 나는 자네가 솔직히 얘기해 줬으면 좋겠어." 그는 한 손에 시가를 들고 한 손에는 술잔을 들며 말했다. "자네의 생각이 궁금하네."

"무슨 일이길래 그래?"

"그러니까 그게 말이야. 만약 자네가 결혼했고 아내를 사랑하고 있는데 다른 여자에게 마음이 간다면 어떻게 하겠나."

"미안하지만, 무슨 말인지 이해가 안 돼서 말이야. 그 얘긴 빵 가게 앞을 지나가던 배부른 사내가 빵을 훔쳤다는 얘기나 마찬가지 아닌가."

스테판 아르카디이치의 눈은 더욱 빛났다. "그럼 안 되는 건가? 빵 냄새가 참을 수 없을 만큼 좋을 때도 있지 않나.

뜨겁게 타오르는 욕망을 자제할 수 있다면 얼마나 좋을까.

하지만 그럴 수 없을지라도 그 또한 행복이어라.(요한 슈트라우스, 오페레타 〈박쥐〉 중에서)"

이렇게 한 구절을 읊으며 스테판 아르카디이치는 묘한 웃음을 지었다. 그러자 레빈도 따라 웃었다.

"자, 농담은 이제 그만하고." 오블론스키가 말을 이었다. "그녀는 매력적이고 착하며 사랑스럽고 가엾은 외로운 여자라네. 일은 이미 벌어졌는데 이제 와서 그녀를 버려야 되는 걸까. 가정생활을 유지하기 위해 그녀와 헤어진다고 해도 가엾은 그녀에게 도움을 주고 위로가 되어 주면 안 되는 것일까?"

"잠깐, 자네도 알고 있겠지만 내게 있어서 여자는 딱 두 부류라네. 이를테면 여기 한 부류의 여자가 있다면 저쪽엔 여태껏 만나 보지 못한, 앞으로도 그럴 것 같은 퇴폐적이면서도 아름다운 여자가 있다네. 저기 카운터에 있는, 머리를 곱슬곱슬하게 말아 올리고 하얗게 분칠을 한 프랑스 여자 같은. 나한테 저런 여자들은 파충류처럼 보인다네. 타락한 여자들은 모두 마찬가지야."

"복음서에 나오는 여자는 어떤데?"

"그만하지! 복음서가 훗날 이런 식으로 악용될 거란 걸 예상했다면 그리스도께서도 절대 그런 말씀은 하지 않으셨을 테지. 복음서 중에 유독 그 구절만 기억한다는 건 안타까운 일이야. 지금 말하고 있는 건 그저 내 느낌일 뿐이네. 나는 타락한 여자들을 혐오해. 자네가 거미를 겁내듯 나는 저런 파충류를 무서워하지. 자네도 거미를 연구해 본 적은 없을 테니 그것들의 특성을 잘 모를 테지. 나 역시 그렇고 말이야."

"디킨스 소설 속 신사처럼, 자네는 곤란한 일은 왼손으로 집어 오른쪽 어깨 위로 휙 던져 버리는군. 하지만 사실을 부정하는 건 결코 해결책이 될 수 없어. 앞으로 어떻게 해야 할지 그걸 말해 달라는 거야. 뭘 어떻게 해야 좋을지 말이야. 나이를 먹고 늙어 가는 아내에 비해 자네는 여전히 활력이 넘친다면 어쩌겠나. 이제는 자네가 아무리 아내를 존경한다고 해도 더 이상 사랑할 수는 없다는 걸 알게 된다면 말이야. 그런 순간에 불현듯 사랑스러운 여인이 나타난다면 자네도 어쩔 수 없을 거야. 별수 없을 거라고!" 스테판 아르카디이치가 절망적인 어조로 말했다.

"맞아, 어쩔 수 없겠지." 레빈이 웃으며 말했다.

"그러니 방법이 없지 않은가." 오블론스키가 말을 이었다.

"빵을 훔치지 않으면 되는 거지." 그러자 스테판 아르카디이치가 호탕하게 웃었다. "오, 성인군자여! 하지만 좀 더 생각해 보게. 그게 가능할까? 두 여자가 있다고 가정해 보지. 한 여자는 그저 자네의 사랑만을 갈구하며 그게 자신의 권리라고 생각하고 있어. 하지만 그건 절대 자네가 해 줄 수 없는 일이지. 반면에 다른 여자는 자네에게 모든 걸 희생하고도 아무것도 바라지 않아. 이럴 때 자네라면 어떻게 하겠나? 어떻게 하는 게 옳은 일일까. 비극은 바로 여기에 있다네."

"내 진심을 알고 싶다면 얘기해 주지. 나는 그게 비극이라는 건 이해할 수가 없네. 플라톤이 『향연』에서 이렇게 말했지. 사람들에겐 두 종류의 사랑이 존재하는데 어떤 사람들은 하나의 사랑만 받아들이고 다른 사람들은 또 다른 사랑만을 이해하고 받아들인다고 말이야. 그중 비 플라톤식(육체적) 사랑만 받아들이는 이들은 비극이니 어쩌니 하는 소리들을 하지만 그런 사랑에 비극은 존재할 수 없어. 비극이란 '안녕, 당신 덕분에 즐거웠습니다.' 정도일 뿐이야. 물론 플라토닉 사랑에도 비극이 존재할 수 없다네. 그 사랑은 명백하고 순결하니까."

그 순간 레빈은 지난날 자신의 잘못과 내면적 갈등이 떠올랐다. 그러고는 이렇게 덧붙였다. "자네 말이 맞는 걸지도 몰라. 정말 그럴지도. 하지만 난 모르겠어."

"그래, 그거야." 스테판 아르카디이치가 말했다. "자넨 참으로 순수해. 그게 장점이자 단점이긴 하지만. 자네가 순수하기 때문에 자네는 세상이 모두 순수하기를 바랄 테지만 그건 절대 불가능한 일이야. 자네는 공무를 수행하는 것을 무시하고 있지. 행동과 목적이 늘 일치하기를 바라기 때문이겠지만, 그것 역시 불가능한 일이라네. 또한 자네는 인간의 행위는 늘 목적이 있어야 한다고 생각하듯, 사랑과 가정생활이 일치하기를 원하고 있지. 그 역시 불가능한 일이야. 변화무쌍한 인생의 매력과 아름다움은 빛과 어둠이라는 양면적 속성을 지니고 있으니까 말이야."

레빈은 그저 한숨을 내쉴 뿐 아무 말도 하지 않았다. 그는 자신의 생각에 몰두하느라 오블론스키의 이야기를 듣는 둥 마는 둥 하고 있었다.

친구 사이인 그들은 함께 식사하며 술까지 마셨으니 서로의 우정이 더욱 깊어져야 한다고 생각했다. 하지만 그들은 각자 자신의 생각에만 빠져 있다는 것을 절감했다. 식사를 함께

했음에도 서로 가까워지기보다는 오히려 멀어진 경험이 있는 오블론스키는 이에 대처하는 방법에 대해서 잘 알고 있었다.

"여기, 계산!" 이렇게 외치며 오블론스키는 홀로 나갔다. 때마침 그곳에서 친분이 있는 부관을 만나 한 여배우와 그녀의 후원자에 관한 이야기를 나누었다. 그는 부관과 대화를 나누기 시작하자 마음이 편해지는 것을 느꼈다. 레빈과 대화를 나눌 때면 늘 정신적으로 긴장이 되었기에 부관과의 대화는 마치 휴식처럼 느껴졌다.

타타르인이 계산서를 가지고 왔다. 26루블에 얼마의 팁이 추가되어 있었다. 레빈은 자신의 몫인 14루블을 내야 하는 상황에서 평소 같았으면 시골뜨기처럼 놀랐을 테지만, 지금은 전혀 그런 모습을 보이지 않고 서둘러 계산했다. 그러고는 자신의 운명이 달린 쉬체르바쓰키가로 가기 위해 옷을 갈아입으러 집으로 향했다.

12

쉬체르바쓰키 공작의 딸 키티는 열여덟 살이었다. 올 겨울에 처음 사교계에 입문한 그녀는 자신의 두 언니보다 잘나갔다. 공작 부인이 기대했던 것 이상이었다. 모스크바의 무도회에서 춤추었던 모든 청년이 키티에게 반했고 벌써 두 명이나 그녀에게 구혼하려 했던 것이다. 그들은 바로 레빈과, 그가 떠난 후 곧바로 나타난 브론스키 백작이었다.

올 겨울 초부터 레빈은 쉬체르바쓰키가를 자주 드나들며 키티를 향한 사랑을 내비쳤다. 그래서 키티의 부모님은 이 문제에 관해 진지하게 의논했다. 그러다가 두 사람은 서로 다투기까지 했다. 공작은 레빈의 편이었는데 그는 키티에게 그보다 훌륭한 배필은 없을 거라 말했다. 반면에 부인은 키티는 아직 어리고, 레빈이 직접적으로 자신의 생각을 말한 적이 없으며, 또한 키티는 그에게 특별한 감정이 없다는 등 여러 가지 이유를 대며 레빈을 반대했다. 평소 부인의 성향대로, 그녀는 이 문제에 맞서기보다는 회피했던 것이다. 하지만 그녀는 레빈을 반대하는 가장 중요한 이유에 대해서는 언급하지 않았다. 그녀가 그보다 더 좋은 배필을 찾고 있다는 것과 그를 썩 좋아하지 않는다는 것, 또한 그의 성격을 잘 이해할 수 없다는 것을 말이다. 그래서 그가 갑자기 모스크바를 떠났을 때 그녀는 누구보다 기뻐하며 의기양양하게 남편에게 말했다.

"그것 보세요. 내 말이 맞잖아요."

그 후에 브론스키가 나타나자 그녀는 몹시 기뻐하며, 그저 괜찮은 정도가 아니라 가장 훌륭한 배필을 골라 키티와 결혼시켜야겠다고 마음먹었던 것이다.

그녀는 브론스키와 레빈을 비교한다는 것 자체가 말이 안 된다고 생각했다. 그녀는 레빈의 특이하고 예민한 정신이 그의 오만함에서 비롯된 거라 생각했으며, 사교계에 어울리지 않는, 시골에서 가축과 농부를 상대하는 야만적인 모습 또한 탐탁지 않게 여겼다. 게다가 레빈이 그녀의 딸을 마음에 두고

한 달 반가량 자신의 집에 드나들면서 확실한 의사 표현도 하지 않은 것 또한 불만스러웠다. 그는 혼기가 꽉 찬 딸이 있는 집을 수시로 드나들려면 확실한 의사 표현을 해야 하는 게 예의라는 것을 모르는 듯, 먼저 청혼하는 것이 자신의 명예를 실추시키는 일이라고 생각이라도 하는 것처럼 주저했기 때문이다. 그러더니 결국 그는 인사 한마디도 없이 시골로 돌아가 버린 것이다.

'차라리 다행이다. 그런 태도를 보이니 키티가 그에게 마음을 주지 않았던 거지.' 공작 부인은 그렇게 생각했다.

이에 반해 브론스키는 부인의 온갖 기대에 부응해 주었다. 부유하고 고귀한 가문 출신인 그는 총명한 시종무관으로서 전도유망한 청년이었을 뿐만 아니라 매력이 넘치는 사람이었다. 그녀는 이보다 더 좋을 수는 없다고 생각했다. 무도회에서도 브론스키는 줄곧 키티에게 관심을 표하며 그녀와 춤추었고, 집에도 자주 찾아왔기 때문에 그가 진지한 마음으로 키티를 대한다는 것은 의심의 여지가 없었다. 하지만 부인은 겨울 내내 왠지 모를 무시무시한 불안감에 휩싸였다.

공작 부인은 30년 전 숙모의 중매로 결혼했다. 예비 남편에 대해서는 이미 알고 있었고, 그가 직접 찾아와 서로 만남을 가졌다. 두 사람은 서로에 대해 호감이 있었고 숙모는 양측에 그 사실을 전해 주었다. 그 후 결혼 날짜를 잡고 부모님의 승낙을 받아 결혼에 이르렀다. 일은 일사천리로 진행되었다. 부인은 그렇게 생각했다. 하지만 막상 자신의 딸이 결혼할 때가 되자 그녀는 별것 아니라고 생각했던 일이 참으로 어려운 일이라는 것을 새삼 깨닫게 되었다. 큰딸 다리야와 둘째 딸 나탈리를 시집보낼 때에도 마찬가지였다. 막대한 지출 때문에 남편과 수없이 부딪쳤다. 막내딸의 혼담이 오고가는 지금도 그때와 마찬가지로 수많은 걱정과 고민이 반복되고 있었고, 심지어 남편과는 위의 두 언니들 때보다 더 심한 언쟁을 벌였다. 세상의 모든 아버지가 그러하듯, 공작은 자신의 딸들의 명예와 순결에 예민했다. 특히 그는 가장 귀여워하던 막내딸에 대해서는 유독 신경을 쓰며, 부인이 하는 일마다 딸의 명예를 실추시키는 일이라고 지적하며 갈등을 빚었다. 공작 부인은 큰딸 때부터 이미 경험해 왔기에 이런 일에 면역이 되어 있었지만, 특히나 이번 일에 공작이 까다롭게 구는 데는 분명 무슨 이유가 있을 거라고 생각했다. 세상이 많이 변했기에 그녀는 어머니의 역할이 더욱 어려워졌음을 깨달았다. 그녀는 키티와 또래 아가씨들이 함께 모임을 만들어 무언가를 배우러 다니고, 남자들과 자유롭게 교제하면서 거리를 활보하며 이제 더 이상 무릎을 굽히며 인사를 하지 않는다는 것을 알고 있었다. 특히 그들은 자신의 배필을 직접 골라야 한다고 생각했으며 부모님이 결혼에 간섭하는 것을 원치 않았다.

'요즘엔 아무도 옛날 방식으로 결혼하지 않아.'

아가씨들뿐만 아니라 노인들조차도 이런 식으로 말하곤 했다. 하지만 요즘 아가씨들은 대체 어떻게 결혼하는지에 대해서는 누구에게도 속 시원한 답을 들을 수 없었다.

부모가 딸의 운명을 결정한다는 프랑스의 관습은 이제 질타를 받는 세상이다. 반면에 모든 것을 딸에게 맡기는 자유를 주어야 한다는 영국 관습도 받아들여지지 않았다. 이러한 관습은 러시아에서 용납될 수 없는 것이었다. 중매인을 고용해서 성혼하는 러시아 관습은 품위 없다는 생각이 들어 공작 부인 역시 비웃기도 했지만, 그런 방법이 아니면 어떤 식으로 결혼을 시켜야 하는지에 대해서는 아무도 몰랐다. 공작 부인과 결혼 문제에 대해 의논했던 사람들 역시 마찬가지였다.

"이젠 그 오래된 관습은 버려야 돼요. 결혼은 당사들이 하는 거지 부모가 하는 게 아니에요. 그러니 그들이 알아서 할 수 있게 모든 걸 맡겨야 해요."

딸이 없는 사람들은 이렇게 말할 수도 있다. 하지만 공작 부인은 딸이 남자들을 가까이할수록 사랑에 빠지기 쉬울 거라는 생각이 들었다. 그리고 결혼할 생각이 없거나 남편감으로 부족한 남자들과 사랑에 빠질 수도 있다는 생각이 들자, 젊은 사람들이 자신의 운명을 스스로 결정해야 한다는 말을 더 이상 믿을 수 없었다. 그 말은, 세상이 바뀌었다고 다섯 살 먹은 어린아이에게 진짜 총을 쥐어 주는 것과 같다는 생각이 들었기 때문이다. 그러한 이유로 공작 부인은 키티의 일에 관해서는 두 언니들 때보다 더욱 마음을 졸였다.

그래서 공작 부인은 딸에 대한 브론스키의 마음이 그저 일시적인 감정일까 봐 더욱 두려웠다. 딸은 이미 그를 마음에 두고 있었다. 브론스키는 착실한 남자였으므로 공작 부인은 그가 절대 그럴 사람이 아니라며 스스로를 다독이고 있었다. 하지만 공작 부인, 요즘 세상에 남녀 사이의 자유로운 교제가 아가씨들의 마음을 쉽게 흔든다는 것, 또한 남자들은 이런 잘못을 대수롭지 않게 생각하고 있다는 사실도 잘 알고 있었다. 키티가 지난주에 브론스키와 마주르카(폴란드의 민속 춤곡에 맞추어 추는 춤)를 추면서 나누었던 대화를 공작 부인에게 들려주자 그녀는 조금 안심이 되었지만 완전히 마음을 놓을 수는 없었다. 키티의 말에 따르면, 브론스키와 그의 형제는 언제나 어머니의 말에 따랐기에 중요한 일은 늘 어머니와 상의한 후에 결정했다고 한다. 그러면서 그는 "지금도 특별한 행복을 위해 페테르부르크에서 어머니가 오시기만을 기다리고 있습니다."라고 말했다는 것이다.

키티는 그의 말에 개의치 않는 듯했으나 공작 부인의 생각은 달랐다. 그는 노모를 기다렸고, 노모는 분명 아들의 선택에 대해 기뻐할 것이었다. 그래서 그녀는, 혹시나 어머니의 뜻을 거스르게 될까 봐 청혼을 주저하고 있다는 그의 태도가 미심쩍었던 것이다. 하지만 그녀는 누구보다 이 결혼을 원했고 더 이상 불안해지고 싶지 않았기에 그의 말을 믿기로 했다. 큰딸 돌리가 남편과 이혼하게 될 상황에 처했기에 어머니로서 딸의 불행을 지켜보고 있는 것이 몹시 힘들기는 했지만, 막내딸에 대한 걱정 때문에 지금은 아무 생각도 할 수 없었다. 더욱이 오늘 나타난 레빈 때문에 그녀는 한층 더 불안해졌다. 그녀는 키티가 레빈에게 호감을 가지고 있다고 생각했고, 특유의 솔직함 때문에 브론스키의 구애를 거절할지도 모른다는 생각이 들었다. 또한 레빈의 등장으로 겨우 여기까지 성사된 일이 지체되지는 않을까 걱정이 되었던 것이다.

"그 사람은 언제 왔다니?" 집으로 돌아오자 공작 부인이 레빈에 대해 언급했다.

"오늘 왔대요, 엄마."

"그 사람에 대해 한마디만 하마." 공작 부인은 굳은 표정으로 말했다. 그러자 키티는 그녀의 마음을 알아챈 듯 말했다.

"엄마." 키티가 상기된 얼굴로 그녀를 보며 말했다. "제발, 부탁이니 말씀하지 마세요. 무슨 얘긴지 다 알고 있으니까요." 키티 역시 공작 부인과 같은 마음이었지만 그녀의 의도에 불만이 있었다.

"그러니까 하고 싶은 말은 한 사람에게만……."

"엄마, 부탁이니 제발 그만해 주세요. 그런 얘긴 정말 무서우니까요."

"그래, 그만하마." 공작 부인은 눈물이 그렁그렁한 딸을 보며 말했다.

"하지만 마지막으로 한마디만 묻자. 엄마랑 약속했던 거 기억나지? 무슨 일이 있어도 엄마한테 숨기지 않겠다고 했던 거 말이야."

"네, 엄마. 무슨 일이든지요." 키티는 붉게 상기된 얼굴로 공작 부인을 바라보며 말했다. "하지만 지금은 할 말이 없어요. 하고 싶은 얘기가 있다 해도 어떻게 얘기를 꺼내야 할지 정말 모르겠어요."

'그래, 그런 눈으로 거짓말을 할 순 없겠지.' 공작 부인은 이런 딸의 모습을 보니 마음이 놓였다. 그러면서 공작 부인은 지금 사랑스러운 딸이 겪고 있는 마음속의 혼란이 그녀 자신에게 얼마나 큰 의미로 다가올지를 생각하며 미소 지었다.

13

저녁 식사를 마치고 곧 야회가 시작될 예정이었다. 키티는 그사이 심장이 마구 뛰며 머릿속이 하얘져 마치 전쟁터에 나가는 청년이 된 기분이었다.

두 남자가 처음으로 서로를 대면하게 될 오늘은 키티에게 있어 운명의 날이었다. 그녀는 두 사람의 모습을 계속해서 떠올려 보았다. 한 사람씩 떠올려 보다가 또 동시에 떠올려 보기도 했다. 그녀는 레빈과 자신의 가족들이 함께했던 지난날들을 떠올리면 편안하고 흡족한 기분이 들었다. 어린 날의 추억과 세상을 먼저 떠난 오빠와 레빈과의 우정이 주는 아름다움은 특별하면서도 서정적인 것이었다. 이렇듯 키티는 자신을 향한 레빈의 애정을 그리움과 즐거움이라 확신하고 있었기에 편안한 마음으로 레빈을 떠올릴 수 있었다.

하지만 브론스키를 떠올릴 때는 그렇지 않았다. 그가 매우 사교적이고 점잖은 사람이라는 것은 잘 알고 있었지만 왠지 모르게 불편한 기분이 들었던 것이다. 레빈을 대할 때면, 키티는 스스로 솔직해지면서 유쾌한 기분이 들었지만 브론스키를 대할 때는, 그가 솔직하고 담백한 사람임에도 왠지 모를 위선 같은 것이 느껴졌다. 하지만 그녀가 브론스키와 함께하는 상상을 할 때면 행복이 가득한 장밋빛 미래가 펼쳐졌다. 반면 레빈과 함께할 미래를 떠올리면 안개처럼 불투명할 뿐이었다.

키티는 야회복으로 갈아입기 위해 2층으로 올라갔다. 그녀는 거울을 보며, 오늘은 틀림없이 기쁜 날이 될 거라 확신하며 자신감으로 충만해 있었다. 그녀는 자신이 정숙하면서도 자유롭고 우아하다고 느껴졌다.

7시 30분쯤 되자 그녀는 응접실로 내려갔다. 그러자 하인이 콘스탄틴 드미트리치 레빈이 도착했다는 말을 전해 주었다. 공작 부인은 아직 방에 있었고 공작 역시 나와 있지 않았다.

'역시 그렇구나.' 그녀는 갑자기 심장으로 모든 피가 몰리는 듯한 느낌이 들었다. 거울을 보니 얼굴이 하얗게 질려 있었기에 몹시 놀랐다.

그녀는 레빈이 자신이 혼자 있는 틈을 타 청혼하기 위해 일부러 일찍 도착했다는 것을 알았다. 순간 그녀는 모든 일을 다시 생각해 보기 시작했다. 이것은 결코 그녀 혼자만의 문제가 아니었다. 어떤 사람과 함께해야 행복할 것인지, 자신이 누구를 사랑하고 있는지에 관한 문제일 뿐만 아니라 지금 당장 그녀가 좋아하는 사람에게 모욕감을 주는 일이었기 때문이다. 그것도 아주 처참하게 말이다. 단지 그 남자가 그녀를 사랑하고 그녀에게 반했다는 이유만으로 그래야 했다. 하지만 어쩔 수 없었다. 그래야만 하는 것이다. 그렇게 할 수밖에 없는 일이었다.

'아, 하지만 그 사람에게 내가 직접 그 말을 전해야 하는 걸까.' 그녀는 생각했다.

'대체 뭐라고 해야 하나. 당신을 좋아하지 않는다고, 그렇게 말할 수 있을까? 아니, 그건 거짓이야. 그럼 다른 사람을 사랑하고 있다고 말해야 하나? 아니, 그럴 수는 없어. 아무래도 도망쳐야겠다, 도망쳐야겠어.' 그녀는 문가로 향했다. 그 때 레빈의 발소리가 들려왔다. '아니, 비겁한 짓이야. 두려워할 필요 없어. 그건 나쁜 짓이 아니야. 모든 일은 뜻대로 이루어질 거야. 솔직하게 말하자. 나는 그 사람과 불편해지고 싶지 않으니까. 드디어 오셨구나.'

그녀는 눈을 반짝이며 자신을 바라보고 있는 레빈을 보며 생각했다. 그의 모습은 듬직하면서도 왠지 주눅 들어 보였다.

"내가 너무 빨리 왔나 보군요." 그는 아무도 없는 응접실을 둘러보며 말했다. 그의 말처럼 자신을 방해할 사람이 아무도 없다는 것을 알게 되자 갑자기 그의 얼굴이 어두워졌다.

"아니에요." 키티는 그렇게 말하고 테이블 앞에 앉았다.

"실은 당신이 혼자 있기를 바라고 있었습니다." 그는 용기를 잃지 않기 위해 키티를 쳐다보지도 않고 선 채로 말했다.

"곧 어머니가 나오실 거예요. 어제 일로 어머니가 너무 피곤해하셔서요. 어제는……." 그녀는 자신이 무슨 말을 하고 있는지도 몰랐지만 위로하는 듯한 눈빛으로 그를 바라보며 말했다.

그가 그녀를 바라보았다. 그러자 그녀는 얼굴이 붉어지며 말을 멈추었다.

"여기에 오래 머물지 어떨지 잘 모르겠다고 말했었죠. 그건 당신에게 달렸다고……."

차츰 가까이 다가오고 있는 그 문제에 대해 그녀는 무슨 말을 해야 할지 몰라 고개만 숙이고 있을 뿐이었다.

"그것은 당신에게 달렸습니다." 그는 거듭 말했다. "내가 하고 싶은 말은…… 그러니까 바로 당신에게 하고 싶은 말은…… 이번에도 이 말을 하고 싶어서 온 겁니다…… 당신이 내 아내가 되어 주셨으면 좋겠습니다." 레빈은 자신이 무슨 이야기를 하고 있는지도 모르는 상태로 말했다. 하지만 가장 하기 힘들었던 말을 드디어 꺼냈다는 생각이 들자, 그는 하던 말을 멈추고 그녀를 바라보았다.

그녀는 그를 쳐다보지도 못하고 그저 한숨만 내쉴 뿐이었다. 그녀는 몹시 기뻤다. 자신의 영혼이 행복으로 가득 찬 것 같았다. 그녀는 그의 고백이 이 정도의 감동을 줄 것이라고는 상상도 못했다. 하지만 그때뿐이었다. 그녀는 진실하고 밝은 눈빛으로 절망에 빠진 레빈의 얼굴을 바라보며 말했다.

"그럴 수 없을 것 같아요. 용서하세요."

불과 1분 전까지만 해도 그녀는 그와 얼마나 가까운 사람이었는지, 또한 그의 인생에서 얼마나 중요한 사람이었던가! 하지만 지금 그녀는 그와 얼마나 멀어져 가까이 갈 수 없는 사람이 된 것인가!

"결국 이렇게 돼 버렸군요."

그는 그녀를 쳐다보지도 않고 말했다. 그러고 나서 인사를 한 뒤 막 떠나려던 참이었다.

14

그때 공작 부인이 들어왔다. 레빈과 키티가 당황스러운 표정으로 단둘이 있는 것을 보자 공작 부인은 갑자기 두려워졌다. 레빈은 부인에게 아무 말 없이 인사했고 키티는 시선을 아래로 떨군 채 가만히 있었다.

그러자 공작 부인은 속으로 '다행이네, 거절했구나.' 하고 생각했다. 그러면서 목요일마다 방문객을 맞이할 때처럼 환한 미소를 보였다. 그러고는 자리에 앉아 레빈에게 시골 생활에 관해 질문했다. 레빈은 손님들이 오면 슬쩍 자리를 떠야겠다고 생각하며 자리에 앉았다.

그렇게 5분쯤 지나자 작년 겨울에 결혼한 키티의 친구 노르드스톤 백작 부인이 도착했다. 그녀는 번쩍이는 검은 눈동자를 지닌 비쩍 마른 체형이었으며 낯빛이 누르스름한, 병약하고 신경질적인 여자였다. 그녀는 키티를 좋아했기에 키티가 자신이 추구하는 행복에 맞춰 결혼했으면 하고 바랐다. 그녀는 키티와 브론스키가 이어지기를 바라고 있었다. 그래서인지 그녀는 초겨울에 이 집에 자주 드나들던 레빈을 무척 싫어했다. 그래서 레빈과 마주칠 때마다 그녀는 대놓고 비아냥거렸다.

"난 그가 나를 내려다보면서, 어려운 얘깃거리가 나오면 멈추기도 하면서 내 수준에 맞춰 줄 때마다 정말 재미있어. 그런 식으로 예의를 차리며 맞춰 줄 때마다 말이지. 그러다가 더 이상은 참지 못할 때의 그 모습은 정말 즐겁다니까." 그녀는 항상 레빈에 대해 이렇게 말했다.

그녀의 생각은 옳았다. 레빈은 정말로 그녀를 싫어했고, 그녀가 스스로 장점이라 여기고 있던 예민함과 거친 일상적인 모습을 고상한 태도로 경멸하며 냉소적으로 바라보았던 것이다.

노르드스톤 백작 부인과 레빈은 어디서나 볼 수 있는 흔한 관계였다. 겉으로는 친해 보이면서도 서로 진심을 털어놓지 않는, 또 서로 다툴 수도 없을 만큼 경멸하는 사이였던 것이다.

노르드스톤 백작 부인이 레빈에게 말했다. "어머! 콘스탄틴 드미트리치! 이 타락한 바빌론에 또 오셨군요." 그녀가 작고 누르스름한 손을 레빈에게 내밀었다. 그녀는 지난 초겨울에 레빈이 모스크바를 바빌론이라고 했던 말을 떠올리고는 그렇게 말한 것이었다. "바빌론이 마음에 드신 거예요? 아니면 당신이 타락하신 거예요?" 그녀는 냉소적인 얼굴로 키티를 바라보며 말했다.

"백작 부인께서 제 말을 아직도 기억하고 계신다니 영광이군요." 다소 기운을 찾은 레빈은 평소 습관처럼 노르드스톤 백작 부인에게 뼈 있는 농담을 던지며 즉시 대답했다. "그 말이 부인께 꽤나 인상적이었나 보군요."

"그럼요! 무엇이든지 메모하는 습관이 있어서요. 참, 키티, 스케이트를 타러 갔다고?" 그녀는 키티와 대화를 나누었다. 레빈은 지금 이 자리를 벗어나는 것이 무례한 행동임을 잘 알고 있었다. 하지만 여기 남아 있다가는 키티가 자신을 곁눈질

로 흘끔 바라보며 계속 시선을 피하는 모습을 봐야 할 것 같
았기에 차라리 자리를 뜨는 것이 낫겠다고 생각했다. 그가 자
리에서 막 일어나려던 순간, 공작 부인이 한동안 말이 없던
그의 행동을 알아채고는 그에게 말을 걸었다.

"모스크바에 오래 머무를 예정이신가요? 젬스트보의 일
때문에 오래 머무르지도 못하시겠군요."

"아닙니다. 지금은 젬스트보에서 일하고 있지 않습니다."
그가 말했다.

"여기 2, 3일 정도 머물 계획입니다."

'오늘은 평소답지 않군.' 레빈의 굳은 표정을 보며 노르드
스톤 백작 부인은 생각했다. '평소처럼 장황한 사설을 늘어놓
지 않는단 말이야. 그럼 내가 그렇게 만들어야겠군. 키티 앞
에서 그를 골탕 먹이는 건 정말 재밌는 일이니까. 어디 그럼.'

"콘스탄틴 드미트리치." 그녀가 그에게 말했다. "이것 좀 알
려 주시겠어요? 이런 일에 대해서는 전문가시니까요. 저희가
소유한 칼루가 영지에서 농부들과 아낙네들이 있는 대로 술
을 다 마셔 버리고 한 푼도 안 내고 있어요. 대체 이걸 어떻게
설명해야 되는지 궁금하네요. 당신은 항상 농부들 편이었죠?"

그때 한 부인이 응접실로 들어오자 레빈은 자리에서 일어
났다. "미안합니다, 부인. 그 일에 대해선 아는 바가 없어서요.
어떤 대답도 드릴 수가 없군요." 그가 말했다. 그러고 나서 그
는 부인을 따라 들어온 군인을 바라보았다.

'저 사람이 브론스키가 보군.' 레빈은 생각했다. 그러고
나서 확인하려는 듯 키티를 바라보았다. 그녀는 브론스키를

쳐다보고 나서 레빈을 보았다. 레빈은 순간 반짝이던 그녀의 눈빛을 보며 그녀가 그를 사랑하고 있음을 느꼈다. 마치 그녀가 직접 이야기라도 한 것처럼 말이다. 그는 대체 어떤 사람일까?

어쩔 수 없이 레빈은 이곳에 남아 있어야 했다. 그녀가 사랑하는 그가 어떤 사람인지 알고 싶었기 때문이다.

세상에는 자신의 경쟁자를 두고, 그가 지닌 장점은 전혀 보지 않고 단점만을 찾아내려 하는 사람이 있는가 하면, 고통을 감수하면서도 경쟁자에게서 자신보다 더 나은 점을 찾아내려 하는 사람도 있다. 레빈은 후자였다. 브론스키의 매력을 찾아내는 것은 어렵지 않았다. 레빈은 곧바로 그것을 발견했다. 브론스키는 적당한 키에 듬직한 체격의 소유자로 선한 인상을 지녔음에도 남자다움이 물씬 풍기는 사내였다. 짧게 자른 검은 머리카락과 깨끗하게 면도한 턱, 몸에 여유 있게 만들어진 새 군복에서 느껴지는 그의 외모는 깔끔하면서도 빛이 났다. 브론스키는 응접실로 들어오는 부인에게 길을 비켜주고는 공작 부인에게 인사를 한 뒤 키티에게 갔다.

그녀에게 다가가자 그의 아름다운 눈은 더욱 다정하게 빛났다. 그의 얼굴에는 행복하고 당당한 미소가 어렸다. 레빈은 그렇게 생각했다. 그는 그녀 앞에 몸을 굽히고는 넓은 손을 내밀었다.

그는 그곳에 있던 사람들과 모두 인사하고 몇 마디 대화를 주고받았다. 하지만 그를 계속 주시하던 레빈에게는 눈길도 주지 않고 자리에 앉았다.

"소개해 드릴 분이 계세요." 공작 부인이 레빈을 가리키며 말했다. "콘스탄틴 드미트리치 레빈이에요. 이분은 알렉세이 키릴로비치 브론스키 백작이십니다."

그러자 브론스키는 자리에서 일어나 레빈을 다정한 눈빛으로 바라보며 그와 악수를 나누었다. "이번 겨울에 당신과 만날 거라 생각했습니다만." 그는 특유의 시원스러운 미소를 보이면서 말했다. "그런데 당신이 갑자기 시골로 돌아가셨지요."

"콘스탄틴 드미트리치는 도시와 도시인들을 경멸하고 계세요." 노르드스톤 백작 부인이 말했다.

"그걸 기억하고 계시다니 제 말이 꽤나 인상적이었나 보군요." 레빈은 그렇게 말했으나 방금 전에 한 이야기와 같다는 생각이 들자 얼굴이 붉어졌다.

브론스키는 레빈과 노르드스톤 백작 부인을 바라보며 미소 지었다. "항상 시골에 계시는 건가요?" 그가 물었다. "겨울엔 지루하시겠군요."

"아니요. 할 일이 많으니 지루하지 않습니다. 자기 자신에 몰두해 있는 한 지루하진 않을 테니까요." 레빈은 흥분한 어조로 말했다.

"나도 시골을 좋아합니다." 브론스키는 레빈의 어조를 알아챘으나 짐짓 모른 척하며 말했다.

"하지만 백작님, 당신마저 시골 생활에 빠지시면 안 돼요." 노르드스톤 백작 부인이 말했다.

"시골에 오래 머문 적이 없으니 잘 모르겠군요. 하지만 거기서 특이한 경험을 한 적이 있죠." 그가 말을 이었다. "언젠가 어머니와 니스에서 겨울을 보낸 적이 있었죠. 거기 있으니 나막신을 신은 농부들과 함께 지내던 러시아의 시골이 참 그립더군요. 아시다시피 니스는 참 지루한 곳이니까요. 나폴리나 소렌토 같은 곳은 잠깐 머물기에나 좋은 곳이죠. 그곳에 가면 러시아의 시골이 유독 그리워지더군요." 그는 침착하고 다정한 눈빛으로 레빈과 키티를 번갈아 쳐다보며 말했다. 그는 머릿속에 떠오르는 대로 말하고 있는 것이 분명했다.

그때 노르드스톤 백작 부인이 무언가 이야기를 꺼내려는 것을 알아챈 그는 도중에 말을 멈추고 그녀의 말을 듣기 시작했다.

대화는 쉼 없이 이어졌다. 만약을 대비해 공작 부인이 항상 준비해 두었던 두 개의 대포, 즉 전통 교육과 현대 교육, 병역 의무에 관한 이야기도 꺼낼 틈이 없었고 노르드스톤 백작 부인 또한 레빈을 공격할 기회가 없었다.

레빈도 대화에 참여하고 싶었지만 그러지 못했다. 그래서 이제 그만 가 봐야겠다고 속으로 다짐하면서도 무언가를 기다리는 사람처럼 자리를 뜨지 못하고 있었다.

회전 테이블과 영혼에 관한 화제로 분위기가 전환되었다. 그러자 심령술 신봉자였던 노르드스톤 백작 부인은 기적과 관련된 자신의 체험담에 대해 이야기를 시작했다.

"오, 백작 부인. 나도 좀 데리고 가 주시죠. 여기저기 찾아 헤맸지만 아직 기이한 현상은 한 번도 경험해 보지 못했거든요." 브론스키가 미소를 띠며 말했다.

"그래요. 이번 토요일에 함께해요." 노르드스톤 백작 부인이 대답했다.

"콘스탄틴 드미트리치, 당신도 심령술을 믿으시나요?" 그녀가 레빈에게 물었다.

"나한테 왜 그걸 물으시나요? 내가 무슨 대답을 할지 아실 텐데요."

"그래도 당신 생각이 궁금해서요."

"내 생각은 이렇습니다. 회전 테이블 같은 것은 지식층이나 농부들이 조금도 다르지 않다는 것을 증명할 뿐입니다. 농부들은 눈을 믿고 주문과 마력을 믿고 있지요. 반면에 우리는⋯⋯."

"당신은 믿지 않는다는 얘기군요?"

"믿을 수가 없죠."

"내가 직접 보았다는데도요?"

"시골 아낙네들도 자신이 직접 도깨비를 봤다고 얘기하니까요."

"당신은 내가 거짓말을 한다고 생각하는군요?" 그녀가 불쾌하다는 듯 웃으며 말했다.

"아니, 그건 아냐, 마쉬아. 콘스탄틴 드미트리치는 자신이 믿지 않는다고 말씀하신 거야." 키티는 붉어진 얼굴로 레빈을 바라보며 말했다. 그러자 레빈은 한층 더 강렬하게 백작 부인을 몰아붙이려고 했다. 하지만 브론스키가 솔직하고 유쾌한 미소로 불편해지려는 분위기를 전환시켰다.

"당신은 그럴 가능성이 전혀 없다고 생각하십니까?" 그가 물었다.

"그렇다면 이유를 말씀해 주시겠습니까? 우리는 잘 이해할 수 없는 전기의 존재를 인정하고 있습니다. 그런 점에서 볼 때 미처 알려지지 않은 어떤 힘이 존재할 수도 있지 않겠습니까."

"전기가 발견됐을 그 당시에는." 레빈이 그의 말을 가로채며 말했다. "우리는 단지 그러한 현상을 발견했을 뿐 전기가 어디서, 어떻게 오는지에 대해선 알 수 없었죠. 또한 전기의 활용 방법을 찾기까지 수 세기가 걸렸습니다. 하지만 심령술을 믿는 자들은, 테이블이 무언가를 써서 알려 주고 영혼이 저절로 그들을 찾아온다고 하면서 결국엔 그것들을 불가사의한 힘이라고 말하더군요."

레빈의 말에 흥미를 느낀 브론스키는 그의 말을 경청했다.

"그렇습니다. 하지만 심령술을 믿는 사람들은 현재 이것이 어떠한 힘인지 알 수 없다고 말하고 있습니다. 그렇지만 그것은 여전히 존재하고 있으며 특정 조건에서 작용하고 있다고 말이죠. 그 원리를 밝혀내는 것은 과학자들의 몫이라는 것이죠. 하지만 그것이 새로운 힘이 아니라는 의견엔 동조할 수 없군요. 그 힘은……."

"그 이유는 바로." 레빈이 그의 말을 받았다. "나뭇가지를 털실에 문지르면 항상 전기가 일죠. 하지만 심령술의 경우는 늘 그렇지가 않습니다. 즉, 자연 현상이 아니라는 것이죠."

브론스키는 이 화제가 너무 무겁다고 생각했는지 더 이상 아무 말도 하지 않고 화제를 바꾸려 했다. 그는 유쾌한 미소를 지으며 부인들을 바라보았다.

"그럼 백작 부인, 여기서 한번 해 볼까요?" 그는 이렇게 말했다. 하지만 레빈은 자신의 말을 끝까지 이어 가려 했다.

"나는 이렇게 생각합니다. 이런 기이한 현상을 새로운 힘이라 주장하는 심령술을 믿는 자들은 큰 오류를 범하고 있다고 말입니다. 그들은 영혼이 지닌 힘을 물리적인 실험으로 증명하려 하니까요."

다들 그의 말이 끝나기만을 바라고 있었고 레빈도 그것을 느꼈다.

"당신은 앞으로 훌륭한 영매(靈媒)가 되실 것 같아요." 노르드스톤 백작 부인이 말했다. "당신은 굉장히 몰입을 잘하시니까요."

그러자 레빈은 뭔가 말을 꺼내려다 얼굴을 붉히고는 아무 말도 하지 않았다.

"자, 그럼 공작 따님. 테이블로 시험해 볼까요?" 브론스키가 말했다. "공작 부인, 어떠세요?" 그리고 나서 브론스키는 테이블을 찾기 위해 자리에서 일어나 두리번거렸다.

테이블을 가져오기 위해 키티도 일어섰다. 그러다가 레빈의 옆을 지나갈 때 그와 눈이 마주쳤다. 그녀는 그에게 진심으로 미안함을 느꼈고 자신으로 말미암아 그가 불행해졌다는 생각이 들자 더욱 미안해졌다.

'나를 용서하세요. 제발.' 그녀의 눈은 이렇게 말하고 있는 듯했다. '나는 지금 행복하니까요.'

'나는 모든 게 싫습니다. 당신도, 그리고 나 자신도.' 그의 눈은 그렇게 답하고 있었다. 그는 모자를 집어 들었으나 좀처럼 그곳을 떠날 기회를 찾지 못했다. 다들 테이블 주위에 빙 둘러앉고 레빈이 막 떠나려는 순간에 공작이 들어왔던 것이다. 그는 부인들과 인사를 나눈 뒤 레빈을 바라보았다.

"오!" 그가 반가워하며 말했다. "언제 온 것인가? 자네가 온 줄 몰랐네. 만나서 정말 반갑군."

노공작은 레빈을 '자네'라고 부르기도 하고 때때로 '당신'이라 부르기도 했다. 그는 레빈을 끌어안고 이야기를 나누었다. 그러면서도 그는 자신을 쳐다보기만을 바라며 일어서 있던 브론스키에게는 눈길도 주지 않았다.

키티는 레빈과의 관계가 틀어진 상황에서 아버지의 지나친 관심은 오히려 그에게 독이 될 거라 생각했다. 그녀는 아버지가 브론스키를 냉정하게 대하는 모습을 보았다. 브론스키는 다정하면서도 당황스러운 얼굴로 공작의 모습을 지켜보고 있었다. 자신이 왜 이런 대우를 받아야 하는지 모르겠다는 듯한 그의 모습을 보자 키티는 얼굴이 붉어졌다.

"공작님, 콘스탄틴 드미트리치를 이쪽으로 보내 주세요." 노르드스톤 백작 부인이 말했다. "지금 막 실험을 하려던 참이라서요."

"실험이라니? 테이블 돌리긴가? 미안한 얘기지만, 내 생각엔 고리 던지기가 더 재미있을 것 같은데." 노공작은 그것이 브론스키의 생각이었다는 것을 짐작하고는 그를 쳐다보며 말했다. "고리 던지기도 의미가 있으니까."

그러자 브론스키는 당당한 눈빛을 보이며 감탄한 얼굴로

공작을 바라보았다. 그러다가 미소를 띠며 노르드스톤 백작 부인에게 다음 주에 열릴 성대한 무도회에 관한 이야기를 건 넸다.

"당신도 와 주실 거죠?" 그가 키티를 바라보며 말했다.

레빈은 노공작이 자신과 멀어진 틈을 타 슬며시 자리를 떴 다. 그날 그에게 마지막 기억으로 남은 것은 무도회와 관련된 브론스키의 질문에 미소를 띠고 있었던 키티의 행복한 얼굴 이었다.

15

야회가 끝난 후 키티는 어머니에게 레빈과 있었던 일에 대 해 말했다. 그녀는 레빈이 가여웠으나 청혼을 받은 사실 자체 에서 기쁨을 느꼈다. 그리고 자신의 선택이 옳았다고 확신했 다. 하지만 그녀는 침대에 누워서도 한동안 잠을 이룰 수 없 었다.

아버지의 이야기를 듣고 있으면서도 그녀와 브론스키를 주시하던 레빈의 모습이 떠올라 그녀는 괴로웠다. 그는 찌푸 린 얼굴로, 침울하고 무기력하게 그들을 바라보고 있었다. 키 티는 그런 레빈이 너무 가여워 눈물이 날 것 같았지만 이내 그를 대신해 선택한 사람의 모습을 떠올렸다. 키티는 브론스 키의 남자다운 얼굴, 조심스럽고 침착한 태도, 사람들을 대하 는 다정한 태도를 떠올렸다. 그리고 자신이 사랑하는 사람이 보여 준 애정 표현에 대해서도 떠올려 보았다. 그녀는 베개 위에서 기쁨에 벅찬 나머지 행복한 미소를 지었다.

'정말 가여워. 하지만 어쩔 수 없어. 그게 내 잘못은 아니야.' 그녀는 생각했다. 하지만 레빈을 유혹한 것을 후회하는 것인지, 아니면 그를 거절한 것을 후회하는 것인지 알 수가 없었다. 이 때문에 그녀의 행복은 깨져 버리고 말았다.

'하느님, 도와주세요. 오, 하느님, 제발 도와주세요. 하느님, 도와주세요!' 그녀는 이렇게 중얼거리다 잠이 들었다.

한편 아래층 공작의 서재에서는 귀여운 딸 때문에 늘 반복되던 일이 부부 사이에 벌어지고 있었다.

"뭐라고? 분명히 말해 두지!" 공작은 손을 휘두르다가 하얀 가운의 앞자락을 여미며 소리쳤다. "당신은 자존심도 위엄도 없어. 당신이 그 천박하고 어리석은 혼담 때문에 딸을 수치스럽게 만들고 망쳐놓았을 뿐이라고!"

"그런 말씀을 하시다니. 제가 뭘 어쨌다고 그러세요?" 공작 부인은 울먹이며 말했다.

그녀는 딸과 이야기를 나눈 뒤 매우 만족스러워하며 평소처럼 공작에게 인사를 하러 왔다. 물론 레빈이 청혼했으나 키티가 거절했다는 사실은 공작에게 비밀로 하려고 했다. 하지만 브론스키와의 혼담이 성사된 것이나 다름없으며, 그의 어머니가 이곳에 도착하는 대로 모든 게 확실해질 것이라는 사실을 남편에게 넌지시 일러 주었다. 그러자 공작은 화를 내며 독설을 퍼부었던 것이다.

"당신이 뭘 어쨌냐고? 첫째, 당신이 키티의 신랑감을 꾀어

냈다고 모스크바 사람 모두가 그렇게 얘기할 거야. 하긴 그러고도 남지. 파티를 열려거든 그 모스크바의 풋내기들을 죄다 부르고 악사도 불러서 다 춤추게 하라고. 오늘처럼 그렇게 신랑감만 쏙 불러들이지 말란 말이야. 난 그런 꼴은 도저히 못 보겠으니까. 당신은 키티를 혼란스럽게 만들었어. 레빈은 훌륭한 남자야. 그 페테르부르크의 겉멋만 든 녀석은 어디서나 볼 수 있다고. 죄다 똑같은 모습을 한 허섭스레기들이니까. 설사 그가 왕족 출신이라고 해도 내 딸은 하나도 아쉬울 게 없단 말이야."

"그러니까 내가 뭘 어쨌다는 건데요?"

"뭘 어쨌느냐고?" 공작이 버럭 화를 내며 소리쳤다.

"당신 말만 듣다간." 공작 부인이 그의 말을 가로막았다.

"우린 절대 키티를 시집보낼 수 없을 거예요. 그럴 바엔 차라리 시골로 내려가겠어요."

"그래, 차라리 그게 낫겠어."

"잠깐만요. 당신은 내가 그 사람을 흔들어 놓았다고 생각하시는 거예요? 절대 그렇지 않아요. 그 청년이 우리 딸을 좋아하고 또 우리 딸도 그를……."

"당신 눈엔 그렇게 보이겠지. 하지만 그자는 결혼할 생각이 없는데 우리 딸이 진심으로 빠지게 되면 어쩔 테야? 아아! 정말 생각도 하기 싫군. 오, 심령술, 아아, 니스, 어머, 무도회……." 공작은 아내의 모습을 흉내 내며 한마디씩 할 때마다 몸을 굽혔다. "우리가 카테니카를 불행하게 만들고 있단 말이야. 그 애를 혼란스럽게 만들고 있다고."

"당신은 그렇게 생각하고 계셨던 거예요?"

"단지 생각만이 아니라 사실이란 말이오. 우리 남자들은 여자들보다 보는 눈이 있다고. 나는 누가 진실한 사내인지 알 수 있어. 바로 레빈이라고. 그리고 잠시 놀기만 하다 말려는 메추리 새끼도 알아볼 수 있어."

"알았어요. 당신이 그런 식으로 생각한다면……."

"당신도 곧 알게 되겠지. 하지만 그땐 이미 늦어. 다쉐니카 때를 생각해 봐요."

"알았으니 이제 그만하죠."

가엾은 돌리가 떠오른 공작 부인은 남편의 말을 가로막았다.

"그러지. 그럼 잘 자요."

그들은 성호를 그은 뒤 입맞춤하며 엇갈린 의견이 여전히 통일되지 않음을 느꼈다.

공작 부인은 오늘 야회가 키티의 운명을 결정지을 거라 생각했고 브론스키 역시 그런 마음이라고 확신했다. 하지만 남편의 이야기를 듣고 나자 심란해진 그녀는 방으로 돌아오자마자 키티처럼 불투명한 미래에 대한 두려움 때문에 속으로 되뇌었다.

'하느님, 도와주세요. 하느님, 도와주세요. 하느님, 제발 도와주세요!'

브론스키는 지금껏 단 한 번도 평범한 가정생활을 경험해 보지 못했다. 그의 어머니는 젊었을 때부터 사교계에서 잘나가던 여성이었으며 결혼 후에도, 그리고 남편이 죽은 후에는 더욱 활발히 사교계를 휩쓸고 다녔다. 그는 어린 시절 사관 학교에서 교육을 받았기에 아버지에 대한 기억이 거의 없었다.

그는 전도유망한 장교로서 사관 학교를 졸업하고 부유한 페테르부르크 군인에 소속되었다. 때때로 페테르부르크의 사교계에도 드나들긴 했지만 그는 사교계 바깥에 흥미를 느끼며 그곳에서 여자를 만났다.

페테르부르크에서 그는 방탕하면서도 화려한 생활을 했다. 그는 모스크바에 와서 처음으로, 자신을 사랑하는 순수하고 착한 숙녀와 교제하며 즐거움을 느꼈다. 그는 키티를 향한 자신의 태도가 잘못됐다고는 단 한 번도 생각하지 않았다. 무도회에 가면 그는 주로 그녀와 춤췄고 그녀의 집에도 자주 드나들었다. 그리고 그녀와 사교계에서 오고 가는 별 의미 없는 잡담을 나누곤 했다. 하지만 그는 이러한 대화들이 그녀에게 특별한 의미가 있음을 무의식적으로 그녀에게 전달했다. 그는 그녀와 은밀한 이야기를 나눈 적이 없었음에도 그녀가 자신에게 점점 가까이 다가오고 있다는 것을 느꼈다. 그럴수록 그는 흡족했고 그녀에 대한 애틋한 감정이 생겨났다. 그는 그녀를 대하는 자신의 행동이 어떤 명칭을 가지고 있다는 것과 결혼할 마음 없이 처녀의 마음을 빼앗는 것은 방탕한 생활을 하는 청년들이 으레 저지르는 나쁜 행실이라는 것을 알지 못했다. 그는 이러한 만족감을 스스로 만들었다는 생각에 오히려 이를 즐기고 있었다.

만약에 그가 오늘 저녁에 그녀의 부모들이 나눈 대화를 들었다면, 그래서 자신이 그녀와 결혼하지 않으면 그녀가 불행해질 것이라는 사실을 알았다면 그는 너무 놀라 믿을 수 없었을 것이다. 그는 자신과 그녀에게 이토록 만족감을 주는 것이 좋지 않은 일이라는 사실을 믿을 수 없을 것이다. 또한 자신이 그녀와 결혼하지 않으면 안 된다는 사실 역시 믿기 힘든 일일 것이다.

그는 결혼에 대해 단 한 번도 생각해 본 적이 없었다. 그는 가정을 이루고 싶은 생각이 없었고, 지금껏 혼자 생활해 온 탓에 가정이라는 것, 특히 누군가의 남편이 된다는 것은 자신과 거리가 먼, 낯설고 우스운 것이라 여겼다. 하지만 브론스키는 쉬체르바스키가를 나오면서, 키티의 부모가 어떤 대화를 나누었을지 상상도 못했음에도 자신과 키티의 관계가 한층 더 깊어졌기에 앞으로의 계획을 세워야겠다고 느꼈다. 하지만 무슨 계획을 어떻게 세워야 하는지에 대해서는 전혀 알지 못했다.

'황홀해.'

그는 쉬체르바쓰키가에서 나오면 늘 신선한 느낌이 들었다. 그날 저녁에, 꽤 오래 담배를 피우지 않았던 이유 때문인지도 모르겠지만, 그는 자신을 향한 그녀의 사랑에 큰 기쁨을 느꼈다.

'정말 황홀해. 우린 서로 아무 말 하지 않아도 눈빛과 말투에서 느껴지는 마음만으로도 서로를 이해할 수 있어. 특히나 오늘, 그녀는 나에게 사랑한다는 확신을 주었지. 귀엽고 순수한 사랑이야. 나를 그렇게 믿어 주니 말이야. 그녀로 말미암아 나 역시 선량하고 순수해진 기분이야. 또한 나 자신이 가슴이 뜨겁고 장점이 많은 사람이 된 것 같은 생각이 들어. 사랑에 빠진 그녀의 귀여운 눈! '그럼요, 정말!' 하고 말할 때의 그 눈빛이란! 근데, 그래서 어쨌다는 것인가? 그저 나도 좋고 그녀도 좋을 뿐이야.'

그러면서 그는 오늘 밤을 어디서 보내야 할지 생각하며 갈 만한 장소를 떠올려 보았다. '클럽에 갈까? 베지크 카드놀이나 하고 이그나토프와 샴페인을 마실까? 아니, 샤토 데 폴뢰르에 가서 오블론스키를 만나 프랑스 노래나 듣고 캉캉 춤이나 볼까. 아니, 그것도 지겨워. 내가 쉬체르바쓰키가를 좋아하는 건 다 이유가 있어. 그곳에 가면 나까지 기분이 산뜻해지고 착한 사람이 되는 것 같다니까. 그냥 숙소로 가자.'

그는 곧바로 뒤소 호텔로 돌아와 저녁을 먹었다. 그러고 나서 옷을 갈아입은 뒤 베개에 머리를 대자마자 순식간에 잠이 들어 버렸다.

17

다음 날 아침 11시에 브론스키는 어머니를 마중하기 위해 페테르부르크 기차역으로 나갔다. 브론스키는 맞은편 계단에서 때마침 누이동생을 마중 나온 오블론스키를 만났다.

"이봐! 백작!" 오블론스키가 외쳤다. "누굴 마중 나왔나?"

"어머니가 오시기로 해서 말이야."

오블론스키를 만난 사람들이 으레 그러하듯 브론스키 역시 미소를 띠며 그의 손을 잡으며 말했다. 그들은 함께 계단을 올라갔다.

"오늘 페테르부르크에서 오신다네."

"그렇군, 그런데 난 어제 자네를 2시까지 기다렸네. 쉬체르바쓰키가에서 나와 대체 어디로 간 건가?"

"숙소." 브론스키가 말했다. "사실은, 어제 저녁에 쉬체르바쓰키가에서 좋은 시간을 보냈더니 다른 데는 가기 싫더군."

"준마는 낙인으로 알아볼 수 있고 사랑에 빠진 젊은이는 눈빛으로 알 수 있지." 스테판 아르카디이치는 지난번 레빈에게 말했던 구절을 읊어 댔다.

그러자 브론스키는 미소를 지으며 부정하지 않는다는 뜻을 내비쳤다. 하지만 곧 화제를 돌렸다.

"자네는 누굴 마중 나왔나?" 그가 물었다.

"나 말인가? 아주 아름다운 여인이지." 오블론스키가 말했다.

"아, 그래?"

"'악하게 여기는 자에겐 부끄러움이 있을지니.' 누이동생 안나 말일세."

"아, 카레니나 부인 말인가?" 브론스키가 말했다.

"자네도 알걸?"

"알 것 같기도. 아니, 모르는 것 같아. 잘 기억이 안 나서 말이야." 카레니나 부인이라는 이름에서 왠지 허례와 허식이 담긴 지루한 여인이 연상된 그는 아무 생각 없이 말했다.

"하지만 매제인 알렉세이 알렉산드로비치는 알겠지? 이름만 들어도 아는 유명 인사니까."

"물론 그분에 대해선 잘 알고 있지. 전에 본 적도 있고. 총명한 지식인이자 종교적인 사람이라는 것도 알아. 다만 자네도 알겠지만 나하고는 다른 사람이지. 분야가 달라." 브론스키가 말했다.

"그래, 아주 대단한 인물이지. 보수적이긴 하지만 그 정도면 훌륭한 사람이지." 스테판 아르카디이치가 덧붙였다.

"정말 대단한 사람이야."

"그래, 참 잘 어울리는 말이군." 브론스키가 웃으며 말했다. "아, 자네 거기 있었군." 그는 문 쪽에 서 있던 키가 크고 나이가 든, 어머니의 하인을 보며 말했다. "이쪽으로 오게."

요즘 브론스키는 스테판 아르카디이치를 만나는 사람이라면 누구나 느낄 수 있는 유쾌함 외에도 키티와의 관계 때문인지 그가 한층 더 가깝게 느껴지고 있었다.

"어쨌든, 일요일에 만찬이라도 열어야 되지 않겠나?" 브론스키가 그의 팔을 붙들고는 웃으며 말했다.

"물론이지. 다들 초대해야겠어. 참, 어제 내 친구 레빈을 만났나?" 스테판 아르카디이치가 물었다.

"그랬지. 그런데 무슨 일인지 급하게 자리를 떠나더군."

"정말 괜찮은 친구야." 오블론스키가 말을 이었다. "그렇게 생각하지 않나?"

"글쎄, 잘 모르겠군." 브론스키가 답했다. "대체적으로 모스크바 사람들은 말이야. 물론 지금 내가 얘기를 나누고 있는 상대는 제외하고." 그가 농담조로 말했다. "왠지 모르게 좀 굳어 있어. 마치 상대에게 강한 인상을 남기려는 듯 다들 예민하고 화가 난 것처럼 보이니 말이야."

"그래, 그런 면이 있지." 스테판 아르카디이치가 유쾌하게 웃으며 말했다.

"열차가 곧 도착합니까?" 브론스키가 역무원에게 물었다.

"곧 들어올 겁니다." 역무원이 말했다.

역사가 소란스러워지고 짐꾼들이 분주해졌다. 헌병과 역무원들이 하나둘 모습을 드러내고 누군가를 마중 나온 사람들도 보이자 기차가 도착할 때가 되었음을 알 수 있었다. 차가운 수증기 사이로 모피 코트를 입고 펠트 장화를 신은 노동자들이 선로를 건너가는 모습이 보였다. 저 멀리 선로에서 기차가 기적 소리와 둔탁한 소리를 내며 다가오고 있었다.

"아니." 스테판 아르카디이치가 말했다. 그는 키티를 향한 레빈의 마음을 브론스키에게 말하고 싶었다. "아니! 자네는 내 친구 레빈을 잘못 봤어. 그는 다소 예민하고 가끔 사람을 불편하게 만들기도 하지만 착하고 정직한 사내야. 황금 같은 고귀한 성품을 지닌 사내지. 어제는 그럴 만한 이유가 있었겠지." 스테판 아르카디이치가 웃으며 말했다. 그는 어제 레빈과 함께하며 느꼈던 연민을 잊고 지금은 브론스키에게 마음을 주며 말을 이어 갔다. "정말 행복해지거나 몹시 불행해지거나 둘 중 하나가 되는 그런 일이 있었지."

브론스키는 가던 길을 멈추고 직설적으로 물었다. "이를테면? 그 사람이 자네 처제한테 청혼이라도 했다는 건가?"

"아마도." 스테판 아르카디이치가 말했다. "어제 왠지 그럴 것 같은 느낌이었거든. 근데 그가 일찍 자리를 떴고 기분이 별로 좋아 보이지 않았다면 확실할 거야. 그는 꽤 오랫동안 키티를 마음에 두었으니까. 참 안타까운 일이야."

"아, 그렇군. 하지만 그 정도의 여인이라면 더 나은 배필을 찾으려고 하지 않을까." 그렇게 말하고는 브론스키는 가슴을 펴고 다시 걸어갔다. "하긴, 난 그 사람에 대해 잘 모르니까." 그가 덧붙여 말했다.

"어쨌든 안 좋은 상황이었군. 그래서 수많은 남자가 클라라 같은 매춘부를 만나려는 걸 테지. 그쪽에서 실패하는 것은 단지 돈이 없기 때문이라고 생각하겠지만 이쪽에서 실패하면 품위까지 손상되니까. 어쨌든 기차가 들어왔나 보군."

저 멀리서 기차가 기적을 울리고 있었다. 얼마 후 플랫폼이 진동했다. 기차는 차가운 공기 속으로 가라앉는 증기를 내뿜으며 바퀴의 지렛대를 서서히, 그리고 규칙적으로 움직이며 들어오고 있었다. 기차 안에서는 하얀 서리가 내려앉은 목도리를 두른 기관사가 인사했다. 탄수차(증기 기관차 뒤에 연결해 석탄과 물을 싣는 차량)가 지나가자 기차는 속도를 줄였으나 플랫폼은 더욱더 요란하게 진동했다. 뒤이어 수하물과 짖어 대는 개를 실은 화물차가 지나갔고 그 뒤를 따라 진동하며 마지막으로 객차가 들어왔다.

씩씩해 보이는 차장은 호루라기를 불며 달리는 기차에서 뛰어내렸고 뒤를 이어 성급한 승객들이 차례로 내렸다. 몸을 쭉 펴며 천천히 주변을 둘러보는 근위 장교, 환하게 웃으며 가방을 들고 내리는 상인, 커다란 보따리를 어깨에 멘 농부의 모습이 보였다.

오블론스키와 함께 서 있던 브론스키는 객차와 승객들을 보느라 정신이 없어 어머니에 대한 생각을 잊고 있었다. 그리고 조금 전 오블론스키에게 들었던 키티와 관련된 이야기가 그를 흥분시키며 유쾌하게 만들어 주었다. 그는 승자가 된 기분에 도취되어 가슴이 쭉 펴졌고 눈가에 생기가 돌았다.

"브론스키 백작 부인은 이 객실 안에 계십니다." 씩씩해 보이는 차장이 브론스키에게 말했다.

차장의 말에 정신이 든 브론스키는 어머니를 생각했다. 그는 어머니를 존경하지 않았고, 스스로도 이유를 확신할 수 없었지만 사랑하지도 않았다. 단지 자신이 속한 사회나 학교 같은 집단의 분위기 탓에, 품위를 지키기 위해 그녀에게 공손하게 예의를 갖췄던 것이다. 그래서 그는 어머니를 향한 사랑과 존경심이 적어질수록 더욱 공손한 태도를 보였다.

18

브론스키는 차장의 뒤를 따랐다. 그러다가 기차 입구 쪽에서 나오던 어느 부인에게 길을 비켜 주기 위해 멈춰 섰다. 브론스키는 사교계에 드나드는 사람이라면 으레 가지고 있는 감각으로, 그 부인이 상류층에 속하는 사람이라는 것을 알아챘다. 그는 그녀에게 양해를 구하고 기차 안으로 들어가려다가 다시 한번 그녀가 보고 싶어졌다. 그녀가 대단한 미인이어서도 아니었고 품위나 아름다움에 이끌려서도 아니었다. 단지 그녀가 옆으로 지나갔을 때 느껴졌던 사랑스러움이 그의 마음을 사로잡았던 것이다. 그가 돌아보자 그녀 역시 고개를 돌렸다. 짙은 속눈썹 아래에서 빛나는 회색 눈동자는 마치 그와 안면이 있는 것처럼 그의 얼굴을 다정하게 바라보았다. 그러다가 그녀는 곧 누군가를 찾으러 사람들이 모여 있는 쪽을 두리번거렸다. 브론스키는 그 순간, 그녀의 얼굴에서 빛나는 두 눈과 붉은 입술에서 피어난 미소 속에서 활발히 움직이는 억제된 생기를 느꼈다. 그것은 그녀가 만들어 낸 것이 아니라 마치 그녀의 몸속에서 넘쳐난 무언가가 반짝이며 미소로 되살아난 듯한 느낌이었다. 그녀는 일부러 그 빛을 꺼뜨리려고 했으나 그 빛은 그녀의 의지를 꺾고 다시 미소가 되어 반짝거렸다.

브론스키는 객차 안으로 들어갔다. 검은 눈동자를 지닌, 곱슬곱슬한 머리의 야윈 노부인이 실눈을 뜨고 아들을 쳐다보며 엷은 미소를 지었다. 그러고는 자리에서 일어나 하인에게 손가방을 건네고 아들에게 야윈 손을 내밀어 입을 맞추도록 했다. 그리고 나서 아들의 머리를 들어 올려 얼굴에 입을 맞추었다.

"전보는 받았니? 그동안 별일은 없었고?"

"여행은 잘 하셨어요?" 그는 어머니 곁에 앉으며 무의식중에 문밖에서 나는 여인의 목소리에 귀를 기울였다. 그는 바로 조금 전 입구에서 마주친 그 부인의 목소리라는 것을 알아챘다.

"아무래도 난 당신 생각에 동의할 수 없어요."

"페테르부르크식 생각이군요, 마님."

"페테르부르크식이 아니라 한 여자로서 말씀드리는 거예요." 그녀가 말했다.

"그렇다면 마님의 손에 입을 맞출 수 있게 해 주십시오."

"그럼 잘 가요, 이반 페트로비치. 그리고 오빠가 어디 계신지 좀 알아봐 주세요. 찾으면 이쪽으로 오시라고 전해 주세요." 부인은 입구 쪽에서 이렇게 말하고는 다시 객실 안으로 들어왔다.

"어떻게 됐어요. 오빠는 찾았나요?" 브론스카야 백작 부인이 그녀에게 말했다.

그제야 브론스키는 그녀가 카레니나 부인이라는 것을 알았다.

"당신 오빠는 저쪽에 있어요." 그가 일어서며 말했다. "몰라 뵈어 죄송합니다. 전에 잠깐 뵈었었죠." 브론스키는 머리를 숙이며 말했다. "당신도 저를 기억 못하실 겁니다."

"어머, 아니에요." 그녀가 말했다. "제가 먼저 알아봤어야 하는데. 당신 어머님과 여기 오는 동안 줄곧 당신 얘기만 했거든요." 진작부터 밖으로 나오고 싶어 아우성이던 그녀의 생기가 미소로 나타났다. "근데 오빠는 여태 안 오시네요."

"네가 좀 다녀오렴, 알료쉬카." 노백작 부인이 말했다.

그러자 브론스키는 플랫폼 쪽으로 나가서 소리쳤다. "오블론스키! 이쪽이야!"

하지만 카레니나 부인은 그가 올 때까지 기다리지 않고 그의 모습이 보이자 경쾌하고 당당한 걸음으로 그를 향해 갔다. 그가 가까이 오자 그녀는 브론스키가 놀랄 만큼 대담하면서도 우아한 몸짓으로 그의 목에 왼팔을 두르더니 자기 쪽으로 끌어당겨 입을 맞추었다. 브론스키는 그 모습을 줄곧 지켜보고 있다가 무의식중에 미소를 지었다. 하지만 어머니가 기다리고 계신다는 생각이 떠오르자 다시 객실 안으로 들어갔다.

"정말 사랑스러운 부인이야, 안 그러니?" 백작 부인이 카레니나 부인에 대해 언급했다. "그녀의 남편이 부인과 같은 객실에 타게 해 줬지. 정말 즐거웠단다. 오는 내내 대화를 나눴어. 네가 이상적인 사랑을 하고 있다고? 그러면 됐다. 정말 잘됐어."

"무슨 말씀을 하시는 건지 모르겠네요, 어머니." 브론스키는 냉정하게 말했다. "자, 어서 가시죠."

그때 카레니나 부인이 인사하기 위해 백작 부인이 있는 기차 안으로 들어왔다.

"백작 부인, 부인께선 아드님을 만나셨고 저는 오빠를 찾왔네요." 그녀가 밝은 목소리로 말했다. "오는 내내 많은 대화를 나눴으니 더 이상 나눌 얘기도 없을 것 같고요."

"어머, 아니에요. 부인." 백작 부인이 그녀의 손을 잡으며 말했다. "당신과 함께라면 어느 곳을 가도 지루하지 않을 거예요. 대화를 나누든 침묵하든 함께 있다는 자체만으로도 행복한 사람들이 있는데 당신이 그런 사람 중 하나예요. 참, 아드님 걱정은 이제 그만해요. 아들과 평생 함께 사는 건 불가능한 일이니까요."

카레니나 부인은 조금도 흐트러짐 없는 꼿꼿한 자세로 미동도 하지 않은 채 미소를 띠며 서 있었다.

"안나 아르카디예브나는." 백작 부인이 아들에게 설명했다. "여덟 살 먹은 아들이 있으시단다. 근데 지금껏 한 번도 떨어져 본 적이 없어서 오는 내내 걱정하고 있었지."

"네, 당신 어머님과 오는 내내 그 얘기만 했는걸요. 저는 제 아들에 대해서, 백작 부인은 당신 얘기를 말이에요." 카레니나 부인이 말했다. 그러자 다시 그녀의 얼굴에 그를 향한 온화한 미소가 떠올랐다.

"지루하셨겠군요." 그는 그녀의 상냥한 말을 받으며 말했다. 하지만 그녀는 더 이상은 이야기를 이어 가지 않으려는 듯 백작 부인을 향해 부드러운 어조로 말했다.

"정말 감사하고 즐거웠어요, 백작 부인. 그럼, 이만 먼저 가 보겠습니다."

"몸조심해요, 부인." 백작 부인이 대답했다.

"당신의 고운 얼굴에 입맞춤해도 될까요? 나이 든 노인으로서 솔직히 말하면, 난 당신이 정말 좋아요."

카레니나 부인은 이런 전형적인 인사를 진심이라 생각하며 기뻐했다. 그녀는 얼굴을 붉힌 채 몸을 살짝 굽혀 백작 부인이 키스할 수 있도록 얼굴을 가까이 대 주었다. 그러고는 몸을 일으켜 방금 전에 보인 그 미소를 띠며 브론스키에게 손을 내밀었다. 그는 그녀의 자그마한 손을 잡았다. 그러자 그녀가 그의 손을 힘 있게 꼭 잡았다. 그는 뭔가 특별한 느낌을 받은 듯 기뻤다. 그리고 나서 그녀는 풍만한 몸을 민첩하게 움직이며 빠른 걸음으로 나갔다.

"정말 사랑스러워." 노부인이 말했다.

그녀의 아들도 같은 생각이었다. 그는 우아한 그녀의 자태가 보이지 않을 때까지 그녀를 바라보고 있었다. 그러는 동안 그의 얼굴에는 미소가 번졌다. 그는 그녀가 자신의 오빠에게 다가가 그의 손을 잡고 브론스키 자신과는 전혀 상관없는 이야기를 열정적으로 하는 모습을 창문을 통해 보고 있었다. 그러자 왠지 모르게 서운한 마음이 들었다.

"어머니, 식구들은 잘 지내고 있나요?" 그는 어머니를 바라보며 말했다.

"그렇고말고. 알렉산드르는 더 귀여워지고 마리도 더 예뻐졌지. 정말 사랑스러운 아이들이야." 그리고 나서 그녀는 최근에 자신이 겪은 가장 중요한 이야기를 늘어놓았다. 손자의 세례를 위해 일부러 페테르부르크까지 갔다 온 이야기, 군주가 큰아들에게 은총을 내렸다는 이야기 등에 관해서 말이다.

"라브렌티가 왔군요." 브론스키가 창밖을 보며 말했다. "이제 그만 나가시죠."

그때 백작 부인과 함께 온 노집사가 떠날 채비가 다 됐다는 것을 알리러 기차 안으로 들어왔다. 그러자 부인은 자리에서 일어났다.

"자, 이제 그만 가시죠. 이제 사람들도 얼마 없네요." 브론스키가 말했다.

하인이 손가방과 강아지를 안고 집사와 짐꾼이 나머지 짐들을 챙겼다. 브론스키는 어머니의 팔을 잡고 부축했다. 그들이 기차 밖으로 나오려는 순간, 몇몇 사람이 몹시 놀라며 뛰어가는 모습이 보였다. 특이한 색깔의 모자를 쓴 역장 또한 달려갔다.

무슨 일이 벌어졌음에 틀림없었다. 기차 밖으로 나왔던 사람들이 다시 기차로 모여들었다.

"뭐야……? 뭐……? 어디로……? 뛰어든 거야? 기차에 치였다고……?" 뛰어가는 사람들 속에서 이런 말들이 들렸다.

누이동생과 팔짱을 끼고 있던 스테판 아르카디이치도 몹시 놀라며 사람들 사이를 비집고 들어와 기차 입구에 섰다. 부인들은 다시 객실 안으로 들어가고 브론스키와 스테판 아르카디이치는 사고에 대한 자세한 경위를 알아보기 위해 사람들을 따라갔다. 술에 취했었는지, 아니면 추위 때문에 꽁꽁 둘러 싸매고 있던 탓인지 한 관리인이 선로를 바꾸는 기차 소리를 듣지 못하고 차에 치였던 것이다. 부인들은 브론스키와 오블론스키가 돌아오기 전에 집사에게 이 내용을 전해 들었다.

오블론스키와 브론스키는 기차에 치인 그를 보았다. 크나 큰 충격을 받아 얼굴이 일그러진 오블론스키는 금방이라도 눈물이 나올 것만 같았다.

"아, 이렇게 끔찍한 일이. 안나, 네가 보지 않아서 정말 다 행이야. 아, 정말 끔찍해!" 그가 말했다.

브론스키는 아무 말도 하지 않았다. 그의 잘생긴 얼굴은 굳은 표정으로 침착한 태도를 유지하고 있었다.

"아, 얼마나 끔찍하던지요, 백작 부인." 스테판 아르카디이 치가 말했다.

"그의 아내도 거기 있었는데, 차마 눈뜨고 볼 수 없는 모습 이었지요. 죽은 사람에게 매달려서……. 그동안 혼자 많은 식 구를 먹여 살렸다던데 큰일이에요."

"그녀를 위해 해 줄 수 있는 게 없을까요?" 카레니나 부인 이 불안정한 목소리로 나지막이 말했다.

브론스키는 그녀의 얼굴을 한번 쳐다보더니 객차 밖으로 나갔다. "금방 돌아오겠습니다, 어머니." 그가 입구 쪽에서 어 머니를 돌아보며 외쳤다.

잠시 후 그가 돌아왔을 때 스테판 아르카디이치는 백작 부 인에게 신인 여가수에 관해 이야기하고 있었다. 하지만 백작 부인은 아들을 기다리느라 초조한 기색을 감추지 못했다.

"자, 이제 그만 가시죠." 브론스키가 말했다. 모두 기차 밖 으로 나왔다. 브론스키는 어머니와 앞장섰고 카레니나 부인 과 그녀의 오빠가 그 뒤를 따랐다. 출구에 이르자 브론스키를 뒤따라온 역장이 그에게 다가와 말했다.

"저희 직원한테 200루블을 주셨다면서요. 그걸 어느 분께 전해야 할지 알려 주시겠습니까?"

"미망인에게 전해 주세요." 브론스키가 어깨를 움츠리며 말했다. "굳이 물어보실 필요가 있을까요?"

"자네가 줬다고?" 오블론스키가 그의 등 뒤에서 외쳤다. 그러고는 누이의 손을 꼭 쥐며 말했다. "정말 인정 많은 친구야! 대단해! 참 멋진 친구라니까! 그럼 백작 부인, 이만 실례하겠습니다." 그러고 나서 그는 누이동생과 함께 하녀를 찾기 위해 멈춰 섰다.

두 사람이 역사 밖으로 나왔을 때 브론스키의 마차는 이미 떠나고 없었다. 그때 역 밖으로 나오던 사람들의 이야기가 들려왔다.

"정말 끔찍한 죽음이야!" 한 신사가 그들의 옆을 지나가며 말했다. "두 동강이 났다더군."

"하지만 눈 깜짝할 순간에 그렇게 갔으니 편안했을 수도." 다른 이가 말했다. "왜 그런 일이 생긴 걸까?"

카레니나 부인은 마차에 올라탔다. 입술을 떨며 눈물을 참고 있는 그녀의 모습을 보자 놀란 스테판 아르카디이치가 말했다. "왜 그래, 안나?" 역에서 한참 벗어났을 때쯤 그가 물었다.

"왠지 불길해요." 그녀가 말했다.

"쓸데없는 소리!" 스테판 아르카디이치가 말했다. "네가 여기에 왔다는 사실이 가장 중요해. 나는 너한테 거는 기대가 크단다. 너의 도움이 절실해."

"브론스키와 알고 지낸 지 오래되셨나요?"

"그럼. 키티와 혼담이 오고 가는 사람이야."

"그렇군요." 안나가 조용히 말했다. "이제 오빠의 얘기를 해 주세요." 그녀는 마치 자신을 억누르고 있는 무언가를 떨쳐 내려는 듯 고개를 흔들며 말했다. "오빠의 일에 대해서 말이에요. 편지를 받고 일부러 온 거니까요."

"그래, 난 너만 믿고 있으니까." 스테판 아르카디이치가 말했다.

"그래요, 그러니까 전부 다 말해 주세요."

스테판 아르카디이치가 이야기를 시작했다.

마침내 집에 도착하자 오블론스키는 누이를 마차에서 내려 주었다. 그는 한숨을 푹 내쉬며 그녀의 손을 꼭 잡았다. 그러고 나서 그는 관청으로 향했다.

19

안나가 방으로 들어갔을 때, 돌리는 응접실에서 아버지를 쏙 빼닮은 금발의 통통한 아들의 프랑스어 읽기 공부를 봐주고 있었다. 아이는 달랑거리는 재킷 단추를 잡아떼려 애쓰면서 책을 읽고 있었다. 그때마다 어머니는 그를 제지했지만 통통하고 귀여운 손은 금세 또 단추를 잡았다. 그러자 어머니는 단추를 떼어 자신의 주머니에 넣었다.

"손 좀 가만히 두렴, 그리쉬아."

그녀는 이렇게 말하며 오랫동안 해 오던 일거리인 모포를 들었다. 그녀는 우울할 때마다 손가락을 움직이며 신경질적으로 뜨개질을 했다. 그러면서 그녀는, 비록 어제 남편의 여동생이 오든 말든 자신과는 상관없는 일이라 말하긴 했지만 이미 시누이를 맞을 준비를 하고 있었다.

돌리는 깊은 슬픔에서 벗어날 수 없었다. 하지만 안나는 페테르부르크 고위층 인사의 아내이자 귀부인이었기에 남편을 대하듯 그녀를 대할 수는 없었다. 그 때문에 그녀는 시누이가 오는 것을 신경 쓰지 않을 수 없었다. '그래, 안나한테는 잘못이 없어.' 돌리는 생각했다. '나는 그녀의 장점만 알고 있을 뿐이야. 언제나 다정하고 친절했으니까.'

그녀는 페테르부르크의 카레닌가에서 있었던 일을 회상했다. 그녀의 눈에 비친 안나의 가정생활은 썩 좋아 보이지 않았고 왠지 모르게 가식으로 느껴졌다.

'하지만 내가 어떻게 그녀를 반기지 않을 수 있겠어. 단지 그녀가 어쭙잖게 나를 위로하려고 애쓰지 않았으면 좋겠어.' 돌리는 생각했다. '입에 발린 위로나 조언, 기독교적인 용서 같은 것들도 이미 생각해 봤지만 다 부질없어.'

돌리는 지난 며칠간 아이들하고만 시간을 보냈다. 자신의 슬픔을 남들에게 말하기 싫었고 이런 상황에서 다른 이야기를 꺼내고 싶지도 않았기 때문이다. 하지만 결국 그녀는 자신이 안나에게 모든 것을 다 털어놓으리라는 것을 알았고 그런 생각이 들자 위안이 되었다. 하지만 남편의 여동생에게 자신의 치부를 드러내고 그녀에게서 뻔한 충고나 위로 따위를 들을 생각을 하니 착잡해졌다.

그녀는 안나를 기다리며 계속 시계를 쳐다보았다. 하지만 막상 손님이 올 때는 벨소리를 듣지 못했다.

옷자락이 스치는 소리와 발소리가 문가에서 들리자 그녀는 뒤를 돌아보았다. 그녀의 절망 어린 얼굴에는 반가움 대신 놀라움이 서려 있었다. 그녀는 자리에서 일어나 시누이를 맞이했다.

"어머, 벌써 도착했군요." 그녀가 안나에게 입을 맞추며 말했다.

"돌리, 이렇게 만나서 정말 반가워요."

"나도요." 돌리는 희미한 미소를 지으며 안나가 그들 부부 사이의 일에 대해 알고 있는지 떠보려고 했다.

'분명 알고 있을 거야.' 그녀는 안나의 동정 어린 표정에서 느낄 수 있었다. "자, 어서 가요. 방으로 안내할게요." 그녀는 자신의 일에 관해 이야기할 시간을 늦추려고 애쓰는 듯했다.

"이 아이가 그리쉬아죠? 어머, 정말 많이 컸구나." 안나는 돌리를 바라보며 아이에게 입을 맞추고는 갑자기 얼굴을 붉혔다.

그러고 나서 숄과 모자를 벗으려는데 곱슬거리는 검은 머리카락이 모자에 걸렸다. 그녀는 머리를 흔들어 머리카락을 빼냈다.

"행복하고 건강해 보이는군요." 돌리가 부러운 듯 말했다.

"내가요? 그런가요." 안나가 말했다. "어머, 타냐! 우리 세료쥐아랑 동갑이지?" 그녀는 뛰어온 여자아이를 보며 말했다. 그녀는 타냐를 꼭 끌어안으며 입을 맞추었다. "귀엽기도 하지! 정말 귀여워요! 애들을 다 보고 싶어요."

그러고 나서 그녀는 아이들의 이름을 차례로 불렀다. 그뿐만 아니라 그녀는 아이들의 생일과 성격, 앓았던 병명까지도 모두 기억하고 있었다. 돌리는 그녀에게 고마움을 느꼈다.

"그럼 이제 애들 방으로 가요." 돌리가 말했다. "바샤가 자고 있어서 안타깝군요."

아이들을 만나고 온 후 그들은 커피를 앞에 두고 응접실에 앉았다. 안나가 커피 잔을 들려다가 다시 내려놓았다. "돌리." 그녀가 말했다. "오빠한테 모두 들었어요."

그러자 돌리는 가식적인 동정의 말이 나올 것임을 짐작하고는 그녀를 차갑게 바라보았다. 하지만 안나는 그런 말은 한마디도 꺼내지 않았다.

"돌리, 사랑스러운 돌리! 나는 오빠를 위해 어떤 변명도 하지 않을 거예요. 또 당신을 위로하려 하지도 않을 거예요. 그럴 순 없으니까요. 하지만 난 당신이 가여워요. 정말 가여워서 마음이 아파요."

안나의 빛나는 눈동자의 검은 속눈썹 밑에서 눈물이 떨어졌다. 안나는 새언니 옆으로 다가와 작은 손으로 그녀의 손을 꼭 잡아 주었다. 돌리는 거부하지는 않았으나 무덤덤한 얼굴이었다. 그녀가 말했다.

"위로하려고 애쓰지 말아요. 그날 이후로 난 모든 걸 잃었어요. 모든 게 부서져 버렸어요!"

그렇게 말하고 나자 그녀의 표정은 조금 가벼워진 듯했다.

안나는 가냘픈 돌리의 손에 입을 맞추며 말했다.

"하지만 돌리, 어쩌려고요? 앞으로 어떻게 할 생각인데요? 이런 끔찍한 상황에서 어떻게 하는 것이 최선인지 그것만 생각해요."

"다 끝났어요. 내가 할 수 있는 건 아무것도 없어요." 돌리가 말했다. "하지만 가장 비참한 건, 당신도 이해할 수 있을 거예요. 아직 내가 그 사람을 버릴 수 없다는 거예요. 아이들 때문이라도 난 그에게서 벗어날 수 없어요. 하지만 이대로 함께 살 수도 없어요. 그 사람 얼굴만 봐도 너무 괴로워요."

"돌리, 오빠에게 어떤 상황인지 듣긴 했지만 당신 얘기도 듣고 싶으니 어서 다 말해 봐요."

그러자 돌리는 미심쩍은 눈으로 그녀를 바라보았다. 안나의 얼굴에서는 진심 어린 사랑이 느껴졌다.

"좋아요. 말할게요." 돌리가 말했다. "처음부터 다 말할게요. 내가 그 사람과 어떻게 결혼했는지는 잘 알고 있겠죠. 난 우리 어머니의 가정 교육 때문에 아무것도 모르는, 정말 어리석은 여자로 자랐어요. 사람들이 말하길, 남편은 아내에게 자신의 과거를 다 털어놓는다고 하더군요. 하지만 스티바는……" 그녀는 무언가를 말하려 멈추고는 다시 말했다. "스테판 아르카디이치는 나한테 아무 얘기도 하지 않더군요. 믿기지 않겠지만, 나는 지난 8년간 그 사람이 여자라곤 나밖에 모른다고 생각하고 살았어요. 그래서 그 사람이 그런 짓을 하리라곤 꿈에도 생각 못 했고 그런 건 있을 수도 없는 일이라 여겼어요. 그런데, 그렇게 믿었는데, 그런 끔찍하고 더러운 짓을 저지르다니…… 내 심정이 지금 어떻겠어요? 행복이라 믿어 왔던 것들이 그렇게 순식간에……." 돌리는 눈물을 애써 참으며 말을 이어 갔다. "그 편지를 발견했어요. 그 사람이 좋아하는 여자에게, 우리 집 가정 교사에게 쓴 편지를요. 정말 끔찍한 일이었어요." 그녀는 손수건을 꺼내 얼굴을 가리며 말했다. "한순간의 바람이라면 그럴 수도 있겠다 싶지만." 그녀는 잠시 말을 멈추고 나서 계속했다. "그렇게 교활하고 태연하게 날 기만하고, 그 여자랑 계속 바람을 피우면서 내 남편으로 살아왔다니…… 정말 끔찍해요! 당신은 짐작도 못하겠지만……."

"오, 아니에요. 나도 이해해요. 나도 너무 잘 알아요, 돌리." 안나가 그녀의 손을 잡으며 말했다.

"내가 이렇게 고통스럽다는 걸 그 사람도 알고 있을까요?" 돌리가 말을 이었다. "전혀요! 그 사람은 행복해하고 만족스러워하고 있어요."

"오, 절대 그렇지 않아요!" 안나가 말을 받았다. "오빠는 지금 불행해요. 뼈저리게 후회하고 있어요."

"과연 그가 후회할 사람일까요?" 돌리는 시누이의 얼굴을 지그시 바라보며 말했다.

"물론이죠. 나는 오빠를 잘 알아요. 오빠는 지금 너무 안타까운 상황이에요. 우린 그를 잘 알잖아요. 선량한 사람이지만 자존심이 강하죠. 하지만 지금은 너무 수치스러워하고 있어요. 내가 오빠에게 연민을 느낀 이유는(안나는 돌리의 마음을 움직일 만한 말을 생각했다.), 오빠는 아이들 보기가 부끄러워 괴로워하고, 또 여전히 당신을 사랑하면서…… 누구보다 당신을 사랑하면서……." 안나는 자신의 말을 가로막으려는 돌리를 제지했다. "당신을 아프게 하고 절망에 빠지게 만들었기 때문이에요. 오빠는 '절대 그 사람은 나를 용서하지 않을 거야. 아마도 그럴 거야.'라고 계속 반복하고 있었어요."

그러자 시누이의 말을 잠자코 듣고 있던 돌리는 시선을 돌렸다. "그래요. 맞은 사람보다 때린 사람이 더 괴로운 법이죠." 그녀가 말했다. "이 모든 불행이 자신의 잘못 때문이란 걸 알고 있다면요. 하지만 어떻게 용서할 수 있겠어요? 그 사람이 다른 여자와 불륜을 저질렀는데, 예전처럼 내가 그의 아내로 살아야 하나요? 그 사람과 한집에서 산다는 것 자체가 고통스러워요. 내가 아직 예전의 그를 사랑하고 함께한 날들을 사랑하기 때문이지만……." 그녀가 흐느끼며 말을 멈추었다.

하지만 그녀는 마음이 다소 진정될 때마다 자신을 분노하게 만든 일들에 대해 다시 이야기를 꺼냈다.

"그 여자는 젊고 아름답더군요." 그녀가 말을 이었다. "안나, 나는 내 젊음과 아름다움을 잃어버렸어요. 이게 다 그 사람과 아이들 때문이죠. 난 여태껏 그 사람을 뒷바라지하느라 모든 걸 헌신했어요. 하지만 자기 때문에 내가 이렇게 되었는데도 그는 젊은 여자가 좋은가 봐요. 그들은 분명 나에 대해 이러쿵저러쿵 얘기했겠죠. 아니, 비참하게도 어쩌면 언급조차 하지 않았을 수도 있겠죠. 지금 내 심정이 어떤지 알겠어요?" 그녀의 눈은 다시 증오로 불타올랐다. "그는 또 나에게 이런저런 얘기를 늘어놓겠지만 이젠 믿을 수 없어요. 다 끝났어요. 그동안 내게 위안이 되어 왔던 것, 괴로움을 보상해 주었던 것들 모두 다. 내 말이 무슨 뜻인지 알겠어요? 나는 방금 전까지 그리쉬아를 가르치고 있었어요. 예전에는 그게 참 즐거웠는데 지금은 그것조차 고통스러워요. 내가 왜 이런 수고를 해야 하는 거죠? 아이들을 왜 이렇게 힘들게 키워야 하는 거죠? 이렇게 한순간에 내 마음이 바뀌었다는 게 정말 무서워요. 나에겐 사랑과 온화함 대신 증오만 남았을 뿐이에요. 그래요, 증오요. 난 그를 죽여 버리고 싶어요. 그리고……."

"돌리, 그 마음 나도 알아요. 하지만 당신 자신을 너무 괴롭히지는 말아요. 당신은 지금 너무 흥분해서 이성을 잃은 듯해요."

그러자 돌리는 마음을 진정시켰다. 그렇게 두 사람은 얼마간 침묵했다.

"어쩌면 좋을까요, 안나. 좋은 생각 없을까요. 날 좀 도와줘요. 계속 그 생각만 하고 있지만 뭘 어떻게 해야 할지 전혀 판단이 서질 않아요."

안나도 뾰족한 방법이 떠오르지 않았다. 하지만 지금 그녀는 새언니의 말 한마디, 표정 하나하나가 마음에 와 닿았다.

"한마디만 할게요." 안나가 말했다. "난 오빠의 동생이니 그의 성향을 잘 알아요. 그는 뭐든지 금방 잊어버리고 유혹에 쉽게 넘어가죠. 그러다가 금세 또 후회하고요. 지금 그는 자신이 어떻게 그런 짓을 저질렀는지 스스로도 납득하지 못한 채 넋이 나가 있어요."

"아니, 그 사람은 알고 있어요. 알고 있다고요!" 돌리가 말을 끊었다. "당신은 지금 내 심정을 이해 못해요. 내가 이 상황에서 어떻게 버티고 있는지 짐작이나 하겠어요?"

"잠시만요, 돌리. 솔직히 말해서 오빠에게 처음 그 이야기를 들었을 때 나는 당신의 입장에 대해 생각하지 못했어요. 그저 오빠가 안쓰러웠고 가족들이 걱정됐어요. 하지만 지금 이렇게 당신과 얘기를 나누고 나니 다른 생각이 들어요. 당신이 얼마나 괴로운지 알게 되어 마음이 아파요. 당신이 너무 가여워요! 하지만 돌리, 나는 당신의 괴로움을 충분히 이해하지만 이것만큼은 모르겠어요. 당신에게 오빠를 향한 사랑이 얼마만큼 남아 있는지, 과연 그를 용서할 수 있을 만큼의 사랑이 남아 있는지 말이에요. 그건 당신만이 알겠죠? 만약 아직 그만큼의 사랑이 남아 있다면 오빠를 용서해 주세요."

"그렇게는 못해요!" 돌리가 그렇게 대답하자 안나가 그녀의 손에 입을 맞추며 말을 막았다.

"나는 당신보다 세상의 이치를 좀 더 잘 알아요." 안나가 말했다. "스티바 같은 부류의 남자들에 대해서도, 또 그런 남자들이 이런 일에 대해 어떻게 생각하고 있는지도요. 당신은 오빠와 그 여자가 당신에 대해 이런저런 얘기를 할 거라 했지만 천만에요. 그런 부류의 남자들은, 그런 비열한 짓을 저질렀다 해도 자신의 가정은 누구도 절대 넘볼 수 없게 해요. 이유는 모르겠지만, 그들은 그런 여자들을 경멸하면서 자신의 가정과 관련된 얘기는 언급조차 못하게 하니까요. 그들은 여자들과 자신의 가정 사이에 경계를 두고 그녀들이 절대 넘지 못하도록 선을 그어요. 잘은 모르겠지만 대부분이 그래요."

"그래요. 하지만 그 사람은 그 여자와 키스를……."

"돌리, 내 얘기 좀 들어봐요. 나는 스티바가 당신에게 반했을 때 나를 찾아와 울면서 당신 얘기를 꺼내던 일을 기억해요. 오빠에게 당신은 그 무엇보다 아름답고 소중한 존재였죠. 그리고 이렇게 긴 세월을 함께 살아오면서 오빠에게 당신이란 존재는 더욱 소중해졌을 거예요. 그는 입버릇처럼 '돌리는 정말 대단한 여자야.'라고 말하곤 했어요. 그럴 때마다 우린 웃을 수밖에 없었죠. 당신은 늘 오빠에게 그런 존재였고 지금도 마찬가지예요. 이번 일은 오빠의 본심이 아니에요."

"하지만 이런 일이 또 반복된다면요?"

"그럴 리는 없어요. 난 그렇게 믿어요."

"하지만 만약 당신이라면 용서할 수 있겠어요?"

"글쎄요. 판단하기 힘들군요. 하지만 용서해야겠죠." 안나는 잠시 생각에 잠겼다. 그러고 나서 말을 이었다. "아니, 할 수 있어요. 할 수 있어요. 용서할 거예요. 물론 전과 같을 순 없겠지만 아무 일도 없던 것처럼 정말 깨끗하게 용서할 거예요."

"그래요." 돌리는 안나의 말을 가로막았다. 그러고 나서 힘겹게 말을 꺼냈다. "그렇지 않으면 용서가 아니니까요. 용서하려면 깨끗이 해야겠죠. 자, 그럼 이제 가요. 방으로 데려다 줄게요." 돌리가 일어서며 말했다. 그러고 나서 가는 길에 안나를 꼭 끌어안고 말했다. "안나, 당신이 와 줘서 정말 기뻐요. 내 마음이 한결 가벼워졌어요."

20

안나는 그날 온종일 오블론스키의 집에서 보냈다. 그녀가 이곳에 왔다는 소식을 듣고 몇몇 지인들이 방문했으나 그녀는 아무도 만나지 않았다. 안나는 오전 내내 돌리와 아이들과 함께 시간을 보냈다. 그러고 나서 오빠에게 꼭 집에 와서 저녁 식사를 하라는 전보를 보냈다. '집으로 돌아오세요. 하느님의 은총이 내릴 거예요.' 그녀는 이렇게 적었다.

오블론스키는 집에 와서 저녁 식사를 했다. 그들은 평소처럼 대화를 나누었고, 아내는 한동안 쓰지 않던 다정한 호칭을 쓰며 이야기했다. 둘 사이는 아직까지 어색했지만 별거하자는 말은 더 이상 나오지 않았기에 스테판 아르카디이치는 화해의 기회를 모색했다.

식사가 끝날 무렵에는 키티가 찾아왔다. 그녀는 안나 아르카디예브나를 알고 있었지만 만난 적은 없었다. 그래서 지금 언니의 집을 방문하면서도, 모두의 찬사를 받고 있는 페테르부르크 사교계의 유명 인사인 그녀가 자신을 어떻게 대할지 걱정이 되었다. 하지만 우려와는 달리 그녀는 안나 아르카디예브나가 자신을 마음에 들어 한다는 것을 느꼈다. 안나는 키티의 풋풋한 아름다움에 매료된 것 같았다. 키티 역시 안나의 아름다움에 마음이 끌렸다. 그러한 감정은 결혼 적령기의 아가씨들이 흔히 가지고 있는 귀부인에 대한 동경이었다. 안나는 사교계의 귀부인이었으나 여덟 살 먹은 아들을 둔 어머니 같은 느낌은 들지 않았다.

그녀의 우아하면서도 활기찬 모습, 미소와 눈 속에 담긴 쾌활함은 키티의 마음을 움직였다. 진지하면서도 슬퍼 보이는 눈만 아니었더라면 아마 그녀는 스무 살 아가씨처럼 느껴졌을 것이다. 키티는 안나가 정말 진솔한 사람이라는 생각이 들었다. 그러면서도 안나의 내면에는 키티가 범접할 수 없는 복잡함과 서정적이며 숭고한 그녀만의 세계가 존재할 것만 같았다.

저녁 식사를 마친 뒤 돌리는 자기 방으로 돌아갔다. 그러자 안나는 일어나서, 시가에 불을 붙이고 있는 오빠 곁으로 재빨리 다가가 말했다.

"스티바!" 그녀가 유쾌한 눈짓으로 문 쪽을 바라보며 성호를 그으며 말했다. "어서 가 보세요. 하느님이 도와주실 거예요."

그는 그녀의 말을 이해하고 나서 담뱃불을 끄고는 방에서 나갔다.

스테판 아르카디이치가 나가자 그녀는 방금 전까지 아이들과 함께 둘러앉아 있던 소파로 갔다. 어머니와 고모의 사이가 좋다고 생각했는지, 아니면 아이들이 그녀에게서 묘한 매력을 느꼈던 것인지는 몰라도 큰 아이들 둘과 나머지 아이들 모두 고모의 곁에 딱 붙어서 저녁 식사 때까지 떠나지 않았다. 아이들은 최대한 고모 곁에 가까이 앉으려 했고 그녀의 몸을 만지거나 작은 손을 잡고 흔들며 그 손에 입을 맞추기도 했다. 또한 그녀의 반지를 가지고 놀기도 하면서 그녀의 옷자락이라도 한번 만져 보려고 애쓰며 장난을 치고 있었다.

"자, 이제 자리에 앉자." 안나는 조금 전에 있던 곳에 앉으며 말했다.

그러자 그리쉬아가 그녀의 팔 밑에 머리를 들이밀고 그녀에게 기대며 행복한 얼굴로 웃었다.

"이번 무도회는 언제 열리나요?" 그녀가 키티에게 물었다.

"다음 주에 열릴 거예요. 정말 멋진 무도회가 될 거예요. 언제 가도 즐거운 무도회죠."

"언제 가도 즐거운 무도회가 있나요?" 안나는 다정하면서도 믿기 어렵다는 투로 웃으며 말했다.

"좀 이상하게 들릴지도 모르겠지만 정말 있어요. 보브리셰프가 무도회는 언제나 즐겁죠. 니키틴가의 무도회도 마찬가지고요. 하지만 메슈코프가 무도회는 늘 지루하죠. 당신은 그런 적 없으신가요?"

"네, 없어요. 나에게 즐거운 무도회는 이제 없어요." 안나가 말했다. 그때 키티는 그녀의 눈에서 자신이 한 번도 경험해 보지 못한 특별한 세계를 보았다.

"좀 덜 괴롭고 덜 지루한 무도회는 있지만요."

"당신 같은 분이라면 무도회에서 지루할 틈이 없을 텐데요?"

"왜 내가 무도회에서 지루하지 않을 거라 생각하죠?" 안나가 물었다.

키티는 안나가 자신이 뭐라고 대답할지 짐작하고 있을 거라 생각하며 말했다. "당신은 어느 곳에서도 가장 아름다우신 분일 테니까요."

쉽게 얼굴이 붉어지는 성격 탓에 안나는 얼굴을 붉히며 말했다. "그럴 리가요. 만일 그렇다 해도 이제 무슨 소용이 있겠어요?"

"이번 무도회에 오실 거죠?" 키티가 물었다.

"글쎄요. 가야겠죠. 괜찮아, 가져가도 돼." 그녀는 자신의 하얗고 가느다란 손가락에서 반지를 빼내려 하는 타냐를 보며 말했다.

"당신이 오시면 정말 기쁠 것 같아요. 이번 무도회에서 꼭 뵙고 싶어요."

"내가 무도회에 가는 것이 당신을 즐겁게 하는 일이라 생각하면 조금이나마 위안이 될 것 같군요. 그리쉬아, 잡아당기면 안 돼. 다 풀어졌잖아." 그녀는 그리쉬아가 만져서 풀어진 머리카락을 매만지며 말했다.

"나는 당신이 라일락 빛깔의 드레스를 입고 무도회에 오실 거라 생각하고 있어요."

"왜 그렇게 생각하죠?" 안나가 웃으며 말했다. "자, 이제 다들 가 보렴. 미스 굴리가 차를 마시라고 하는구나." 그녀는 아이들을 식당으로 보내며 말했다. "난 알고 있어요. 당신이 왜 내가 무도회에 와 줬으면 하는지를요. 이번 무도회에 거는 기대가 크죠? 그래서 많은 사람이 그곳에 함께하기를 바라는 거고요."

"어떻게 아셨어요? 실은 정말로 그래요."

"아, 당신 나이 때엔 다 그렇죠." 안나가 말을 이어 갔다. "그 시절, 스위스 산맥에 걸쳐진 듯한 그 하늘 빛깔의 안개를 기억해요. 그것은 행복한 어린 시절의 모든 것을 감싸고 있었어요. 하지만 그 커다랗고 행복한 세계에서 나오면 좁은 길이 펼쳐지죠. 보기엔 눈부시게 아름다울지도 모르겠지만 그 좁은 길로 들어서는 순간 불안해지죠. 하지만 누구나 겪어야 하는 일이니까요."

키티는 조용히 웃었다. '그녀는 그 길을 어떻게 지나 왔을까? 그녀의 사랑에 대해 알고 싶어.' 키티는 그녀의 남편 알렉세이 알렉산드로비치의 평범한 외모를 떠올리며 생각했다.

"스티바가 얘기해 줘서 나도 어느 정도는 알고 있어요. 축하해요. 정말 좋은 분이신 것 같아요." 안나가 말을 이었다. "기차역에서 브론스키를 만났거든요."

"아, 그분이 거기에 계셨나요?" 키티가 얼굴을 붉히며 말했다. "스티바가 뭐라 말씀하셨나요?"

"많은 얘기를 들려주었어요. 두 사람이 정말 잘됐으면 좋겠어요. 참, 어제 브론스키의 어머님과 함께 기차를 타고 왔어요." 그녀가 말을 이어 갔다. "그분의 어머님은 오는 내내 그분 얘기만 하시더군요. 아들을 무척 사랑하시더군요. 물론 나도 어머니라는 존재가 얼마나 자식을 사랑하는지 잘 알고 있지만요."

"그분 어머님께선 당신에게 무슨 말씀을 하셨나요?"

"많은 얘기를 하셨어요. 어머님은 그분을 무척 귀여워하시지만 그분은 늠름한 기사의 기질이 있어요. 어머님이 말씀하시길, 그분이 가진 재산을 전부 형님한테 양보하려고 했던 적도 있었고, 어릴 때는 물에 빠진 어느 부인을 구한 적도 있었다고 하더군요. 정말 영웅 같은 존재죠."

안나는 그가 기차역에서 미망인에게 200루블을 기부했던 일을 회상하며 웃으며 말했다. 하지만 그녀는 200루블에 관한 기억을 떠올리는 것 자체만으로도 괴로웠기에 그 일에 관해 언급하지 않았다. 그 일은 자신과 관련되어 있었기에 꺼내서는 안 될 이야기라는 생각이 들었기 때문이다.

"나에게 꼭 놀러 오라는 말씀도 하셨어요. 그리고." 안나가 계속 말했다. "나도 그 부인과 함께 있는 게 즐거우니 내일 한번 찾아뵈려고요. 근데 스티바가 꽤 오래 돌리의 방에 머물러 있군요." 안나가 화제를 바꾸며, 키티가 보기에는 뭔가 석연치 않은 얼굴로 일어서면서 말했다.

"안 돼, 내가 먼저 할 거야! 아니, 내가 먼저!" 차를 다 마신 아이들이 고모를 향해 뛰어오며 소리쳤다.

"다 같이하자!" 안나는 그렇게 말하고는 웃으며 뛰어갔다. 그리고 나서 기쁨에 가득 차 소리 지르며 달려오는 아이들을 끌어안고 함께 뒤로 넘어졌다.

21

어른들의 차가 준비되자 돌리는 방에서 나왔다. 스테판 아르카디이치는 먼저 뒷문으로 나간 것 같았다.

"2층이 춥지 않을까 걱정되네요." 돌리가 안나를 보며 말했다.

"아래층으로 옮기면 좋을 텐데. 그러면 우리랑 더 가까워질 수도 있고요."

"아니에요. 내 걱정은 하지 마세요." 안나는 이렇게 말하며 두 사람이 화해했는지 알아보기 위해 돌리의 얼굴을 살펴보았다.

"여기가 좀 더 밝을 거예요." 돌리가 말했다.

"괜찮아요. 저는 언제 어디서든 겨울잠 자는 쥐처럼 잘 자니까요."

"무슨 얘기를 그렇게 해?" 스테판 아르카디이치가 서재에서 나오며 말했다.

그의 말투에서 키티와 안나는 두 사람이 화해했다는 것을 알 수 있었다.

"안나의 방을 아래층으로 옮기고 싶은데 그렇게 하면 커튼을 갈아야 해요. 아무도 할 사람이 없으니 내가 직접 해야겠어요." 돌리가 그를 보며 말했다.

'제대로 깨끗이 화해한 건지 모르겠네.' 안나는 그녀의 담담한 말투를 들으며 생각했다.

"됐어, 돌리. 그런 수고는 하지 마." 남편이 말했다. "정 그래야 한다면 내가 할 테니."

'그래, 역시 화해했구나.' 안나는 생각했다.

"그래요. 당신이 해 줄 거라 생각했어요." 돌리가 대답했다. "당신은 늘 마트베이에게 온갖 일을 다 시켜 놓고 나가 버리죠. 그러면 그는 온통 어지럽히기만 하고." 그녀는 늘 그랬듯, 그를 놀리는 듯한 미소를 지었다.

'깨끗이 화해했어. 이젠 안심이야.' 안나는 생각했다. '정말 다행이야!' 그리고 나서 그녀는 자신이 화해의 열쇠가 되었음을 기뻐하며 돌리에게 다가가 입을 맞추었다.

"내가 언제! 당신은 왜 늘 나와 마트베이를 못마땅해하지?" 스테판 아르카디이치가 희미한 미소를 지으며 아내에게 말했다.

그날 저녁, 돌리는 평소처럼 남편을 놀리는 투로 대했지만 스테판 아르카디이치는 즐거워했다. 그러면서도 그는 자신의 죄를 용서받고 완전히 잊은 사람처럼 행동하지는 않았다.

9시 30분이 되었다. 오블론스키 식구들이 테이블에 둘러앉아 유쾌한 시간을 보내고 있었는데, 그 즐거움은 어떤 사소한 사건 때문에 깨지고 말았다. 하지만 그 사소한 일은 왠지 모르게 묘한 기분으로 다가왔다. 페테르부르크의 어느 지인에 관한 대화를 하고 있을 때 안나가 갑자기 자리에서 일어났다.

"그분은 내 사진첩 속에 있어요." 그녀가 말했다. "말 나온 김에 우리 세료쥐도 보여 드릴게요." 그녀는 자식을 자랑스러워하는 어머니의 미소를 보이며 말했다.

밤 10시가 가까워지고 있었다. 그 시간은 보통 아들에게 잘 자라는 인사를 건네거나 무도회에 가는 날이면 가기 전에 아들을 재워 주던 시간이었다. 그런 생각이 들자 안나는 아들과 떨어져 있다는 사실에 슬퍼져 아무 말도 들리지 않았고 마음이 헛헛해졌다. 그녀의 마음은 이미 곱슬머리 아들에게 가 있었다. 그녀는 아들의 사진을 보며 아들에 관한 이야기를 하고 싶었던 것이다. 그래서 지인의 이야기가 나온 것을 핑계로 자리에서 일어나 재빨리 사진첩을 가지러 갔다. 2층 그녀의 방으로 가기 위해서는 현관 중앙에 있는 큰 계단에서 연결되는 계단으로 가야 했다.

그녀가 응접실에서 나가려던 순간, 현관에서 벨이 울렸다.

"누가 온 걸까요?" 돌리가 말했다.

"나를 데리러 오기엔 너무 이르고 손님이 오기엔 너무 늦은 시간인데." 키티가 말했다.

"사무실에서 서류를 가져왔을 거야." 스테판 아르카디이치가 말했다.

안나가 현관 계단 옆을 지나갈 때 하인이 뛰어 올라와 손님이 왔음을 알렸다. 손님은 계단 아래 램프 옆에 서 있었다. 안나는 아래쪽을 내려다보았다. 그곳에 브론스키가 서 있었다. 그러자 그녀의 마음속에 기쁨과 두려움이 뒤섞인 묘한 감정이 일었다. 그는 외투도 벗지 않고 주머니 속에서 뭔가를 꺼냈다. 그러다가 그녀가 방으로 가는 계단의 중간쯤에 올라가자 그녀를 쳐다보았다.

그는 수줍은 듯하면서도 놀란 얼굴이었다. 그녀는 그에게 인사하고 올라갔다. 그녀의 뒤에서는 안으로 들어오라는 스테판 아르카디이치의 큰 목소리와 이를 사양하는 브론스키의 침착한 목소리가 들렸다.

안나가 사진첩을 가지고 돌아왔을 때 그는 이미 가고 없었다. 스테판 아르카디이치는, 브론스키가 이곳에 와 있는 유명 인사들을 위한 만찬을 준비할 계획이라며, 그에 관해 의논하기 위해 잠시 들렀다고 말하고 있었다.

"이상하게도 아무리 얘기해도 들어오려 하질 않더군." 스테판 아르카디이치가 말했다.

키티는 얼굴을 붉혔다. 그가 이곳을 찾은 이유, 그리고 안으로 들어오지 않은 이유는 다 자신 때문이라 생각했기 때문이다. '그분은 먼저 우리 집에 가셨던 거야. 그러고 나서 내가 없으니 혹시나 하고 여기에 왔던 거지. 하지만 너무 늦은 시간이고 안나도 있으니 차마 들어오지 못했던 거야.'

다들 아무 말 없이 안나의 사진첩을 보았다.

밤 9시 30분에 만찬회에 대해서 상의하려고 친구를 찾아왔다가 집 안으로 들어오지 않은 것은 그리 특별한 일은 아니었다. 하지만 모든 사람이 그것을 이상하게 여겼다. 특히 안나는 불안한 생각이 들었다.

22

키티는 어머니와 함께 무도회장에 들어섰다. 커다란 층계에는 얼굴에 분칠하고 붉은 카프탄(러시아 전통 의상 가운데 하나. 남성이 주로 입었으며 무릎까지 내려오는 긴 코트임)을 입은 하인들이 쭉 늘어서 있었고, 온갖 꽃들과 화려한 등불로 장식되어 있었다. 홀 안쪽에서는 사람들이 움직일 때마다 벌집처럼 웅웅거리는 소리가 들려왔다. 계단에 놓인 화분들 사이에 있는 거울 앞에서 그녀들이 몸단장을 다시 하고 있는 동안 오케스트라가 연주하는 바이올린 소리가 들려왔다. 옆쪽 거울 앞에서 진한 향수 냄새를 풍기며 하얀 구레나룻을 매만지던 노문관은 그녀들과 마주치자 처음 본 키티를 넋을 잃고 바라보며 길을 비켜 주었다. 그러고 나서 가슴이 깊게 파인 조끼를 입고 수염 없는 얼굴에 하얀 넥타이를 맨 청년이 옷매무새를 고치며 두 사람에게 다가가 인사를 하고 돌아갔다. 그러다가 잠시 후 그가 다시 돌아와 키티에게 카드리유(네 사람이 한 조가 되어 사방에서 서로 마주 보며 추는 프랑스 춤)를 함께 추자고 청했다. 그는 쉬체르바쓰키 노공작이 건달이라 부르는 청년 중에 하나였다. 하지만 그녀는 브론스키와 이미 선약이 되어 있었기에 그와 두 번째 카드리유를 함께 출 것을 약속했다. 장갑 단추를 잠그던 군인 한 사람이 문 쪽에서 그녀에게 길을 비켜 주었다. 그는 수염을 매만지며 장밋빛으로 빛나는 키티를 황홀하게 바라보고 있었다.

무도회를 위해 키티는 화장에서부터 머리 모양까지 무척 공을 들였다. 그럼에도 붉은 페티코트 위에 화려한 레이스 드레스를 입은 그녀는 마치 장미꽃 장식과 레이스, 화장 같은 것에는 전혀 신경 쓰지 않고 그저 자신은 처음부터 높이 올린 머리 위에 장미꽃을 꽂고 레이스 드레스를 입고 태어나기라도 한 것처럼 자연스럽고 가벼운 걸음으로 무도회장 안으로 들어갔다.

공작 부인이 홀 안으로 들어가려다 말고 키티의 리본 벨트 장식을 다시 매만져 주려 하자 그녀는 가볍게 물리쳤다. 그녀는 그것이 오히려 세련되어 보인다고 생각했기에 굳이 바로 잡을 필요가 없다고 느꼈기 때문이다.

그날은 키티의 인생에서 가장 행복한 하루였다. 옷도 맵시 있게 딱 맞았고 레이스 띠도 흘러내리지 않았으며 장미꽃 장식도 흐트러지지 않았다. 굽 높은 장밋빛 구두도 발이 아프기는커녕 오히려 편안했다. 풍성한 금발 장식은 마치 그녀의 진짜 머리카락처럼 잘 어울렸고 긴 장갑에 달린 세 개의 단추도 잘 잠겨 있었다. 장갑은 그녀의 손 모양을 자연스럽게 살려주며 손을 편안하게 감싸고 있었다. 그리고 로켓 장식이 달린 검은 벨벳 목걸이는 부드럽게 그녀의 목을 감쌌다. 이 벨벳은 너무 아름다웠기에 그녀가 집에서 거울을 보았을 때, 마치 이 벨벳이 말하고 있는 듯한 착각이 들 정도였다. 다른 것에는 다소 아쉬움이 있을지 몰라도 이 벨벳 목걸이만큼은 완벽했다. 무도회장에 와서도 제 모습을 거울에 비춰 본 키티는 만족스럽게 웃었다. 어깨와 팔을 드러냈기에 대리석 같은 차가움이 느껴졌지만 그녀는 이 느낌을 좋아했다. 자신의 매력을 한껏 드러냈기에 그녀의 눈은 자신감으로 빛났고 붉은 입술에는 미소가 걸려 있었다. 그녀는 홀에 들어서기도 전에, 레이스에 리본, 꽃으로 장식하고 춤 신청을 받기 위해 기다리던 부인들의 틈 속으로 들어가기도 전에(키티는 한 번도 그 무리에 속한 적이 없었다.) 이미 왈츠 신청을 받은 것이다. 더구나 그는 최고의 남자였다. 무도회의 중심에 있는 유명한 지휘자, 잘생긴 유부남인 사회자 예고르슈카 코르순스키가 그녀에게 춤을 청했던 것이다.

그는 바나나 백작 부인과 첫 번째 왈츠를 춘 후, 그녀가 가자마자 자신 주변에서 춤추는 몇몇 커플들을 훑어보았다. 그러다가 키티를 발견하고는 지휘자 특유의 독특한 걸음으로 그녀에게 다가와 인사를 건네고 그녀의 의향은 묻지도 않은 채 허리를 감싸려 했다. 그러자 그녀는 부채를 맡길 만한 사람을 찾았고 때마침 이 집 여주인이 웃으며 그것을 받아 주었다.

"당신이 제시간에 와 주셔서 정말 다행입니다." 그가 그녀의 허리를 감싸며 말했다.

"지각하는 건 좋지 않으니까요." 이렇게 말하며 그녀는 왼팔을 굽혀서 그의 어깨 위에 얹었다. 장밋빛 구두를 신은 예쁜 두 발이 리듬에 맞춰 재빠르고 경쾌하게 미끄러운 무대 위에서 움직였다.

"당신과 함께 왈츠를 추니 기분이 참 좋군요." 그는 느리게 첫 스텝을 밟으며 말했다. "정말 잘 추시네요. 가볍고 정확하게요." 그는 자신과 춤추었던 모든 파트너에게 했던 말을 그녀에게도 건넸다.

그러자 그녀는 웃으며 어깨 너머로 홀 안을 둘러보았다. 그녀는 무도회에 있는 사람들을 모두 신기해하며 빠져들 만큼 초보도 아니었고, 다들 너무 익숙한 얼굴들이라 재미없을 만큼 무도회에 질린 상태도 아닌, 딱 적절한 상태였다. 그녀는 무도회를 즐기면서도 주변을 둘러볼 여유도 있었다. 사교계의 여성들이 홀의 왼쪽 구석에 모여 있었다. 그곳에는 코르순스키의 아름다운 부인인 리디가 어깨를 과감하게 드러내놓고 있었다. 그리고 무도회가 열리는 이곳의 여주인도 있었고 사교계의 주요 인사들이 있는 곳이라면 빠지지 않고 참석하는 대머리 크리빈도 있었다. 청년들은 차마 그곳에 가까이 가지는 못하고 그저 바라만 보고 있었다. 그녀는 그곳에서 스티바와 검은 벨벳 드레스를 입은 아름다운 안나의 모습과 머리를 보았다. 레빈 또한 그곳에 있었다. 그녀는 그의 구애를 거절하고 난 이후로 그를 보지 못했다. 키티는 한눈에 그를 알아보았고 그가 자신을 바라보고 있다는 것도 알 수 있었다.

"어쩌세요? 한 곡 더 추시겠어요? 벌써 지치신 건 아니죠?" 호흡이 가빠진 코르순스키가 말했다.

"감사합니다만, 사양할게요."

"그럼 어디로 모실까요?"

"카레니나 부인이 저기 계시네요. 저분이 있는 곳으로요."

"네, 원하신다면 어디로든 모시겠습니다."

코르순스키는 "실례합니다, 부인. 실례합니다, 부인."이라고 연신 외치고는 왈츠를 추면서 사람들이 모여 있는 홀의 왼편으로 갔다. 그는 깃털 하나 건드리지 않고 레이스와 실크, 리본 사이를 헤치며 앞으로 나아갔다. 그가 그녀를 한번 힘껏 돌리자 얇은 스타킹을 신은 그녀의 날씬한 다리가 훤하게 드러났고 긴 치마가 활짝 펴지면서 크리빈의 무릎을 덮었다. 코르순스키는 몸을 굽혀 인사하고는 넓은 가슴을 활짝 펴며 그녀에게 손을 내밀어 안나 아르카디예브나에게로 안내했다.

키티는 얼굴을 붉히며 크리빈의 무릎에서 치마를 걷어 냈다. 잠시 어지러웠으나 안나의 모습을 찾으려고 주변을 살폈다. 그녀는 부인들과 남자들과 함께 대화를 나누고 있었다.

키티는 안나가 분명 라일락 빛깔의 드레스를 입을 거라 생각했지만, 안나는 가슴이 깊게 파인 검은 벨벳 드레스를 입고 있었다. 그녀는 상아로 조각한 듯한 탄력 있는 어깨와 가슴, 가느다란 손목과 둥그스름한 팔을 드러내 놓고 있었다. 드레스의 가장자리는 베네치아산 레이스로 장식되어 있었다. 가발 장식을 쓰지 않은 그녀의 까만 머리 위에는 세 가지 색 팬지꽃으로 만든 작은 화환이 있었고, 하얀 레이스 사이의 검은 리본 벨트 위에도 같은 것이 꽂혀 있었다. 머리 모양도 수수해서 그다지 특별할 것이 없었다. 단지 목덜미와 관자놀이 쪽에 항상 늘어져 있는 작은 고리 같은 곱슬 머리카락이 자연스럽게 그녀의 아름다움을 돋보이게 했다. 마치 조각처럼 깎아놓은 듯한 목에는 진주 목걸이가 걸려 있었다.

키티는 안나의 매력에 흠뻑 빠져 있었기에 거의 매일 안나를 만났다. 그러면서 그녀가 꼭 라일락 빛깔의 옷을 입었으면 하는 바람을 가지고 있었다. 하지만 오늘, 검은 벨벳 드레스를 입은 안나를 보자 키티는 이제껏 자신이 그녀의 아름다움을 제대로 알지 못했다는 것을 느꼈다. 그녀는 안나가 새롭게 보였다. 안나는 더 이상 라일락 빛깔의 옷을 입을 필요가 없었다. 키티는 안나의 아름다움이 꾸밈에서 비롯된 것이 아니라는 것을, 꾸밈조차 무색해질 만큼 그녀만의 고유한 아름다움이 있다는 것을 느꼈기 때문이다. 레이스 장식으로 꾸며진 화려한 검은 의상도 그녀 앞에서는 돋보이지 않았다. 옷은 그저 껍데기에 불과했던 것이다. 오로지 수수하면서도 활기 넘치는 그녀만이 보일 뿐이었다.

늘 그랬듯 그녀는 몸을 꼿꼿하게 펴고 서 있었다. 키티가 다가오자 그녀는 고개를 돌리고 이 집 주인과 대화를 나누었다.

"아니에요. 저라면 돌을 던지지 않겠어요." 그녀가 주인에게 말했다. "어떻게 된 일인지는 잘 모르겠지만요."

그녀는 어깨를 으쓱거리더니 다정한 미소를 지으며 키티를 돌아보았다. 그녀는 예리한 눈빛으로 키티의 모습을 훑어보고는 키티만이 알 수 있는 보일 듯 말 듯한 찬사의 고갯짓을 했다. "당신은 홀에 들어서자마자 춤추더군요." 그녀가 말했다.

"이분은 나의 든든한 조력자 중 한 분이시죠." 코르순스키는 처음 보는 안나 아르카디예브나에게 공손하게 인사를 건네며 말했다. "공작 영애는 늘 무도회를 즐겁고 아름답게 만들어 주시죠. 안나 아르카디예브나, 왈츠 한 곡 추시겠습니까?" 그가 허리를 굽히며 말했다.

"서로 알고 계셨습니까?" 집주인이 물었다.

"우리가 아는 사이냐고요? 저와 아내는 하얀 늑대 같아서 다들 우리를 알고 있지요." 코르순스키가 대답했다. "왈츠 한 곡 추시겠습니까, 안나 아르카디예브나?"

"저는 가능하면 춤추고 싶지 않아요." 그녀가 말했다.

"하지만 오늘 밤은 안 될 것 같은데요." 코르순스키가 대답했다.

그때 브론스키가 다가왔다.

"네, 그럼 그렇게 하죠." 그녀는 브론스키의 인사를 못 본

체하면서 재빨리 코르순스키의 어깨 위에 손을 올려놓았다.

'그녀는 왜 저 사람을 피하는 걸까?'

키티는 안나가 고의로 브론스키의 인사를 받지 않았다는 것을 알았다. 브론스키는 키티에게 첫 번째 카드리유를 추기로 한 것을 상기시키며 최근에 통 만나지 못해서 유감이라고 말했다. 키티는 그의 말을 들으며 왈츠를 추고 있는 안나를 주시했다. 키티는 브론스키가 자신에게 왈츠를 청하기를 기다렸지만 그는 그러지 않았다. 그녀가 당황스러워하자 그때서야 그는 붉어진 얼굴로 서둘러 왈츠를 청했다. 하지만 그가 그녀의 허리를 감싸고 첫 스텝을 밟으려 할 때 음악이 멈춰버렸다. 키티는 눈앞에 있는 그의 얼굴을 가만히 바라보았다. 그녀는 사랑이 가득한 표정으로 그를 바라보았지만, 그의 시선은 그녀에게 별다른 반응을 보이지 않았다. 이는 그 후로도 오랫동안, 몇 년이 지난 후에도 키티에게 치욕적인 상처로 남았다.

"죄송합니다. 왈츠! 왈츠를 계속 연주해!" 홀 맞은편에 있던 코르순스키가 외쳤다. 그러고 나서 그는 맨 처음으로 손을 잡은 아가씨를 붙들고 춤추기 시작했다.

23

브론스키와 키티는 수차례 왈츠를 추었다. 왈츠를 추고 난 뒤 키티는 어머니 옆으로 다가가 노르드스톤 부인과 몇 마디를 나누려고 했다. 그때 브론스키가 첫 번째 카드리유를 청하러 그녀에게 다가왔다. 춤추는 동안에도 그는 별다른 이야기를 하지 않았다. 조만간 대중 극장이 생길 거라는 이야기와 코르순스키 부부가 마흔 살 먹은 사랑스러운 커플 같다고 말하며 웃었을 뿐이었다. 그러다가 레빈에 관해 언급하며 그가 혹시 여기에 와 있는지 물었다. 그러면서 그가 레빈이 마음에 든다고 이야기했을 때 처음으로 키티의 마음이 동요했다. 키티는 카드리유에 큰 기대를 하지 않았다. 그래서 떨리는 마음으로 마주르카를 기다렸다. 그녀는 마주르카를 출 때 모든 것이 결정될 거라 생각했다. 카드리유를 출 때 브론스키가 그녀에게 마주르카를 미리 신청하지는 않았지만 그녀는 크게 신경 쓰지 않았다. 전에도 그랬던 것처럼 오늘 밤에도 틀림없이 그와 마주르카를 출 것이라 확신했기 때문이었다. 그래서 그녀는 다섯 사람이 춤 신청을 했지만 선약이 있다면서 거절했다. 그녀는 마지막 카드리유를 출 때까지 즐겁고 아름다운 색채와 음향, 멋진 춤 속에 빠져 있었다. 그녀는 너무 지쳤을 때만 잠깐 숨을 돌렸고 계속 춤추었다.

하지만 도저히 거절할 수 없어서 어쩔 수 없이 마음에 들지 않는 한 청년과 카드리유를 추고 있을 때, 그녀는 우연히 브론스키와 안나와 마주 보게 되었다. 그녀는 춤추는 동안에는 안나를 마주 보지 못했다. 그러다가 마주하게 된 지금의 그녀는 전혀 다른 모습이었다. 그녀는 자신도 익히 경험했던, 성취감에서 비롯된 승자의 미소를 안나에게서 보았다. 또한 안나 자신이 스스로 만들어 낸 기쁨에 취해 있다는 것도 알 수 있었다. 그녀는 이러한 감정의 느낌을 잘 알고 있었고, 지금 안나에게서 그것을 보았던 것이다. 그녀는 안나의 눈 속에서 타오르는 환희의 빛과 행복에 도취되어 자신도 모르게 입술에 그려지던 미소와 우아함과 경쾌한 동작을 보았다.

'그럼 상대는 누굴까?' 그녀는 생각했다. '여러 사람일까, 아니면 한 사람일까?'

그녀는 자신과 함께 춤추고 있는, 마음에 들지 않는 청년이 더 이상 화젯거리를 찾지 못해 난처해하고 있음에도 도와줄 생각을 하지 않았다. 또 코르순스키가 사람들의 대형을 큰 원으로 만들었다가 사슬 모양으로 만들고 있을 때, 그녀는 그의 말에 즐겁게 따르는 척했다. 그러나 그녀는 주변을 둘러보며 불안한 생각에 잠겼다. '아니, 그녀를 도취시킨 것은 다수의 관심이 아니라 단 한 사람의 마음이야. 그 한 사람은 누굴까? 설마, 그 사람?' 브론스키가 안나를 바라보며 이야기할 때마다 그녀의 눈에는 환희의 빛이 떠올랐고 붉은 입술에는 행복한 미소가 어렸다. 그녀는 자신의 벅찬 마음을 숨기려 애쓰는 듯했지만 감출 수 없었다. 그것들은 그녀의 얼굴에 고스란히 드러나고 있었다. '그렇다면 그 사람은 어떨까?' 키티는 그의 얼굴을 보았다. 순간 섬뜩한 공포가 밀려왔다. 키티는 안나의 얼굴에서 보았던 그것을 그에게서도 느낄 수 있었다. 늘 침착하고 담담했던 그의 모습은 어디로 간 것일까? 안나를 볼 때마다 그는 마치 그녀 앞에 납작 엎드리기라도 할 듯 고개를 숙이고 겸허하고 순종적인 표정을 지었다. '나는 당신을 모욕하고 싶진 않습니다.' 그의 눈은 이렇게 말하고 있는 듯했다. '나는 그저 구원받고 싶습니다. 하지만 어떻게 해야 할지 모르겠군요.' 키티는 이제껏 단 한 번도 보지 못한 그의 표정을 보았다.

그들은 서로 알고 있는 지인에 대한 이야기를 주고받기도 하며 사소한 대화를 나누었지만 키티는 그들의 대화가 그들과 자신의 운명을 결정지을 뭔가가 될 것처럼 여겨졌다. 더욱이 이반 이바노비치의 프랑스어가 우습고, 옐레쓰카야는 더 좋은 짝을 구할 수 있었을 거라는 의미 없는 이야기들조차도 그들에게는 특별한 의미가 있어 보였다. 키티가 느꼈던 것처럼 그들도 그렇게 생각하고 있었던 것이다. 이 무도회는 키티에게 희뿌연 안개처럼 다가왔다. 키티는 그간 받아 온 예절과 교육의 힘으로, 춤추며 질문에 답하고 웃는 얼굴로 사람을 대해야 한다는 의무감으로 버티고 있었다. 하지만 마주르카가 시작되기 전에 의자를 정리하고 몇몇 사람이 큰 홀로 이동하자 키티는 절망과 공포에 휩싸였다. 그녀는 다섯 명이나 되는 사람의 춤 신청을 거절했기에 더 이상 누구에게도 신청을 받을 기회도 없었고, 지금은 마주르카를 함께 출 상대가 없었던 것이다. 사교계에서 워낙 잘나가는 그녀였기에 누구도 파트너 없이 혼자 있을 거라 생각지 못했을 것이다. 그녀는 차라리 어머니에게 몸이 좋지 않다고 말하고 집으로 가는 것이 나을 거라 생각했지만 이제는 그럴 힘도 남아 있지 않았다. 그녀는 몹시 지쳐 있었다.

그녀는 작은 응접실 안쪽으로 들어가 안락의자에 몸을 기댔다. 치마는 부풀어 올라 그녀의 몸 주변에서 구름처럼 피어

올랐다. 부드러운 맨살이 드러난 가녀린 한쪽 팔은 장밋빛 튜닉의 주름 속에서 힘없이 처져 있었다. 그녀는 다른 한 손으로 상기된 얼굴을 부채질하고 있었다. 마치 지친 나비가 잠시 쉬려고 풀잎에 내려앉았다가 다시 날개를 펴는 모습 같았다. 하지만 이런 겉모습과는 달리 그녀의 마음은 절망감에 짓눌려 있었다.

'내가 착각하고 있는 건지도 몰라. 그런 게 아닐 수도 있어.' 그녀는 방금 보았던 장면을 다시 꼼꼼히 떠올려 보았다.

"키티, 뭐하고 있어?" 노르드스톤 백작 부인이 소리 없이 다가와 물었다. "이해가 안 되네."

키티의 입술이 부르르 떨렸다. 그녀가 갑자기 일어났다.

"키티, 마주르카는?"

"아니, 안 춰." 키티가 울먹이는 목소리로 말했다.

"그가 내 앞에서 그녀에게 마주르카를 청하더군." 노르드스톤 백작 부인은 그와 그녀가 누구인지 키티도 짐작할 거라 생각하며 말했다. "그러자 그녀는 '당신은 쉬체르바쓰카야 공작 영애와 추지 않으실 건가요?'라고 말하더군."

"상관없어." 키티가 대답했다.

그녀 자신 말고는 그녀의 처지를 알고 있는 사람은 아무도 없었다. 어쩌면 그녀가 사랑하고 있을지도 모를 남자의 청혼을 거절했다는 것을, 그녀가 다른 남자를 철석같이 믿고 있었기에 그럴 수밖에 없었다는 것을 말이다.

노르드스톤 백작 부인은 자신과 마주르카를 함께 추기로 약속했던 코르순스키에게 가서 키티와 함께 춰 달라고 부탁했다.

키티는 첫 번째 조로 들어가서 추었다. 코르순스키가 분주하게 지휘자 역할을 하면서 춤을 춰야 했기에 다행히 그녀는 아무 말도 하지 않아도 되었다. 그녀 맞은편에 브론스키와 안나가 있었다. 시력이 좋은 그녀는 그들을 주시했고 커플들이 뒤섞일 때에는 가까이서 보기도 했다. 그녀는 그들을 보고 있을수록 자신의 불행이 차츰 확실해져 가고 있음을 깨달았다. 그들은 수많은 인파 속에서도 오직 자신들밖에 없다고 느끼는 듯했다. 놀랍게도, 늘 담담하고 냉정해 보이던 브론스키의 얼굴에는 마치 영리한 개가 나쁜 짓을 저지르고 나서 짓는 표정처럼, 불안함과 순종적인 표정이 어려 있었다.

안나가 웃으면 그도 따라 웃었다. 안나가 생각에 잠겨 있으면 그 역시 심각해졌다. 거부할 수 없는 어떤 힘에 이끌린 듯 키티는 계속해서 안나를 주시했다. 수수한 검은 드레스를 입은 안나는 매혹적이었고 팔찌를 찬 풍만한 팔은 아름다웠으며 진주 목걸이를 한 목은 우아했다. 곱슬거리는 머리카락도 아름다웠으며 자그마한 손과 발의 움직임은 매혹적이었다. 활기 넘치는 얼굴 역시 아름다웠다. 하지만 그녀의 매혹적인 아름다움 속에서 키티는 잔인함을 느꼈다.

키티는 전보다 훨씬 더 그녀에게 빠져들었다. 그럴수록 더욱 괴로워졌다. 무참히 짓밟힌 듯한 기분이 들었고 그것은 그녀의 얼굴에 뚜렷이 드러났다. 마주르카를 추고 있던 브론스키가 그녀를 본 듯했으나, 그가 알아보지 못했을 정도로 그녀는 달라져 있었다.

"멋진 무도회군요!" 그는 뭔가 이야기를 꺼내기 위해 그녀에게 말했다.

"그렇군요." 그녀가 말했다.

마주르카가 중반부에 들어서자 코르순스키가 새로 만든 복잡한 대형을 이루느라 안나는 원의 중심으로 나왔다. 그러면서 그녀는 두 남자와 키티, 그리고 어느 부인을 자신의 옆으로 불렀다. 키티는 당황하며 그녀의 옆으로 갔다. 안나는 눈을 가늘게 뜨며 키티를 바라보고는 그녀의 손을 잡으며 미소 지었다. 하지만 키티의 얼굴에서 절망과 놀란 표정을 읽어낸 그녀는 다른 부인에게 시선을 돌려 이야기를 나누었다.

'그녀 안에는 악마적이고 매혹적인 무언가가 있어.' 키티는 생각했다.

안나는 만찬에 참석하고 싶지 않았으나 집주인은 한사코 그녀를 붙잡았다.

"사양하시면 안 돼요. 안나 아르카디예브나." 그녀의 팔을 자신의 소매 밑으로 잡아당기며 코르순스키가 말했다.

"지금 굉장히 멋진 코티용(여덟 명이 한 조가 되어 추는 프랑스 춤) 아이디어가 있어요!"

그는 안나를 데려가려고 조금씩 움직이고 있었다. 집주인도 흡족해하며 웃고 있었다.

"아니에요. 저는 가야 해요." 안나가 웃으며 말했다. 그녀의 단호한 말투에서 코르순스키와 집주인은 더 이상 그녀를 붙잡을 수 없다는 것을 알았다.

"아니에요. 페테르부르크에서 겨우내 췄던 것보다 여기에서 더 많이 춘 것 같아요." 안나는 옆에 있는 브론스키를 보며 말했다. "그러니 떠나기 전에 좀 쉬어야겠어요."

"내일 바로 떠나시는 겁니까?" 브론스키가 물었다.

"네, 그럴 예정이에요." 안나는 그의 질문에 다소 놀란 듯한 반응을 보였다. 하지만 그렇게 말하고 난 뒤 떨리던 그녀의 눈빛에서 보이던 불꽃은 그의 마음에 불을 지폈다.

안나 아르카디예브나는 만찬에 남지 않고 자리를 떠났다.

24

'그래, 나에게는 사람들을 멀어지게 하는 뭔가가 있어.'

레빈은 쉬체르바쓰키가를 나와 니콜라이 형이 있는 곳으로 향하며 생각했다. '나는 사람들과 두루 어울리지 못해. 남들은 내가 거만하다고들 하지만 나는 그것조차 없어. 그 거만함이란 게 있었다면 이렇게 되지도 않았겠지.'

그는 브론스키에 대해 생각했다. 그러면서 오늘 밤에 자신이 겪었던 비참한 일을 한 번도 경험해 보지 못했을, 행복해 보이고 총명하면서도 덤덤한 그의 모습을 떠올려 보았다. '그녀가 그를 택한 것은 당연한 일이야. 그럴 수밖에 없어. 그러니 나는 불만을 가질 수가 없어. 다 내 잘못이니까. 나는 도대체 무슨 권리로 그녀와 내 삶이 하나가 될 수 있을 거라 생각했을까? 내가 뭔데? 나라는 존재가 대체 뭐길래? 쓸모없는 하찮은 존재일 뿐인데.' 이런 생각을 하며 그는 니콜라이 형

안나 카레니나   159

을 떠올렸다. 그러면서 그에 대한 좋은 기억을 회상해 보았다. '형은 세상에 존재하는 모든 것들이 추악하다고 말했었지. 어쩌면 그 말이 맞을지도 몰라. 니콜라이 형을 향한 우리의 비판은 과연 정당한 것일까? 낡아빠진 외투를 입고 만취한 그를 직접 보았던 프로코피의 입장에서는 그를 경멸할 만하지. 하지만 나는 형의 다른 모습을 알고 있어. 그리고 나와형이 닮았다는 것도 말이야. 그런데 나는 지금 그를 찾으러 나왔으면서도 다른 곳에서 식사하고 있다니.'

레빈은 가로등 밑에서 지갑 속에 있는 형의 주소가 적힌 쪽지를 꺼내 보고는 삯마차를 불렀다. 형이 있는 곳으로 가는 동안 레빈은 형에 대한 기억들을 회상해 보았다. 형은 대학 시절과 졸업 후 일 년간 친구들의 비웃음을 받으며 살았다. 레빈은 종교적 의식을 위한 예배와 단식으로 가득 찬, 여자를 멀리하며 모든 쾌락을 포기한 수도사 같았던 그의 모습을 떠올려 보았다. 그러다가 형은 어느 날 갑자기 타락해 천박한 사람들과 어울리며 방탕한 생활을 했다. 그리고 레빈은 형이 어느 소년을 교육하기 위해 시골에서 데리고 왔다가 그 아이를 심하게 때려 불구로 만든 혐의로 고소를 당했던 일을 떠올려 보았다. 또한 형은 노름하다가 돈을 잃게 돼 어음을 썼으면서도 후에 상대방이 속임수를 썼다는 사실을 입증해 그를 고소했던 일도 있었다. 세르게이 이바노비치 형이 이 어음을 대신 물어 준 것이었다. 게다가 폭행 혐의로 유치장에서 밤을 보냈던 일과 큰형 세르게이 이바노비치가 어머니의 유산을 제대로 분배하지 않았다며 소송을 제기했던 일도 있었다. 그리고 형이 최근에 지방으로 출장을 갔다가 상사를 폭행해 재판까지 갔던 일도 떠올려 보았다. 모두 소름 끼치고 혐오스러운 일이었으나 레빈은 니콜라이의 과거나 본심을 잘 모르는 사람들이 생각하는 것만큼 끔찍하다고 여기지는 않았다.

레빈은 니콜라이가 신실한 신앙심으로 수도사처럼 단식하며 열심히 예배를 드릴 때도, 종교에 의지하며 자신의 강한 욕구를 억제하고 구원받기를 원하고 있을 때도 어느 누구도 그를 도와주지 않고 레빈 자신조차도 그를 비웃던 일을 떠올려 보았다. 사람들은 그를 노아니 수사니 하며 조롱했다. 그러다가 그가 타락했을 때는 누구 하나 그를 도우려 하지 않았고 공포와 혐오를 느끼며 그에게서 멀어져 갔다. 니콜라이 형의 삶은 비참했지만 레빈은, 그의 영혼은 그를 경멸하는 사람들과 비교했을 때 결코 그들보다 악하지 않다는 것을 알고 있었다. 억제할 수 없는 타고난 기질과 억눌리고 나약한 정신은 결코 그의 잘못은 아니었다. 그는 늘 좋은 사람이 되기를 원했다. '오늘 밤엔 형에게 모든 걸 털어놓아야겠어. 그리고 형도 나에게 모든 걸 얘기할 수 있도록 해야지. 내가 형을 사랑하고 그를 다 이해하고 있다는 걸 알려 줘야겠어.' 레빈은 다짐했다. 그는 11시가 넘어서 주소에 적힌 호텔에 도착했다.

"2층 12호와 13호실입니다." 관리인이 말했다.

"안에 계신가?"

"아마 계실 겁니다."

12호 방의 문이 반쯤 열려 있었다. 불빛과 함께 진한 싸구려 담배 연기가 새어 나오고 있었다. 낯선 목소리가 들려왔으나 곧 형의 기침 소리가 들렸기에 레빈은 형이 그곳에 있다는 것을 알았다.

그가 문으로 들어서자 낯선 목소리가 이렇게 말했다.

"모든 것은 그 일이 얼마나 이성적이고 의식적으로 진행되느냐에 달려 있지요."

콘스탄틴 레빈은 방 안을 들여다보았다. 소매 없는 외투를 입고 머리털이 수북한 젊은 남자가 뭐라 떠들어 대고 있었다. 그리고 깃도 소매도 없는 모직 옷을 입고 소파에 앉아 있는, 얼굴이 얽은 젊은 여자가 보였다. 형의 모습은 보이지 않았다. 형이 이런 사람들과 함께 어울린다는 생각이 들자 레빈은 마음이 아팠다. 아무도 레빈의 발소리를 듣지 못한 듯했다. 그는 덧신을 벗고 소매 없는 외투를 입은 남자가 하는 말에 집중했다. 그는 어떤 기업에 대해 설명하고 있었다.

"쳇, 망할 특권 계층 놈들."

그때 기침 섞인 형의 목소리가 들려왔다.

"마쉬아, 저녁 식사 좀 가져와! 포도주도 좀 가져다주고! 없으면 사 와."

그러자 여자는 일어서며 나오다가 콘스탄틴 레빈을 보며 말했다. "누가 찾아오셨는데요, 니콜라이 드미트리치." 그녀가 말했다.

"누굴 찾아온 거야?" 니콜라이 레빈이 거칠게 말했다.

"나예요." 콘스탄틴 레빈이 밝은 곳으로 나오며 말했다.

"나가 누군데?" 니콜라이는 더욱 퉁명스럽게 쏘아붙였다. 그때 그가 재빨리 일어나려다 뭔가에 부딪히는 소리가 났다.

문 앞에 서 있던 레빈은 익숙한 형의 모습을 보았다. 하지만 예전과는 다르게 그는 몹시 병약하고 예민해 보였으며, 몹시 야위고 등은 구부정했다. 그는 몹시 놀란 듯 눈을 크게 부릅 떴다.

그는 콘스탄틴 레빈이 그를 마지막으로 보았던 3년 전보 다 훨씬 야위어 있었다. 손의 뼈마디는 짧은 프록코트 때문에 더욱 커 보였고 머리는 휑하게 숱이 줄어들어 있었으며 예전 처럼 덥수룩한 콧수염이 입술을 덮고 있었다. 그리고 여전한 그의 눈빛은 미심쩍어하면서도 순수하게 그를 바라보고 있 었다.

"오, 코스티아!" 자신의 동생을 알아본 그가 소리쳤다. 그 의 눈은 기쁨으로 빛났다. 하지만 그 순간 그는 이 청년을 돌 아보며 넥타이가 목을 죄기라도 하듯 머리와 목을 부르르 떨 었다. 그 행동은 콘스탄틴에게는 눈에 익은 모습이었다. 하지 만 이윽고 그의 얼굴에는 콘스탄틴이 지금껏 알고 있던 모습 과는 다른 괴이하면서도 잔인하고 고통스러운 표정이 드러 났다.

"너한테도 세르게이 이바노비치에게도 편지를 보냈는데. 난 이제 너희를 모르고, 알고 싶지도 않다고 말이야. 너, 아니 너희는 대체 나한테 뭘 원하는 거야?"

그는 콘스탄틴이 상상했던 것과는 전혀 다른 모습이 되어 있었다. 콘스탄틴 레빈은 형을 떠올릴 때면 형이 까다로운 성 격 탓에 다른 사람들과 원만한 관계를 유지하지 못한다는 가 장 큰 단점을 종종 잊곤 했다. 하지만 지금 경련을 일으키는 그의 모습을 보니 레빈은 불현듯 형의 모든 것이 떠올랐다.

"특별한 볼일이 있어서 온 건 아니에요." 그는 위축된 목소리로 말했다. "그저 형을 만나고 싶어서 왔어요."

동생의 위축된 모습이 니콜라이의 마음을 움직인 듯했다. 그는 입술을 움찔거렸다.

"오, 그래?" 그가 말했다. "그럼 어서 들어와 앉아. 저녁은 먹었나? 마쉬아, 3인분을 가져와. 아니, 잠깐만. 너, 이분이 누군지 모르지?" 그는 소매 없는 외투를 입은 신사를 가리키며 동생에게 물었다. "이분은 크리쓰키야. 키예프에서부터 알고 지냈는데 정말 대단한 친구지. 경찰이 뒤를 쫓고 있긴 하지만, 그건 이 사람이 비열하지 않다는 증거이기도 하지."

그는 평소 습관대로 방에 있던 사람들을 모두 훑어보았다. 그러다가 문 앞에 있던 여자가 나가려 하자 소리쳤다. "그냥 있어!" 그러고 나서 모두를 훑어본 뒤 콘스탄틴도 이미 알고 있는 두서없는 말솜씨로 크리쓰키에 대해 이야기했다. 그가 후원회와 일요 학교를 설립해 가난한 학생들을 돕다가 대학에서 퇴학당한 일, 그리고 초등학교 교사로 근무하다가 그곳에서도 쫓겨난 일, 또 어떤 사건으로 처벌을 받은 사실 등에 대해서 말이다.

"키예프 대학에 다니신 건가요?" 콘스탄틴 레빈은 형의 이야기가 끝나자 어색한 침묵을 깨기 위해 물었다.

"네, 키예프에 있었습니다." 크리쓰키는 인상을 찌푸리며 퉁명스럽게 말했다.

"그리고 저 여자는." 니콜라이 레빈이 여자를 가리키며 말을 가로챘다. "내 반려자 마리야 니콜라예브나. 내가 그녀를 어느 집에서 도망치게 해 줬지." 그는 몸을 움찔거리며 말했다. "나는 이 여자를 사랑하고 존중하지. 그러니 나를 아는 사람들은 모두." 그가 큰 소리로 말하며 얼굴을 찌푸렸다. "이 여자를 사랑하고 존중해 줬으면 해. 내 아내나 마찬가지니까. 이제 이 정도면 내가 어떻게 사는지 알겠지. 만약 네 체면이 깎인다고 생각한다면 지금 당장 저 문밖으로 사라져 버려." 그는 또 한 번 미심쩍은 눈으로 사람들을 훑어보았다.

"내 체면이 깎일 이유가 뭐 있겠어요. 무슨 말인지 모르겠군요."

"좋아. 마쉬아, 저녁 식사 가져와. 3인분. 보드카 하고 포도주도. 아니…… 그냥 있어. 아니…… 됐어. 그냥 가 봐."

25

"그러니까 그게 말이야." 니콜라이 레빈은 이마를 찌푸리고 눈썹을 움찔거리며 힘겹게 말했다. 그는 마치 무슨 이야기를 꺼내야 할지 뭘 해야 할지 모르는 사람처럼 힘들어 보였다. "저게 뭐냐 하면." 그는 방 한구석에 노끈으로 묶여 있는 철근을 가리키며 말했다. "저게 바로 우리가 계획하고 있는 새로운 사업이야. 바로 생산 협동조합이지."

콘스탄틴은 그의 말이 들리지 않았다. 폐병 환자처럼 야윈 형의 얼굴을 보고 있으니 마음이 아팠던 레빈은 협동조합 따위의 이야기는 귀에 들어오지 않았다. 그는 이 협동조합이라는 것은, 형이 자신을 증오하는 마음에서 벗어나기 위한 수단에 불과하다는 것을 알았다. 니콜라이 레빈은 계속 말을 이어 갔다.

"너도 알다시피 노동자는 자본에 의해 지배되고 있지. 노동자와 농민들은 노동이라는 무거운 짐을 짊어지고 죽어라 일해도 자신이 기르는 가축 같은 생활에서 벗어날 수가 없어. 노동의 대가로 얻은 수익은 그들의 처우를 개선하고 교육에 쓰여야 하는데 자본가들이 몽땅 가져가고 있으니 말이야. 노동자들이 노동할수록 상인이나 지주만 배불릴 뿐이고, 그들은 그저 일만 하는 짐승처럼 되어 버린 세상이지. 그래서 이 제도를 개혁하려는 거야." 그는 말을 마치고 미심쩍은 눈으로 동생을 바라보았다.

"물론이에요." 콘스탄틴은 형의 광대뼈 밑에 어린 홍조를 바라보며 말했다.

"그래서 우리가 지금 금속 협동조합을 만들려는 거야. 거기서 생산하는 제품도, 수익도, 기계들도 모두 조합원들이 공유하게 되는 거지."

"협동조합을 어디에 만드는 거죠?" 콘스탄틴 레빈이 물었다.

"카잔 현의 보즈드료마 마을에."

"왜 시골에다 만들죠? 안 그래도 시골에는 할 일이 많을 텐데 왜 시골에 금속 협동조합을 두는 거죠?"

"왜냐고? 농부들의 처지는 여전히 노예 상태나 마찬가지기 때문이지. 그리고 너나 세르게이 이바노비치가 그들의 처지가 개선되는 것을 바라지 않기 때문이기도 하고." 니콜라이 레빈은 동생을 향해 흥분하며 말했다.

콘스탄틴 레빈이 음침하고 더러운 방을 둘러보며 한숨을 내쉬자 니콜라이는 화가 난 듯했다.

"나는 너나 세르게이 이바노비치 같은 귀족들의 생각을 잘 알고 있어. 아직까지 유지되고 있는 악습을 지켜 내기 위해 머리를 짜내고 있다는 것도 말이야."

"그렇지 않아요. 그런데 왜 갑자기 세르게이 이바노비치 형님 얘길 꺼내시죠?" 레빈이 웃으며 말했다.

"세르게이 이바노비치? 왜 그러느냐고!" 세르게이 이바노비치라는 말에 니콜라이 레빈은 갑자기 흥분하며 외쳤다. "왜냐고? 하긴, 말해서 뭐하겠어. 근데 너는 왜 나를 찾아온 거야? 내가 하는 일을 경멸하면서 말이야. 하지만 상관없어. 그냥 여기서 좀 나가 줘. 썩 꺼지라고!"

"난 전혀 경멸하고 있지 않아요." 콘스탄틴 레빈이 위축된 모습으로 말했다. "형과 말다툼할 생각도 없고요."

그때 마리야 니콜라예브나가 돌아왔다. 그러자 니콜라이 레빈은 화난 얼굴로 그녀를 노려보았다. 그러자 그녀는 그에게 다가가 귓속말을 전했다.

"난 몸 상태가 좋지 않아. 그래서 자꾸 흥분하게 되지." 니콜라이 레빈은 감정이 누그러진 듯 한숨을 내쉬며 말했다. "그리고 세르게이 이바노비치와 그가 쓴 논문에 대해 말하자면, 그건 죄다 거짓된 눈속임이고 망상일 뿐이야. 정의가 뭔지도 모르는 자가 어떻게 정의를 말하겠나? 자넨 그 논문을 읽어 봤나?" 그는 테이블 앞에 앉아 담배꽁초들을 밀쳐 내며 크리쓰키에게 말했다.

"읽어 보지 않았네." 그는 대화에 끼고 싶지 않은 듯 심드렁하게 대답했다.

"이유가 뭔가?" 니콜라이 레빈이 크리쓰키에게 화를 내며 물었다.

"그런 것에 시간을 낭비하고 싶지 않으니까."

"그럼, 자넨 그게 시간 낭비라는 걸 어떻게 알지? 그 논문은 보통 사람들이 이해하기 어려운 수준이야. 하지만 나는 다르지. 난 그의 사상을 잘 알고 있고 허점도 잘 알고 있으니까."

다들 아무 말이 없었다. 크리쓰키는 모자를 집어 들며 자리에서 일어났다.

"저녁은 안 먹고 가는 건가? 그럼 가 보게. 내일은 금속 직공을 좀 불러와 줘."

크리쓰키가 나가자 니콜라이 레빈이 웃으며 눈짓했다.

"저 사람도 영 아니야. 난 알고 있어." 그가 말했다.

그때 크리쓰키가 문 앞에서 그를 불렀다.

"무슨 일이야?"

그는 크리쓰키가 있는 복도로 나갔다. 레빈은 마리야 니콜라예브나와 둘이 남자, 그녀에게 말했다.

"형님하고 함께 지낸 지는 오래되셨습니까?" 그가 그녀에게 물었다.

"네, 2년 정도 됐어요. 요새 건강이 더 안 좋아지셨어요. 술을 너무 많이 드셔서요." 그녀가 말했다.

"얼마만큼 마십니까?"

"보드카를 마시는데 저이한텐 그게 정말 해로워요."

"많이 마십니까?" 레빈이 조용히 말했다.

"네." 그녀는 문가 쪽을 바라보며 걱정스럽게 말했다. 그때 니콜라이 레빈이 들어오고 있었다.

"무슨 얘기를 하는 거지?" 그는 인상을 찌푸리고 다소 놀란 듯 두 사람을 쳐다보며 말했다.

"대체 무슨 얘기를 하길래."

"아무것도 아니에요." 콘스탄틴이 말했다.

"말하기 싫으면 하지 마. 근데 저 여자랑 할 얘기가 없을 텐데. 저 여자는 매춘부고 너는 신사니까." 그는 목을 움찔거리며 말했다. "난 알아. 넌 이곳을 살피면서 내가 틀렸다고 판단했겠지. 그래서 지금 나를 동정하고 있겠지." 그가 다시 큰소리로 말했다.

"니콜라이 드미트리치, 니콜라이 드미트리치." 마리야 니콜라예브나가 그에게 다가가며 속삭였다.

"그래, 좋아. 근데 식사는 어떻게 됐어? 아, 저기 왔군." 그는 쟁반을 들고 있는 하인을 보며 말했다. "여기에다 놔." 그는 화난 듯한 어조로 말한 뒤 보드카 한 잔을 따르고는 단숨에 들이켰다.

"한잔하지 않겠어?" 술을 마시자 기분이 나아진 듯한 그가 동생을 보며 말했다. "세르게이 이바노비치가 뭐라 해도 난 상관없어. 그래도 너를 보니 반갑구나. 네가 무슨 말을 해도 우린 남이 아니니까. 자, 한잔하거라. 그래, 요즘은 어떻게 지내니?" 그가 빵을 허겁지겁 먹으며 두 번째 잔을 따르며 말했다. "넌 어떻게 지내고 있니?"

"계속 시골에 살면서 혼자 농사를 짓고 있죠." 콘스탄틴은 형이 허겁지겁 음식을 먹는 것을 보며 다소 당황했으나 티를 내지 않으려고 애쓰며 말했다.

"결혼은 왜 안 하는 거냐?"

"할 기회가 없었죠." 콘스탄틴 레빈이 얼굴을 붉히며 말했다.

"무슨 이유로? 내 인생은 이미 틀렸어. 이젠 끝이라고. 전에도 여러 번 말했지만 그때 필요했던 내 몫을 받았다면 내 인생이 이렇게 꼬이진 않았을 거야."

그러자 콘스탄틴 드미트리치는 화제를 바꾸려 했다. "바뉴쉬카가 포크로프스코예의 사무소에서 회계를 보고 있는 걸 아십니까?" 그가 말했다.

그러자 니콜라이는 목을 움찔거리며 생각했다. "그래, 포크로프스코예는 어때? 그 집은 아직도 그대로 있나? 자작나무랑 우리 학교도? 정원사 필리프는 아직 살아 있나? 그 정자와 벤치는 아직도 기억나. 집 안에 있는 것들은 신경 좀 써서 잘 보존해 둬. 그리고 결혼은 되도록 빨리해서 예전의 우리 집처럼 만들어 다오. 그때가 되면 내가 너를 찾아가지. 네 부인이 좋은 여자라면 말이야."

"지금 당장 가시는 게 어때요?" 레빈이 말했다. "다 함께 살면 좋잖아요."

"세르게이 이바노비치만 안 만난다면 언제든지 가지."

"걱정 마세요. 저는 지금 형님과 따로 떨어져서 살고 있으니까요."

"그래. 하지만 너는 나나 그 사람 둘 중 하나를 선택해야 할 거다." 그는 조심스럽게 동생의 눈을 바라보며 말했다. 형의 나약한 모습이 콘스탄틴의 마음을 아프게 했다.

"제 본심이 듣고 싶으시다면 말씀드릴게요. 저는 형님과 세르게이 이바노비치 형님 중 어느 편에도 서고 싶지 않아요. 두 사람 다 잘못이 있으니까요. 형님은 겉으로 봤을 때 그렇고, 따지고 보면 세르게이 이바노비치 형님에게 잘못이 있으니까요."

"오, 넌 그걸 알고 있었구나! 알고 있었어!" 니콜라이가 기뻐하며 소리쳤다.

"덧붙여 말하자면, 저는 형님과의 관계가 더 중요해요. 그 이유는……."

"어째서?"

콘스탄틴은 니콜라이가 현재 불행하기에 무엇보다 따뜻한 우애가 필요하기 때문이라고 말할 수 없었다. 하지만 니콜라이는 이내 그의 의도를 짐작하고는 낯빛이 어두워지며 다시 보드카 병을 집어 들었다.

"그만 드세요. 니콜라이 드미트리치!" 마리야 니콜라예브나가 포동포동한 팔을 술병 쪽으로 뻗으며 말했다.

"그냥 내버려 둬! 날 건드렸다가는 후회하게 될 거야!" 그가 소리쳤다. 마리야 니콜라예브나는 다정하고 선한 웃음을 보였다. 그러자 니콜라이도 마음의 안정을 찾은 듯했고 그때 그녀가 보드카 병을 빼앗았다.

"넌 이 여자가 아무것도 모르고 있다고 생각하지?" 니콜라이가 말했다. "하지만 이 여자는 우리보다 더 많은 걸 알고 있어. 아주 착하고 좋은 여자란 말이야."

"당신은 모스크바에 왔던 적이 있었나요?" 콘스탄틴은 뭔가 이야기를 꺼내려고 그녀에게 물었다.

"이 여자한테는 '당신'이라고 하지 마. 분명 놀랄 테니까. 이 여자를 매춘 소굴에서 빼내려 했을 때 심리를 하던 치안 판사 말고는 아무도 이 여자한테 '당신'이라고 부른 적이 없었으니까. 세상일이란 게 이렇게 허무하다니까!" 그가 갑자기 소리쳤다. "새로운 제도며 치안 판사며 젬스트보 따위의 우스운 것들이란!" 그러고 나서 그는 새로운 제도로 말미암아 겪었던 일에 대해 말하기 시작했다.

콘스탄틴 레빈은 잠자코 형의 이야기를 듣고 있었다. 한때 그도 사회 제도의 무의미함에 대해 논하고 자주 언급하기는 했으나 그 얘기를 형의 입으로 직접 듣고 있자니 왠지 모르게 불쾌해졌다.

"저승에 가면 알게 될 테죠." 레빈이 농담조로 말했다.

"저승? 난 저승 따위의 말은 정말 듣기 싫다고!" 니콜라이가 다소 겁에 질린 얼굴로 동생을 노려보며 말했다. "너나 할 것 없이 모두가 추잡한 일에서 해방된다는 건 좋은 일이지만 말이야. 하지만 나는 죽음이 두려워. 정말 두려워." 그가 몸서리를 치며 말했다. "자, 뭐라도 좀 마시자. 샴페인은 어때? 아니면 다른 데로 갈까? 집시한테 가는 건 어때. 넌 내가 집시와 러시아 민요를 아주 좋아한다는 걸 기억하고 있지?" 그는 횡설수설하며 계속 화제를 바꿨다. 콘스탄틴은 마셔아와 함께 그가 밖으로 나가지 못하게 설득하고는 만취한 그를 자리에 눕혔다.

마셔아는 무슨 일이 생기면 콘스탄틴에게 편지를 쓰고 그와 함께 살 수 있도록 니콜라이 레빈을 설득해 보겠다고 약속했다.

26

콘스탄틴 레빈은 아침에 모스크바를 떠나 저녁이 되어서야 집에 도착했다. 그는 오는 도중에 기차 안에서 만난 사람들과 정치와 새로운 철도에 관한 이야기를 나누었다. 그러면서 그는 모스크바에 있을 때처럼 머릿속이 복잡해져 스스로에 대한 불만과 왠지 모를 수치심을 느끼며 자괴감에 빠졌다. 하지만 기차역에서 내려 외투 깃을 세운 애꾸눈 마부 이그나트를 만나고, 역의 창문에 비치는 불빛 속에서 양탄자를 깔아 놓은 자신의 썰매와 꼬리를 땋고 술과 고리 장식이 달린 마구를 씌운 자신의 말을 보고, 이그나트가 썰매를 준비하며 건축업자가 찾아왔다는 것과 파바가 송아지를 낳았다는 소식을 전하자 그의 마음도 차츰 안정을 되찾기 시작했으며 스스로에 대한 수치심과 불만이 서서히 누그러지는 것을 느꼈다.

이그나트와 말을 보자마자 그런 생각이 든 것이다. 그는 이그나트가 가져온 양가죽 외투를 입고 썰매에 앉아 담요를 몸에 두른 채 당장 처리해야 할 일들을 생각했다. 그는 한때는 승마용 말이었고 돈 지방에서 자란 날렵한, 하지만 다리를 다친 후로 썰매를 끌게 된 말을 바라보며 집으로 가는 동안, 자신이 겪은 일들을 새로운 시각으로 바라보게 되었다. 그는 자신의 존재를 오롯이 느낄 수 있었고 자신 외에는 다른 사람이 되고 싶지 않았다. 그저 더 나은 자신이 되고 싶었을 뿐이었다.

첫째, 그는 오늘 이후로 결혼해서 얻을 수 있는 행복을 바라지 않으며 현재를 소중히 여기겠다고 다짐했다. 둘째, 이번에 청혼했던 것처럼, 열정에 사로잡혀 어리석은 사랑으로 상처받지 않겠다고 결심했다. 그리고 앞으로 어떠한 경우에도 니콜라이 형을 걱정하며 그를 계속 지켜보면서 그가 안 좋은 상황에 처했을 때는 언제든 그를 돕겠다고 다짐했다. 그는 머지않아 그러한 일이 생길 것 같은 예감이 들었다. 그러다가 그는 조금 전 형이 이야기할 때는 가볍게 넘겼던 공산주의에 대해 진지하게 생각하기 시작했다. 그는 경제 상황을 개혁하는 것은 헛된 일이라고 생각했다. 하지만 그는 가난한 자들의 삶과 비교했을 때 여유로운 자신의 생활이 공평하지 못하다고 느꼈다. 그래서 그는 스스로도 올바른 사람이라고 여길 수 있도록 열심히 일하며 낭비하지 않는 삶을 살아왔다. 그럼에도 그는 더욱더 열심히 일하고 검소한 생활을 해야겠다고 다짐했다. 그는 이 모든 것들을 긍정적으로 바라보며 오는 내내 유쾌한 기분으로 돌아왔다. 그는 새로운 미래를 향한 부푼 희망을 안은 채 밤 8시가 넘어서야 집에 도착했다.

그의 집 가정부인 늙은 유모 아가피야 미하일로브나의 방 창문에서 새어 나온 불빛이 집 앞 넓은 마당에 쌓인 눈을 비추고 있었다. 아직 잠들지 않은 그녀는 쿠지마를 깨웠고 그는 졸린 얼굴에 맨발로 현관 계단으로 뛰어나왔다. 사냥개 라스카가 짖어 대며 쿠지마를 넘어뜨리기라도 할 듯 달려 나왔고 레빈의 가슴을 앞발로 치며 날뛰었다.

"빨리 돌아오셨군요." 아가피야 미하일로브나가 말했다.

"집이 너무 그리웠어요, 아가피야 미하일로브나. 손님으로 지내는 것도 괜찮지만 내 집이 제일 좋으니까요." 그렇게 말하고 나서 그는 자신의 서재로 갔다.

그가 촛불로 서재를 밝히자 익숙한 물건들이 하나둘 보이기 시작했다. 사슴뿔, 책장, 거울, 오래전에 고장 나 자리만 차지하고 있던 통풍구가 달린 스토브, 예전에 아버지가 쓰시던 소파, 커다란 탁자, 그 위에 펼쳐진 책, 깨진 재떨이와 그의 필적이 담긴 노트 같은 물건들을 보자, 그가 오는 내내 생각했던 새로운 삶에 대해 의구심이 생겼다. 그의 생활의 흔적들은 마치 이렇게 말하는 것 같았다. '너는 결코 우리를 벗어날 수 없어. 다른 사람이 될 수도 없고 말이야. 넌 과거의 너와 전혀 다르지 않아. 넌 스스로에 대한 불신과 자괴감, 현실을 극복하기 위한 헛된 도전과 실패, 그리고 아직 손에 쥐어 보지 못한, 또 앞으로도 그럴 가능성이 희박한 행복이라는 희망 따위를 품고 예전처럼 살아갈 거야.'

하지만 이것은 물건들의 생각일 뿐, 그의 마음은 '과거에 연연할 필요 없어. 나는 무엇이든 할 수 있어.'라고 속삭였다. 그는 그 목소리를 들으며 방 한구석으로 가 1푸드짜리 아령 한 쌍을 들어 올리며 스스로에게 자신감을 불어넣었다. 그때 문밖에서 발소리가 들리자 그는 재빨리 아령을 내려놓았다.

모든 일이 잘되고 있다는 것을 알리기 위해 집사가 찾아온 것이었다. 하지만 새 건조기에 있던 메밀이 조금 탔다는 말에 레빈은 기분이 언짢아졌다. 레빈은 건조기를 직접 설치했을 뿐만 아니라 그것을 고안하는 데도 참여했기 때문이다. 집사는 새 건조기에 불만이 있었기에 메밀이 탔다고 보고하면서도 유쾌해 보였다. 하지만 레빈은 그런 일이 생긴 것은 그들이 자신의 지시에 따르지 않았기 때문일 거라 확신했다. 화가 난 레빈은 집사에게 잔소리를 했다. 하지만 지난번 소 박람회에서 비싸게 사 온 훌륭한 암소인 파바가 새끼를 낳았다는 소식은 그를 기쁘게 했다.

"쿠지마, 양가죽 외투를 갖다 줘. 그리고 등불도 좀 가져오라고 일러. 직접 둘러봐야겠어." 그가 집사에게 말했다.

축사는 뒤꼍에 있었다. 그는 라일락 옆에 쌓인 눈 더미를 지나 정원을 가로질러 축사로 갔다. 차갑게 언 문을 열자 거름에서 풍기는 뜨거운 기운이 확 느껴졌다. 불빛을 보고 놀란 암소들이 새 짚더미 위에서 움찔거리고 있었다. 검은 얼룩이 있는 네덜란드산 암소의 넓적한 등이 그의 눈에 들어왔다. 코뚜레를 차고 누워 있던 황소 베르쿠트는 사람들이 지나가자 일어나려다 말고 몇 번 숨을 헐떡거렸다. 하마처럼 커다랗고 아름다운 암소 파바는 사람들이 들어오자 몸을 돌리고는 새끼를 감싸 안았다.

우리로 들어간 레빈은 파바를 살피고는 붉은 얼룩송아지의 휘청거리는 긴 다리를 붙들어 세웠다. 그런 레빈을 보며 파바는 불안한 나머지 울어 대다가 그가 새끼를 다시 돌려주자 그때서야 안정을 되찾은 듯 한숨을 내쉬며 까끌거리는 혀로 새끼를 핥아 댔다. 송아지는 어미젖을 찾는 듯 어미의 다리 밑으로 코를 들이밀며 꼬리를 살랑거렸다.

"여기 좀 비춰 봐. 표도르, 등불을 여기로 가져와 봐." 레빈은 송아지를 살피며 말했다. "제 어미를 빼다 박았군. 털은 제 아비를 닮았지만 아주 훌륭해. 다리도 길고 옆구리도 탄탄하니 말이야. 바실리 표도로비치, 어때, 멋지지 않아?" 그는 송아지를 보며 기쁜 나머지 메밀에 대한 생각은 잊은 듯 집사에게 말했다.

"누굴 닮아도 좋을 겁니다. 참, 건축업자 세묜이 나리께서 집을 비우신 날에 다녀갔습니다. 그와 계약 문제에 대해 좀 더 얘기를 나눠 봐야 할 것 같습니다, 콘스탄틴 드미트리치." 집사가 말했다. "기계는 아까 말씀드린 대로……."

이 문제는 레빈을 다시 복잡하고 정신없는 농사일 속으로 끌어들였다. 그는 축사를 나와 집사와 함께 사무실에 들러 건축업자 세묜과 이야기를 나눈 뒤 집으로 돌아와 2층 응접실로 올라갔다.

27

집은 널찍하고 고풍스러웠다. 레빈은 혼자 살았지만 집 안 전체에 난방을 했다. 그것은 분명 어리석은 짓이었으며, 그는 이것이 방금 전 계획했던 일과 어긋나는 행동이라는 것을 잘 알고 있었다. 하지만 레빈에게 이 집은 하나의 세계나 마찬가지였다. 이곳은 그의 부모님이 살던 세계였고 또 그들이 생을 마감한 세계이기도 했다. 레빈이 생각하기에 그들은 이상적인 생활을 했기 때문에 그도 이 집에서 자신의 아내와 가정을 꾸려야겠다는 생각을 품었던 것이다.

레빈은 어머니에 대한 기억이 거의 없었기에 어머니라는 존재는 그에게 신성한 존재였다. 그렇기 때문에 그는 미래의 자신의 아내가 될 여자는 아름다우면서도 신성한, 자신의 어머니 같은 존재여야 한다고 생각했다.

그는 결혼과 동떨어진 사랑은 생각할 수 없었다. 또한 가정을 최우선으로 생각했기에 여자는 그다음 문제였다. 이렇듯 그의 결혼관은 결혼을 사회생활의 일부라고 보는 다른 사람들의 생각과 전혀 다른 것이었다. 레빈에게 있어 결혼은 인생에서 가장 중요한 일이었기에 그는 거기에 모든 행복이 달려 있다고 생각했다. 하지만 이제는 그것을 포기해야만 했다.

그는 늘 차를 마시던 작은 응접실에 들어가 책을 들고 안락의자에 앉았다. 그러자 아가피야 미하일로브나가 차를 가지고 와서 "도련님, 저도 좀 앉을게요."라고 말하며 창가 의자에 걸터앉았다. 그때 그는 자신이 결혼에 대한 희망을 아직 버리지 않았으며 그런 기대 없이 도저히 살아갈 수 없다는 것을 절감했다. 그녀와 살든 다른 여자와 살든, 어쨌든 결혼은 꼭 이뤄질 것이라 생각했다. 그는 아가피야 미하일로브나의 이야기를 들으며 책을 읽었고, 읽은 내용을 떠올려보기도 했다. 그와 동시에 농사일과 결혼생활에 대한 생각이 떠올라 그의 머릿속을 어지럽혔다. 그러면서도 그는 마음속에서 무언가가 서서히 정리되고 조절되고 있다는 생각이 들었다.

아가피야 미하일로브나는 프로호르가 레빈이 말을 사라고 준 돈을 몽땅 털어 술을 마시고서는 아내를 죽을 만큼 때렸다는 이야기를 전했다. 그는 그 이야기를 들으면서 책을 읽었고 그 내용에 대해 생각해 보기도 했다. 그것은 열과 관련된 틴들의 책이었다. 레빈은 틴들이 자신의 실험에 대해 자만하고 있다는 것과 철학적 소양이 부족하다며 자신이 그를 비난했던 일을 떠올렸다. 그러다가 갑자기 그는 즐거운 생각이 들었다.

'2년 후에는 네덜란드산 소가 두 마리나 되겠지. 파바도 그때까지 살아 있겠지. 이 세 마리 소와 베르쿠트에게서 태어난 암송아지들이 열두 마리…… 정말 멋진 일이야.' 그러고 나서 그는 다시 책을 펼쳤다. '그래, 전기와 열은 동일해. 하지만 무언가를 해결하기 위해 하나를 다른 것으로 대치할 수 없는 걸까? 그럴 수 없다면, 그럼 어떻게 되는 걸까? 자연 현상과 관계된 연관 작용은 본능으로 감지할 수 있을 테니…… 그래, 파바가 붉은 얼룩무늬 암소를 낳았으니 정말 기쁜 일이지. 그리고 이 세 마리가 다른 소들에 섞여 들어가면…… 정말 멋질 거야. 그렇게 되면 아내와 함께 손님들을 모시고 그들을 보러 가는 거야. 그럼 아내가 이렇게 말하겠지. 코스티아, 나는 이 송아지들을 우리 아이처럼 키우고 있어요. 그럼 손님은 이렇게 묻겠지. 당신은 언제부터 이런 것에 관심을 가지셨나요? 남편이 좋아하는 것이라면 뭐든지 관심이 있어요. 근데 내 아내는 대체 누구란 말인가?' 그때 갑자기 모스크바에서 있었던 일이 떠올랐다. '하지만 어쩔 수 없는 일이야. 내 잘못은 아니니까. 어쨌든 이제부터 새롭게 시작하는 거야. 어쩔 수 없는 운명이라거나 과거에 연연하는 것은 정말 어리석은 짓이니까. 우리는 더 나은, 더 좋은 삶을 위해 고군분투해야만 해.'

그는 고개를 들고 잠시 생각했다. 사냥개 라스카는 주인이 돌아온 기쁨을 주체하지 못한 나머지 밖에 나가서 짖어 댄 후 바깥 공기를 품고 다시 돌아와 꼬리를 흔들어 댔다. 그러고는 그에게 만져 달라는 듯 손 밑에 머리를 들이밀며 낑낑거렸다.

"말만 못할 뿐이에요." 아가피야 미하일로브나가 말했다. "개들도 다 알고 있어요. 도련님이 돌아오신 것도 우울해하시는 것도 말이에요."

"우울해하다니요?"

"저도 다 알아요, 도련님. 어릴 때부터 도련님들과 함께했으니까요. 괜찮아요, 도련님. 몸이 건강하고 양심이 바르면 되는 거예요."

레빈은 그녀가 자신의 마음을 꿰뚫고 있다는 것에 몹시 놀라며 그녀를 바라보았다.

"차 한 잔 더 드시겠어요?" 그녀는 찻잔을 들고 방에서 나갔다.

라스카는 내내 그의 손 밑에 머리를 들이밀고 있었다. 그가 쓰다듬자 라스카는 그의 발밑으로 가 몸을 웅크리고는 그의 다리 뒤쪽에 머리를 얹었다. 그제야 만족스러운지 라스카는 입술을 살짝 벌려 자신의 입술을 핥더니 끈적거리는 입술을 이빨 주위에 딱 붙이고는 행복한 듯 안정을 취했다. 레빈은 라스카의 마지막 동작을 주시하고 있었다.

'바로 저거야.' 그가 중얼거렸다. '바로 저 모습이라고. 그래, 모든 게 잘되어 가고 있어.'

28

무도회 다음 날 아침, 안나 아르카디예브나는 그날 집으로 돌아가겠다는 전보를 남편에게 보냈다.

"아니, 난 가야 돼요. 꼭이요."

그녀는 수많은 생각 끝에 내린 결정인 듯 새언니에게 자신의 일정이 바뀐 것에 대해 말했다.

"오늘 떠나는 게 나아요."

스테판 아르카디이치는 집에서 식사를 함께하지 않았으나 누이를 역까지 배웅하기 위해 7시까지 오겠다고 약속했다.

키티도 머리가 아프다는 편지를 전했다. 돌리와 안나는 아이들, 영국인 가정 교사와 함께 식사했다. 아이들이 변덕스러운 탓인지 아니면 안나가 자신들이 사랑했던 전날과는 전혀 다르게 변해서 이제 자신들에게 관심을 가지고 있지 않다는 것을 눈치챈 탓인지 아이들도 전혀 장난을 치지 않았고 그녀를 따르지도 않았다. 또한 그녀가 떠난다는 데도 전혀 신경 쓰지 않았다. 안나는 떠날 채비를 하느라 오전 내내 분주했다. 모스크바의 지인들에게 편지를 쓰고 지출 내역을 기록했으며 짐을 챙겼다. 돌리는 안나가 왠지 모르게 불안해하고 있다는 생각이 들었다. 돌리는 이미 경험해 보았기에 잘 알고 있었다. 그것은 자신에 대한 불만족에서 나오는 심리적 불안감이었다. 식사 후에 안나는 옷을 갈아입으러 방으로 갔다. 돌리가 그녀의 뒤를 따랐다.

"오늘 좀 이상한 것 같군요." 돌리가 말했다.

"내가요? 그래 보여요? 이상하기보다는 그냥 기분이 좀 그래요. 가끔씩 이래요. 이럴 땐 그냥 울고 싶어요. 참 바보 같죠. 바보 같지만 그래도 곧 괜찮아지겠죠." 안나는 빠르게 말하며 나이트캡과 손수건을 넣은 작은 주머니 쪽으로 붉어진 얼굴을 돌렸다. 그녀의 눈에는 반짝이는 눈물이 그렁그렁 맺혀 있었다.

"페테르부르크를 떠날 때도 마음에 걸리더니 지금도 그러네요."

"당신이 와서 일이 잘 풀렸어요." 돌리가 안나를 바라보며 말했다.

안나는 눈물이 고인 눈으로 그녀를 바라보았다. "별말씀을요, 돌리. 난 아무것도 한 게 없고 할 수 있는 일도 없었는걸

182 Anna Karenina

요. 난 가끔씩 사람들이 왜 몰래 내 험담을 하는 걸까 하는 생각을 해요. 그런 내가 무슨 일을 하고, 뭘 할 수 있겠어요? 그저 당신 가슴속에 용서할 만큼의 사랑이 남아 있었던 거죠."

"하지만 당신이 오지 않았으면 어떻게 됐을지 몰라요. 당신은 내게 은인이에요, 안나." 돌리가 말했다. "당신의 마음은 정말 순수해요."

"그렇지 않아요. 영국인들이 말하듯, 누구나 마음속에 비밀 하나씩은 가지고 있으니까요."

"당신도 비밀이 있어요? 당신은 그렇게 늘 확실한데요."

"물론 있죠!" 안나가 말했다. 그 말을 하고 나자 그녀의 입술에 방금 전 흘린 눈물과 어울리지 않는 교활하고 장난스러운 미소가 비쳤다.

"그래도 당신의 비밀은 밝고 재미있는 것일 테죠." 돌리가 웃으며 말했다.

"아니, 아주 어두워요. 왜 내가 내일이 아니라 오늘 떠나려고 하는지 아세요? 그 이유를 말하면 너무 괴롭겠지만 그래도 당신한텐 얘기하고 싶어요."

"그래요." 안나가 말을 이었다. "키티가 왜 식사하러 오지 않았는지 알고 있어요? 그녀는 나를 질투하고 있어요. 내가 그녀의 마음을 아프게 했거든요. 그녀가 무도회에서 즐겁지 않았던 건, 괴로웠던 건 다 내 탓이에요. 하지만 나는 잘못이 없어요. 만에 하나 있다 해도 아주 조금 있을 뿐이에요." 그녀는 가냘픈 목소리로 '아주 조금'이라는 말을 천천히 늘이며 말했다.

"당신은 참 스티바 하고 똑같은 말만 하네요." 돌리는 웃으며 말했다. 그러자 안나는 모욕감을 느꼈다.

"아니, 그렇지 않아요. 나는 스티바 하고는 달라요." 그녀가 얼굴을 찌푸리며 말했다. "내가 지금 이런 얘길 하는 이유는 나 자신에게 조금의 거리낌도 남기고 싶지 않기 때문이에요." 안나가 말했다.

하지만 그녀는 자신이 이 말을 하면서도 진심이 아니라는 것을 느꼈다. 그녀는 자신을 의심하고 있었고 또한 브론스키를 떠올리기만 해도 마음이 흔들렸다. 그래서 더 이상 그와 마주치지 않기 위해 서둘러 떠나려 했던 것이다.

"알겠어요. 스티바한테 들었어요. 그 사람과 마주르카를 추었다고. 그리고 그 사람이……."

"어쩌다 그런 상황이 되어 버렸는지 모르겠어요. 난 그녀와 그 사람을 이어 주려고 했을 뿐인데 오히려 반대가 되어 버렸으니. 내 의지와 상관없이……." 그녀는 얼굴이 붉어져서 말을 멈췄다.

"그들도 다 알고 있을 거예요." 돌리가 말했다.

"하지만 만약 그때 그 사람이 진심으로 그랬다면 정말이지 난 절망스러울 거예요." 안나가 그녀의 말을 막았다. "곧 잊힐 거예요. 그리고 키티도 더 이상 나를 질투하지 않을 거라 믿어요."

"하지만 안나. 솔직히 말하면 키티를 위해서라도 난 이 결혼을 원하지 않아요. 브론스키 그 사람이 하루 만에 당신에게 빠져 버릴 사람이라면 차라리 깨지는 게 나으니까요."

"오, 그런 말이 어딨어요!" 안나는 이렇게 말했지만 그녀가 자신의 생각을 그대로 말해 준 것 같아 만족스러운 미소를 지었다. "내가 그토록 좋아했던 키티와 적이 되어 떠나게 되겠군요. 아, 정말 사랑스러운 아가씨였는데. 하지만 당신이 잘 정리해 줄 수 있겠죠, 돌리?"

돌리는 애써 웃음을 참고 있었다. 안나를 사랑했지만 그녀도 약점이 있다는 것을 알게 되니 왠지 즐거웠기 때문이다.

"적이라니요. 그럴 리가요."

"내가 당신들을 사랑하는 것처럼 당신들도 날 사랑해 줬으면 좋겠어요. 난 당신들이 더 좋아졌어요." 안나가 눈물을 글썽이며 말했다. "오늘 왜 이렇게 바보 같을까." 그녀는 손수건으로 얼굴을 닦고 옷을 갈아입었다.

안나가 막 떠나려던 순간, 스테판 아르카디이치가 취한 얼굴로 술과 담배 냄새를 풍기며 돌아왔다.

돌리는 안나의 괴로운 심정을 느낄 수 있었다. 그래서 그녀는 시누이를 마지막으로 안으며 이렇게 속삭였다. "잊지 않을게요, 안나. 당신이 나를 위해 애써 준 것을 잊지 않을게요. 또한 당신의 소중한 친구로서 당신을 사랑하고 앞으로도 사랑할 거예요."

"왜 그런 말을 해요." 안나는 그녀에게 입을 맞추고는 눈물을 닦으며 말했다.

"당신은 내 마음을 알아주었고 지금도 그래요. 잘 가요. 사랑하는 내 친구여!"

29

'이제 모든 게 끝났어. 다행이야.' 안나 아르카디예브나는 이런 생각을 하며 세 번째 종이 울릴 때까지 객차 통로에서 기다리던 오빠와 마지막 인사를 나누었다. 어둠 속에서 그녀는 안누쉬카와 침대차에 나란히 앉아 주변을 둘러보았다. '드디어 내일 세료쥐아와 알렉세이 알렉산드로비치를 만나는구나. 이제 예전처럼, 너무도 익숙하고 편안한 내 생활이 다시 시작되는 거야.'

안나는 여전히 마음이 혼란스러웠지만 그래도 어느 정도는 즐거운 기분으로 여행길에 올랐다. 그녀는 작은 손으로 재빨리 빨간 손가방을 열고는 담요를 꺼내 다리를 감싸며 조용히 앉아 있었다. 병약해 보이는 부인은 벌써 잘 준비를 하고 있었고 다른 두 부인은 안나에게 말을 걸어 왔다. 몸집이 뚱뚱한 노부인은 몸을 감싸며 춥다고 불평을 잔뜩 늘어놓고 있었다. 안나는 부인들과 그저 몇 마디 주고받고는 별 흥미가 없어서 안누쉬카에게 등불을 꺼내 달라고 부탁했다. 그러고 나서 그녀는 등불을 의자 팔걸이에 걸어 놓고는 손가방에서 페이퍼 나이프와 영국 소설책을 꺼냈다. 하지만 주변이 어수선했고 사람들의 발소리와 기차가 출발하는 소리 때문에 독서에 집중할 수 없었다. 게다가 왼쪽 창문에 부딪히며 점점 유리창에 쌓여 가는 눈과 눈이 덮인 외투를 껴입은 사람들이 차창 옆을 지나가는 모습, 눈보라가 거세게 몰아친다고 떠드는 사람들의 소리 같은 것이 그녀의 마음을 어지럽혔다. 그

후로도 계속 비슷한 일이 벌어졌다. 기차의 소음과 문이 여닫히는 소리, 창문에 부딪치는 눈송이, 달아올랐다 식었다를 반복하는 객실 내의 온도, 암흑 속에서 어른거리는 똑같은 얼굴과 목소리들이 반복되었다. 하지만 그런 장면들이 점점 익숙해졌기에 안나는 이제 책을 읽을 수 있었고 집중할 수도 있었다. 안누쉬카는 한쪽이 닳아빠진 장갑을 낀 큰 두 손으로 무릎 위에 놓인 빨간 가방을 붙들고 졸고 있었다. 안나 아르카디예브나는 책을 읽고 있었지만, 책에 쓰인 대로 다른 이의 삶의 방식을 따르는 것은 탐탁지 않게 생각했다. 그녀는 직접 체험하고 싶은 생각이 들었다. 소설 속 여주인공이 환자를 돌보는 장면에서는 자신도 병실을 걷고 싶었고, 의원이 연설하는 장면에서는 자신도 그를 따라 연설하고 싶었던 것이다. 또한 레이디 메리가 말을 타고 짐승의 무리를 쫓거나 대담하게 새언니를 골탕 먹이며 사람들을 깜짝 놀라게 만드는 장면 역시 따라 해 보고 싶은 생각이 들었다. 하지만 그녀가 할 수 있는 일은 없었기에 그저 작은 손으로 매끄러운 페이퍼 나이프를 만지며 독서에 집중하려고 했다.

소설 속 남자 주인공은 남작이라는 작위와 영지를 얻어 영국인으로서의 행복을 느끼고 있었다. 그러자 안나도 그의 영지로 들어가고 싶어졌다. 그러면서 그녀는 그가 그것을 수치스러워하고 있으며, 그녀에게도 수치스러운 일이라는 생각이 들었다.

'하지만 왜 그가 부끄러워해야 하는가? 나 역시 무엇 때문에 부끄러운 것인가?' 그녀는 놀란 나머지 자문했다. 그러고는 책을 놓고 두 손으로 페이퍼 나이프를 꽉 쥐고는 의자에 몸을 기댔다. 부끄러워할 이유는 전혀 없었다. 그녀는 모스크바에서의 기억을 떠올려 보았다. 모두 유쾌한 기억들뿐이었다. 그녀는 무도회에서 있었던 일을 떠올렸다.

그녀는 브론스키와, 사랑에 빠진 듯한 그의 순종적인 얼굴, 그리고 그와 관련된 모든 일들을 떠올려 보았다. 부끄러워할 일은 없었다. 하지만 어느 한 장면을 떠올리자 갑자기 몹시 부끄러워졌다. 브론스키를 떠올리는 그 순간, 마치 마음속에서 어떤 목소리가 들려오는 듯했다. '뜨거워, 너무 뜨거워서 타 버릴 것만 같아.', '그래, 근데 그게 어떻다는 말인가?' 그녀는 자세를 바로잡으며 자문했다. '이것은 내게 어떤 의미가 있는 걸까? 난 이 일을 직시하는 게 두려운 걸까? 어떻게 된 일일까? 나와 그 어린 장교가 지인 이상의 특별한 관계란 말인가. 그게 가능한 일일까?'

그녀는 냉소를 띠며 다시 책에 집중했다. 하지만 몇 번을 반복해도 책 내용이 머릿속에 들어오지 않았다. 그래서 그녀는 유리창을 페이퍼 나이프로 긁기도 하고 매끄럽고 차가운 유리에 볼을 대어 보기도 했다. 그러다가 갑자기 기분이 좋아진 그녀는 소리 내 웃을 뻔했다. 그녀는 자신의 신경이 감개에 걸린 악기의 줄처럼 팽팽해지고 있는 기분이었다. 그녀의 눈이 점점 크게 떠지고 손가락과 발가락이 신경질적으로 떨리며, 가슴속에서 무언가가 치밀어 올라 숨이 막혀 왔다. 그러면서 그녀는 온갖 물건들과 소리들이 흔들리는 어둠 속에서 자신에게 선명하게 다가오고 있음을 느꼈다.

그러고 나서 그녀는 여러 가지 생각으로 혼란스러워졌다. 기차는 앞으로 가는 걸까, 뒤로 가는 걸까, 아니면 정차하고 있는 것일까. 옆에 있는 사람은 안누쉬카가 맞는 걸까 아니면 다른 사람일까. 저기 팔걸이 위에 걸려 있는 것은 털외투일까 짐승일까. 여기 있는 나는 누구인 걸까. 내가 맞는 걸까, 아니면 다른 사람인 걸까. 그녀는 이러한 망상에 빠진 자신의 모습이 두려웠다. 보이지 않는 어떤 힘이 계속 그녀를 이끌고 있었다. 하지만 그녀는 자신의 의지대로 그것에 몸을 맡길 수도, 억제할 수도 있었기에 정신을 차리려고 자리에서 일어났다. 그녀는 숄과 외투의 목도리를 걷어 내며 안정을 찾으려고 했다. 그제야 그녀는 단추가 하나 떨어진 긴 외투를 입고 들어온 야윈 남자가 화부였다는 사실과 그가 온도계를 확인하고 나갔다는 것, 그리고 그가 문을 열었을 때 눈보라가 안으로 들이쳤다는 사실을 깨달았다. 하지만 그것들은 곧 뒤죽박죽이 되어 버렸다. 조금 전에 들어왔던 허리가 긴 남자는 벽 안에서 무언가를 긁어 댔고, 노부인이 다리를 쭉 뻗어 객실은 온통 먹구름이 낀 것처럼 어두워졌으며, 누군가를 갈기갈기 찢는 듯한 날카롭고 요란한 소리가 들리기 시작했다. 그러다가 빨간불이 비쳐 눈이 부시게 되자 모든 게 벽에 가려져 보이지 않게 되었다. 안나는 마치 깊은 늪 속으로 빠져 들어가는 기분이 들었다. 하지만 그녀는 이 상황을 전혀 겁내지 않았으며 오히려 즐기고 있었다. 눈 덮인 외투를 입은 사람이 그녀 옆에서 뭐라고 외쳤기에 순간 그녀는 정신이 번쩍 들었다. 기차역에 도착했음을 알리는 차장의 소리였다. 그녀는 안누쉬카에게 벗어 둔 목도리와 숄을 건네받고는 그것을 걸치고 문가로 향해 갔다.

"밖에 나가시려고요?" 안누쉬카가 물었다.

"응, 바람 좀 쐬려고. 여긴 너무 더워."

그녀는 문을 열려고 했으나 눈보라가 몰아쳐 문을 열 수 없었다. 갑자기 이 상황이 재미있다는 생각이 든 그녀는 힘껏 문을 열어젖히고는 밖으로 나왔다. 그녀가 나오기를 기다리기라도 한 듯 바람은 거세게 불며 그녀를 낚아채려고 했다. 그러자 그녀는 손으로 차가운 기둥을 붙잡고 외투 자락을 꼭 여미며 플랫폼 아래로 내려가 열차의 뒤쪽으로 갔다. 승강구 쪽에서 거세게 불던 바람은 그녀가 열차 뒤쪽으로 자리를 옮기자 잦아들었다. 그녀는 즐거운 마음으로 열차 옆에 서서 차가운 공기를 한껏 들이마시고는 플랫폼과 등불이 환히 밝혀진 역사를 둘러보았다.

30

눈보라가 열차 바퀴 사이와 기둥 주변, 그리고 역의 곳곳에 거세게 휘몰아치고 있었다. 열차와 기둥, 사람들과 주위의 모든 것들이 불어오는 눈보라에 점점 파묻혀 가고 있었다. 눈보라는 잦아들었다가 다시 거세게 불곤 했다. 그 와중에도 어떤 이들은 대화를 나누면서 플랫폼 널빤지 위에서 뛰어다니며 문을 계속 여닫고 있었다.

그때 그녀 앞으로 휘어진 그림자가 스쳐 지나갔다. 그러고 나서 쇠망치가 열차 바퀴를 두드리는 소리가 들려왔다.

"전보를 주시오!"

눈보라가 몰아치는 어둠 속 건너편에서 화난 듯한 목소리가 들려왔다.

"이쪽으로 오십시오. 28호입니다."

또 다른 목소리들이 들려왔고 눈에 덮인 외투를 입은 사람들이 모두 뛰어갔다. 그러고 나서 담배를 문 두 신사가 그녀의 옆을 지나갔다. 그녀는 또 한 번 숨을 크게 들이쉬었다. 그러고는 객실 안으로 들어가기 위해 열차의 기둥을 붙잡으려고 머프에서 손을 뺐다. 그때 군복 외투를 입은 남자가 나타나 그녀 옆에 있는 등불을 가렸다. 그녀는 그를 보자마자 그가 브론스키라는 것을 알았다.

그는 모자 차양에 손을 붙이며 경례하고 몸을 굽혔다. 그러고 나서 뭔가 도울 일은 없는지 물어 왔다. 그녀는 아무 말 없이 그저 그의 얼굴을 주의 깊게 쳐다볼 뿐이었다. 어둠 속에 있었음에도 그녀는 그의 표정을 읽을 수 있었다. 아니, 그럴 수 있다고 느꼈다. 그것은 어제 그녀의 마음을 흔들어 놓았던 순종적이면서도 기쁨이 가득한 표정이었다. 그녀는 얼마 전까지, 그리고 방금 전까지만 해도 브론스키 같은 청년은 어디서나 볼 수 있는 흔한 남자 중 하나라고 생각했다. 그래서 그를 다시는 생각하지 않을 거라 마음먹었다. 하지만 그와 이렇게 다시 대면하게 되자 그녀는 기쁨과 만족감을 느끼며 뿌듯했다. 그녀는 그가 왜 여기에 왔는지 잘 알고 있었다. 그녀는 마치 그가, 당신이 여기 있기 때문에 온 것이라고 분명히 말해 주기라도 한 듯 그 이유를 명확히 알고 있었다.

"당신이 이 기차를 타고 있을 거라곤 생각도 못했어요. 왜 모스크바를 떠나시는 건가요?" 그녀는 기둥에서 손을 떼며 말했다. 그녀의 얼굴에는 기쁨과 활기가 넘쳤다.

"왜 떠나느냐고 하셨습니까?" 그는 그녀의 눈을 바라보며 물었다. "당신도 이미 알고 계실 텐데요. 당신이 여기 계시기 때문에 왔다는 것을요."

그때 모든 것을 뚫고 나오기라도 한 듯, 거센 바람이 휘몰아치며 열차 지붕 위에 쌓인 눈과 부서진 쇳조각들을 날려 보냈다. 기관차가 앞쪽에서 크고 음산한 기적을 울렸다. 그녀는 거세게 몰아치는 눈보라를 즐기고 있었다. 그녀가 마음속에서 바라고 있던, 하지만 머리로는 두려워하며 차마 입에 담지 못했던 그 말을 그가 꺼냈던 것이다. 그녀는 아무 대답도 하지 않았지만 그는 그녀의 표정에서 내면의 갈등을 읽을 수 있었다.

"제 말이 불쾌하셨다면 용서하십시오." 그가 말했다. 그의 말투는 점잖고 공손했으나 그녀가 아무 말도 할 수 없을 만큼 단호했다.

"듣기 불편하군요. 당신이 바른 분이시라면 방금 하신 말씀을 잊어 주세요. 저도 잊을 테니까요." 그녀가 마침내 입을 열었다.

"당신의 말 한마디, 행동 하나도 잊지 못할 겁니다."

"그만, 제발 그만하세요!"

그녀는 자신을 향해 뜨거운 눈빛을 보내고 있는 그에게 냉정한 모습을 보이려고 애쓰며 소리쳤다. 그러고 나서 그녀는 차가운 기둥을 붙들고 승강구 계단으로 재빨리 올라가 객차의 입구로 들어갔다. 하지만 그녀는 그대로 멈춰 서서 방금 전에 있었던 일을 회상했다. 순간 그녀는 그 짧은 시간에 오고 갔던 두 사람 사이의 대화가 둘 사이를 한층 더 가깝게 만들었다는 사실을 깨달았다. 그것은 두려우면서도 행복한 일이었다. 그녀는 몇 초간 그곳에 서 있다가 다시 객실로 들어가 자리에 앉았다. 그러자 조금 전까지 자신을 괴롭히던 감정들이 되살아났다. 그것은 점점 더 심해졌기에 마침내 그녀는 가슴속에서 무언가가 깨져 버릴 것 같은 공포감에 몸부림쳤다.

그녀는 밤새 한숨도 못 잤다. 하지만 이러한 긴장감과 상상이 그녀를 우울하게 하거나 두렵게 만들지는 않았다. 그것은 오히려 그녀를 들뜨게도 하고 불타오르게 만들었다. 새벽 즈음이 되어서야 안나는 자리에 앉아 꾸벅꾸벅 졸기 시작했고 눈을 떴을 때는 이미 날이 밝아 오고 있었다. 기차는 어느덧 페테르부르크에 다다르고 있었다. 그러자 그녀는 집안일과 남편, 아들, 그리고 앞으로 벌어질 일들에 대한 걱정으로 심란해졌다.

기차가 페테르부르크 역에 정차하자 그녀는 열차에서 내렸다. 내리자마자 눈에 띈 것은 그녀의 남편이었다.

'아! 저 사람의 귀는 어째 저렇게 생겼을까?'

그녀는 그의 당당하면서도 엄격해 보이는 모습과, 모자의 가장자리 테를 받치고 있는 귀의 연골을 보며 생각했다. 그녀를 알아본 그가 특유의 냉소를 보이며 피곤해 보이는 커다란 눈으로 그녀를 바라보며 다가왔다.

그의 강렬하면서도 피로에 지친 눈빛을 보자 순간 그녀는 자신이 기대하고 있던 사람과는 아주 다른 사람을 만난 것처럼 가슴이 아파 왔다. 더욱 놀랐던 것은 남편을 본 순간 느꼈던 스스로에 대한 불만이었다. 그것은 그녀가 오래전부터 남편에게 느끼고 있었던 위선적인 감정이었다. 전에는 크게 의식하지 못하던 이러한 감정이 지금은 괴로울 만큼 선명하게 다가오고 있었다.

"자, 여기 당신의 다정한 남편이, 결혼한 지 2년밖에 안 된 새신랑처럼 당신 앞에 이렇게 왔어. 당신을 얼마나 그리워하고 있었는지 몰라." 그는 평소처럼 특유의 가늘고 높은 목소리로, 실제로 누군가 이런 말을 한다면 놀려 주고 싶다는 듯한 어조로 말했다.

"세료쥐아는 잘 있죠?" 그녀가 물었다.

"내가 여기까지 온 열정에 대한 보상이 겨우 그건가? 물론 잘 있지. 잘 있고말고."

31

그날 밤, 브론스키는 잠을 청하지 못했다. 그는 정면을 응시하고, 지나가는 사람들을 쳐다보기도 하면서 자리에 앉아 있었다. 그는 늘 침착하고 담담했기에 만나는 사람들마다 그를 보며 놀라곤 했지만 지금 그는 그때보다 더 오만하고 자만심이 가득 찬 사람이 되어 있었다. 그는 마치 사물을 바라보듯 사람들을 대하고 있었다. 지방 법원에 근무하는, 그와 마주앉아 있던 한 예민한 젊은 남자는 그런 그의 태도 때문에 불편해하고 있었다. 젊은 남자는 그가 자신을 사물이 아닌 사람으로 봐 주기를 원했기에 그에게 담뱃불을 빌리기도 하고 말을 걸기도 했으며 또 그를 찔러 보기도 했다. 하지만 그는 마치 등불을 대하듯 젊은 남자를 대했고 그러한 노력에도 자신을 한 사람으로 봐 주지 않는 그의 태도에 화가 난 남자는 얼굴을 찌푸리고 있었다.

브론스키는 아무것도, 그 누구도 눈에 들어오지 않았다. 마치 군주라도 된 기분이었다. 자신이 안나에게 어떤 강한 인상을 심어 주었다는 생각 때문은 아니었다. 안나가 보여 준 태도가 그에게 행복감과 만족감을 주었기 때문이다.

그는 이것들이 가져올 결과에 대해 알지 못했으며 또 생각해 보려고 하지도 않았다. 그러면서 지금껏 흩어져 있던 어떤 기운들이 한데 모여 어마어마한 힘을 발휘하며 오직 하나의 목표를 향해 달려 나가고 있다는 생각이 들었다. 그래서 행복했다. 그녀가 이곳에 있었기에 그녀를 만나러 온 것이었고 마침내 그녀에게 진심을 전했다. 그는 오직 그녀만이 자신에게 유일한 행복을 가져다줄 거라 믿었다.

그가 젤테르 광천수를 마시기 위해 볼로고예 역에서 내려 우연히 안나를 만났을 때, 그녀에게 건넨 첫마디는 마음속에 품고 있던 진심이었다. 그는 자신의 마음을 고백했으니 이제 그녀가 자신의 마음을 알아줄 거라 생각했다. 그래서 그는 한숨도 잠을 이루지 못했다. 자리로 돌아와 그는 그녀와 만났던 일들과 나누었던 대화를 떠올려 보았다. 그러자 앞으로 펼쳐질 행복한 일들이 떠올라 가슴이 터져 버릴 것 같았다.

한숨도 못 잤음에도 그는 페테르부르크 역에서 내리자 마치 찬물로 샤워한 것처럼 상쾌한 기분이 들었다. 그는 객실 옆에서 그녀가 나올 때까지 기다렸다.

"한 번 더 만나야겠어." 그는 미소를 지으며 혼잣말을 했다. "그녀의 얼굴과 걸음걸이를 다시 보고 싶어. 무슨 얘기라도 하겠지. 어쩌면 나를 바라보며 미소 지을지도 몰라."

하지만 그녀를 만나기도 전에, 그는 공손한 역장의 안내와 함께 인파 속을 가로질러 오는 그녀의 남편을 보았다. '아, 그렇지! 남편이 있었지!' 그때서야 브론스키는 그녀가 남편이 있다는 것을 인식했다. 물론 그녀에게 남편이 있다는 사실을 알고 있었지만 실감하지 못했던 것이다. 하지만 그의 머리와 어깨, 검은 바지를 입은 그의 다리를 똑똑히 보고 있는 지금, 그리고 마치 그녀가 자신의 소유물인 듯 자연스럽게 그녀의 손을 잡고 있는 모습을 보자 그의 존재가 새삼 뚜렷하게 다가왔다.

페테르부르크 사람 특유의 활기찬 얼굴, 공손하면서도 당당해 보이는 모습, 둥근 모자를 쓰고 등이 조금 굽은 알렉세이 알렉산드로비치를 보자 브론스키는 그의 존재가 더욱 확실히 인식되었다. 그는 마치 심한 갈증에 시달리던 사람이 겨우 우물을 찾았는데 개와 양, 돼지들도 그곳의 물을 마시고 있다는 것을 알았을 때 느낄 법한 불쾌한 기분이 들었다. 브론스키는 허리와 두 다리를 비틀며 걷는 듯한 알렉세이 알렉산드로비치 특유의 걸음걸이가 유독 거슬렸다.

그는 자신만이 그녀를 사랑할 자격이 있다고 생각했다. 그녀의 모습은 그에게 활력이 되었고 그의 정신을 지배하며 행복감에 젖어들게 했다. 그는 이등석 쪽에서 온 독일인 하인에게 짐을 가져가라 전하고 그녀에게 다가갔다. 그러면서 그는 그들 부부가 처음 만났을 때 대화하던 모습을 보며, 사랑에 빠진 사람 특유의 감각으로, 그녀가 남편에게 건네는 말들이 어딘가 모르게 어색하다고 느꼈다.

'그녀는 남편을 사랑하지 않아. 아니, 사랑할 수가 없겠지.' 그는 확신했다.

그가 안나 아르카디예브나의 뒤쪽으로 다가가자 그녀는 뒤를 돌아 그를 한 번 쳐다보고는 다시 남편에게 얼굴을 돌렸다. 그런 그녀의 모습을 보자 왠지 즐거웠다.

"어젯밤엔 잘 주무셨습니까?" 그가 그녀와 남편을 바라보며 인사했다. 그리고 알렉세이 알렉산드로비치가 이 인사를 어떻게 받아들이든 상관없다는 듯이 서 있었다.

"정말 잘 잤어요. 감사합니다." 안나가 대답했다.

그녀는 몹시 피곤해 보였다. 특유의 미소와 활기 넘치던 눈빛은 도무지 찾아볼 수 없을 정도였다. 하지만 그녀가 그를 본 순간, 그녀의 눈 속에 뭔가가 일었다. 그것은 이내 사라졌지만 그는 행복했다. 그녀는 남편이 브론스키를 아는지 알아보기 위해 남편을 쳐다보았다. 알렉세이 알렉산드로비치는 그가 누군지 기억을 더듬으며 뭔가 마뜩잖은 표정으로 브론스키를 바라보았다. 브론스키의 담담함과 자신감은 마치 돌과 부딪친 낫처럼 알렉세이 알렉산드로비치의 당당함과 팽팽하게 맞서고 있었다.

"브론스키 백작이세요." 안나가 말했다.

"아, 우리 아는 사이인 것 같군요." 알렉세이 알렉산드로비치가 손을 내밀며 덤덤하게 말했다. "갈 때는 어머니하고, 올 때는 그분 아드님하고 같이 온 셈이군." 그는 선심이라도 쓰듯 단어 하나하나에 힘을 주며 말했다. "휴가차 방문하신 겁니까?" 그는 이렇게 묻고는 대답도 듣지 않으려는 듯 아내를 바라보았다. "어땠어? 모스크바를 떠날 때 많이 울었겠어."

그는 이런 태도를 보임으로써 브론스키에게 그들 부부 내외만 함께 있고 싶다는 뜻을 내비쳤다. 그러고 나서 그는 그에게 인사하듯 모자에 손을 얹었다. 하지만 브론스키는 안나 아르카디예브나를 바라보고 있었다.

"실례가 안 된다면 제가 댁에 방문해도 되겠습니까?" 브론스키가 말했다.

그러자 알렉세이 알렉산드로비치는 피곤한 얼굴로 브론스키를 바라보았다.

"물론이죠. 영광입니다." 그가 차가운 어조로 말했다. "우리 집은 월요일마다 손님을 맞이하니까요." 그는 이렇게 말하고는 브론스키 쪽을 쳐다보지도 않고 아내에게 말했다. "때마침 30분 정도 시간이 나서 다행이야. 이렇게 당신을 마중 나와 내 자상함을 보여 줄 수 있게 됐으니." 그가 농담조로 말했다.

"당신은 늘 지나치게 자상함을 강조하죠. 마치 내가 높이 평가하기를 바라듯 말이에요." 그녀 역시 농담조로 말하며 뒤따라오는 브론스키의 발소리에 신경 쓰고 있었다. '하지만 이제는 무슨 상관이겠어.' 그녀는 생각했다. 그러고 나서 남편에게 자신이 집을 비운 동안 세료쥐아가 어떻게 지냈는지 물었다.

"정말 기특하다니까! 아주 잘 지냈다고 마리에트가 전하더군. 그리고 당신이 좀 서운해할지도 모르겠지만 그 애는 당신 남편만큼 당신을 그리워하지 않는 거 같더군. 어쨌든 당신이 하루라도 더 빨리 와 줘서 난 정말 고마울 따름이야. 우리의 사랑스러운 사모바르 백작 부인도 몹시 기뻐할 거야. 그녀가 수차례 당신 안부를 묻더군."

리디야 이바노브나 백작 부인은 안나 남편의 친구로 페테르부르크 사교계의 중심인물이었다. 남편으로 말미암아 누구보다 안나와 친한 사이였다.

"이미 그녀에게 편지를 보냈어요."

"하지만 그녀는 더 자세한 얘기를 듣고 싶어 했어. 그러니 많이 피곤하지 않으면 찾아가 보도록 해요. 아마 콘드라티가 마차를 대기시켜 놨을 테니까. 그럼 난 그만 위원회에 나가 봐야겠어. 오늘부턴 혼자 식사하지 않아도 되겠지?" 알렉세이 알렉산드로비치는 이제 진지한 어조로 말했다. "믿기 어렵겠지만 난 이제 혼자 식사하는 게 정말……." 그러고 나서 그는 그녀의 손을 한참 동안 꼭 쥐고 있다가 미소를 지으며 그녀를 마차에 태웠다.

32

집으로 돌아왔을 때 안나를 제일 처음으로 맞이한 사람은 그녀의 아들이었다. 그는 가정 교사가 소리치는 것도 신경 쓰지 않고 계단에서 뛰어 내려오며 기뻐서 소리쳤다.

"엄마, 엄마!" 그러고 나서 그녀에게 달려와 그녀의 목을 끌어안았다. "그것 봐, 엄마가 오셨다고 했잖아요!" 세료쥐아가 가정 교사에게 외쳤다. "나는 다 알고 있었어요!"

하지만 안나는 남편을 보았을 때와 마찬가지로 아들에게 환멸을 느꼈다. 그녀는 자신의 아들이 지금보다 좀 더 멋지고 의젓하기를 바랐던 것이다. 지금 그대로의 아들을 사랑하기 위해 그녀는 현실을 인정해야만 했다. 물론 곱슬거리는 금발 머리, 푸른 눈, 긴 양말을 신은 통통한 다리는 실제로도 사랑스러웠다. 안나는 아들이 다가와 그에게 꼭 안기자 육체적인 쾌락을 느꼈고, 아들의 순수하면서도 사랑스러운 눈빛을 바라보며 엉뚱한 질문을 듣자 정신적인 안정을 느꼈다. 안나는 조카에게서 받은 선물을 꺼냈다. 그러면서 그녀는 아들에게 모스크바에 타냐라는 소녀가 있는데 책을 잘 읽어서 다른 아이들에게 책 읽는 법을 가르쳐 준다는 이야기를 들려주었다.

"그럼, 내가 그 애보다 못하다는 얘기야?" 세료쥐아가 물었다.

"엄마한텐 네가 가장 훌륭해."

"그치?" 세료쥐아가 웃으며 말했다.

안나가 커피를 다 마시기도 전에 하인이 리디야 이바노브나 백작 부인이 찾아왔다는 소식을 전했다. 키가 크고 뚱뚱한 리디야 이바노브나 백작 부인은 안색이 누르스름해서 건강이 좋지 않아 보였다. 하지만 사색에 잠긴 듯한 검은 눈만큼은 아름다웠다. 안나는 그녀를 좋아했다. 하지만 오늘은 왠지 그녀의 결점을 모두 발견한 것 같은 생각이 들었다.

"일은 잘 해결됐어요, 안나? 화해는 한 거예요?" 방으로 들어오자마자 리디야 이바노브나 백작 부인이 물었다.

"네, 잘 해결됐어요. 걱정했던 만큼 큰일은 아니었어요." 안나가 대답했다. "새언니가 좀 보수적인 성격이라서요."

리디야 이바노브나 백작 부인은 자기와 아무 상관도 없는 일에 관심을 가지면서도 정작 그 이야기에는 신경을 쓰지 않는 버릇이 있었다. 그녀가 안나의 말을 가로막으며 말했다.

"그래요. 세상에는 슬픈 일도 괴로운 일도 참 많죠. 오늘 난 너무 힘들었어요."

"무슨 일이에요?" 안나는 웃음을 참으며 말했다.

"진리를 위해 애쓰는 게 부질없는 것 같아서 너무 지쳤어요. 그럴 때마다 의욕이 떨어져요. 자매협회 관련 사업은 그래도 잘되어 가고 있는데, 그런 사람들하고 함께하려니 아무것도 못하겠어요." 리디야 이바노브나 백작 부인이 체념하듯 말했다. "그들은 신념에 너무 심취한 나머지 그것을 아예

쓸모없는 것으로 만들어 버리고는 궤변만 늘어놓죠. 이 사업의 취지를 제대로 이해하는 사람은 고작 두세 명뿐이에요. 물론 당신 남편도 그중 한 사람이고요. 나머지는 그저 신뢰를 떨어뜨리기만 할 뿐이에요. 어제 프라브딘이 편지를 보냈는데……."

프라브딘은 외국에 사는 범(汎)슬라브주의자였다. 리디야 이바노브나 백작 부인은 그가 보낸 편지 내용에 대해 이야기를 시작했다. 그러고 나서 여러 가지 불만 사항들과 교회의 통합과 관련된 사업을 방해하는 것들에 대한 사설을 늘어놓으며 회의와 슬라브 위원회에 참석해야 한다며 서둘러 돌아갔다.

'돌이켜 보면 지금껏 모든 일이 똑같았는데. 왜 전에는 알지 못했을까?' 안나는 생각했다. '그게 아니라면 오늘 부인이 유독 화가 난 것일까? 어쨌든 정말 우스워. 선행을 위해서 하는 일이고 기독교인이면서도 늘 저렇게 화만 내니까. 게다가 주변 사람들을 죄다 적으로 만들고 있으니 말이야. 모두 선행과 기독교로 말미암아 만들어진 적이라니.'

리디야 이바노브나 백작 부인이 돌아간 뒤 안나의 친구인 국장 부인이 방문했다. 그녀는 그간 페테르부르크의 소식을 전해 준 뒤, 3시가 되자 만찬 때 다시 오겠다며 돌아갔다. 알렉세이 알렉산드로비치는 관청에서 아직 돌아오지 않았다. 집에 혼자 남은 안나는 만찬 때까지 아들이 식사하는 것을 봐주고 자신의 물건들을 정리하며 책상에 있던 편지를 읽고 답장을 썼다.

오는 내내 그녀를 지배하던 이유 모를 부끄러움과 심란함은 어느새 눈 녹듯 사라져 버렸다. 익숙한 일상이 시작되자 그녀는 착실하고 완벽한 자신으로 되돌아온 기분이었다.

그녀는 어제 느꼈던 기분을 떠올리며 스스로 놀랐다.

'대체 뭘 어떻게 하겠다는 것일까? 아니, 아무것도 아닐 거야. 브론스키가 불필요한 얘기를 꺼냈다 하더라도 그건 별거 아니야. 그리고 난 거기에 적절한 답을 했어. 그러니 그 얘기를 남편한테 할 필요는 없고 할 수도 없는 일이야. 만약 그 얘기를 한다면 별것도 아닌데 오히려 일만 커지게 될 거야.'

언젠가 그녀는 페테르부르크에서 남편의 젊은 부하에게 고백을 받은 사실을 남편에게 말한 적이 있었다. 그때 알렉세이 알렉산드로비치는, 그건 누구라도 흔히 겪을 수 있는 일이며 그녀의 현명함을 믿고 있으니 괜히 그녀와 자신의 체면을 손상시키는 일은 하지 않을 거라고 말했었다.

"그러니 굳이 그 얘길 전할 필요는 없어. 특별히 할 얘기도 없고 말이야." 그녀는 혼잣말을 했다.

33

4시가 되자 알렉세이 알렉산드로비치가 관청에서 돌아왔다. 하지만 종종 그랬듯, 그는 청원자들을 만나야 했고 집사가 가져온 결재 서류에 서명하러 서재부터 들러야 했기에 곧바로 아내를 만나러 갈 수는 없었다. 카레닌가에서는 늘 지인

서너 명이 함께 만찬을 즐겼다. 만찬에는 알렉세이 알렉산드로비치의 사촌 누나와 국장 부부, 알렉세이 안드로비치의 추천으로 함께 일하는 한 청년이 참석했다. 안나는 손님들을 맞이하기 위해 응접실로 나왔다. 표트르 1세가 새겨진 괘종시계가 다섯 번째 종을 다 치기도 전에, 알렉세이 알렉산드로비치는 식사를 마치자마자 곧바로 나가야 한다며 흰 넥타이와 훈장 두 개가 달린 프록코트를 입고 나왔다. 알렉세이 알렉산드로비치는 분 단위로 계획을 세우고 생활할 정도로 바쁘게 살았다. 정해진 일을 실행하기 위해 '서두르지 않을 것, 쉬지 않을 것'이라는 자신만의 신조를 굳건히 지켜 내고 있었다. 그는 이마를 닦으며 홀에 들어와 모두에게 인사하고는 아내에게 미소를 지으며 자리에 앉았다.

"오늘 부로 내 독신 생활도 끝났군. 믿기 어렵겠지만 혼자 식사하는 건 정말 어색한 일이야." 그는 어색하다는 말을 유독 강조하며 말했다.

식사하면서 그는 아내와 모스크바에 대한 이야기를 나누었고 냉소를 지으며 스테판 아르카디이치의 안부를 물었다. 하지만 주로 페테르부르크 관청과 사회적 이슈에 대한 이야기를 나누었다. 식사를 마치고 30분 정도 손님들과 대화를 나눈 그는 웃으며 아내에게 인사를 건네고는 회의에 참석하기 위해 밖으로 나왔다.

그날 밤, 벳시 트베르스카야 공작 부인이 안나를 무도회에 초대했지만 그녀는 참석하지 않았다. 또한 좌석을 예약해 둔 극장에도 가지 않았다. 그녀가 잔뜩 기대하고 있던 옷이 준비되지 않았기 때문이었다. 손님들이 모두 돌아간 뒤 몸단장을 하던 안나는 몹시 화가 났다. 큰돈을 들이지 않고도 잘 치장할 수 있던 그녀는, 모스크바로 떠나기 전에 옷 세 벌을 수선하기 위해 재봉사에게 맡기고 갔었다.

예정대로라면 그 옷들은 말끔하게 수선되어 사흘 전에 도착했어야 했다. 하지만 두 벌은 전혀 수선되지 않았고 나머지 한 벌도 안나가 원한 대로 수선되지 않았다. 더구나 재봉사가 찾아와 자신이 수선한 게 더 낫다는 변명을 늘어놓자, 안나는 다소 진정된 뒤에 떠올려 보니 민망했을 만큼 화가 머리끝까지 치솟았던 것이다. 그녀는 마음을 진정시키기 위해 그날 밤 아들 방으로 가서 아들과 함께 시간을 보냈다. 아들을 재우며 성호를 긋고는 이불을 덮어 주었다. 그러자 그녀는 자신이 아무 데도 가지 않고 그날 밤을 조용히 보냈다는 생각에 기분이 좋아졌다. 마음이 차분해지자 그녀는 기차 안에서 있었던, 그녀의 마음을 무겁게 했던 그 일은 사교계에서 흔히 있을 수 있는 일 중 하나라는 확신이 들었다. 또한 그녀 자신은 스스로에게도, 누구에게도 부끄러운 짓을 하지 않았다는 생각이 들었다. 안나는 영국 소설책을 들고 난롯가에 앉아 남편을 기다렸다. 9시 30분이 되자 벨이 울리고 그가 방으로 들어왔다.

"이제 오세요?" 그녀가 그에게 손을 내밀며 말했다. 그러자 그가 그녀의 손에 입을 맞추고는 그녀 곁으로 다가왔다.

"이번 여행이 꽤 좋았나 보군." 그가 말했다.

"네, 정말 좋았어요."

그러고 나서 그녀는 브론스카야 노부인과 함께했던 여정과 기차선로에서 벌어진 사건, 그리고 오빠와 돌리에게 느꼈던 연민에 대해 이야기하기 시작했다.

"하지만 그런 사람을 용서할 수 있다는 게 나로서는 이해가 안 되는군. 아무리 당신 오빠라고 해도 말이야." 알렉세이 알렉산드로비치가 단호하게 말했다.

그러자 안나는 미소를 지었다. 아무리 친척이라도 솔직하게 말해야 하는 그의 성격을 누구보다 잘 알고 있었기 때문이다. 그녀는 그런 그의 성격을 좋아했다.

"모든 게 잘 풀리고 당신도 돌아와 췄으니 난 기쁠 따름이오." 그가 말을 이었다.

"참, 내가 의회에서 통과시킨 새로운 법안에 대해 거기선 뭐라고 하던가?"

안나는 그 일과 관련해 어떤 이야기도 들은 바 없었지만, 남편에게 그토록 중요한 일에 자신이 무관심했다는 생각이 들자 미안한 마음이 들었다.

"이곳에선 정말 대단했었지." 그가 만족스러운 듯 미소를 띠며 말했다.

그녀는 알렉세이 알렉산드로비치가 그 일을 뿌듯해하며 그와 관련된 일에 대해 말하고 싶어 한다는 사실을 알았다. 그래서 그녀는 그 일과 관련해 여러 질문을 했고 그는 만족스러운 듯 웃으며 그 법안이 통과된 후에 있었던 찬사와 박수갈채에 대한 이야기를 시작했다.

"정말 기뻤소. 우리가 추진하는 일이 합리적이고 건설적이라고 입증된 셈이니까."

그러고 나서 알렉세이 알렉산드로비치는 크림 바른 빵과 함께 차를 두 잔 마시고는 서재로 갔다.

"그런데 당신은 오늘 아무 데도 가지 않았소? 온종일 따분했을 텐데." 그가 말했다.

"아니에요." 그녀는 그의 뒤를 따르며 홀을 지나 서재로 가면서 말했다.

"당신이 지금 읽고 있는 책은 뭐죠?" 그녀가 물었다.

"드릴 공작의 『지옥의 시』를 읽고 있소." 그가 대답했다. "훌륭한 책이지."

그러자 안나는 사랑하는 사람의 결점을 발견했을 때처럼 슬며시 웃었다. 그러고는 남편의 팔짱을 끼며 그를 서재까지 배웅해 주었다. 그녀는 그가 밤마다 독서한다는 것을 알고 있었다. 게다가 그는 대부분 시간을 관청에서 보냄에도 여러 분야의 훌륭한 책을 두루 섭렵하는 것을 자신의 의무라고 생각하고 있었다. 알렉세이 알렉산드로비치는 정치와 철학, 신학에 관심을 가졌고, 예술에는 도통 흥미가 없었지만 화제가 되는 예술 관련 서적은 모두 섭렵했다. 그는 정치나 철학, 신학과 관련된 분야는 의문을 가지고 연구해 보기도 했지만 예술과 시와 관련된 영역, 특히 음악에 대해서는 이해력이 부족했으면서도 오히려 확고한 견해를 가지고 있었다. 그는 셰익스피어와 라파엘로, 베토벤, 그리고 시와 음악의 새로운 사조에 대해 논하는 것을 좋아했다. 그러한 것들은 그의 머릿속에 질서정연하게 자리 잡고 있었다.

"그럼, 하느님이 함께하시길." 그녀는 서재 앞에서 그에게 말했다. 그녀는 이미 그를 위해 촛불에 갓을 씌워 놓았고 안락의자 옆에 물병을 가져다 두었다.

"그럼 난 모스크바로 보낼 편지를 쓸게요."

그녀가 이렇게 말하자 그는 그녀의 손에 입을 맞추었다.

'그는 좋은 사람이야. 품성이 반듯하고 자신의 분야에서는 대단히 훌륭한 사람이지.' 안나는 방으로 돌아오며 생각했다. 마치 누군가가 그를 비난하고 그를 사랑해서는 안 될 사람처럼 이야기라도 한 듯, 그를 두둔하는 말투로 혼잣말을 했다. "하지만 저 사람의 귀는 왜 저렇게 툭 불거져 있는 걸까. 머리를 짧게 깎아서 그렇게 보이는 걸까?"

12시가 되었다. 안나는 돌리에게 보내는 편지를 쓰기 위해 책상 앞에 앉아 있었다. 그때 슬리퍼 끄는 소리와 함께 샤워하고 머리를 빗은 알렉세이 알렉산드로비치가 옆구리에 책을 끼고 그녀에게 다가왔다.

"이제 잘 시간이야." 그는 특유의 미소를 지으며 침실로 들어갔다.

'그 사람은 무슨 권리로 그렇게 저 사람을 쳐다본 걸까?' 안나는 알렉세이 알렉산드로비치를 바라보던 브론스키의 눈빛을 떠올리며 생각에 잠겼다.

그녀는 옷을 벗고 침실로 들어갔다. 하지만 모스크바에 머무는 동안 그녀의 눈과 미소에 어리던 생기는 빛을 잃고 그녀 안에서 사라져 멀리 숨어 버린 듯했다.

　브론스키는 페테르부르크를 떠나며 자신의 가장 친한 동료에게 모르스카야에 있는 자신의 저택을 맡기고 갔다.

　젊은 중위인 페트리쓰키는 훌륭한 가문 출신도 아니었으며 부유하지도 않았다. 그는 어마어마한 빚을 지고 있었을 뿐만 아니라 밤마다 술에 취해 사고를 치고 다녀 자주 영창에 들어가곤 했다. 하지만 그는 동료들과 상사들과는 좋은 관계를 유지했다. 11시가 넘어 브론스키는 마차를 타고 자신의 집에 도착했다. 현관 앞에는 익숙한 삯마차가 세워져 있었다.

　그가 벨을 누르자 안에서 사람들의 웃음소리와 프랑스어로 떠들어 대는 여자 목소리, 페트리쓰키의 큰 목소리가 밖에까지 들려왔다.

　"강도일지도 모르니 열어 주지 마."

　브론스키는 당번병에게 자신이 왔다는 말을 전하지 말라고 하고는 슬며시 방으로 들어갔다. 페트리쓰키의 여자 친구인 금발의 실리톤 남작 부인이 라일락 빛깔의 새틴 드레스를 입고 발그스레한 아름다운 얼굴로 카나리아처럼 종알거리며 원형 테이블 앞에서 커피를 준비하고 있었다. 외투도 벗지 않은 페트리쓰키와 기병 대위 카메로프스키는 근무하다가 이제 막 돌아온 듯 제복을 입은 채 그녀를 가운데 두고 양옆에 앉아 있었다.

　"브라보! 브론스키!" 페트리쓰키는 의자가 흔들릴 정도로 자리를 박차고 일어나 소리쳤다. "집 주인이 오셨군! 남작 부인, 커피를 준비해 줘요. 이렇게 돌아올 거라곤 생각도 못했어! 그나저나 새로 꾸민 서재가 마음에 들었으면 좋겠는데." 그러고 나서 그는 남작 부인을 가리키며 말했다. "두 사람 아는 사이지?"

"물론이지." 브론스키는 유쾌하게 웃으며 자그마한 남작 부인의 손을 잡으며 말했다. "아주 잘 알지!"

"여행 다녀오셨나 봐요." 남작 부인이 말했다. "그럼 전 이만 실례하겠어요. 방해가 될 것 같으니까요."

"아닙니다, 부인. 당신이 계신 이곳이 당신 집이지요." 브론스키가 말했다. "잘 있었나, 카메로프스키." 그가 차가운 태도로 손을 잡으며 말했다.

"저런 멋진 말은 당신은 할 수 없을 테죠." 남작 부인이 페트리쓰키를 보며 말했다.

"왜죠? 식사 후에 기대해 보시죠."

"식사 후엔 소용없어요! 자, 커피를 준비할 테니 얼른 씻고 옷 갈아입으세요." 남작 부인이 자리에서 일어나 커피포트의 나사를 돌리며 말했다. "피에르, 커피 좀 갖다 줘요." 그녀는 자신과 그의 관계를 굳이 숨기고 싶지 않은 듯 페트리쓰키를 피에르라는 애칭으로 부르며 말했다. "커피를 좀 더 넣어야겠어요."

"못 먹게 만들지 마요."

"물론이죠. 그나저나 당신 부인은 어찌되었나요?" 남작 부인이 브론스키와 페트리쓰키의 대화에 끼어들며 말했다. "우리 마음대로 당신을 결혼시켜 버렸어요. 부인은 같이 안 오셨나요?"

"아닙니다, 부인. 난 집시로 태어났으니 집시처럼 살다 가 겠습니다."

"참, 멋지군요. 정말 훌륭해요. 손을 좀 주시겠어요?" 남작 부인은 브론스키의 손을 붙잡고 자신의 이야기를 꺼냈다. 그녀는 농담하기도 했지만 그의 조언을 듣고 싶어 했다. "그 사람은 나와 절대 헤어질 생각이 없어요. 어떻게 해야 할지 모르겠어요. 그래서 소송할 생각이에요. 당신의 조언이 필요해요. 카메로프스키, 커피 좀 봐 줘요. 넘치려고 해요. 내가 좀 바빠서요. 난 내 몫의 재산이 필요하기에 소송을 해야겠어요. 그는 내가 부정한 짓을 저질렀다고 생각하고 있어요. 이해가 되세요?" 그녀가 경멸하듯 말했다. "그는 그걸 핑계로 내 재산을 가로채려 하는 거예요."

브론스키는 아름다운 그녀의 유쾌한 이야기를 들으며, 그녀의 생각에 수긍하기도 하고 농담을 건네며 조언하기도 했다. 그는 이러한 성향의 부인들을 대할 때 취해야 할 태도를 잘 알고 있었다. 그는 페테르부르크 사람들은 크게 두 부류로 나누어진다고 생각했다.

하나는 저속하고 어리석은 인간들의 부류였다. 그들은, 남편은 합법적으로 결혼한 아내하고만 생활해야 한다고 생각했으며 처녀는 모름지기 순결하고 순수해야 한다고 말했다. 또한 그들은 남자는 남자답게 듬직하고 건강해야 하며, 자녀들을 교육시키며 생계를 책임져야 하고, 빚은 모두 갚아야 한다는 고지식한 사고방식을 지닌, 어리석은 자들이었다. 다른 부류는, 그가 진정한 인간이라 믿는 사람들이었다. 그들은 아름답고 우아하면서도 관대하며, 대담하면서도 유쾌했다. 그들은 얼굴을 붉히는 일 없이 열정에 몸을 맡길 수 있는 사람들로서 그 외의 것들은 개의치 않는 부류의 사람들이었다.

브론스키는 잠시 동안 모스크바에서 겪은 새로운 경험들 때문에 혼란스러웠지만 이내 익숙하고 즐거운, 유쾌한 세계로 다시 돌아올 수 있었다.

결국 커피는 끓어 넘쳐 버리고 말았다. 그것은 그들에게 꼭 필요했던 결과를 가져다주었다. 비싼 양탄자와 남작 부인의 옷이 젖어 모두들 한바탕 크게 웃을 수 있었기 때문이다.

"그럼 이만 실례할게요. 내가 비켜 주지 않으면 당신은 계속 씻지 않을 테고 그러면 나는 점잖은 사람에게 불결함이라는 죄를 짓게 만들 테니까요. 그렇게 되면 당신은 그의 목에 칼을 대라고 하시겠죠?"

"물론입니다. 그렇게 되면 그의 입술에 당신의 손을 가까이 가져가도록 하세요. 그가 당신의 손에 키스하면 모든 게 다 해결될 테니까요." 브론스키가 대답했다.

"그럼 오늘 밤 프랑스 극장에서 만나요!" 그녀는 이렇게 말하고는 옷자락을 스치며 자리를 떠났다.

그러자 카메로프스키도 자리에서 일어났다. 브론스키는 그가 떠나려고 하기도 전에 손을 내밀고는 화장실로 갔다. 그가 세수하는 동안 페트리쓰키는 그가 떠난 후 자신이 어떻게 지냈는지 말해 주었다. 페트리쓰키는 수중에 돈이 한 푼도 없었으며 아버지 역시 한 푼도 주지 않고 그의 빚을 갚아 주지도 않았다. 게다가 어떤 재봉사는 그를 영창에 보내려 하고 있고, 또 다른 재봉사도 그를 영창에 꼭 보내겠다고 협박 중이라고 그는 말했다. 그는 연대장이 이런 불미스러운 일이 계속되면 부대에서 내보내겠다는 경고를 했다고 말했다. 또한 남작 부인은 수시로 자신에게 돈을 주었기에 그녀에게 질렸다고도 말했다.

그는 이에 덧붙여 괜찮은 여자를 발견했는데 대단한 미인이며 조만간 브론스키에게도 소개해 주겠다고 말했다. 그녀는 '하녀 레베카(월터 스콧의 역사 소설인 『아이반호』에 등장하는 유대인 소녀의 이름) 유형'에 속하는 단아한 동양적인 여성이라고 했다. 그리고 어제 베리코쉬오프와 언쟁을 벌여서 그가 사람들을 보내려 했지만 별일은 없을 것 같다고도 말했다. 그러고 나서 페트리쓰키는 친구를 더 이상 자신의 일에 깊숙이 끌어들이지 않기 위해 다른 재미있는 이야기를 꺼냈다. 브론스키는 3년째 살고 있는 익숙한 이 집에서 역시 익숙한 페트리쓰키의 이야기를 듣고 있자 다시 예전과 같은 편안한 페테르부르크의 일상으로 돌아왔다는 생각에 만족스러웠다.

"그럴 리가!" 그는 튼튼하고 붉은 목을 씻다 말고 세면대의 페달에서 발을 뗀 채 외쳤다. "어떻게 그럴 수가 있을까!" 그는 로라가 밀레예프 때문에 페르틴고프를 버렸다는 말에 소리쳤다. "그자는 여전히 멍청하고 만족감에 젖어 살고 있나? 참, 부줄루코프는 잘 지내고 있나?"

"부줄루코프에 대해서도 할 얘기가 있지." 페트리쓰키가 외쳤다. "그는 무도회라면 사족을 못 쓰잖나. 궁정 무도회는 한 번도 빠진 적이 없으니까 말이야. 근데 그자가 성대한 무도회에 신형 군모를 쓰고 갔다네. 신형 군모를 본 적 있나? 정말 가볍고 멋지지. 근데 그때 마침…… 이봐, 듣고 있어?"

"물론이지." 브론스키는 타월로 몸을 닦으며 말했다.

"대공비가 어느 대사와 함께 그곳을 지나가고 있었지. 불행하게도 두 사람의 화제가 신형 군모 쪽으로 옮겨 갔던 거야. 대공비는 신형 군모가 궁금했나 봐. 마침 거기 우리의 부줄루코프가 신형 군모를 쓰고 서 있는 것을 보았지. 그러자 대공비는 그에게 군모를 잠시 보여 달라고 했는데 그가 주지를 않는 거야. 다들 그자에게 눈짓을 보내고 고갯짓도 하고 인상을 써 가며 눈치를 줬는데도 그는 주지 않았어. 마치 무슨 소린지 모르겠다는 듯 우두커니 서 있었던 거야. 그 모습 상상이 되지? 그러자 그 남자가…… 이름이 뭐였더라. 어쨌든 그 남자가 부줄루코프의 군모를 빼앗으려 했지. 그런데도 그는 주지 않는 거야. 마침내 그 남자가 겨우 빼앗아서 대공비한테 드렸어. 그러자 대공비가 '이게 신형 군모군요.'라고 대사에게 말하며 군모를 뒤집어 봤어. 그러자 무슨 소리가 나면서 군모에서 배와 사탕이 우르르 쏟아져 나온 거야. 2푼트나 되는 사탕이 말이야. 그러자 그자는 그걸 다시 주워 담았던 모양이야. 정말 웃기지 않아?"

브론스키는 포복절도했다. 그러고 나서 한참 시간이 흐른 뒤 다른 이야기를 하면서도 그 이야기가 떠올라 튼튼하고 고른 이를 드러내며 크게 웃었다.

새로운 소식들을 다 듣고 난 브론스키는 하인의 도움을 받아 군복으로 갈아입고 부대로 향했다. 그 후에 형과 벳시를 만나고 몇 군데 들러 볼일을 볼 생각이었다. 카레니나 부인을 만나기 위해 본격적으로 사교계에 출입할 계획을 세우기 위해서였다. 페테르부르크에서의 생활 습관대로 그는 밤늦게 돌아올 생각으로 집을 나섰다.

제2부

Anna
Karenina

1

겨울이 끝나 갈 무렵, 쉬체르바쓰키가에서는 날로 쇠약해 져 가는 키티의 상태를 확인하고 그녀의 건강을 회복시키기 위해 의사들이 모여 회의했다. 그녀의 건강은 좋지 않았으며 봄이 될 무렵에는 더욱 악화되고 있었다. 주치의는 그녀에게 간유와 철분제, 질산은제를 처방했으나 어떤 것도 효과가 없 었다. 그래서 그는 봄이 오면 외국으로 가서 치료할 것을 권 했다. 그러자 쉬체르바쓰키가에서는 유명한 의사를 불렀다. 명의는 젊고 미남형이었다. 그는 환자를 직접 청진해야 한다 고 말했다.

그는, 처녀이기에 청진하는 것이 수치스러운 일이라고 말 하는 것은 구시대적인 산물이며, 젊은 남자가 젊은 여자의 몸 을 만지는 것은 극히 자연스러운 일이라 말하고 있는 듯했다. 그는 늘 그 일을 반복하고 있었고 양심에 거리낄 만한 어떠한 잘못도 하지 않았기 때문이다. 그러한 이유로 그는 이러한 처 녀의 수치심을 구시대적인 산물이라 생각했을 뿐만 아니라 그러한 태도 자체가 자신을 모욕하는 일이라 생각했다.

가족들은 그의 말에 따르는 수밖에 없었다. 사실 똑같은 학교에서 똑같은 책으로 배운 의사들이 알고 있는 지식이란 비슷할 것이었다. 게다가 누군가는 이 유명한 의사가 그리 대 단한 사람이 아니라고 말했다. 그럼에도 공작 부인과 집안사 람들은 이 명의만이 치료법을 알고 있을 것이며 키티를 낫게 할 수 있을 거라 믿고 있었다. 명의는 몹시 부끄러워하는 환자를 조심스럽게 진찰하고는 손을 깨끗이 씻은 뒤 응접실로 와서 공작과 이야기를 나누었다.

명의의 이야기를 듣는 동안 공작은 헛기침을 하기도 하고 인상을 찌푸리기도 했다. 그는 세상의 온갖 풍파를 다 겪었고 멍청이도 환자도 아니었기에 의술을 믿지 않았다. 게다가 그는 키티가 아픈 이유를 누구보다 자신이 가장 잘 알고 있다고 생각했기에 이 연극을 심히 못마땅하게 생각하고 있었다.

'쓸데없이 짖어 대는 개 같으니!' 그는 사냥꾼들이나 쓸 법한 말을 명의에게 갖다 붙이며 딸의 진단을 내리는 그의 말을 듣고 있었다. 명의 역시 속으로 노공작을 경멸했지만 애써 참으며, 이해하기 쉽도록 그의 눈높이에 맞춰 설명했다.

그는 이 공작에게 어떤 이야기를 해도 소용없을뿐더러 이 집안의 중요한 일은 공작 부인이 맡고 있다는 것을 알아챘다. 그래서 그는 공작 부인의 마음을 움직여야겠다고 생각했다. 그때 공작 부인이 주치의와 함께 응접실로 들어왔다. 공작은 이 연극에 대해 조소를 날리는 자신의 모습을 들키지 않기 위해 서둘러 자리를 떠났다. 자신의 잘못 때문에 키티가 병이 난 것이라 생각한 공작 부인은 죄책감으로 어쩔 줄 몰라 하고 있었다.

"선생님, 이제 저희 애는 어떻게 되는 건가요?" 공작 부인이 말했다. "솔직히 말씀해 주세요." 그녀는 '회복될 가능성이 있나요?'라고 말하고 싶었으나 입술이 떨려 차마 말할 수가 없었다. "어떤가요, 선생님?"

"잠깐만 기다려 주시겠습니까, 공작 부인? 동료와 상의한 뒤에 말씀드리겠습니다."

"그럼 잠깐 나가 있을까요?"

"좋으실 대로 하십시오."

그러자 공작 부인은 한숨을 쉬며 나갔다.

두 사람만 남게 되자 주치의는 키티가 결핵 초기 증상인 것 같다며 다소 머뭇거리면서 소견을 말했다. 그러자 명의는 자신의 큼지막한 손목시계를 들여다보며 말했다.

"그런 것 같군요. 하지만…… 결핵 초기 증세라 단정하기엔 다소 무리가 있습니다. 아직 폐에 공동 증상이 나타나지 않았으니까요. 하지만 그럴 가능성을 배제할 수는 없습니다. 식욕 부진, 신경과민 같은 증세가 보이니까요. 결핵이라는 판단하에 충분한 영양 공급을 위해 어떤 치료 방법을 써야 할 것인가가 문제가 되겠죠."

"하지만 아시다시피 이런 증상은 정신적인 문제일 수도 있습니다." 주치의가 미소를 띠며 단호하게 말했다.

"물론 맞는 말씀이십니다." 명의는 다시 시계를 쳐다보며 말했다. "죄송합니다만, 야우자 다리는 준공되었나요? 아직 안 됐다면 멀리 돌아가야 할 텐데." 그가 물었다. "아, 준공되었군요. 20분이면 갈 수 있겠네요. 참, 어디까지 얘기했죠? 건강을 회복시키려면 충분한 영양 섭취와 안정이 필요합니다. 이 두 가지를 병행해서 치료해야 효과가 있을 겁니다."

"그럼 외국에서 요양하는 것에 대해서는 어떻게 생각하십니까?" 주치의가 물었다.

"나는 반대입니다. 우리로서는 단정할 수는 없지만, 만약 결핵 초기 증세라면 외국에서의 요양은 큰 도움이 되지 않을 겁니다. 건강을 회복하기 위해서 지금은 충분한 영양 공급을 하는 것이 최선일 겁니다."

그리고 나서 명의는 부작용이 거의 없다는 소덴수를 사용한 치료 방법에 대해 설명하기 시작했다.

주치의는 그의 말을 경청했다.

"하지만 외국에서 요양한다면 새로운 마음으로 새로운 환경에서 지낼 수 있고 특정 기억을 잊는 데 도움이 되지 않을까 싶은데요. 환자분의 어머니 또한 원하시는 것 같고요." 그가 말했다.

"아, 그런 이유에서라면 외국으로 나가는 방법도 괜찮을 것 같습니다. 하지만 독일의 사기꾼 같은 의사들이 무슨 짓을 할지 모르니…… 그러니 제가 말한 치료 방법은 꼭 명심해 두시고…… 어쨌든 외국으로 나가는 것도 한 방법이 될 수도 있겠습니다." 그러고 나서 그는 다시 시계를 쳐다보았다. "아, 시간이 벌써 이렇게 됐군!" 이렇게 말하고 나서 그는 문가로 갔다. 명의는 공작 부인에게 한 번 더 환자를 살펴보겠다고 말했다.

"어머, 한 번 더 진찰하신다고요?" 어머니가 놀란 듯 소리쳤다.

"오, 걱정 마십시오. 몇 가지 상세하게 알아볼 게 있습니다, 부인."

"그럼, 그렇게 하세요."

어머니는 명의와 함께 키티가 있는 곳으로 갔다. 몹시 수

척해진 그녀는 조금 전 겪어야 했던 부끄러움 때문에 얼굴을 붉히고 기이한 눈빛으로 방 한가운데에 서 있었다. 그러다가 의사가 다시 들어오자 얼굴이 상기되며 눈에 눈물이 고이기 시작했다. 그녀는 자신의 병을 치료한답시고 애쓰는 모습들이 이미 깨진 화병을 맞추려는 것처럼 어리석고 우스워 보였다. 그녀의 마음은 이미 만신창이가 되어 있었다. 그런데도 그들은 알약과 가루약 같은 것을 들먹이며 그녀의 병을 고쳐 보겠다는 것이었다. 대체 어떻게 치료하겠다는 것인가? 하지만 그녀는 어머니를 괴롭히고 싶지는 않았다. 어머니는 이 모든 게 자신의 탓이라 여기고 있었다.

"아가씨, 힘드시겠지만 잠시만 앉아 주시겠어요?" 명의가 말했다. 그러고는 미소를 띠며 그녀의 맞은편에 앉아 맥을 짚었다. 그리고 나서 또다시 지겨운 질문들을 하기 시작했다. 그녀는 질문에 답하다가 불현듯 화를 내며 자리에서 일어났다.

"죄송하지만 선생님, 다 소용없어요. 벌써 똑같은 질문을 세 번씩이나 하고 계시잖아요."

명의는 화를 내지 않고 말했다.

"신경과민 상태입니다." 키티가 나가자 그가 공작 부인에게 말했다. "어쨌든 저의 치료는 여기까지입니다……."

그리고 나서 명의는 마치 상당한 지식이 있는 사람을 대할 때처럼 공작 부인에게 딸의 상태에 대해 전문 용어를 섞어 가며 설명했고 아무 소용도 없는 물약의 복용법을 알려 주었다. 그러자 공작 부인은 외국으로 나가는 게 좋을지에 대해 물었고, 그녀의 질문에 그는 한참을 고민하는 듯하다가 외국으로 가는 것도 나쁘진 않지만 사기꾼 같은 의사들을 조심하고 자신의 처방에 따르는 게 좋을 것이라고 말했다.

명의가 떠나자 어머니는 기분이 좋아진 듯 키티에게 다가갔고 그녀 역시 유쾌하게 보이려고 노력했다. 키티는 늘 이렇게 밝은 척 애써야만 했다.

"저는 정말 괜찮아요, 엄마. 하지만 원하신다면 가겠어요." 그녀가 말했다. 그리고 나서 그녀는 여행을 기대하는 척하며 여행 준비에 대해 어머니와 상의하기 시작했다.

2

의사가 떠나자마자 돌리가 찾아왔다. 그녀는 오늘 의사가 다녀간다는 것을 알았기에 겨울이 끝나 갈 무렵에 딸을 출산하고 아직 산후 조리도 채 끝나지 않은 상태에서 온 것이었다. 아직까지 그녀 자신도 수많은 걱정과 슬픔에 휩싸여 있었지만, 오늘은 키티의 운명이 결정되는 날이었기에 갓난아이와 아픈 딸아이를 떼어 놓고 일부러 들렀던 것이다.

"뭐라고 하시던가요?" 그녀는 모자도 벗지 않고 응접실로 들어서며 물었다. "다들 유쾌해 보이는 걸 보니 결과가 좋은 거군요?"

모두 그녀에게 의사가 한 말을 전하려 했으나 거창하게 설명했던 그의 소견을 그대로 전하는 것은 불가능한 일이었다.

그저 외국에 나가 요양하기로 결정했다는 사실만 전달할 수 있을 뿐이었다.

그러자 돌리는 자신도 모르게 한숨을 내쉬었다. 자신의 가장 친한 친구인 동생이 떠나기 때문이었다. 또한 요즈음 그녀의 생활은 몹시 힘들었다. 스테판 아르카디이치와 화해하기는 했지만, 그 후 그와의 관계는 굴욕적으로 변해 갔다. 안나가 다시 메워 준 자리는 그리 견고하지 못했기에 그녀의 가정생활은 다시 위태로워졌다. 특별한 일은 없었지만 스테판 아르카디이치는 거의 집을 비웠고 재정 상태도 나아지지 않았다.

또한 남편에 대한 의심이 계속해서 돌리를 괴롭혔다. 그녀 스스로도 너무 괴로운 나머지 모든 것을 잊기 위해 무척 애쓰고 있었다. 한 번 지나간 질투의 폭풍이 똑같이 반복되지는 않을 것이었고 다시 남편의 불륜 사실을 알게 된다 하더라도 처음처럼 크게 상처를 받지는 않을 거라는 생각이 들었다. 그녀는 이 문제가 이제 자신의 가정을 무너뜨릴 수도 있다는 생각이 들었기에 남편을 경멸했다. 그리고 나약한 자신 역시 경멸하면서 스스로를 기만하며 버텨 내고 있었다. 게다가 그녀는 어마어마한 집안 살림을 꾸려 나가야 했기에 몹시 괴로웠다. 갓난아이를 키우는 일도 벅찬데 유모마저 집을 나갔고 또 지금처럼 아이 하나가 아프기도 했기 때문이다.

"요즘 너희 집은 좀 어떠니?" 어머니가 물었다.

"아, 어머니. 걱정이 끊이질 않아요. (어머니에게도 어머니 나름의 슬픔이 있겠죠.) 릴리가 아파요. 성홍열일까 봐 걱정이 돼요. 키티의 상태가 염려돼서 오긴 했지만 어쩌면 이제 집에 계속 갇혀 있어야 될지도 몰라요. 아, 성홍열이면 어쩌죠."

의사가 돌아가자 노공작은 서재에서 나와 돌리를 맞이했다. 그는 그녀의 볼에 자신의 볼을 대고는 몇 마디 나눈 뒤에 아내에게 말했다. "어떻게 결정했소? 가기로 한 거요? 그럼 난 어떻게 해야 하지?"

"당신은 여기 계세요, 알렉산드르 안드레이치." 공작 부인이 말했다.

"아무래도 상관없소."

"어머니, 아버지는 왜 함께 가시지 않는 거죠?" 키티가 말했다. "함께 가시는 게 아버지나 저희에게도 좋을 것 같아요."

그러자 노공작은 자리에서 일어나 키티의 머리를 쓰다듬었다. 그녀는 애써 밝은 얼굴을 보이며 그를 바라보았다. 그녀는 아버지와 많은 대화를 나누지는 않았지만 그가 누구보다 자신을 잘 이해하고 있다는 생각이 들었다. 그녀는 아버지의 사랑스러운 막내딸이었고 그 사랑 때문에 아버지가 그녀의 마음을 꿰뚫어 볼 수 있다고 생각했다.

지금도 그랬다. 그녀는 자신의 얼굴을 물끄러미 바라보고 있는 아버지의 얼굴 주름과 선량하고 푸른 눈동자를 바라보며, 그는 이미 자신의 마음을 전부 꿰뚫고 있으며 심지어 마음속에 품은 나쁜 생각마저도 다 알고 있다는 생각이 들었다. 그녀는 얼굴을 붉히고는 아버지의 키스를 기대하며 몸을 기울였다. 하지만 아버지는 그녀의 머리를 쓰다듬으며 말했다.

"이 가발은 대체 뭐냐! 이건 진짜 딸아이가 아니라 꼭 죽은 여자의 머리를 만지는 것 같으니 말이야. 그런데 요즘 넌 어떻게 지내느냐, 돌리니카?" 그가 큰딸을 바라보며 말했다.

"너희 집 멋쟁이는 요즘 어떻게 지내니?"

"항상 똑같죠, 아버지." 돌리는 남편을 가리키는 말임을 알아채고 대답했다. "집에 붙어 있질 않으니 저도 요즘 통 보질 못했어요." 그녀는 냉소를 띠며 말했다.

"그럼 아직 산림을 매각하러 시골에 가지 않은 거냐?"

"네, 계속 준비 중이에요."

"그렇구나." 공작이 말했다. "그럼 나도 떠날 준비를 해야 하나? 응?" 그는 자리에 앉으며 아내를 향해 말했다. "그런데 카티아." 그가 막내딸을 바라보며 말했다. "어느 화창한 아침에 말이야. 이렇게 혼잣말을 해 보거라. '나는 이제 건강하고 즐거워. 그러니 아버지와 함께 아침에 서리를 밟으며 맞으며 산책하러 가자.' 이렇게 말이야."

아버지가 어떤 의도를 가지고 한 말은 아니었지만 키티는 마치 죄가 드러난 죄인처럼 몹시 당황했다. '아버지는 이미 다 알고 계셨어. 모든 걸 이해하고 계셨던 거야. 그리고 내가 아무리 수치스러워도 그것을 견뎌 내야 한다고 알려 주고 싶으셨던 거야.' 그녀는 대답할 용기가 없었기에 무슨 말을 꺼내려다 말고 울음을 터뜨리며 방에서 뛰쳐나갔다.

"왜 쓸데없는 농담을 하세요!" 공작 부인이 남편을 원망했다. "당신은 항상……." 그녀가 한바탕 잔소리를 퍼부었다.

공작은 그렇게 한참을 부인의 비난을 들으며 잠자코 있었다. 그의 낯빛은 점점 어두워졌다.

"안 그래도 가여운 아이인데 왜 자꾸 그 일과 관련된 얘기를 들먹이면서 저 애의 마음을 아프게 만드는 거예요? 사람들 앞에서 그런 실수나 하고 말이야!" 공작 부인이 말했다. 돌리와 공작은 그녀의 어조로 미루어 보았을 때 그녀가 브론스키를 언급한 것임을 알 수 있었다. "그렇게 비열하고 파렴치한 인간을 처리하는 법이 없다는 게 억울할 뿐이에요!"

"아, 더 이상은 못 들어 주겠군!" 공작은 침울한 어조로 말했다. 그는 밖으로 나가려고 의자에서 일어나 문 쪽으로 향하다 멈춰 서며 말했다. "처벌할 방법은 있어. 하지만 당신이 나한테 계속 그 얘기를 한다면 이 일과 관련해 가장 큰 잘못이 있는 사람이 누군지 알려 줘야겠어. 바로 당신이야, 당신 때문이라고. 전부 다 당신 탓이야. 그런 녀석들을 제재하는 법은 늘 있었고 지금도 있어. 해서는 안 될 짓을 저지르지만 않았더라면, 비록 내가 늙긴 했지만 그 녀석과 한판 떴을 거야. 그런데 이제 와서 치료법이니 뭐니 하며 돌팔이 의사들을 불러들이는 꼴이란!" 흥분한 공작은 아직 더 할 말이 남은 듯했으나, 공작 부인이 그걸 알아채고는 문제가 심각해질 때면 늘 그랬듯, 한 발 물러나 풀이 죽은 모습을 보였다.

"알렉산드르, 알렉산드르." 그녀는 그에게 다가가 조용히 속삭이며 울음을 터뜨렸다.

그러자 공작은 말을 멈추고 그녀에게 다가갔다. "이제 그만하지. 당신이 괴로워하고 있다는 걸 알아. 하지만 방법이 없지 않겠어. 더 이상 불행한 일은 없을 거야. 하느님은 자비로우시니까…… 오히려 감사하다고 해야지……" 그는 지금 무슨 이야기를 하는지도 모른 채 자신의 손등에 닿은, 눈물 젖은 그녀의 입술을 느끼며 말했다. 그러고 나서 그는 방에서 나갔다.

키티가 울면서 방에서 뛰쳐나간 뒤, 돌리는 이미 아이들을 키워 보고 가정생활을 꾸려 본 여자로서 자신이 어떻게 대처해야 할지 잘 알고 있었다. 그녀는 모자를 벗고 소매를 걷어 붙일 듯한 기세였다. 아버지를 비난하는 어머니를 보며 그녀는 딸의 본분에 어긋나지 않는 선에서 어머니를 제지하려 했다. 하지만 아버지가 어머니를 나무라자 잠자코 지켜보고 있었던 것이다. 그녀는 어머니가 부끄러웠다. 반면에 아버지가 다시 마음을 진정시키고 본래의 선량한 모습으로 되돌아오자 아버지에 대한 사랑을 느꼈다. 하지만 아버지가 나가고 난 뒤 그녀는 자신이 꼭 해야 할 일을 하기로 했다. 키티를 찾아가 그녀를 위로해 주기로 결심한 것이다.

"어머니, 진작부터 말씀드리고 싶었는데, 지난번에 레빈이 키티한테 청혼한 사실을 알고 계세요? 그 사람이 직접 스티바에게 말했다고 하던데요."

"뭐라고? 난 전혀 모르는 일인데."

"혹시 키티가 거절한 게 아닌가 싶어서요. 어머니께 말씀 안 드리던가요?"

"아니, 그런 얘기는 한 적이 없어. 자존심이 강한 아이라. 이 모든 게 그것 때문이란 건 알고 있지만……."

"맞아요. 한번 생각해 보세요. 그 사람만 아니었다면 키티는 레빈의 청혼을 거절하지 않았을 거예요. 그런데 그 사람은 결국 키티에게 큰 상처를 주며 그 애를 기만했죠."

공작 부인은 자신이 딸에게 얼마나 큰 잘못을 했는지 생각하는 것조차 두려웠는지 갑자기 버럭 화를 내며 말했다. "난 이제 모르겠다. 요즘은 다들 제멋대로야. 제 엄마한테는 한마디도 하지 않고 말이야. 그러면서 결국엔……."

"어머니, 제가 키티한테 가 볼게요."

"그래라. 내가 말리기야 하겠니?" 어머니가 말했다.

3

키티의 작고 예쁜 침실은 오래된 작센 도자기 인형으로 꾸며져 있었다. 두 달 전의 키티처럼 싱그러운 장밋빛 방으로 들어가면서, 돌리는 작년에 키티와 함께 얼마나 즐거워하며 이 방을 꾸몄는지 생각해 보았다. 키티는 문가에 있는 의자에 앉아 멍한 얼굴로 양탄자의 귀퉁이를 바라보고 있었다. 키티는 차갑고 무표정한 얼굴로 언니를 바라보았다. 그 모습을 본 돌리는 마음 한구석이 서늘해졌다.

"이제 돌아가면 난 꼼짝없이 집에만 있어야 할 거야. 너도 우리 집에 오기 힘들 것 같고." 다리야 알렉산드로브나가 동생 옆으로 다가와 앉았다. "하고 싶은 얘기가 있는데 말이야."

"무슨 얘기?" 키티가 놀란 듯 고개를 들어 그녀를 바라보았다.

"무슨 얘기긴, 네 아픔과 관련된 얘기지."

"난 아프지 않아."

"그러지 않아도 돼, 키티. 내가 아무것도 모른다고 생각하니? 난 다 알고 있어. 그러니 믿어도 돼. 그런 일은 정말 아무것도 아니야……. 누구나 흔히 겪는 일이라고."

키티는 아무 말 없이 굳은 표정으로 잠자코 있었다.

"그 사람은 네가 그렇게 아파할 만큼 가치 있는 사람이 아니야." 다리야 알렉산드로브나가 단도직입적으로 말했다.

"그 사람은 나를 무시했어." 키티가 떨리는 목소리로 말했다. "그러니 더 이상 아무 말도 하지 마! 제발 부탁이야!"

"누가 그런 소릴 하니? 아무도 그렇게 생각 안 해. 그 사람은 널 좋아했고 지금도 그럴 거라 믿어. 하지만……."

"동정 따윈 지긋지긋하다고!" 키티가 별안간 화를 내며 소리쳤다. 그러면서 붉어진 얼굴로 의자 위에서 몸을 돌려 버렸다. 그러고는 양손을 번갈아 가며 벨트의 버클을 쥐었다 풀었다 하면서 손가락을 빠르게 움직이기 시작했다. 돌리는 그녀가 흥분했을 때 뭔가를 만지작거리는 버릇이 있다는 것을 알고 있었다. 또한 그녀는 동생이 화가 솟구칠 때면 이성을 잃고 불쾌하고 불필요한 말들을 내뱉는 성격이라는 것도 잘 알고 있었다. 돌리는 키티를 진정시키려고 애썼지만 이미 늦은 것 같았다.

"언니는 나한테 뭘 말하고 싶은 거야, 대체 뭘?" 키티가 말했다. "나에게 관심도 없는 사람을 죽도록 그리워하며 못 잊고 있다는 걸? 지금 그 얘길 하고 있는 거잖아. 날 동정하고 있잖아! 그런 동정이나 위로 따윈 필요 없어!"

"키티, 그건 오해야."

"왜 이렇게 나를 괴롭히는 거야?"

"그게 무슨 말이야, 난 그저 네가…… 괴로워하는 모습이……."

하지만 흥분한 키티에게는 아무것도 들리지 않았다. "나는 슬픈 일도 위로받을 일도 없어. 난 자존심이 강해서 나를 사랑하지 않는 사람은 절대 사랑하지 않아."

"그럼 더 이상 얘기하지 않으마. 하지만 한 가지만 물어볼게. 솔직히 말해 줬으면 해." 다리야 알렉산드로브나가 그녀의 손을 잡으며 말했다. "레빈 그 사람이 너한테 청혼했니?"

그녀가 레빈에 대해 언급하자 키티는 이성을 잃은 듯 자리에서 벌떡 일어나 버클을 바닥에 집어던지더니 양손을 휘두르며 소리쳤다. "왜 여기서 레빈 얘기가 나와? 왜 이렇게 나를 괴롭히는 거야? 아까도 얘기했지만 다시 말할게. 난 자존심이 세서 언니처럼 다른 여자한테 마음을 빼앗긴 남자한테 돌아가는 짓은 절대 못 해. 난 정말 모르겠어! 이해가 안 돼. 언니는 그럴 수 있어도 나는 아니야!"

이렇게 말하고 나서 그녀는 언니의 얼굴을 보았다. 돌리는 아무 말 없이 고개를 떨구고 있었다. 그러자 키티는 방에서 나가려다 말고 문가에 주저앉아 손수건으로 얼굴을 가리고 고개를 떨구었다.

2분 정도 침묵이 흘렀다. 돌리는 자신의 일을 떠올려 보았다. 자신도 이미 알고 있었던 수치스러운 일을 동생의 입을 통해 들으니 더욱 가슴이 아려 왔다. 그녀는 동생이 이토록 자신을 당혹스럽게 만들 거라고는 전혀 생각하지 못했기에 몹시 화가 났다. 그때 옷자락이 스치는 소리와 함께 흐느끼는 소리가 들렸다. 그러면서 누군가가 손을 뻗어 그녀의 목을 끌어안았다. 키티가 그녀 앞에 무릎을 꿇었던 것이다.

"돌리니카, 난 지금 너무 불행해!" 그녀가 미안해하며 말했다. 그리고 나서 그녀는 다리야 알렉산드로브나의 치마에 눈물 젖은 아름다운 얼굴을 묻었다.

그 눈물은 마치 두 자매를 이어 주는 기계를 움직이는 윤활유 같았다. 두 자매는 정작 해야 할 말은 하지 않고 다른 이야기만 했지만 서로를 이미 충분히 이해하고 있었다. 키티가 화가 나 내뱉었던 남편의 배신과 수치심 같은 말들이 가엾은 언니에게 크나큰 상처를 줬을 테지만, 키티는 그녀가 이미 자신을 용서했다는 것을 알 수 있었다.

돌리는 자신이 궁금해하던 것들에 대한 의문을 풀었다. 역시나 짐작대로였다. 키티가 아팠던 이유는 레빈의 청혼을 거절한 후에 브론스키에게 배신을 당했기 때문이며, 그녀는 지금 레빈에게 마음이 있고 브론스키를 증오하고 있다는 사실을 돌리는 알게 되었다. 하지만 키티는 그 말을 입 밖으로 꺼내지 않았고 그저 현재의 심정에 대해서만 말했을 뿐이었다.

"난 이제 슬프지 않아." 다소 진정이 된 듯한 그녀가 말했다. "하지만 난 모든 것들이 천박하고 역겹고 더러워 보여. 특히 나 자신이 말이야. 언니는 상상도 못할 만큼 천박한 생각이 들어."

"네가 어떻게 천박한 생각을 할 수 있겠어?" 돌리가 웃으며 말했다.

"차마 입에 담을 수 없을 만큼 추악하고 천박한 생각들뿐이야. 우울함도, 슬픔도 아닌 더 나쁜 생각들이야. 내가 갖고 있던 아름다운 것들이 모두 사라지고 가장 추악한 것만 남은 기분이야. 아, 어떻게 설명해야 할까?" 그녀는 이해가 잘 안 되는 듯한 언니의 눈을 바라보며 말했다. "방금 전 아버지는 내게 무슨 얘기를 하려다 마셨어……. 아버지 역시 내가 결혼해야만 한다고 생각하고 있는 것 같아. 어머니는 날 항상 무도회에 데리고 다니시지. 그저 나를 빨리 시집보내서 지긋지긋한 마음고생에서 해방되고 싶으신가 봐. 비뚤어진 생각이란 걸 알지만 어쩔 수 없어. 난 이제 내 남편감이라는 인간들을 보는 게 지겨워. 그들이 자를 들고 내 치수를 재려 하는 것 같은 기분이야. 예전에는 드레스를 입고 이곳저곳을 다니는 게 즐거웠어. 그런 모습이 예뻐 보여 좋기도 했어. 하지만 이제는 수치스럽고 어색해. 그러니 이제 난 어떻게 해야 할까. 의사도…… 그러니까……."

키티는 말끝을 얼버무렸다. 그녀는 이런 일을 겪은 이후로 스테판 아르카디이치가 더 없이 불쾌하게 느껴지고 볼 때마다 추악한 생각이 든다고 말하고 싶었던 것이었다.

"나는 모든 게 비열하고 추악해 보여." 그녀가 말을 이었다. "이게 내가 앓고 있는 병이야. 언젠가는 나을지도 모르겠지만……."

"그런 생각하지 마."

"하지만 어쩔 수 없어. 난 그저 언니 집에서 아이들과 함께 있는 시간만 즐거울 뿐이야."

"우리 집에 와 있으면 좋겠지만 안타깝구나."

"아냐, 갈게. 난 성홍열을 앓았던 적이 있으니 어머니한테 물어봐야겠어."

키티는 고집대로 언니의 집으로 갔다. 그녀는 성홍열을 앓고 있는 아이들이 다 나을 때까지 돌봐 주었다. 두 자매가 함께 여섯 아이들을 보살폈기에 그들의 건강은 회복되었지만 키티의 상태는 나아지지 않았다. 그래서 사순절이 되자 쉬체르바쓰키 가족은 외국으로 떠났다.

4

페테르부르크의 상류 사회는 하나의 집단이나 마찬가지였다. 그들은 서로에 대해 잘 알고 있었고 자주 왕래하는 사이였다. 하지만 이 커다란 집단 안에는 또 다른 작은 집단들이 존재했다. 안나 아르카디예브나는 이 중 세 집단에 지인들이 있었다. 그중 하나는 남편이 속한 업무와 관련된 집단으로, 각양각색의 남편의 동료들이 이해관계에 따라 수시로 모였다가 떠나곤 했다. 예전에 안나는 그들을 존경했지만 지금은 아니었다.

그녀는 지금, 서로에 대해 잘 알고 있는 어느 시골 마을의 사람들처럼 그들의 모든 것을 알고 있었다. 그들의 버릇과 결점, 심지어 누구의 부츠가 어떤 발을 죄는지까지 알고 있었고, 그들 서로의 관계와 중심 세력 또한 알고 있었다. 누가 같은 편이고 누가 어떤 일에 동의하고 반대하는지도 말이다. 하지만 그녀는 이 남성적이고 관료적인 집단에 흥미를 느끼지 못했기에 리디야 이바노브나 백작 부인의 성화에도 될 수 있으면 그 집단을 멀리하려고 했다.

안나가 친하게 지내는 또 다른 집단은 알렉세이 알렉산드로비치가 성공할 수 있도록 도와준 사람들로서 리디야 이바노브나 백작 부인이 그 중심에 있었다. 연령대가 높아 예전의 아름다움은 없었지만, 신실한 신앙심을 지닌 어진 부인들과 총명하고 학식이 많은, 명예를 중시하는 남자들이 소속된 집단이었다. 이 집단의 구성원 가운데 한 사람은 이 집단을 '페테르부르크의 양심'이라 불렀다. 알렉세이 알렉산드로비치는 이 집단에 대해 특별한 애정을 가지고 있었다. 사교성이 좋은 안나였기에 그녀는 페테르부르크에 오자마자 이 집단에서 친구를 사귀기 시작했다. 하지만 모스크바에서 돌아온 지금 그녀는 이 집단이 너무 싫어졌다. 그녀는 이 집단이 가식적이라는 생각이 들어 그들과 어울리는 게 지루하고 불편했던 것이다. 그래서 그녀는 리디야 이바노브나 백작 부인과도 거리를 두고 있었다.

안나가 교류하고 있던 마지막 세 번째 집단은 무도회와 만찬, 화려한 치장으로 이루어진 사교계였다. 그들은 화류계로 빠지지 않기 위해 궁정과의 관계를 유지하려 애썼지만, 그들 스스로 경멸하고 있던 화류계나 마찬가지인 집단이었다. 안나는 사촌 오빠의 아내인 벳시 트베르스카야 공작 부인 때문

에 이 단체를 알게 되었다. 그녀는 연간 수입이 12만 루블이
나 되었다. 그녀는 처음 보았을 때부터 안나에게 호감을 보이
며 안나를 살뜰하게 챙겨 주었다. 그녀는 리디야 이바노브나
백작 부인이 속한 단체를 비웃으며 안나를 자신의 단체로 끌
어들였다.

"나이를 먹고 초라해지면 나도 그 모임에 들어가겠어요."
벳시가 말했다. "하지만 당신처럼 젊고 아름다운 여성이 벌써
양로원에 들어가면 안 되죠."

안나는 가능하면 트베르스카야 공작 부인이 속한 집단과
어울리지 않으려고 했다. 그곳은 그녀가 가진 것보다 더 많은
수준의 비용을 요구했고, 그녀는 리디야 이바노브나의 집단
을 좋아했기 때문이다. 하지만 모스크바에 다녀온 후로는 마
음이 바뀌었다. 그녀는 정신적인 위로가 되고 있는 친구들을
오히려 피하며 사교계로 나갔던 것이다. 그리고 그곳에서 브
론스키를 만났다. 그를 만날 때마다 그녀의 마음은 기쁨으로
가득 찼다.

브론스키 가문에 속했던 벳시는 브론스키와 사촌 지간이
었다. 안나는 벳시의 집을 자주 드나들며 그곳에서 그를 만났
다. 안나를 볼 수 있는 곳이라면 브론스키는 어디든 갔다. 그
리고 틈 날 때마다 자신의 사랑을 고백했다. 그녀는 그에게
마음을 내어 주지는 않았지만 그를 볼 때마다 기차에서 그와
처음 만났던 그날이 생생하게 떠올랐다. 그를 볼 때마다 그녀
의 눈은 기쁨으로 빛났고 입가에는 미소가 그려졌다. 그녀는
그것을 차마 숨길 수 없었다.

안나는 처음에, 자신을 따라다니는 브론스키의 행동을 불쾌하게 생각했다. 아니, 그렇다고 믿고 싶었다. 하지만 모스크바에서 돌아와 그를 볼 수 있다는 기대를 안고 나갔던 무도회에서 그를 만나지 못하자 안나는 크게 상심하며 슬픔에 빠졌다. 그러자 그녀는 그동안 스스로를 기만하고 있었다는 사실을 깨달았다. 그리고 그가 자신을 쫓아다니는 것은 불쾌함이 아니라 오히려 그녀의 삶에 활력이 되고 있다는 것을 확신하게 되었다.

유명한 여가수가 두 번째 곡을 부르고 있었다. 그날은 상류층 사람들 대부분이 극장에 모인 날이었다. 맨 앞줄에 앉아 있던 브론스키는 사촌 누이를 보자마자 휴식 시간까지 기다리지 못하고 그녀가 있는 특별석으로 자리를 옮겼다.

"왜 만찬에 오지 않았어요?" 그녀가 말했다. "어쨌든 놀랐어요. 사랑에 빠진 이들의 감각이란." 그녀는 웃으며 그에게만 들릴 정도로 속삭였다. "그녀도 아직 오지 않았어요. 하지만 오페라가 끝나면 올 거예요."

브론스키는 뭔가 궁금한 듯한 눈빛으로 그녀를 바라보았다. 그러자 그녀는 고개를 끄덕였다. 그는 미소로 고마움을 전하고 그녀와 함께 자리에 앉았다.

"난 당신의 그 조소를 기억하고 있어요." 그의 정열적인 감정의 성공을 지켜보는 것에 흥미를 느끼는 벳시 공작 부인이 말했다. "그런 것들은 이제 다 어디로 갔나요? 이제 완전히 사로잡혀 버렸군요."

"사로잡히기만을 바라고 있어요." 브론스키가 선량한 미소를 띠며 담담하게 말했다. "불만이 있다면 너무 조금 사로잡혔다는 것이죠. 희망이 점점 없어지고 있어요."

"대체 뭘 기대하고 있는 거죠?" 자신의 친구를 떠올리자 모욕감이 들었던 벳시가 말했다. "말해 봐요." 그녀의 눈빛 속에서 타오르는 불꽃은 그가 무엇을 바라고 있는지 그녀가 잘 알고 있음을 보여 주었다.

"아무것도 바라지 않아요." 그가 가지런한 이를 보이며 미소 지었다. "잠깐 실례할게요."

그는 그녀의 손에 있던 오페라글라스를 가져가면서 그녀의 어깨너머로 맞은편 특별석을 둘러보며 말했다. "난 내 꼴이 우스워질까 봐 걱정돼요."

하지만 그는 벳시나 사교계 어느 누구에게도 자신이 웃음거리가 되지 않을 거라 굳게 믿고 있었다. 그들의 눈에는 아가씨나 자유로운 여성에게 목을 매는 불행한 남자야말로 우습게 보일 뿐, 유부녀를 따라다니며 자신의 인생을 걸고 있는 남자는 오히려 아름답고 멋져 보일 것이며 결코 우습게 보이지 않을 것이었다. 그래서 그는 콧수염 밑으로 당당하면서도 즐거운 미소를 보이며 오페라글라스를 벗고 사촌 누이를 바라보았다.

"그런데 왜 만찬에는 오지 않은 거죠?" 그녀가 매혹적인 눈빛으로 그를 바라보며 말했다.

"그 이유만은 꼭 말해야겠군요. 그럴 시간이 없었어요. 왜냐하면 아마 짐작도 못할 테지만, 어떤 남편과 그의 아내를 화나게 만든 사람을 서로 화해시키려 했어요."

"그래서 화해는 했나요?"

"거의요."

"다음에 꼭 얘기해 주세요." 그녀가 자리에서 일어서며 말했다. "다음 중간 휴식 시간에요."

"안 되겠어요. 지금 프랑스 극장에 가야 해서요."

"닐손 노래는 안 듣고요?" 벳시가 깜짝 놀라 물었다. 하지만 그녀는 닐손과 다른 여자 합창 단원을 구별하지 못할 것이었다.

"어쩔 수 없죠. 그 사람들의 화해 문제 때문에 약속이 있어요."

"평화를 이뤄 내는 자는 복이 있을지어다. 반드시 구원을 받으리라." 벳시는 어딘가에서 들었던 문구를 떠올리며 말했다.

"자, 이제 좀 앉아서 얘기해 봐요. 어떻게 된 일인지."

그녀는 다시 자리에 앉았다.

5

"이건 좀 저속한 얘기지만 워낙 재미있는 일이라 말해야겠어요." 브론스키가 웃으며 그녀에게 말했다. "하지만 익명으로 해 두죠."

"그럼 제가 맞혀 볼게요. 그게 더 재미있을 것 같으니."

"어쨌든 잘 들어봐요. 활기찬 청년 둘이 마차를 타고 가 있었는데⋯⋯."

"당신 연대의 장교들이었겠죠?"

"장교라고 하지 않았어요. 식사를 마친 두 사람이⋯⋯."

"그게 아니라 한잔 걸친 듯한 두 청년이겠죠."

"그랬을지도 모르죠. 어쨌든 친구한테서 만찬에 초대받은 두 사람이 기분이 들떠 그곳으로 가고 있었어요. 그런데 삯마차를 탄 아름다운 여성이 그들을 앞질러 가고 있었어요. 그들은 그녀가 뒤돌아서 자신들을 보며 고갯짓을 하고 웃기도 했다고 착각했죠. 그래서 두 남자는 여자를 따라갔죠. 최대한 빨리 말을 몰고 달렸죠. 근데 그 아름다운 여성이 그들이 가고 있는 집의 현관으로 들어가는 거예요. 그들은 깜짝 놀랐죠. 그녀는 서둘러 2층으로 뛰어 올라갔어요. 결국 두 남자는 짧은 베일 아래로 보이던 붉은 입술과 자그맣고 아름다운 그녀의 발만 보게 되었죠."

"마치 그 두 남자 중 한 명이 당신이었던 것처럼 말하는군요."

"네, 뭐라고 하셨죠? 어쨌든 두 청년은 송별회를 하기로 한 친구의 방에 들어갔어요. 그런 자리가 원래 그렇듯 그들은 엄청 마셔 댔죠. 그러면서 그들은 여기 2층에 누가 사느냐고 물어봤죠. 하지만 아무도 아는 사람이 없었는데, 두 사람이 혹시 2층에 부인들이 사냐고 묻자 그 집 하인이 '2층에는 부인들이 아주 많이 살죠.'라고 말했죠. 식사를 마친 두 청년들은 그 집 서재에 가서 그녀에게 편지를 썼죠. 열렬한 사랑 고백이 담긴 편지를요. 그러고 나서 그들은 편지로 못다 한 얘기들은 직접 설명하기 위해 그 편지를 갖고 2층으로 올라갔어요."

"왜 저한테 그런 추잡한 얘기를 들려주는 거죠? 그래서 어떻게 됐어요?"

"그들은 벨을 눌렀죠. 하녀가 나오길래 두 사람은 그녀에게 편지를 전했어요. 두 사람은 지금 사랑에 빠져 죽을 것 같다고 하녀한테 말했어요. 하녀는 그들을 의심스럽게 쳐다보며 그들과 실랑이를 벌였죠. 그때 갑자기 구레나룻이 소시지같고 얼굴이 새우처럼 붉은 한 신사가 나타나 여긴 자신의 아내 말고 아무도 살지 않는다며 그들을 내쫓았죠."

"당신은 어떻게 그 사람 구레나룻이 소시지 같다는 것까지 알고 있죠?"

"일단 들어 보세요. 오늘 내가 그 사람들을 화해시키러 갔다 온 거예요."

"일은 어떻게 됐어요?"

"가장 재미있는 부분이 바로 여긴데, 나중에 알고 보니 그 사람들은 구등 문관과 그 부인이었어요. 금슬 좋은 부부였던 거죠. 구등 문관이 고소해서 내가 중재하기로 했던 건데, 정말 내가 한 일에 비하면 탈레랑(프랑스 정치인)이 한 일은 아무것도 아니었을 정도였다니까요."

"무슨 일이 있었던 거죠?"

"잘 들어 보세요. 우리는 '너무 죄송해서 드릴 말씀이 없네요. 이 불행한 사건에 대해 머리 숙여 사죄드립니다.'라고 사과했어요. 그러자 소시지 수염을 단 구등 문관도 마음이 좀 누그러지더군요. 하지만 그가 하고 싶은 말은 다 해야겠는지 몇 마디 하다가 갑자기 화가 나 그들에게 독설을 퍼부어 댔지요. 그래서 난 외교적 수완을 발휘해 중재해야만 했어요. '두 사람의 행동은 분명 잘못된 겁니다. 하지만 오해에서 비롯된 일이며 그들이 식사를 막 끝내고 난 혈기왕성한 청년이라는 것을 고려해 주십시오. 두 사람은 진심으로 반성하고 있으니 부디 용서해 주십시오.'하고 말했죠. 그러자 구등 문관은 다소 누그러진 얼굴로 '더 말해 무엇하겠습니까. 나도 용서할 생각은 있습니다. 하지만 저 새파랗게 어린 애송이들이 착실한 내 아내의 뒤를 따라와 건달처럼 수치스럽고 비열한 짓을 벌였으니.'라고 말하는 거예요. 아시다시피 그 청년들이 그 자리에 있었으니 나는 또 그들을 달래야 했습니다. 그래서 겨우 달래 놓으면 다시 구등 문관이 소시지 수염을 세우며 얼굴을 붉히며 화를 내고, 그럼 나는 또 외교적 수완을 발휘해 그를 달래야 했죠."

"아, 당신한테 할 얘기가 있어요!" 벳시는 때마침 그녀의 자리 쪽으로 들어온 한 부인에게 웃으며 말했다. "이분이 정말 재미있는 이야기를 해 주었거든요."

"그럼, 행운을 빌어요!" 그녀는 부채를 들지 않은 나머지 손가락을 브론스키에게 내밀었다. 그러고는 어깨를 살짝 움직여 조금 위로 올라간 드레스를 내렸다. 그녀가 무대의 조명이 있는 쪽으로 나아갈 때 가스등 아래에서 자신의 어깨가 잘 드러나 보이도록 하기 위해서였다.

브론스키는 마차를 타고 프랑스 극장으로 향했다. 그곳에서 그는 이 극장의 상영작은 거의 다 섭렵했다는 연대장을 만나기로 약속했었다. 연대장은 사흘 동안 흥미 있게 지켜보던 중재 일과 관련해 브론스키와 상의하고 싶어 했다. 그 사건의 주인공은 그가 좋아하는 페트리쓰키와 얼마 전에 입대한 젊은 케드로프 공작이었다. 이 사건은 연대의 이해관계가 걸린 문제였기에 아주 중요했다.

두 사람은 브론스키의 중대에 소속되어 있었다. 구등 문관 벤덴이 연대장을 찾아와 자신의 아내를 모욕한 부하들을 고소했던 것이다. 벤덴이 말하길, (그는 아내와 결혼한 지 반년밖에 되지 않았다.) 아내는 어머니와 교회를 갔다가 갑자기 몸 상태가 나빠져 서 있기조차 힘들었기에 삯마차를 타고 집으로 돌아오는 중이었다고 했다. 하지만 두 사람이 그녀의 뒤를 따라와 너무 놀란 나머지 상태가 악화되었고 집에 도착하자마자 뛰어 올라갔던 것이었다. 그때 관청에서 돌아와 있던 벤덴은 벨소리와 사람들의 소리를 듣고 나가 보았다고 했다. 그런데 만취한 장교들이 손에 편지를 쥐고 있는 모습을 보고 그들을 내쫓아 버렸다는 것이다. 그는 그들을 엄벌에 처할 것을 요청했다.

"아무래도 이제는 소용없을 것 같군." 연대장은 브론스키를 불러 말했다. "페트리쓰키는 더 이상 구제할 방법이 없어. 일주일도 못 버티고 사고를 치고 말이야. 그 관리는 분명 이 정도로 끝내지 않을 거야."

브론스키는 불미스러운 이 사건과 관련해 구등 문관과 싸울 수도 없었기에 어떻게 해서든 그를 달래 사건을 무마시켜야 했다. 연대장이 브론스키를 부른 이유도 마찬가지였다. 그가 누구보다 점잖고 총명했으며 연대의 명예를 최우선으로 생각하는 사람이라는 것을 알고 있었기 때문이다. 그들이 고심 끝에 내린 결론은 브론스키가 페트리쓰키와 케드로프 두 사람을 데리고 직접 구등 문관에게 용서를 빌어야 한다는 것이었다. 연대장과 브론스키 둘 다 브론스키라는 이름과 시종 무관이라는 직책이 구등 문관의 마음을 움직이는 데 중요한 역할을 할 거라 생각했기 때문이다. 실제로도 그것은 어느 정도 효과가 있었다. 하지만 브론스키가 말했듯 결과는 썩 좋지 못했다.

프랑스 극장에 도착한 브론스키는 연대장과 복도 밖을 거닐며 성공도 실패도 아닌 결과에 대해 보고했다. 생각에 잠겨 있던 연대장은 이 사건을 그냥 이렇게 놔두기로 했다. 그는 브론스키가 구등 문관을 찾아갔던 일에 대해 재미를 느끼며 상세히 물었다. 연대장은 구등 문관이 잠시 누그러졌다가 갑자기 또 화를 냈고, 사건이 마무리되기를 바라던 브론스키가 최후의 한마디를 한 후 페트리쓰키를 구등 문관 쪽으로 떠밀었다는 이야기를 듣고는 한참 동안 웃었다.

"저속한 얘기지만 너무 우습군. 어쨌든 케드로프가 그 사람과 싸우려 들진 않겠어. 그렇게 화가 단단히 났던가?" 그가 웃으면서 되물었다. "참, 오늘 클레르는 어땠나? 정말 아름답지 않은가!" 그가 프랑스 신인 여배우에 관해 언급했다. "아무리 봐도 볼 때마다 새롭다니까. 프랑스인이 아니고서야 불가능한 일이지."

6

벳시 공작 부인은 공연이 끝나기도 전에 극장에서 나왔다. 집으로 돌아온 그녀는 길고 창백한 얼굴에 화장하며 머리를 단장했다. 그녀가 널찍한 응접실로 들어가 차를 가져오라고 지시하자마자 볼샤야 모르스카야로에 있는 그녀의 저택으로 마차가 줄지어 들어오기 시작했다. 방문객들이 널찍한 현관 앞에 내리면, 남들에게 본보기가 되기 위해 매일 아침 유리문 앞에 앉아 신문을 읽는 풍채 좋은 수위가 조용히 대문을 열고 방문객을 맞이했다.

머리를 단장하고 화장한 여주인은 손님을 맞이하기 위해 방문객과 다른 방향의 문 쪽에서 널찍한 응접실로 들어왔다. 그들은 거의 동시에 들어오게 되었다. 벽은 어두운 색으로 칠해져 있었고 바닥에는 보송보송한 양탄자가 깔려 있었다. 널찍한 홀의 테이블 위에는 하얀 테이블보와 은빛 사모바르(러시아에서 사용하는 주전자), 투명한 자기로 만든 찻잔 세트가 촛불에 반사되어 화려하게 빛나고 있었다.

여주인은 사모바르 옆에 앉아 장갑을 벗었다. 사람들은 하인들의 도움으로 자리를 옮겨 가며 두 부류로 나누어 앉았다. 그들의 무리는 여주인이 앉아 있는 사모바르 주변과 검은 벨벳 드레스를 입은 진한 눈썹의 아름다운 대사 부인이 앉아 있는 응접실 맞은편 끝 쪽으로 나뉘었다. 얼마 동안은 서로 인사를 나누고 차를 권하느라 두서없는 대화가 이어졌다.

"그녀는 매우 훌륭한 배우더군요. 한눈에 봐도 카울바흐

(독일의 화가)를 연구한 것 같더군요." 대사 부인 근처에 앉아 있던 외교관이 말했다. "당신도 보셨나요? 그녀가 쓰러졌을 때……."

"오, 제발 닐손 얘긴 그만하죠. 더 이상 그녀에 대해서는 할 얘기가 없을 정도니까."

허름한 실크 드레스를 입은 금발의 뚱뚱한 부인이 말했다. 그녀는 얼굴이 붉었고 눈썹 숱도 별로 없었으며 시농도 얹지 않았다. 그녀는 성격이 단순하고 거칠어서 '무서운 아이'라고 불리는 먀흐카야 공작 부인이었다. 그녀는 두 무리의 중간쯤에 앉아서 양쪽의 이야기를 듣다가 대화에 끼어들곤 했다.

"오늘 세 명한테 카울바흐에 대한 똑같은 얘기를 들었어요. 얼마나 대단하길래 그 문구를 그렇게들 마음에 들어 하는지……."

그녀의 비난으로 대화가 잠시 중단되어서 그들은 새로운 화젯거리를 찾아야만 했다.

"뭔가 재미있고 악의 없는 얘기 좀 해 봐요."

영어로 '스몰 토크(small talk)'라 불리는, 소소하고 기품 있는 이야기에 소질이 있는 대사 부인이 무슨 말을 꺼내야 할지 모르고 있던 외교관을 보며 말했다.

"가장 어려운 얘기죠. 독설이 담겨야 재미가 있으니까." 그가 웃으며 말했다. "하지만 한번 얘기해 보죠. 일단 주제를 정해 주세요. 주제에 따라 달라질 수 있으니까. 주제만 정해지면 대화는 술술 풀리죠. 농담깨나 잘한다던 이야기꾼들도 요즘에는 꽤 힘들 거예요. 그 농담이라는 게 금방 시시해지는 것이니까요."

"그 얘기도 꽤 오래전에 들어 본 얘기군요." 대사 부인이 웃으며 끼어들었다.

대화는 격조 있게 시작되었지만, 모두 너무 의식하고 있었던 탓인지 곧 중단되었다. 어쩔 수 없이 대화가 끊기지 않는 험담을 할 수밖에 없었다.

"투쉬케비치는 왠지 루이 15세 같은 분위기가 있어요. 당신은 그렇게 못 느끼셨나요?" 그는 테이블 옆에 있던 잘생긴 금발 청년을 눈짓으로 가리키며 말했다.

"그럼요! 저분은 여기 응접실을 아주 좋아하시죠. 그렇게 자주 드나드시니 말이에요."

그 말은 차마 이 응접실에서는 꺼낼 수 없었던, 이 집 여주인과 투쉬케비치의 은밀한 관계를 겨냥한 이야기였기에 사람들의 호감을 샀다.

한편 사모바르와 여주인 쪽에서의 대화 역시 피할 수 없는 세 가지 주제인 최근 사회적 이슈와 연극, 지인들의 험담이 잠시 오고 가다가 마지막 주제인 험담 쪽으로 정착했다.

"그 얘기 들으셨어요? 말리티쉬체바가, 그러니까 딸이 아니라 그 어머니가 '사악한 장밋빛'으로 옷을 지어 입었대요."

"오, 정말요? 아니, 멋지겠는데요!"

"정말 놀랐다니까요. 그렇게 상식이 있는 사람이 자신이 얼마나 우스워 보일지 모르고 있으니 말이에요."

각자 나름대로 가엾은 말리티쉬체바를 조롱하거나 비난할 얘깃거리들이 있었기에 대화는 점점 열기를 띠어 갔다.

그때 벳시 공작 부인의 남편이면서 판화 수집가인 뚱뚱하고 선량해 보이는 남자가 손님들이 찾아왔다는 소식을 듣고는 클럽에 가기 전에 잠시 응접실에 들렀다. 그는 소리도 없이 부드러운 양탄자 위를 지나 먀흐카야 공작 부인에게 다가왔다.

"닐손은 어떠셨어요, 마음에 드셨나요?" 그가 말했다.

"어머, 어떻게 그렇게 조용히 오실 수 있나요? 깜짝 놀랐지 뭐예요." 그녀가 대답했다.

"오페라 얘긴 하지 마세요. 당신은 음악에 대해 잘 모르시잖아요. 차라리 내가 당신 수준에 맞춰 마졸리카 도자기나 판화 얘기를 하는 게 낫겠어요. 그건 그렇고, 최근에 벼룩시장에서 어떤 보물을 찾으셨나요?"

"보여 드릴까요? 물론 보셔도 잘 모르시겠지만요."

"보여 주세요. 이름이 뭐였더라…… 어쨌든 그 은행가들한테 배웠어요. 그 사람들도 멋진 판화를 갖고 있거든요."

"오, 혹시 슈쓰부르크 씨 댁에 가 본 적이 있으신가요?" 사모바르 옆에 있던 여주인이 물었다.

"네, 가 봤어요. 저와 남편을 만찬에 초대해 주셨거든요. 근데 그날 식탁에 있던 소스를 만드는 데 1,000루블이나 들었다더군요." 다들 자신의 말에 집중하고 있다는 생각이 들자 먀흐카야 공작 부인이 큰 소리로 말했다. "근데 그 소스가 푸르스름해서 너무 역겹더라고요. 우리 집에도 그분을 초대했었는데 나는 85코페이카로 소스를 만들었죠. 그런데도 다들 아주 좋아했어요. 소스 만드는 데 1,000루블이나 쓰는 건 말도 안 되는 일이죠."

"참 특이한 여자군요!" 여주인이 말했다.

"정말 대단해요!" 누군가가 말했다.

먀흐카야 공작 부인의 말은 항상 비슷한 반응을 가져왔다. 그녀는 늘 단순하면서도 의미 있는 이야기를 했기에 주변 사람들은 재미를 느꼈다. 그녀가 속한 사회에서 이런 말은 농담과 비슷한 작용을 했다. 먀흐카야 공작 부인 자신도 왜 그런지 잘 몰랐지만, 자신의 이야기가 이런 효과를 발휘한다는 것을 알았기에 그녀는 늘 그런 식으로 이야기했다.

먀흐카야 공작 부인이 말하는 동안 다들 그녀의 말을 듣느라 대사 부인 주변 사람들의 대화는 중단되었다. 그러자 여주인은 분위기를 전환시키기 위해 대사 부인에게 말했다.

"차 좀 드시겠어요? 이쪽으로 오셨으면 하는데요."

"아니, 괜찮아요. 여기가 좋아요." 대사 부인이 웃으며 대답하고는 하던 이야기를 이어 갔다. 이는 아주 흥미 있는 얘깃거리였는데, 바로 카레닌 부부에 관한 험담이었다.

"모스크바에 갔다 온 이후로 안나가 변했어요. 좀 이상하지 않아요?" 안나의 친구가 말했다.

"가장 눈에 띄는 변화는 알렉세이 브론스키라는 그림자를 달고 다닌다는 것이죠." 대사 부인이 말했다.

"그게 어때서요. 그림자가 없는 사나이, 그림자를 잃은 사나이 같은 동화도 있잖아요. 그가 그림자를 잃은 건 죄를 지어 벌을 받았기 때문이죠. 그가 무슨 죄를 지었는지는 모르겠지만요. 하지만 여자에게 그림자가 없다는 건 불행한 일일 거예요."

"맞아요. 하지만 그림자가 있는 여자의 말로는 거의 비극적이죠." 안나의 친구가 말했다.

"그런 식으로 말하지 말아요." 먀흐카야 공작 부인이 그 이야기를 듣고 그녀를 제지했다. "카레니나 부인은 훌륭한 여자예요. 난 그녀의 남편은 좋아하지 않지만 그녀는 정말 좋아하죠."

"왜 그녀의 남편을 싫어하시죠? 참 대단한 분이신데요." 대사 부인이 말했다. "저희 남편이 늘 얘기했었죠. 유럽에서 그만한 정치인은 없을 거라고 말이에요."

"그래요. 저희 남편도 그렇게 말하죠. 하지만 믿을 수 없어요." 먀흐카야 공작 부인이 말했다. "만약 남편들이 그런 말을 하지 않았다면 우리는 있는 그대로의 모습을 볼 수 있었을 거예요. 내 눈엔 알렉세이 알렉산드로비치가 헛똑똑이 같아요. 이런 말을 큰 소리로 할 수는 없지만, 사실이 그렇잖아요. 다들 그가 훌륭하다고 하지만 아무리 생각해도 난 이해할 수가 없어서 내 자신이 어리석다고 생각했어요. 근데 어느 날 '그 사람은 멍청이야.'라고 혼자 속삭여 봤죠. 그러고 나니 모든 게 확실해졌어요. 안 그래요?"

"오늘 당신은 험담만 늘어놓는군요."

"아니, 전혀요. 하지만 그렇게밖에 생각할 수 없어요. 우리 두 사람 중에 하나는 분명 바보예요. 하지만 스스로를 가리켜 바보라 말할 수는 없으니까요."

"누구도 자신의 재산에는 만족하지 않으나 지혜에는 만족한다." 외교관이 프랑스 시구 중 하나를 읊었다.

"맞아요. 바로 그거예요!" 먀흐카야 공작 부인이 그를 바라보며 말했다. "어쨌든 내가 하고 싶은 말은 안나를 당신들의 입방아에 오르내리게 하고 싶지 않다는 거예요. 그녀는 정말 사랑스러운 여자예요. 누군가가 그녀에게 반해서 그녀의 그림자가 된다 해도 그녀의 잘못은 아니에요."

"하긴 그렇죠. 나도 그녀의 험담을 할 생각은 아니었어요." 안나의 친구가 변명을 늘어놓았다.

"지금 우리의 뒤를 따라다니는 그림자가 없다고 해서 그림자가 있는 사람을 헐뜯을 권리는 없어요."

먀흐카야 공작 부인은 안나의 친구에게 적당한 충고를 한 뒤 대사 부인과 함께 일어나 프로이센 왕에 대한 대화를 이어가고 있는 테이블 쪽으로 자리를 옮겼다.

"그쪽에선 무슨 이야기를 하고 있었죠?" 벳시가 물었다.

"카레닌 부부에 대한 얘기였죠. 공작 부인이 알렉세이 알렉산드로비치에 대해 자세히 말해 주었죠." 대사 부인이 미소 띤 얼굴로 테이블 앞에 앉으며 말했다.

"그 얘길 듣지 못한 게 참으로 유감이군요." 여주인이 입구 쪽을 바라보며 말했다.

"드디어 오셨군요!" 그녀가 안으로 들어오던 브론스키에게 웃으며 말했다.

브론스키는 거기에 모인 사람 모두와 친분이 있었고 이들은 모두 자주 보는 얼굴들이었다. 이 때문에 그는 잠시 외출했다 돌아온 사람처럼 편안하게 들어왔다.

"어디에 다녀오는 길이시죠?" 대사 부인의 질문에 그가 대답했다.

"어쩔 수 없이 말씀드려야겠군요. 부프(희극)를 보고 왔습니다. 수없이 간 곳인데 갈 때마다 새로운 기분이 들더군요. 정말 대단해요! 좀 부끄러운 얘기지만, 오페라를 볼 때면 금세 잠이 드는데 부프를 볼 때면 늘 끝까지 자리를 지키고 즐길 수 있어요. 오늘……."

그는 프랑스 여배우를 언급하며 그녀에 대한 이야기를 꺼내려 했으나 대사 부인이 장난스러우면서도 질색하는 얼굴로 그의 말을 막았다.

"더 이상 그 끔찍한 얘기는 하지 마세요."

"그럼 그렇게 하죠. 다들 이미 잘 알고 계실 테니까요."

"언젠가 그게 오페라처럼 인정을 받게 된다면 다들 보러 가고 싶어 할 거예요." 먀흐카야 공작 부인이 그의 말을 받으며 말했다.

7

그때 입구 쪽에서 발소리가 들렸다. 안나라는 것을 눈치챈 벳시 공작 부인은 브론스키의 얼굴을 힐끗 쳐다보았다. 그는 입구 쪽을 보고 있었다. 그녀를 바라보고 있는 그는 기뻐하면서도 왠지 모르게 두려운 듯한 오묘한 표정을 지었다. 그는 천천히 자리에서 일어났다. 안나가 응접실로 들어왔다. 평소처럼 그녀는 몸을 곧게 세우고 정면을 바라보며 사교계의 여느 부인과는 다르게 당당하면서 경쾌한 걸음으로 여주인에게 다가갔다. 그러고 나서 그녀의 손을 잡고는 웃으며 브론스키를 바라보았다. 그는 그녀에게 허리를 굽혀 인사하고 자리를 안내했다.

그녀는 고개를 살짝 끄덕이며 붉어진 얼굴을 살짝 찡그렸다. 그러고 나서 지인들과 악수하며 인사를 나누고는 여주인에게 말했다.

"리디야 백작 부인을 뵙고 오는 길이에요. 잠시 들르려 했는데 너무 오래 있었나 봐요. 마침 존 경도 함께 계셨거든요. 정말 재미있는 분이세요."

"그 선교사 말씀이신가요?"

"네, 인도에 대해 아주 재미있는 얘기를 해 주셨어요."

안나가 도착하자 잠시 중단되었던 대화의 불씨가 다시 살아나기 시작했다.

"존 경이라! 아, 존 경, 저도 그분을 뵈었던 적이 있지요. 말솜씨가 정말 뛰어나세요. 블라시예바는 그분에게 완전히 푹 빠졌어요."

"참, 블라시예바 동생이 토포프와 결혼한다면서요?"

"네, 그렇다고 하더군요."

"난 그 댁 부모님들에게 좀 놀랐어요. 열애 끝에 결혼한다더군요."

"열애요? 당신은 참 구시대적인 사고방식을 가졌군요. 요즘에도 그런 말을 쓰는 사람이 있나요?" 대사 부인이 말했다.

"하지만 그 구시대적 사고방식은 여전히 존재하지요." 브론스키가 말했다.

"그 방식을 고수하는 자들이 문제지요. 이성적인 결혼을 해야 행복할 수 있으니까요."

"맞습니다. 하지만 예전에는 미처 알지 못했던 열정 때문에 이성으로 이룰 수 있을 거라 믿었던 행복한 결혼 생활이 한순간에 깨져 버릴 수도 있지요." 브론스키가 말했다.

"하지만 우리가 말하는 이성적인 결혼이란 양쪽 다 자유로운 생활을 한 뒤에 치러지는 결혼을 말하는 것이죠. 그건 홍역처럼 누구나 한 번은 겪어야 하는 일이니까요."

"그럼 천연두 접종처럼 사랑의 열병을 예방하는 백신을 연구해야겠군요."

"난 젊었을 때 수도사를 사랑한 적이 있었죠." 먀흐카야 공작 부인이 말했다. "하지만 그게 나한테 어떤 도움이 되었는지는 모르겠어요."

"농담이 아니라, 진정한 사랑을 알기 위해서는 한 번쯤은 실수도 저지르고 고쳐 나가야 한다고 생각해요." 벳시 공작 부인이 말했다.

"그럼 결혼한 뒤에도 가능한 건가요?" 대사 부인이 농담조로 말했다.

"뉘우치는 것에는 때가 없는 법이죠." 외교관이 영국 속담을 읊어 댔다.

"맞아요!" 벳시가 동의했다. "실수도 하고 그 후에 고쳐 나가는 일도 필요하죠. 당신 생각은 어때요?" 그녀는 안나를 바라보았다. 안나는 희미하게 미소 지으며 그저 잠자코 듣고만 있었다.

"난 말이죠." 안나가 벗어 놓은 장갑을 만지작거리며 말했다. "내 생각은 이래요. 사람의 생김새가 다 다르듯 생각도 다르고 마음 역시 다르다고요. 그러니 사랑의 종류도 각기 다르다고 생각해요."

브론스키는 가슴을 졸이며 그녀의 입에서 어떤 말이 나올지 지켜보고 있었다. 그녀가 말을 마치자 그는 마치 큰 고비를 넘기기라도 한 듯 한숨을 내쉬었다.

그때 갑자기 안나가 그를 바라보며 말했다.

"모스크바에서 편지가 왔어요. 키티 쉬체르바쓰카야가 몹시 아프다고요."

"그게 정말입니까?" 브론스키가 얼굴을 찡그리며 말했다.

안나는 굳은 얼굴로 그를 노려보았다.

"당신은 아무렇지 않으신가요?"

"아니, 그렇지 않습니다. 대체 뭐라고 적혀 있던가요?" 그가 물었다.

안나가 자리에서 일어나 벳시에게 다가갔다.

"차 한 잔 주시겠어요?" 그녀가 벳시의 뒤에 서서 말했다.

"뭐라고 쓰여 있었나요?" 그가 재차 물었다.

"난 가끔 그런 생각을 해요. 남자들은 고결함이 뭔지도 모르면서 늘 그 말을 입에 담고 있다고 말이죠." 안나는 그의 질문에는 답하지 않고 말했다. "진작부터 당신께 말씀드려야 한다고 생각했어요." 그녀는 이렇게 말하며 사진첩이 놓여 있는 테이블 구석으로 갔다.

"무슨 뜻인지 전혀 이해가 되지 않는군요." 그가 그녀에게 찻잔을 건네며 말했다.

그녀가 소파를 향해 눈짓하자 그는 그곳에 앉았다.

"당신께 꼭 말씀드리려 했어요." 그녀는 그를 쳐다보지도 않고 차갑게 말했다. "당신은 너무 큰 잘못을 저지르셨어요. 정말 무서운 잘못을요."

"당신은 내가 그걸 모르고 있다고 생각하십니까? 하지만 내가 누구 때문에 그런 짓을 저질렀는지 정말 모르십니까?"

"무슨 뜻으로 그런 말씀을 하시는 거죠?" 그녀가 차가운 얼굴로 그를 바라보며 말했다.

"이미 알고 계실 텐데요." 그는 대담하게 그녀를 똑바로 쳐다보며 즐거운 듯이 말했다.

그러자 안나는 오히려 그보다 당황하며 말했다.

"그건 당신이 매정한 사람이라는 뜻이에요." 그녀가 말했다. 하지만 그녀의 눈빛은 그가 열정이 가득한 사람이라는 것을 알고 있기에 그를 두려워하고 있다고 말하고 있었다.

"그건 실수였을 뿐 사랑은 아니었습니다."

"기억하실 테죠. 그런 거북한 말을 입에 올리는 것을 내가 금지했다는 것을요." 안나는 몸서리쳤다. 하지만 그녀는 자신이 금지했다는 말을 사용함으로써 자신이 그에게 어떠한 권리가 있다는 것을 인정한 셈이 되었다. 그것이 오히려 그가 고백할 수 있는 용기를 북돋아 주었다.

"오래전부터 말하고 싶었어요." 그녀는 단호하게 그를 쳐다보며 붉어진 얼굴로 말을 이어 갔다. "오늘 이곳에서 당신을 만날 수 있을 거라는 기대감을 안고 찾아왔어요. 이제 이런 일은 정말 그만둬야 한다는 말을 전하려고요. 난 여태껏 누구의 앞에서도 부끄러운 일을 한 적이 없었는데 당신은 내게 죄책감을 주는군요."

그는 그녀의 얼굴을 바라보았다. 그는 그녀에게서 새로운 아름다움을 느끼고는 마음이 동요했다.

"내가 어떻게 하기를 바라는 겁니까?" 그는 솔직하면서도 진지한 어조로 말했다.

"나는 당신이 모스크바로 가서 키티에게 용서를 구했으면 좋겠어요." 그녀가 말했다.

"당신이 원하는 건 그게 아닐 겁니다." 그가 말했다.

그는 그녀가 애써 그렇게 말하고 있지만 본심이 아니라는 것을 알고 있었다.

"당신이 말씀하신 것처럼, 당신이 나를 사랑한다면." 그녀가 속삭였다. "내 마음이 안정될 수 있도록 해 주세요."

그러자 그의 얼굴이 환해졌다.

"모르시겠습니까? 당신이 내 전부라는 것을 말입니다! 난 안정 같은 건 모릅니다. 그러니 그렇게 해 드릴 수도 없습니다. 내 자신이라든지 사랑을 원하시면 모두 드릴 수 있습니다. 나는 당신과 나를 떼어 놓고 생각할 수 없습니다. 우리는 이미 하나니까요. 그러니 앞으로 당신과 내게 안정 같은 건 있을 수 없을 겁니다. 절망과 불행, 아니면 행복, 나는 이것만 바라볼 뿐입니다. 이것이 정말 불가능한 일인 걸까요?"

그는 입술만 살짝 움직이며 말했으나 그녀는 무슨 말인지 다 이해할 수 있었다.

그녀는 꼭 해야 할 말을 하기 위해 이성의 끈을 부여잡았다. 하지만 사랑 가득한 눈빛으로 그를 바라보았을 뿐 아무 말도 하지 못했다.

'그래, 좋아!' 그가 몹시 기뻐하며 생각했다. '내가 절망에 빠져 있던 그 순간, 끝이 보이지 않았던 바로 그 순간에 바로! 그녀는 날 사랑하고 있어. 지금 그걸 고백하고 있는 거야.'

"그럼 제발 나를 위해 이 얘기는 더 이상 꺼내지 말아 주세요. 우리 그냥 좋은 친구로 지내요." 그녀는 이렇게 말했으나 그녀의 눈빛은 다른 말을 하고 있었다.

"우리가 친구가 될 수 없다는 걸 당신도 알고 계실 텐데요. 우리 두 사람이 세상에서 가장 행복한 사람이 되느냐 아니면 불행한 사람이 되느냐는 당신에게 달려 있습니다."

그녀는 무슨 말을 하려 했으나 그가 가로막았다.

"내 유일한 바람은, 지금처럼 희망을 갖고 괴로워할 수 있는 기회를 갖게 해 달라는 것뿐입니다. 그마저도 허락되지 않는다면, 제발 사라져 버리라고 말씀해 주십시오. 그럼 사라지겠습니다. 이것이 당신을 괴롭히는 일이라면 다시는 당신 앞에 나타나지 않겠습니다."

"나는 당신을 어디에도 보내고 싶지 않아요."

"그렇다면 모든 걸 그대로 두십시오. 있는 그대로 말입니다." 그가 떨리는 목소리로 말했다.

"저기 남편분이 오시는군요."

그때 알렉세이 알렉산드로비치가 특유의 침착하면서도 여유 있는 걸음걸이로 응접실로 들어왔다.

그는 아내와 브론스키를 흘끗 쳐다본 뒤 여주인에게 갔다. 그러고는 자리에 앉아 찻잔을 건네받고는 특유의 진지하면서도 농담 섞인 말투로 사람들을 놀리기 시작했다.

"랑부이에 사람들이 모두 모이셨군요." 그는 주위를 둘러보며 말했다.

"카리테스 여신과 뮤즈도 있군요."

하지만 공작 부인 벳시는 그의 이러한 빈정대는 말투를 견딜 수 없었기에 병역 의무로 화제를 돌렸다. 알렉세이 알렉산드로비치는 이 대화에 참여하면서 자신의 생각을 반박하는 벳시 공작 부인에게 이 제도를 옹호하는 태도를 보였다.

브론스키와 안나는 작은 탁자 앞에 그대로 앉아 있었다.

"분위기가 점점 이상해지는군요." 한 부인이 안나와 브론스키, 그리고 그녀의 남편을 눈짓으로 가리키며 말했다.

"내가 뭐랬어요?" 안나의 친구가 말했다.

하지만 그녀들뿐만 아니라 먀흐카야 공작 부인과 벳시를 포함한 응접실에 있던 모두가, 따로 떨어져 앉은 두 사람이 마치 방해라도 되는 듯 몇 번씩이나 흘긋거렸다. 그러나 단 한 사람, 알렉세이 알렉산드로비치만은 그쪽으로 고개를 돌리지 않고 조금 전 시작된 대화에 집중했다.

사람들이 불쾌하게 느끼고 있다는 것을 안 벳시 공작 부인은 알렉세이 알렉산드로비치에게 다른 대화 상대를 붙여 놓고는 안나에게 갔다.

"당신 남편의 늘 정확한 말솜씨에 항상 놀라고 있어요." 그녀가 말했다. "저분께서 말씀하시면 아무리 복잡한 얘기도 금방 이해가 되죠."

"그래요!" 안나는 밝은 미소로 대답했지만 벳시가 무슨 말을 하는지 모르고 있었다. 그리고 나서 그녀는 큰 테이블로 자리를 옮겨 대화에 참여했다.

30분가량 대화를 나누던 알렉세이 알렉산드로비치는 아내에게 다가와 집으로 돌아가자고 말했다. 하지만 그녀는 그를 쳐다보지도 않고 만찬 때까지 머물겠다고 했다. 알렉세이 알렉산드로비치는 사람들에게 인사하고 그곳을 떠났다.

낡은 가죽 외투를 입은 뚱뚱하고 나이 든, 카레니나의 마부 타타르인은 추운 날씨 탓에 부들부들 떨고 있는 회색 말을 붙들고 현관 앞에서 마차를 대기시키고 있었다. 하인은 마차 문을 열고 서 있었고 수위는 대문을 붙들고 서 있었다. 안나 아르카디예브나는 작은 손으로 모피 외투의 후크에 걸린 소매의 레이스를 재빨리 풀어내면서 자신을 배웅하러 나온 브론스키의 말을 기쁘게 듣고 있었다.

"당신은 오늘 아무 말도 하지 않은 겁니다. 나 또한 아무것도 요구하지 않았습니다." 그가 말했다. "당신도 알고 있겠지만 내가 원하는 것은 우정이 아닙니다. 내게는 단 하나의 행복이 필요할 뿐입니다. 당신이 그토록 두려워하고 있는 그 말…… 바로 사랑입니다."

"사랑……." 그녀는 그의 말을 천천히 되뇌었다. 그리고 레이스를 풀어내자마자 갑자기 이렇게 말했다. "내가 그 말을 두려워하는 건, 그 말은 내게, 당신이 생각하는 것보다 훨씬 더 많은 의미를 담고 있기 때문이에요." 그녀는 이렇게 말하며 그의 얼굴을 바라보았다. "그럼, 또 만나요." 그녀는 그에게 손을 내밀었다. 그러고는 경쾌한 걸음걸이로 수위 옆을 지나 마차에 올라탔다.

그녀의 눈빛과 손의 감촉은 그의 마음에 불을 지폈다. 그는 그녀의 손이 닿은 자신의 손바닥에 입을 맞췄다. 그는 최근 두 달보다 오늘 밤에 훨씬 더 그의 목표치에 가까이 갔다는 생각이 들었기에 행복한 마음으로 마차를 타고 집으로 향했다.

8

알렉세이 알렉산드로비치는 브론스키와 단둘이 다른 테이블에서 열심히 대화를 나누고 있던 아내의 행동이 특별히 잘못되었다고 생각하지는 않았다. 하지만 응접실에 있던 다른 사람들이 곱지 않은 시선으로 보고 있었다는 걸 알았기에 그 일과 관련해 아내에게 주의를 주어야겠다고 생각했다.

늘 그랬듯, 집에 도착하자 알렉세이 알렉산드로비치는 서재로 가서 안락의자에 몸을 기대고 법왕 신성설에 대한 책을 꺼내 페이퍼 나이프로 표시해 둔 부분을 펼쳐 1시까지 읽었다. 그러면서 그는 때때로 넓적한 이마를 비비기도 하고 뭔가를 떨쳐 내려는 듯 고개를 흔들기도 했다. 그러다가 시간이 되자 일어나서 잘 준비를 했다. 안나 아르카디예브나는 아직 집에 오지 않았다. 그는 책을 옆구리에 끼고 2층으로 올라갔다.

하지만 그는 늘 업무로 고민하던 평소와는 달리 오늘 밤은 아내에게 무슨 일이 일어나고 있는 것 같다는 불쾌한 생각이 들어 혼란스러웠다. 그는 평소처럼 잠을 청하지 않고 뒷짐을 지고 방 안을 거닐었다. 새롭게 마주한 이 상황에 대해 깊이 생각해 봐야겠다는 생각이 들자 잠이 오지 않았던 것이다.

그 일과 관련해 알렉세이 알렉산드로비치가 아내에게 주의를 줘야겠다고 마음먹었을 때만 해도, 그는 이 문제는 아주 간단한 일이라고 생각했다. 하지만 이 새로운 상황에 대해 곰곰이 생각해 보니 이것은 그 어떤 것보다 복잡하고 어려운 문제처럼 느껴졌다.

알렉세이 알렉산드로비치는 질투심이 많은 남자는 아니었다. 그는 질투한다는 것 자체가 아내를 모욕하는 일이라 생각했으며 남편은 아내를 믿어야 한다고 생각했다. 하지만 왜 믿어야 하는지, 젊은 아내가 늘 자신을 사랑할 거라고 확신할 수 있는지에 대해서는 한 번도 생각해 본 적이 없었다. 그는 아내를 완전히 믿었고 그래야만 한다고 생각했기 때문이다. 지금도 그는, 질투심은 수치스러운 감정이며 아내를 신뢰해야 한다는 마음은 변함이 없는데도 왠지 모르게 이해할 수 없는 난처한 상황에 직면했다는 생각이 들어 혼란스러웠다.

알렉세이 알렉산드로비치는 아내가 자신 이외의 다른 사

람을 사랑할 수도 있다는 사실에 직면한 것이다. 이는 그로서는 전혀 이해할 수 없는 일이었기에 그의 인생에 혼란이 생겼다. 알렉세이 알렉산드로비치는 자신의 인생 전부를 공적인 업무에 바쳤기에 자신의 인생과 관련된 문제에 직면할 때마다 회피하곤 했었다. 지금 그는, 절벽 위에 놓인 다리를 무사히 건너 안심하고 있는데 갑자기 다리가 부서져 저 아래쪽에 깊은 바다가 있다는 것을 알아챘을 때와 같은 느낌을 받았다. 그 깊은 바다는 그가 회피해 왔던 진짜 인생이었고 다리 위의 삶은 알렉세이 알렉산드로비치가 생활하던 공무와 관련된 인생이었다. 그는 처음으로 아내가 자신 외에 다른 남자를 사랑할 수도 있다는 생각을 하며 몸서리를 쳤다.

그는 옷도 갈아입지 않고 램프 하나가 켜져 있는 식당의 마루와 어두컴컴한 응접실의 양탄자 위를 왔다 갔다 했다. 램프의 빛은 소파 위에 있던, 최근에 완성된 그의 커다란 초상화를 비추고 있었다. 그는 아내의 서재로 향했다. 그곳에는 두 개의 촛불이 그녀의 가족과 친구들의 초상화, 그리고 오래전부터 책상 위에 놓여 있던 작은 장식품을 비추고 있었다. 그는 그녀의 방을 지나 침실 앞까지 갔다가 다시 발길을 돌렸다.

그렇게 그는 집 안을 한 바퀴 돌다가 밝은 식당의 세공 마루 위에 멈춰 서서 혼자 중얼거렸다. '이 문제는 반드시 해결해야 한다. 이 문제에 대한 내 생각과 결심을 말해야 된다.' 그러고 나서 그는 뒤돌아 생각했다. '근데 무슨 말을 해야 하는 걸까? 무슨 결심에 대해서?' 응접실로 들어온 그는 혼잣말을 했지만 해답을 찾지 못했다. 그는 서재 쪽으로 향하며 자문했다. "무슨 일이 있었던 것인가? 아무 일도 없지 않았나? 그저 오랫동안 그 남자와 대화를 나눴을 뿐이다. 그게 무슨 문제가 되는 걸까? 사교계의 부인이 누군가와 대화를 나눈다는 것은 지극히 자연스러운 일이다. 그런 일로 질투한다면 그건 그녀를 모욕하는 것이다." 그는 아내의 서재로 들어가며 혼잣말을 했다. 하지만 예전에는 큰 의미로 다가왔던 이러한 성찰에서도 지금은 아무 의미도 찾을 수 없었다. 그는 침실 앞에서 다시 발길을 돌렸다. 어두컴컴한 응접실에 들어서자마자 어떤 목소리가 들리는 것 같았다. "아니야, 다른 사람들이 눈치챌 정도면 분명 뭔가 있는 것이다." 식당 앞에 이르자 그는 또 혼잣말을 했다. "그래, 이건 반드시 해결해야 할 문제다. 그리고 내 생각을 분명히……." 그러고 나서 그는 다시 응접실로 들어가려다 또 한 번 자문했다. "대체 어떻게 해결해야 하는 것인가?" 그러고는 재차 물었다. "대체 무슨 문제가 있었다는 것인가?" 그러고 나서 그는 이렇게 대답했다. "그래, 아무 일도 없었다." 그는 다시 질투라는 것은 아내를 모욕하는 일이라 생각했다. 하지만 다시 응접실에 이르렀을 때는 분명 무슨 일이 있는 거라는 생각이 들었다. 그의 생각은 몸의 움직임과 마찬가지로 새로운 상황에 이르지 못하고 제자리에서 맴돌 뿐이었다. 그는 이 사실을 깨닫고는 이마를 문질렀다. 그러고 나서 그녀의 방으로 들어가 자리에 앉았다.

그녀의 책상 위에는 공작석으로 된 서진과 쓰다 만 편지가 놓여 있었다. 그곳을 둘러보는 동안 그의 생각은 바뀌었다.

그는 그녀와 그녀의 생각과 감정에 대해 생각해 보았다. 그는 처음으로 그녀의 사생활과 생각들, 소망에 대해 생각해 보았다. 하지만 그녀에게도 사적인 세계가 있고, 있어야만 한다는 생각이 들자 문득 두려워졌기에 그는 곧 그 생각을 떨쳐 버렸다. 그것이야말로 그가 그토록 마주하기 두려워했던 심연였던 것이다. 알렉세이 알렉산드로비치에게 있어 다른 사람의 감정을 들여다본다는 것은 그와는 거리가 먼 정신적인 활동이었다. 그는 이런 감정이 아주 해롭고 위험한 망상이라고 생각했다.

그는 생각했다. '내가 두려운 건, 모든 일이 완성되어 가고 있는(그는 자신이 통과시키려는 법안에 대해 생각하고 있었다.) 이 시점에, 무엇보다 안정과 힘이 절대적으로 필요한 이 순간에 불필요한 근심거리가 생겼다는 것이다. 하지만 내가 어떻게 해야 하는가? 불안과 걱정에 휩싸여 지친 나머지 자신의 문제를 직시할 수 없는 그런 사람들과 나는 다르다.'

"나는 현명한 판단을 내려 이 문제를 떨쳐 내야만 한다." 그는 소리 내어 외쳤다.

'그녀의 감정과 마음속에 일어난 변화, 그리고 앞으로 벌어질 일과 관련된 문제는 내가 관여할 부분이 아니다. 그녀의 양심에 맡길 문제이며, 종교의 영역이다.' 그는 이번 문제를 떠맡길 적당한 자리를 찾아냈다는 생각이 들자 마음이 조금 편안해져 혼잣말을 했다.

"그러니까 결국은." 알렉세이 알렉산드로비치가 계속 중얼거렸다. "그녀의 감정과 관련된 일은 그녀의 양심에 맡겨야 할 문제이며 내가 관여할 수 없는 부분이다. 내가 해야 할 일은 확실히 정해져 있다. 나는 가장으로서 그녀를 지도해야 할 책임이 있다. 그러니 나는 그녀에게 이번에 내가 느낀 위험과 관련해서 지적해 주고, 또 주의를 주며 가장으로서 권한을 행사해야 한다. 꼭 그래야만 한다."

이제 알렉세이 알렉산드로비치의 머릿속에 아내에게 해야 할 말들이 뚜렷하게 떠올랐다. 하고 싶은 말들을 천천히 떠올려 보던 그는 이런 집안일에 자신의 시간과 노력을 허비하는 게 아깝다는 생각이 들었다. 그럼에도 그가 해야 할 이야기들이 그의 머릿속에 질서정연하게 자리를 잡고 있었다.

'난 그녀에게, 처음에는 사람들의 이목과 예의의 중요성을, 두 번째로 결혼의 의의와 종교적인 해석에 대해서, 세 번째로 아들에게 벌어질 수 있는 불미스러운 일에 대한 지적을 하고, 네 번째로 그녀가 감당해야 할 불행에 관해 말해야 한다.' 그러고 나서 알렉세이 알렉산드로비치는 손깍지를 끼고 손을 뒤집어 뒤로 젖혔다. 그러자 관절이 꺾이며 우두둑 소리가 났다. 손깍지를 끼고 손가락 관절을 꺾는 나쁜 습관은 그의 마음을 진정시켜 주었고, 지금 그에게 어느 것보다 필요했던, 그의 생각에 확고한 신념을 주었다. 그때 마차가 오고 있는 소리가 현관 쪽에서 들려왔다. 알렉세이 알렉산드로비치는 홀 한가운데에 멈춰 서 있었다.

이윽고 계단을 오르는 발소리가 들렸다. 알렉세이 알렉산드로비치는 그녀에게 해야 할 말을 준비하며 손깍지를 낀 손가락 마디를 누르며 어딘가에서 또 소리가 나지 않을까 하고 생각하고 있었다. 그러자 손가락 한 마디에서 뚝 소리가 났다.

계단을 오르는 경쾌한 발소리가 가까워지고 있었다. 그는 자신의 언변을 믿고 있었지만 당장 아내에게 해야 할 말들을 떠올리자 왠지 두려워졌다.

9

안나는 고개를 숙이고 외투의 모자 끝에 달린 술을 만지작 거리며 들어왔다. 그녀의 얼굴에서는 광채가 났지만 그 빛은 어두웠으며 마치 캄캄한 밤에 타오르는 불빛처럼 무서웠다. 남편을 보자 안나는 고개를 들고는 이제 막 잠에서 깨어난 듯 미소 지었다.

"여태 안 주무셨어요? 이럴 수가!" 그러고 나서 그녀는 외투의 모자를 벗고 바로 옷 방으로 갔다. "늦었어요. 주무세요, 알렉세이 알렉산드로비치." 그녀가 문 뒤에서 말했다.

"안나, 당신한테 할 얘기가 있소."

"저한테요?" 그녀는 방에서 나와 놀란 눈으로 그를 바라보았다.

"그렇소."

"무슨 일인데요? 무슨 얘기요?" 그녀가 자리에 앉으며 물었다. "꼭 하셔야 한다면 말씀하세요. 그게 아니라면 지금은 자는 게 더 좋을 것 같아요." 안나는 아무 생각 없이 말하고 있었다. 그녀는 자신이 한 말을 떠올리며 이토록 능청스럽게 거짓말을 할 수 있다는 사실에 놀랐다. 그녀의 말은 어쩜 이렇게 자연스러운지! 잠을 자고 싶다는 뜻 외에는 전혀 다른 의미가 없는 것처럼 들리니 말이다. 그녀는 어떤 것도 관통할 수 없는 거짓이라는 갑옷을 입고 있는 것 같은 생각이 들었다. 그리고 보이지 않는 어떤 힘이 자신을 지지해 주고 있다고 느꼈다.

"안나, 당신에게 경고할 게 있소." 그가 말했다.

"경고라니요?" 그녀가 말했다. "무슨 뜻이죠?"

그녀는 너무도 태연했기에 그녀를 잘 아는 남편을 제외한 다른 사람들은 그녀의 말이나 태도에서 어색함을 찾지 못했을 것이다. 하지만 그는 그녀를 잘 알고 있었다. 그녀는 그가 평소보다 5분이라도 늦게 잠이 들면 그 이유를 묻곤 했었다. 또한 그는 그녀가 자신의 기쁨과 슬픔을 함께 나누는 사람이란 것을 누구보다 잘 알고 있었다. 하지만 지금 그녀는 그의 감정을 살피려 하지도 않았고 그를 전혀 배려하지 않고 있었다. 이것은 그에게 큰 의미로 다가왔다.

항상 그의 앞에 열려 있던 그녀의 심연의 문이 굳게 닫혀 버린 것 같았다. 게다가 그녀는 이를 너무도 태연하게 받아들이며 마치 그에게 '그래요, 닫혀 버렸어요. 이것은 지극히 당연한 일이고 앞으로도 계속 그럴 거예요.'라고 직설적으로 말하는 듯했다. 그는 지금 안으로 들어가지 못하고 굳게 닫힌 문 앞에 서 있는 심정이었다.

'하지만 열쇠를 찾을 수 있을지도 몰라.' 알렉세이 알렉산드로비치는 생각했다. "내가 당신에게 경고하려는 것은 말이오." 그가 낮은 목소리로 말했다. "당신의 부주의한 행동이 구설수에 오르게 될 수도 있다는 말이오. 오늘 당신이 브론스키(그는 브론스키의 이름을 천천히 또박또박 발음했다.) 백작과 너무도 다정하게 얘기를 나누는 모습을 사람들이 주시하고 있었던 것 같소." 그러고 나서 그는 이제 마음을 읽을 수 없어 두려운, 그녀의 미소 짓는 눈동자를 바라보았다. 그는 이렇게 말하면서도 자신의 말이 소용없다는 것을 느꼈다.

"당신은 항상 이런 식이죠." 그녀는 그의 말을 이해할 수 없다는 듯, 단지 마지막 한마디만 알아들었다는 듯한 표정으로 말했다. "내가 따분해하는 게 싫다면서 또 이번엔 내가 너무 즐거운 게 싫은 모양이군요. 난 그저 오늘 밤 따분하지 않았던 것뿐인데, 그게 그렇게 잘못된 건가요?"

알렉세이 알렉산드로비치는 몸서리를 치며 손가락 관절을 꺾으려고 했다.

"제발, 그 소리 좀 내지 마세요. 난 그 소리가 정말 싫어요." 그녀가 말했다.

"안나, 당신, 내가 알던 안나 맞소?" 알렉세이 알렉산드로비치는 가슴이 답답해 오는 것을 억누르고는 움직이던 손가락을 멈추며 말했다.

"그게 어떻다는 거예요?" 그녀는 진지하면서도 놀란 모습으로 말했다. "날더러 어쩌라는 거죠?"

알렉세이 알렉산드로비치는 입을 꾹 다물고 손으로 이마와 눈을 비볐다. 그는 사교계 사람들의 구설수에 오르지 않도록 아내를 주의시키려다가 오히려 이것은 그녀의 양심 문제라는 생각이 들어 흥분하며, 자신이 만든 어떤 벽과 싸우고 있다는 것을 깨달았다.

"그러니까 내가 하고 싶은 말은." 그는 침착하게 말을 이으려 애쓰며 냉정하게 말했다. "내 말을 끝까지 들어 주시오. 당신도 알다시피 나는 질투라는 감정을 수치스럽고 저속하다고 생각하고 있소. 그렇기 때문에 내가 거기에 흔들리는 일은 없을 거란 말이오. 하지만 세상에는 어기면 벌을 받는 예의라는 게 존재하오. 물론 오늘 내가 그렇게 느꼈다는 건 아니오. 하지만 그곳에 모인 사람들의 태도로 보아 다들 당신의 행동이 지나치다고 생각하는 것 같았소."

"난 전혀 이해가 되질 않네요." 안나가 어깨를 들썩이며 말했다. '이 사람은 그 일을 신경 쓰지 않고 있어. 단지 사람들의 이목을 염려하는 것뿐이야.' 그녀는 생각했다. "그래서 당신 기분이 언짢으신가 보군요, 알렉세이 알렉산드로비치." 그녀는 이렇게 말하고는 자리에서 일어나 밖으로 나가려고 했다. 하지만 그가 그녀를 막기 위해 앞으로 나섰다.

그는 지금껏 안나가 한 번도 보지 못한 침울한 얼굴을 하고 있었다. 그녀는 걸음을 멈추고는 머리를 한쪽으로 기울여 가며 머리핀을 뽑기 시작했다.

"좋아요. 대체 무슨 말을 하고 싶은 건지 들어 보죠." 그녀는 담담하면서도 냉소적인 어조로 말했다. "아니, 귀 기울여 듣겠어요. 대체 무슨 일 때문에 그러시는지 궁금하니까요." 이렇게 말하고 나서 그녀는 자신의 침착하고 자연스러우면서도 진실한 말투와 예리한 단어 선택에 스스로 놀랐다.

"나에게 당신의 감정까지 관여할 권리는 없소. 그런 일은 불필요할 뿐만 아니라 서로에게 좋을 게 없다고 생각하니까." 알렉세이 알렉산드로비치는 이야기를 시작했다. "자신의 내면을 들여다보면 지금까지 몰랐던 새로운 것이 보일 때가 있소. 물론 당신의 감정은 양심에 맡겨야 할 문제지만 난 당신자신과 나에 대한, 그리고 하느님에 대한 의무를 당신에게 알려 줄 책임이 있소. 우리의 인생은 하느님의 힘으로 맺어진 것이니까. 이 결합을 깨뜨릴 수 있는 건 오직 죄악뿐이고, 죄를 저지른 후에는 반드시 무서운 대가를 치러야 할 것이오."

"난 도저히 이해할 수가 없군요. 아, 이런, 지금 너무 졸리네요!" 그녀는 한 손으로 머리카락을 가르며 나머지 머리핀을 뽑으면서 말했다.

"안나, 그런 식으로 말하지 마요." 그가 부드럽게 말했다. "어쩌면 내가 오해하고 있는 건지도 모르겠소. 하지만 지금 내가 이런 말을 꺼내는 건 당신과 나를 위해서라는 것만 알아 줘요. 난 당신의 남편이고 여전히 당신을 사랑하고 있소."

그러자 그녀는 고개를 숙였다. 그녀의 표정은 온화해지고 조롱하는 듯한 눈빛도 사그라졌다. 하지만 사랑한다는 그의 말이 그녀에게 반발심을 불러일으켰다. '사랑한다고? 과연 이 사람은 사랑이란 걸 할 수 있을까? 사랑이라는 말을 누군가에게서 듣지 않았다면 그는 결코 이런 말을 쓰지 않았을 거야. 그는 사랑이 뭔지도 모르는 사람이니까.'

"알렉세이 알렉산드로비치, 정말 난 무슨 뜻인지 모르겠어요." 그녀가 말했다. "좀 더 확실하게 말해 주세요. 당신의 생각을……."

"그러니 끝까지 들어 봐요. 난 당신을 사랑하오. 하지만 지금 나는 내 자신에 대한 얘기를 하고 있는 게 아니오. 우리 아들과 당신 자신을 먼저 생각해 봐요. 다시 한번 말하지만, 지금 내가 하는 말이 당신한테 전혀 도움이 안 되고 억울하게 들릴지도 모르오. 그렇다면 그건 내가 오해한 탓일 거요. 그렇게 느꼈다면 난 당신에게 용서를 빌겠소. 하지만 내 말에 아주 조금이라도 근거가 있다고 느낀다면, 잘 생각해 주시오. 그리고 당신의 속마음을 내게 말해 주면 좋겠소……."

알렉세이 알렉산드로비치는 처음의 의도와는 전혀 관계없는 말을 하고 있었다.

"나는 더 이상 할 얘기가 없어요. 그리고……." 그녀는 웃음을 억누르며 빠르게 말했다. "이제는 정말 잠을 자고 싶어요."

알렉세이 알렉산드로비치는 한숨을 푹 내쉬며 아무 말도 하지 않고 침실로 향했다.

그녀가 침실로 왔을 때 그는 이미 자리에 누워 있었다. 그는 입을 꾹 다물고 그녀를 쳐다보려고 하지도 않았다. 그녀는 침대에 누워 그가 자신에게 말을 걸기를 기대하고 있었다. 그녀는 그가 말을 붙이는 것을 두려워하면서도 원하고 있었다. 하지만 그는 아무 말도 하지 않았다. 그녀는 한참을 그렇게 기다리다가 그 사실을 잊어버렸다. 그리고 어느 순간 다른 남자를 생각하고 있었다. 그 남자의 모습을 떠올리자 흥분과 죄책갈이 뒤섞여 벅차오르는 듯한 느낌을 받았다. 갑자기 규칙적이면서 차분한 코 고는 소리가 들려왔다. 알렉세이 알렉산드로비치는 본인도 자신의 소리에 놀란 듯 소리를 멈췄으나 이내 안정을 찾은 듯 다시 편안하게 코 고는 소리가 들려왔다.

"늦었어, 늦었어, 이젠 너무 늦었어." 그녀는 미소를 지으며 중얼거렸다. 그러고 나서 한참 동안 눈을 뜬 채로 그대로 누워 있었다. 그녀는 어둠 속에서도 자신의 빛나는 눈동자를 본 것 같았다.

10

알렉세이 알렉산드로비치와 아내의 관계는 그날 이후부터 변해 갔다. 하지만 눈에 띄는 큰 변화는 없었다. 예전처럼 안나는 사교계 활동을 하며 벳시 공작 부인의 집에 자주 드나들었다. 그리고 여기저기에서 브론스키와 만났다. 알렉세이 알렉산드로비치도 그 사실을 알았지만 어찌할 방법이 없었다. 그는 그녀와 허심탄회하게 대화를 나누고 싶었으나 그녀는 그가 침범할 수 없는 단단한 벽을 쌓고 있었다. 겉으로는 아무 변화도 드러나지 않았으나 그들 부부 관계는 완전히 달라져 있었다. 유력한 정치계 인사였던 알렉세이 알렉산드로비치도 이 방면에서는 아무런 힘을 쓸 수 없었다. 그는 그저 소처럼 고개를 떨구고 누군가가 자신의 머리 위에서 쳐들고 있는 듯한 도끼가 떨어질 날만 기다리고 있었다.

이 문제와 관련해 그는 한 번 더 이야기를 꺼내야겠다고 생각했다. 그는 다정하고 온화하게 그녀를 설득하면 모든 것을 제자리로 돌려놓을 수 있을 거라는 희망을 가지고 있었기에 언제라도 그녀와 대화를 나눌 준비를 하고 있었다. 하지만 그는 그녀와 대화할 때마다 그녀를 지배하는 사악함과 거짓의 기운에 자신마저 지배당한다는 생각이 들었고 처음에 의도했던 것과는 전혀 다른 방향으로 횡설수설할 뿐이었다. 그는 자신도 모르게, 진지한 대화를 나누는 사람을 비꼬는 듯한 어조로 그녀에게 말했던 것이다. 하지만 그런 식으로는 그녀에게 해야 할 말을 제대로 전달할 수 없었다.

11

거의 일 년간 브론스키에게는 이전의 모든 욕망들을 대신하며 삶의 모든 희망이었던 것, 안나에게는 도저히 불가능하고 두려웠던 것, 그래서 더 매혹적이며 행복한 꿈같았던 일이 마침내 이루어졌다. 그는 하얗게 질린 얼굴로 턱을 덜덜 떨면서, 자신이 왜 그래야 하는지, 또 어떻게 해야 하는지도 모르면서 그녀의 마음을 진정시키려 애쓰고 있었다.

"안나! 안나!" 그가 떨리는 목소리로 말했다. "안나, 제발!"

하지만 그의 목소리가 커질수록 그녀는 예전의 당당하고 활기찼던 모습과는 달리 수치심으로 가득 찬 머리를 점점 떨구었다. 그러다가 고개를 푹 숙인 채 앉아 있던 의자에서 그의 발치로 쓰러졌다. 만약 그가 잡아 주지 않았다면 양탄자 위로 쓰러졌을 것이다.

"하느님! 부디 용서해 주세요!" 그녀는 흐느끼며 자신의 가슴에 그의 손을 얹었다.

그녀는 이제 엎드려 용서를 빌어야 할 만큼 자신의 죄가 무겁다는 것을 알았다. 하지만 그녀에게는 브론스키 외에는 아무도 보이지 않았기에 그녀는 그를 향해 용서를 빌었다. 그를 보자 그녀는 육체적인 굴욕감이 들어 아무 말도 할 수 없었다. 그는 마치 사람을 죽인 뒤 영혼 없는 육체를 바라보고 있는 듯한 느낌이 들었다. 그가 죽인 육체는 그들의 사랑으로 얻은 것이었다. 수치심이라는 무서운 대가를 치른 뒤 얻게 된 이것은 잔인하고 역겨운 무언가를 품고 있었다. 낱낱이 드러난 영혼에 대한 수치심으로 그녀는 숨이 막혀 왔고 그 역시 이를 느낄 수 있었다. 하지만 살인자는 시체를 보며 공포를 느끼면서도 그것을 숨기기 위해 난도질해야만 했고 살인의 대가로 얻은 것을 철저하게 이용해야 했다.

그래서 살인자는 타오르는 분노를 주체하지 못하고 시체에 달려들어 그것을 끌고 다니며 난도질하는 것이었다. 브론스키는 그녀의 얼굴과 어깨에 키스를 퍼부었다. 그러자 그녀는 그의 손을 꼭 잡은 채 미동도 하지 않았다. 이 키스야말로 수치스러움의 대가였던 것이다. 또한 이제 영원히 내 것이 될 이 손, 이 손의 주인은 나와 공범이 되는 것이다. 그녀는 그의 손을 들어 올려 입을 맞추었다. 그러자 그는 무릎을 꿇고 그녀를 바라보려 했으나 그녀는 얼굴을 가리고 침묵했다. 그러다가 그녀는 자신과의 싸움을 이겨 내려는 듯 일어서며 그를 밀쳤다. 그녀는 여전히 아름다웠기에 그만큼 더 가여웠다.

"이제 다 끝났어요." 그녀가 말했다. "나에게 남은 건 오직 당신뿐이에요. 잊지 마세요."

"내 목숨과도 같은 당신을 어떻게 잊겠습니까. 이 행복한 순간을!"

"행복!" 그녀는 혐오와 공포를 느끼며 말했다. 그녀의 두려움은 그에게도 고스란히 전해졌다. "더 이상 아무 말도 하지 말아요." 그녀는 일어서며 뒤로 물러섰다. "제발, 더 이상은 아무 말도 하지 마세요." 그녀가 반복했다. 그러고 나서 그녀는 차갑고 절망적인 표정으로 자리를 떠났다. 그녀는 지금 새로운 삶에 진입하기에 앞서 수치심과 두려움을 느꼈다. 그녀는 이 기쁨을 말로는 도저히 형언할 수 없다는 것을 느꼈고, 또 그것을 입 밖으로 꺼내 이 감정의 가치를 떨어뜨리고 싶지 않았다. 하지만 그 후에도, 그다음 날, 또 그다음 날에도 그녀는 자신의 감정을 어떻게 표현해야 할지 몰랐다. 또한 자신의 내면에서 일어나고 있는 모든 일들을 진지하게 생각하는 데 도움이 될 만한 것도 찾지 못했다.

그녀는 혼잣말을 했다. "지금은 아무 생각도 할 수 없어. 그러니 마음이 진정되면 생각해 보자." 하지만 그녀는 좀처럼 안정을 찾을 수 없었다. 자신이 저지른 일이 무엇인지, 앞으로 자신의 미래는 어떻게 될지, 뭘 어떻게 해야 할 것인지에 대해 생각할 때마다 두려워진 그녀는 그런 생각들을 떨쳐 내려고 몸부림쳤다.

"다음에, 다음에." 그녀가 말했다. "마음이 좀 안정되면."

하지만 자신을 제어할 수 없는 꿈속에서 그녀의 모습은 비참하고 적나라한 모습으로 나타났다. 그녀는 거의 매일 밤마다 같은 꿈을 꾸었다. 꿈속에서는 두 남자 모두 그녀의 남편이었고 두 사람이 동시에 그녀를 애무했다. 알렉세이 알렉산드로비치는 그녀의 손에 입을 맞추며 눈물을 흘리며 말했다. '이게 바로 내가 원하던 것이오!' 그곳에는 또 다른 남편인 알렉세이 브론스키도 함께 있었다. 꿈속에서 그녀는 여태껏 이같은 일들이 불가능하다고 생각한 자신에게 놀라며 지금껏 이렇게 쉽고 모두를 만족시킬 수 있는 행복한 일을 모르고 있었다고 말했다. 하지만 그녀는 악몽 같은 이 꿈에 가위눌렸고 그럴 때마다 깜짝 놀라 잠에서 깼다.

12

모스크바에서 돌아왔을 때 레빈은 자신이 거절당했던 일을 떠올리고는 얼굴을 붉히며 몸서리 쳤다. 그럴 때마다 그는 늘 혼잣말을 했다. "예전에도 이렇게 흥분하며 몸서리를 쳤었지. 물리 시험에서 낙제해서 2학년 때 유급했을 때도 세상이 끝나 버린 줄 알았지. 또한 누이가 나에게 부탁한 일을 잘 처리하지 못했을 때도 그랬어. 하지만 결국엔 어떻게 되었던가? 세월이 한참 흐른 지금, 돌이켜 보면 그깟 일로 왜 괴로워했는지 놀랄 뿐이야. 그러니 이 비극도 분명 그렇게 될 거야. 시간이 지나면 아무 일도 없었다는 듯 무덤덤해질 거야.”

하지만 석 달이 흐른 지금도 그는 안정을 되찾을 수 없었다. 그 일을 떠올리면 모스크바에서 돌아온 그때처럼 마음이 아프고 괴로웠다. 그는 오래전부터 행복한 가정을 이루고 싶어 했으며 이제는 그럴 수 있을 만큼 성숙해졌다고 믿었다. 하지만 그는 여전히 혼자였고 결혼이라는 것에서 점점 멀어지고 있었기 때문에 마음이 혼란스러웠다. 대부분 사람이 그렇게 생각하듯, 그 역시 나이 많은 남자가 혼자 사는 것을 부정적으로 생각하고 있었기 때문이다. 그는 모스크바로 가기 전, 평소에 대화를 자주 나누던 가축을 돌보는 순박한 농부 니콜라이와 이에 대해 이야기를 나누던 일을 떠올렸다.

“자네 생각은 어떤가, 니콜라이! 결혼할까 하는데 말이야.”

그러자 니콜라이는 이렇게 말했다. “이미 오래전에 하셨어야죠. 콘스탄틴 드미트리치.”

하지만 지금 결혼은 그에게서 너무 멀어져 버렸다. 그 자리의 주인은 이미 정해져 있었다. 그가 아는 아가씨 중에 누구라도 그 자리를 채우는 것은 상상 속에서도 불가능하다는 생각이 들었다.

게다가 자신이 거절당한 일과 어리석었던 자신의 모습을 떠올릴 때면 그는 수치심으로 몹시 괴로웠다. 자신은 결코 아무런 잘못이 없다고 스스로 타일러 봐도 그것은 여느 수치스러운 기억과 마찬가지로 그를 몸서리치게 하고 얼굴을 붉히게 만들었다. 다른 남자들처럼 그도 과거에 잘못을 저지르고 양심의 가책으로 괴로워한 적이 있었다. 하지만 그 불미스러운 기억도 이 수치스러운 기억만큼 그를 괴롭히지는 않았다. 아무리 시간이 흘러도 이 상처는 치유되지 않았다.

그 기억과 더불어 그는 거절을 당하던 그날 밤, 다른 사람들이 보았을 자신의 비참한 모습이 떠올랐다. 이렇듯 여전히 안정되지는 않았지만, 그는 일에 관해서만큼은 자신의 의무를 다했다. 평범한 시골의 일상으로 말미암아 괴로운 기억은 조금씩 사라지고 있었다. 한 주 한 주 시간이 흐를 때마다 키티에 대한 생각은 점점 흐릿해져 갔다. 그는 이제 키티의 결혼 소식을 기다리고 있었다. 그 소식이 자신의 상처를 완전히 낫게 해 줄 거라 믿으면서 말이다.

어느덧 봄이 왔다. 어떤 기대도 속임도 없는, 춥지 않은 따스하고 아름다운 봄. 나무들과 동물들, 그리고 사람들이 모두 즐거워하는 봄이 온 것이다. 이 아름다운 봄날은 레빈에게 용기를 주었고, 지난 일을 잊고 고독한 시골 생활을 꿋꿋하게 잘 해 나가리라는 희망을 주었다. 그가 시골로 돌아오기 전 계획했던 일은 거의 이루어지지 않았으나 가장 중요한 일이었던 순수한 생활을 누리는 일만큼은 잘 지켜가고 있었다. 그는 이제 실패 후에 느꼈던 수치심을 극복해 내고 순수하게 사람들을 바라볼 수 있었다. 그는 2월에 마리야 니콜라예브나에게서 온 편지를 받기도 했다. 형의 상태가 안 좋아졌으며 그럼에도 그는 치료를 받으려 하지 않는다는 내용이었다.

편지를 받은 레빈은 모스크바에 있는 형을 찾아가 의사와 상담하고 외국의 온천으로 요양을 떠날 수 있도록 형을 설득했다. 또한 형이 기분 나쁘지 않게 잘 설득해서 여비를 빌려주었기에 만족스러운 기분이 들었다. 봄에 특히 주의를 기울여야 했던 농사와 독서 말고도 그는 겨울부터 계획한 농서를 쓰는 일에 매진했다. 그 책의 핵심은, 노동자의 자질이 기후나 토지와 마찬가지로 농사에 중요한 영향을 미친다는 것이었다. 그렇기에 농사를 지을 때는 토지와 기후뿐만 아니라 노동자의 특성까지 고려해야 한다는 것이었다. 그는 고독한 독신이었음에도, 아니 어쩌면 고독했기에 오히려 충만한 시골 생활을 할 수 있었다. 하지만 가끔씩 그는 자신의 머리에서 솟구치는 생각들을 아가피야 미하일로브나 외에 다른 누군가에게 전하고 싶은 생각이 들었다. 그는 때때로 그녀와 물리학과 농학, 철학 같은 주제로 대화를 나누곤 했다. 아가피야 미하일로브나는 철학에 관심이 많았다.

한동안 봄 같지 않은 날들이 계속되었다. 사순절의 마지막 두 주는 몹시 추운 날들이 이어졌다. 낮에는 햇볕에 눈이 녹았다가 밤에는 영하 7도까지 기온이 떨어졌다. 얼음이 얼었다 녹았다를 반복했기에 길이 없는 곳도 얼어붙어 수레를 끌 수 있을 정도였다. 부활절에도 여전히 눈이 남아 있었다. 그러다가 이틀째 되던 날, 따스한 바람이 불어오며 먹구름이 끼더니 사흘 동안 폭우가 쏟아졌다. 그러다가 목요일이 되자 바람이 잦아들며 마치 자연의 신비로운 변화를 감추려는 듯 짙은 안개가 끼었다.

안개 속에서 얼음이 깨지고 시냇물은 점점 빠르게 흘러갔다. 부활절이 지나고 첫째 주가 되자 그날 저녁부터 안개가 걷히고 구름이 흩어져 맑은 봄 날씨가 되었다. 다음 날 아침에는 태양이 떠올라 수면 위의 얇은 얼음을 녹였고, 따스한 공기는 아지랑이로 피어올랐다. 묵은 풀도 새 풀도 푸르게 돋아나고 있었으며 까마귀밥나무, 구스베리, 알코올 냄새를 풍기는 끈끈한 자작나무의 새눈도 부풀어 올랐다. 황금빛 꽃을 피운 버드나무 위의 벌집에서 나온 활기찬 벌들은 윙윙거리며 날아다녔다.

들판에는 겨울 보리 싹이 벨벳처럼 깔려 있었고 경작지는 아직 얼음으로 덮여 있었다. 그곳에서 종달새의 노랫소리가 들려왔고, 갈색 흙탕물이 고여 있는 웅덩이와 늪지에서는 댕기물떼새들이 울어 댔다. 저 멀리 높은 하늘에는 학이며 기러기들이 큰 소리로 울며 날아올랐다. 털갈이를 하느라 털이 듬성듬성한 가축들도 목장에서 울어 댔고, 새끼 양들은 구부정한 다리로 털이 깎여 우는 어미 주위에서 뛰어다녔다. 어린아이들은 발자국이 남아 있는 오솔길을 뛰어다녔고, 아낙네들은 냇가에서 빨래하며 즐겁게 이야기를 나누었으며 가래와 써레 같은 기구를 손질하는 농부들의 도끼질 소리가 안마당 곳곳에서 들려왔다. 마침내 봄이 온 것이다.

13

레빈은 커다란 장화를 신고 처음으로 모피 코트가 아닌 천 코트를 입고 나왔다. 그는 햇빛에 반사되어 눈부시게 빛나는 개울을 건너고, 얼음 위와 발이 푹푹 빠지는 진흙 밭을 거닐며 농장을 둘러보았다.

계획과 설계의 계절인 봄이 왔다. 어디로 뻗어 나갈지 모르는, 부푼 눈 속에 갇힌 새싹과 가지가 달린 봄철의 나무들처럼 밖으로 나온 레빈은 자신이 사랑하는 이 농장을 어떻게 가꿔 나가야 할지 알지 못했다. 하지만 그는 자신의 마음이 좋은 계획과 기대로 가득 차 있다고 느끼며 축사를 둘러보았다. 암소들은 우리 안에서 새로 난 털을 반짝거리며 햇볕을 쬐고 있다가 들판으로 내보내 달라는 듯 울어 댔다. 암소들이 가지고 있는 작은 점까지도 알고 있던 레빈은 기꺼이 그들을 들로 내보내고는 사람을 시켜 우리 안에 송아지들만 가두라고 일렀다. 목동은 들로 나갈 채비를 하느라 바빴고, 가축을 돌보는 아낙네들은 손에 마른 나뭇가지를 쥐고 치마를 걷어 올리고는 아직 햇볕에 타지 않은 하얀 맨발로 진흙 바다 위를 돌아다니며, 봄을 만끽하며 즐겁게 뛰노는 송아지들을 마당으로 몰아넣으려 애쓰고 있었다.

레빈은 올해 태어난 송아지들이 모두 훌륭했기에 넋을 잃고 바라보았다. 일찍 태어난 송아지는 크기가 암소만 했고 이제 겨우 석 달된 파바의 암송아지는 일 년 된 송아지만큼 컸다. 레빈은 여물통을 밖으로 꺼내고 건초를 시렁에 얹어 놓으라고 일렀다. 하지만 가을에 만들어 놓고 겨우내 쓰지 않았던 시렁은 망가져 있었다. 그래서 그는 탈곡기 제작을 주문했던 목수에게 사람을 보냈다. 하지만 목수는 사순절이 되기 전에 고쳤어야 할 써레를 아직도 수리 중이라고 했다. 그 때문에 레빈은 몹시 화가 났다. 그가 여러 해 동안 심혈을 기울였지만 여전히 반복되고 있는 그들의 게으름에 부아가 치밀어 오른 것이다. 알아보니, 겨우내 필요 없던 시렁은 마구간으로 옮겨졌다가 거기서 망가진 것이라고 했다. 송아지용으로 만들었기에 허술하게 만든 탓이었다. 이뿐만이 아니었다. 목수를 세 사람이나 고용해 겨울 동안 잘 수리해 놓으라고 전했던 써레와 농기구들이 전혀 수리되지 않았으며, 써레가 당장 필요한 지금에 와서야 수리하고 있다는 것을 레빈은 알게 됐다. 레빈은 집사를 데려오라며 사람을 보내 놓고는 직접 그를 찾아 나섰다. 집사는 늘 그랬듯 유쾌한 얼굴로 양가죽 테두리를 덧댄 긴 코트를 입고 손으로 지푸라기를 꺾으며 탈곡장에서 나왔다.

"목수는 왜 아직 탈곡기를 만들지 않는 거죠?"

"어제 말씀드리려 했는데, 이제 밭을 갈아야 할 때가 됐으니 써레를 수리해야 돼서요."

"겨우내 대체 뭘 하고 이제야 하는 거죠?"

"그런데 목수에게 무슨 볼일이라도 있으신지요?"

"송아지를 가둘 시렁은 대체 어디 있는 거죠?"

"제자리에 갖다 두라고 말했습니다만 그들에게는 말해 봤자 듣지를 않으니!"

집사가 손을 저으며 말했다.

"그들이 아니라 바로 당신이 문제로군!" 레빈이 버럭 화를 내며 말했다. "내가 왜 당신을 고용했겠습니까!" 그가 소리쳤다. 하지만 레빈은 더 이상 이런 이야기는 아무 소용이 없다는 것을 깨닫고는 말을 멈추며 한숨을 내쉬었다. "그럼, 파종은 할 수 있겠어요?" 그는 잠시 말을 멈추었다가 물었다.

"투르킨 뒤편은 내일이나 모레면 가능할 것 같습니다."

"토끼풀은 어떻게 됐죠?"

"바실리와 미쉬카를 보냈습니다. 아마 지금쯤 씨앗을 뿌리고 있을 겁니다. 땅이 너무 질어서 잘됐는지는 모르겠습니다만."

"몇 데샤티나 정도 뿌리는 건가요?"

"6데샤티나 정도입니다."

"왜 다 뿌리지 않는 거요?" 레빈이 다시 소리쳤다.

20데샤티나 땅에 토끼풀을 전부 심지 않고 6데샤티나 정도만 심었다는 말에 레빈은 더욱 화가 치솟았다. 그의 경험상 토끼풀은 가능한 한 빨리, 아직 눈이 남아 있을 때 뿌려야 잘 자랐다. 하지만 레빈은 여태껏 한 번도 성공하지 못했던 것이다.

"일손이 부족해서 그렇습니다. 그들에게 지시할 수가 없어요. 세 사람은 오지도 않았고 세묜은……."

"그럼 당신이 지푸라기 엮는 걸 미뤄 뒀어야죠."

"그래서 저도 그렇게 했습니다."

"그럼 다들 어딜 간 겁니까?"

"다섯 명은 콤포트('콤포스트(거름)'라고 말해야 하는 것을 잘못 발음한 것이다.)를 만들고 있고 네 명은 귀리가 썩지 않게 다른 곳으로 옮기는 중입니다, 콘스탄틴 드미트리치."

레빈은 '썩지 않게'라는 이 말은 결국 파종할 영국산 귀리가 이미 썩어 가고 있다는 뜻임을 잘 알고 있었다. 이것도 역시나 그의 지시대로 하지 않았던 것이다.

"그래서 내가 사순절이 오기 전부터 그렇게 말했던 것 아닙니까! 통풍구를 잘 살피라고!" 그가 소리쳤다.

"염려 마세요. 다 해결하겠습니다."

화가 난 레빈은 손을 휘두르며 귀리를 확인하러 창고로 갔다가 마구간으로 왔다. 다행히 귀리는 아직까지 괜찮았다. 하지만 인부들은 그냥 바닥에 쏟아도 될 것을 삽으로 일일이 퍼나르고 있었다. 그러자 레빈은 다른 방법을 지시하고는 인부 중 두 명을 토끼풀 파종을 위해 보냈다. 그러고 나서야 레빈은 집사에 대한 화가 좀 누그러졌다. 게다가 날씨 또한 너무 화창했기에 화만 내고 있을 수는 없었다.

"이그나트!" 그는 소매를 걷고는 우물가에서 마차 바퀴를 닦고 있던 마부를 향해 외쳤다.

"말안장을 얹어 줘."

"어떤 말을 타실 건가요?"

"콜피크로 하겠네."

"알겠습니다."

그가 말안장을 얹는 동안 레빈은 집사를 불렀다. 레빈은 집사와 화해한 후 봄에 처리해야 할 일들과 농사 계획에 대해 이야기를 나누었다.

그는 풀을 베기 전에 모두 마무리될 수 있도록 거름을 운반하는 일을 서두를 것, 멀리 떨어진 들도 쟁기로 갈아 풀이 나지 않게 할 것, 풀을 제거하는 일도 일꾼을 고용해 말끔히 해결할 것을 지시했다.

집사는 레빈의 말을 경청했다. 그는 주인의 계획을 수긍하려고 노력하고 있었다. 하지만 그의 얼굴은 레빈에게 너무도 익숙한, 그래서 늘 그의 화를 돋우는 무기력하고 우울한 표정이었다.

'네, 계획은 훌륭합니다만 모든 일은 하늘이 도와야 이루어지는 겁니다.' 그의 얼굴은 마치 이렇게 말하고 있는 듯했다.

레빈은 그런 모습을 보며 괴로웠다. 하지만 그것은 어느 집사나 마찬가지였다. 그의 집을 거쳐 간 집사들 모두가 그의 계획에 대해 똑같은 반응을 보였던 것이다. 그래서 이제 그는 화를 내지는 않았지만 서글픈 기분이 들었다. 이제 그는 '하늘이 도와야 되는', 자신에게 도전하고 있는 듯한 어떤 힘과 맞서 싸워야겠다고 생각했다.

"그게 가능할지 모르겠습니다, 콘스탄틴 드미트리치." 집사가 말했다.

"어째서죠?"

"열다섯 명 정도 사람을 더 고용해야 가능할 것 같습니다만 사람을 구할 수가 없어서요. 오늘도 사람이 오긴 했지만 여름철에 70루블이나 달라고 하더군요."

레빈은 아무 말도 하지 않았다. 그 힘이 다시 그를 향해 도전해 오고 있었다. 그는 지금의 자금 사정으로는 서른일곱 명이나 서른여덟 명 정도 고용할 수 있을 뿐 마흔 명 이상을 고용할 수 없었기 때문이다. 최대 마흔 명까지는 고용해 보겠

지만 그 이상은 힘들었기에 그는 지금 이 상황과 싸워야만
했다.

"그럼 수르이와 체피로프카로 사람을 보내요. 구할 수 있
는 데까진 구해 봐야죠."

"네, 그렇게 하겠습니다만……" 바실리 표도로비치가 침
울한 어조로 말했다. "말들이 죄다 허약해져서요."

"더 사면 될 것 아닙니까. 나도 다 알고 있어요." 그가 웃으
며 말했다. "당신들은 가능하면 모든 걸 더 작고 나쁘게 만들
어 버리려 한다는 것을요. 하지만 올해는 그렇게 되지 않을
겁니다. 내가 모든 걸 직접 하게 될 테니까요."

"그렇게 되면 주인님의 수면 시간이 더욱 부족해질 텐
데요. 저희는 물론 주인님과 함께 일하는 게 더 좋습니다
만……."

"지금쯤이면 자작나무골 너머에서 한창 토끼풀을 뿌리는
중이겠군요. 한번 둘러보지요." 그는 마부가 끌고 온 작은 암
갈색 말 콜피크를 타며 말했다.

"개울은 건널 수 없을 겁니다, 콘스탄틴 드미트리치." 마부
가 외쳤다.

"그럼 숲으로 가지."

말은 웅덩이를 보자 콧김을 뿜어내며 신나게 달렸다. 레빈
은 안마당의 진흙 밭을 지나 대문 밖으로 나가 들판을 향해
말을 몰았다.

레빈은 축사와 곡식 창고를 둘러보는 것도 좋았지만 들판
으로 나오자 기분이 한결 더 좋아졌다. 그는 건강한 말의 움

직임에 따라 몸을 들썩이며, 따스한 기운이 느껴지는 상쾌한 공기를 마시며 숲속 곳곳에 보이는 발자국과 바퀴 자국 위에 남아 있는 잔설을 밟으며 지나가고 있었다. 그러면서 그는 이끼가 돋아나고 잎눈이 부풀어 오른 자신의 나무를 바라보며 즐거워했다.

숲을 벗어나자 눈앞에 탁 트인 푸른 밀밭이 펼쳐졌다. 협곡에 눈이 조금씩 남아 있을 뿐 어느 한 군데도 빈 땅도 습지도 없어 매끈한 벨벳 양탄자 같았다. 그는 도중에 만난 농부에게 말들을 몰아내라고 일렀으나 농부들의 말과 망아지들은 그의 들판을 짓밟고 있었다. 하지만 이것도, "이봐, 이나트. 어서 파종해야지?"라고 물었을 때 "그것보다 먼저 밭을 갈아야죠, 콘스탄틴 드미트리치." 하고 거만하면서도 멍청한 대답을 하던 농부의 말도 그의 화를 돋우지는 않았다. 앞으로 나아갈수록 그는 즐거웠고 머릿속에는 더 좋은 농사 계획들이 계속해서 떠올랐다.

남쪽 경계선을 따라 모든 밭에 버드나무를 심고 그곳에 눈을 쌓아 두지 말 것, 밭을 잘 나누어서 여섯 뙈기에는 거름을 주고, 세 뙈기에는 목초를 준비해 둘 것, 밭의 맨 끝에 축사를 만들고 연못을 팔 것, 밭에 거름을 주기 쉽도록 이동식 가축용 울타리를 만들 것, 300데샤티나에는 밀을, 100데샤티나에는 감자를, 150데샤티나의 땅에는 토끼풀을 심어 남은 땅이 없도록 할 것.

그는 이런 생각을 하며 밭을 밟지 않도록 밭이랑을 따라 조심스럽게 말을 몰며 토끼풀을 심고 있는 인부들에게로 갔다. 씨앗이 담긴 달구지가 밭 한가운데에 놓여 있었고, 밀밭은 수레바퀴 때문에 파헤쳐지고 말발굽에 짓밟혀 엉망이 되어 있었다. 밭두렁에는 파이프 한 대를 주고받으며 담배를 피우는 인부 두 명이 앉아 있었다. 씨앗과 뒤섞인 달구지 속 흙덩어리는 덩어리지고 얼어 있었다. 바실리가 주인의 모습을 발견하고서는 달구지 쪽으로 왔고 미쉬카는 파종을 시작했다. 기분이 나쁜 상황이었지만 레빈은 인부들에게 화를 내지 않았다. 바실리가 가까이 오자 레빈은 그에게 말을 밭두렁 밖으로 끌고 가라고 했다.

"염려 마세요, 나리. 새싹은 잘 자랄 거예요." 바실리가 말했다.

"제발, 더 이상 아무 말도 하지 말고 내가 지시하는 대로 하게." 레빈이 말했다.

"알겠습니다." 바실리는 그렇게 말하며 말머리를 붙들었다. "그런데 이 파종기 말입니다. 콘스탄틴 드미트리치." 그가 레빈의 비위를 맞추려는 듯 말했다.

"정말 최고예요. 걷기가 좀 힘들 뿐이지요. 짚신에 1푸드짜리 추를 달고 다니는 것 같으니까요."

"흙은 왜 고르지 않았나?" 레빈이 물었다.

"저희는 이렇게 손으로 부수죠." 바실리는 씨앗을 들고 흙을 양손으로 비벼 부수며 말했다.

흙을 체로 거르지 않고 씨앗을 섞은 것은 바실리의 탓은 아니었다. 하지만 레빈은 화가 났다.

레빈은 스스로 화를 다스리고 부정적인 생각을 긍정적으

로 바꾸는, 성공 확률이 꽤 높았던 자신의 방법을 적용해 보았다. 그는 미쉬카가 커다란 흙덩이를 발로 끌고 가는 것을 보고는 말에서 내렸다. 그러고는 바실리에게서 씨앗 바구니를 빼앗아 파종하러 갔다.

"어디까지 뿌렸나?"

바실리는 발로 표시를 해 놓은 곳을 가리켰다. 레빈은 씨앗이 섞인 흙을 뿌렸다. 하지만 늪 속에 빠진 듯, 한 걸음을 떼기조차 어려웠다. 한 두둑을 뿌리고 나서 레빈은 씨앗 바구니를 건네주었다.

"나리, 여름에 여기의 두둑을 보고 저희한테 뭐라 하시면 안 됩니다." 바실리가 말했다.

"무슨 뜻인가?" 레빈은 조금 전 사용한 방법의 효과를 본 듯 유쾌하게 말했다.

"여름이 되면 한번 보십시오. 그럼 알게 되실 테니까요. 여긴 작년 봄에 제가 씨를 뿌린 곳입니다. 정말 잘 심어졌죠. 콘스탄틴 드미트리치, 저는 마치 아버지의 일을 돕는 것처럼 일하고 있습니다. 뭐든 대충하는 건 저와 맞지 않기에 다른 사람들에게도 그러지 못하게 하고 있죠. 주인님한테 이득이 되면 저희한테도 좋으니까요. 저쪽을 한번 보세요." 바실리가 밭을 가리키며 말했다. "정말 뿌듯하군요."

"올봄은 정말 잘됐군, 바실리."

"노인들도 이런 봄은 보지 못했다고 할 정도니까요. 며칠 전 집에 다녀왔는데 우리 집 영감이 밀을 3오스민카나 파종했다고 하더군요. 그는 주인님이 밀과 호밀도 구별 못할 거라던데요?"

"자네들은 벌써 밀을 심었나?"

"나리께서 재작년에 그렇게 하라고 일러 주셨잖아요. 제게 종자 두 메라를 주셔서 그중 4분의 1은 팔고 3오스민니크만 심었던 거죠."

"그럼 이제 신경 써서 흙덩이를 잘 부수게." 레빈은 말을 세워 둔 곳으로 가며 말했다.

"미쉬카에게 잘 알려 주게. 싹만 잘 트게 된다면 자네한테 1데샤티나당 50코페이카를 줄 테니까."

"괜찮습니다. 저희는 이미 충분합니다."

그러고 나서 레빈은 말을 타고 작년에 파종한 토끼풀밭으로 향했다. 그리고 밀을 뿌리기 위해 쟁기로 갈아 둔 밭도 둘러보았다.

그루터기 위로 솟은 토끼풀의 싹은 이미 다 자라나서 작년에 심은 쓰러진 밀의 줄기 밑에서 푸른 자태를 드러내고 있었다. 말은 반쯤 언 진흙 밭 속에 복사뼈까지 발이 빠져 발을 뺄 때마다 쩍쩍 소리를 냈다. 말을 타고 밭을 지나가는 것은 힘들 것 같았다. 얼음이 남아 있는 곳은 괜찮은 편이었지만 얼음이 녹은 고랑 쪽에는 발이 푹푹 빠졌기 때문이다. 밭은 정말 훌륭했다.

며칠 후면 써레질을 하고 씨앗을 뿌릴 수 있을 듯했다. 모든 게 잘 정리되고 기분 좋게 흘러가고 있었다. 레빈은 돌아오면서 개울의 물이 다 빠져 있기를 바랐다. 그의 바람대로 물이 빠져 있었기에 그는 개천을 건넜고 도중에 오리 두 마리를 놀라게 만들었다.

'도요새가 있을지도 몰라.' 그는 생각했다. 그러다가 집으로 가는 모퉁이에서 만난 산지기가 도요새에 대해 알려 주었다. 그의 생각은 들어맞았다.

레빈은 식사 시간에 맞춰 도착하기 위해, 또 저녁때까지 총을 준비하기 위해 집을 향해 힘껏 말을 몰았다.

14

레빈은 유쾌한 기분으로 집에 도착했다. 그때 문밖에서 말 방울 소리가 들려왔다.

'역에서 마차가 왔나 보군.' 그는 생각했다. '모스크바에서 온 열차가 도착할 시간인데…… 대체 누구지? 혹시 니콜라이 형? 상황을 봐서 온천에 다녀와서 우리 집에 온다고 했었는데.'

그는 잠시, 니콜라이 형이 찾아온다면 봄을 맞이하며 즐거워진 자신의 기분을 망칠 것 같다는 생각이 들어 걱정이 되었다. 하지만 잠시나마 그렇게 생각했던 자신을 부끄러워하며 이제는 정말 반가운 마음으로 두 팔을 벌려 형을 맞아들일 마음의 준비를 했다. 그는 아카시아 나무 쪽으로 말을 몰았다. 모피 외투를 입은 신사가 말 세 필이 끄는 썰매를 타고 그의 쪽으로 다가오고 있었다. 형은 아니었다.

'아, 대화를 나눌 수 있는 유쾌한 사람이었으면.' 그는 생각했다. "오오! 자네였군." 레빈은 반가움에 두 팔을 들어 올리며 외쳤다. "정말 반갑군! 아, 자네가 올 줄이야. 정말 반가워!" 그가 스테판 아르카디이치를 보며 소리쳤다. '이제 그녀가 결혼했는지, 아니면 언제 결혼할 건지 알 수 있겠지.' 그는 생각했다. 그러고는 이렇게 화창한 봄날, 그녀에 대한 기억을 떠올리는 것도 그리 고통스럽지 않다고 느껴졌다.

"깜짝 놀랐지?" 스테판 아르카디이치가 썰매에서 뛰어내리며 말했다. 그의 콧잔등과 뺨, 눈썹에는 진흙이 묻어 있지만 그의 얼굴은 활기차고 건강하게 빛나고 있었다. "자네를 만나러 온 게 첫 번째 목적이고," 그는 레빈을 끌어안고 입을 맞추며 말했다. "철새 사냥이 두 번째, 예르구쉬오보의 산림을 매각하는 것이 세 번째 목적이지."

"그래! 이 봄엔 어떻게 지내고 있었나? 여기까지 썰매를 잘도 끌고 왔군."

"마차를 타는 게 더 힘듭니다, 콘스탄틴 드미트리치." 익숙한 얼굴의 마부가 대답했다.

"어쨌든 자네가 와 줘서 정말 기쁘네." 레빈은 어린아이처럼 순수하게 웃으며 말했다.

레빈은 스테판 아르카디이치를 손님방으로 안내했다. 그리고 그의 가방과 총, 시가 상자들을 그곳으로 옮겼다. 그가 씻고 옷을 갈아입는 동안 레빈은 농지와 토끼풀에 대한 이야기를 나누기 위해 사무실로 갔다. 집안의 체면을 가장 중시하는 아가피야 미하일로브나가 현관 쪽에서 그를 찾아와 식사 준비에 관해 물었다.

"마음대로 해요. 될 수 있는 대로 빨리 준비만 해 주세요."
그는 이렇게 말하고는 집사에게 갔다.

그가 다시 돌아오자 스테판 아르카디이치는 몸을 다 씻고
단정하게 머리를 빗고는 미소를 띠며 방에서 나왔다. 두 사람
은 함께 2층으로 올라갔다.

"오, 자네 집을 방문하게 돼서 정말 기쁘다네! 드디어 여기
에 있는 자네의 비밀을 알게 됐군. 정말 부러워. 멋진 집이야.
모든 게 다 훌륭해! 밝고 상쾌하고 말이야!" 스테판 아르카디
이치는 항상 오늘 같은 화창한 봄날만 있는 게 아니라는 것을
잊은 듯 말했다. "자네 유모 또한 좋은 사람이군! 물론 앞치마
를 두른 귀여운 하녀가 있었으면 좋겠지만 말이야. 하지만 수
도사 같은 자네의 생활엔 이게 제격이겠지."

스테판 아르카디이치는 그에게 여러 소식을 전했다. 그중
에서 레빈이 가장 관심을 가진 것은 세르게이 이바노비치 형
이 올 여름에 그의 마을을 방문한다는 소식이었다.

하지만 스테판 아르카디이치는 키티를 비롯한 쉬체르바
쓰키가에 대한 소식은 한마디도 전하지 않았다. 그저 자신의
아내에 관한 안부만 전했을 뿐이다. 레빈은 그의 배려심과 방
문이 진심으로 반가웠다. 혼자 생활하는 동안 그의 마음속에
는 사람들에게 전하고 싶었던 생각과 감정이 넘칠 만큼 쌓여
있었다. 그는 스테판 아르카디이치에게 봄의 즐거움과 농사
와 관련된 실패와 계획, 그리고 읽은 책들에 대한 자신의 비
평에 대해 이야기했다. 그중에서도 특히 기존 농서에 대한 비
판을 담고 있는 자신의 책에 대해 많은 이야기를 했다. 늘 유

쾌하고 작은 암시로도 모든 것을 이해하는 스테판 아르카디이치는 이번 방문을 즐거워했다. 레빈도 이번 그의 방문을 통해, 자신을 신경 써 주며 존중하는 그의 태도를 새롭게 발견했다.

아가피야 미하일로브나와 요리사는 만찬에 특별히 신경을 썼다. 하지만 허기진 두 사람은 자쿠스카(러시아의 전체 요리)가 놓여 있는 테이블 앞에서 버터를 곁들인 빵과 폴로토크(훈제 생선), 소금에 절인 버섯을 잔뜩 먹었다. 그리고 요리사가 특별히 신경 써서 준비한 피로시키(만두와 비슷한 러시아요리)가 채 완성되기도 전에 레빈은 서둘러 수프를 가져오라고 지시했다. 온갖 훌륭한 요리를 다 맛본 스테판 아르카디이치였지만, 오늘 이 요리는 정말 훌륭하다고 생각했다. 약초로 담근 포도주, 빵과 버터, 그중에서 특히 폴로토크, 버섯, 쐐기풀 수프, 화이트소스를 곁들인 닭고기와 크림산 백포도주 등 모든 음식이 훌륭했다.

"정말 훌륭해!" 그는 구운 고기를 먹고 난 뒤 담배에 불을 붙이며 말했다. "자네 집에 오니 마치 요란하게 흔들리는 배 안에 있다가 고요한 산기슭으로 내려온 기분이야. 그러니까 자네 생각은 노동자의 특성에 대한 연구가 꼭 필요하고 농사를 좌우하는 것 역시 그것이란 뜻이겠지. 그런데 그 문제에 관해 나는 정말 아는 게 없어서 말이야. 하지만 그 이론과 응용이 노동자에게 큰 영향을 미칠 것 같다는 생각이 드네."

"맞아, 하지만 내가 말하고 싶은 건 정치 경제학이 아니라 과학적인 농사에 관한 거야. 그러니 자연 과학처럼 노동자의 특성을 경제학, 민족학적으로 연구해야 한다는 거지."

그때 아가피야 미하일로브나가 잼을 가져왔다.

"오, 아가피야 미하일로브나!" 스테판 아르카디이치가 그녀의 포동포동한 손가락 끝에 입을 맞추며 말했다. "폴로토크도 약초로 담근 술도 정말 훌륭했소! 참, 지금이 딱 좋을 때 아닌가, 코스탸?" 그가 덧붙여 말했다.

레빈은 창밖 우듬지 너머로 지고 있는 해를 바라보았다.

"이제 된 것 같군." 그가 말했다. "쿠지마, 마차를 대기시켜." 그러고서 그는 아래층으로 뛰어 내려갔다.

스테판 아르카디이치는 아래층으로 내려와 베로 만든 덮개를 걷어 내고 자신이 직접 광택제를 칠한 상자를 열어 소총을 조립했다. 쿠지마는 스테판 아르카디이치에게 후한 팁을 받을 거라는 생각에 그의 곁에 머물며 양말과 장화 신는 일을 도왔다. 스테판 아르카디이치 역시 기꺼이 그에게 여러 가지 일을 맡겼다.

"이봐, 코스탸. 내가 오늘 랴비닌이라는 상인을 여기로 불렀으니, 그가 찾아오거든 들어와서 잠시 기다리라고 전해 주게."

"랴비닌한테 숲을 팔 건가?"

"응, 자네도 그 사람을 알고 있나?"

"물론이지. 그와 거래한 적이 있으니까. '완전히, 확실하게' 말이야."

'완전히, 확실하게'라는 말은 그 상인이 자주 쓰는 말이었기에 스테판 아르카디이치는 웃었다.

"그래, 그 사람이 우습게도 그렇게 말하더군. 이놈은 주인이 어디 가려는지 벌써 눈치챘나 보군!"

라스카는 낑낑거리며 레빈 옆에서 그의 손과 장화, 총을 핥고 있었다. 그는 라스카를 쓰다듬어 주었다.

그들이 밖으로 나오자 마차가 현관 앞에 대기하고 있었다.

"마차를 미리 대기시켜 놨어, 그리 멀진 않지만. 근데 한번 걸어가 볼까?"

"아니, 그냥 타고 가세." 스테판 아르카디이치가 마차 근처로 향하며 말했다. 그는 호피 담요를 무릎에 두르고 시가에 불을 붙였다. "자네는 왜 시가를 피우지 않는 건지 모르겠어. 시가는 만족 이상의 만족을 주는데 말이야. 이것이야말로 진정한 인생이지! 정말 멋져! 내가 바라던 삶이 바로 이거란 말일세."

"아무도 자네를 막진 않잖아?" 레빈이 웃으며 말했다.

"아니, 그런데 자넨 정말 행복한 사람이야. 자네가 좋아하는 건 다 소유하고 있으니 말이야. 좋아하는 말이 있고 개가 있으니 사냥도 할 수 있고, 농장도 소유하고 있으니 말이야."

"나는 내가 가진 것에 만족하고 있다네. 갖지 못한 것에 대해 슬퍼하지 않으면서 말이야." 레빈은 키티를 생각하며 말했다.

그의 말뜻을 이해한 스테판 아르카디이치가 그를 쳐다보았지만, 그는 아무 말도 하지 않았다.

레빈은, 자신이 쉬체르바쓰키가에 관한 이야기를 꺼리고 있다는 것을 눈치챈 섬세한 오블론스키가 그를 배려해 그들에 관해서는 한마디도 언급하지 않는다는 것에 고마움을 느꼈다. 이제 레빈은 자신을 그토록 괴롭혔던 그 일이 문득 궁금해졌지만 물어볼 자신이 없었다.

"자네는 요즘 어떻게 지내나?" 자신의 이야기만 하고 있다는 생각이 들자 레빈이 물었다.

그러자 스테판 아르카디이치의 눈이 밝게 빛났다. "자네는 먹을 음식이 있는데도 빵을 찾는 것을 인정하지 못하잖아. 자네 논리대로라면 그것은 범죄니까. 하지만 난 사랑 없이는 살 수 없네." 그는 레빈의 질문을 자기 식으로 해석하고 있었다. "어쩔 수 없어. 나라는 인간은 그렇게 태어났는걸. 그리고 남에게 해를 끼치지 않으면서 스스로에게 만족감을 주는 일이라면……."

"대체 무슨 얘기야? 무슨 새로운 사건이 또 있었나?" 레빈이 물었다.

"물론이지. 자네도 알지? 오시안의 시에 등장하는 여인들의 모습을…… 마치 꿈속에서나 볼 수 있는 그런 여인들 말이네……. 그런데 그 여인들을 현실에서도 볼 수 있다고. 하지만 아무리 연구해도 여자들은 늘 새롭게 보이니 참으로 두려운 존재지."

"그럼 연구를 하지 말지 그래?"

"그건 안 되지. 어느 수학자가 그랬지. '쾌락은 진리를 찾는 데서 오는 게 아니라 그것을 탐구하는 데 있다.'라고 말이야."

레빈은 잠자코 듣기만 했다. 아무리 생각해 봐도 여자들을 연구하는 친구의 즐거움을 도저히 이해할 수가 없었다.

15

자그마한 사시나무 숲을 가로질러 흐르는 개울을 지나자 그리 멀지 않은 곳에 사냥터가 있었다. 숲 근처에 이르자 마차에서 내린 레빈은 이미 다 녹아 버린 눈과 이끼 때문에 질척거리는 곳으로 오블론스키를 데려갔다. 그러고는 맞은편 구석의 자작나무 옆으로 가서 낮게 드리워진 마른 나뭇가지에 총을 세워 놓고 카프탄을 벗은 뒤 허리띠를 고쳐 매고는 손가락이 자유롭게 잘 움직이는지 연습해 보았다.

회색빛 늙은 개 라스카는 그의 맞은편에 앉아 귀를 쫑긋 세우고 있었다. 해는 이미 커다란 숲으로 넘어가고 있었다. 사시나무들 사이에서 자라고 있던 자작나무에 달린, 부풀어 올라 금세 터질 것 같은 잎눈 때문에 낮게 드리워진 가지는 뚜렷한 모습을 드러내고 있었다.

숲 덤불 속에는 아직 눈이 남아 있었고 좁은 개울에서 물이 흐르는 소리가 조용히 들려왔다. 작은 새들이 지저귀며 이 나무에서 저 나무로 날아다녔다.

얼어붙은 땅이 녹고 새 풀이 돋아나면서 해묵은 낙엽들의 바스락거리는 소리가 정적을 가르고 있었다.

'오! 풀이 자라는 모습이 보이고 또 그 소리가 들리다니!' 레빈은 회색빛 축축한 사시나무 잎사귀 하나가 어린 풀 옆에서 흔들리는 것을 보며 중얼거렸다. 그는 자리에 서서 귀를 기울였다. 그러면서 이끼로 뒤덮인 질척거리는 땅과 무언가에 귀 기울이며 쫑긋 세우고 있는 라스카를, 산 아래까지 뻗어 있는 우듬지를, 하얀 구름을 드리운 어스름한 하늘을 바라보았다. 매 한 마리가 날갯짓하며 저 먼 숲을 향해 날아가고 있었다.

곧 다른 한 마리도 같은 방향으로 날아갔다. 숲속의 작은 새들은 더욱 소리를 높여 지저귀고 있었다. 그리 멀지 않은 곳에서 올빼미 울음소리가 들려왔다. 그러자 라스카는 몸을 떨며 조심조심 몇 걸음 움직이다가 머리를 숙인 채 귀를 기울였다. 개울 건너편 쪽에서 뻐꾸기 울음소리가 들려왔다. 늘 그랬듯 뻐꾸기 울음소리는 두 번 들리다가 쉰 목소리를 내며 울음을 멈추었다.

"오! 뻐꾸기 소리로군!" 덤불 뒤에서 나온 스테판 아르카디이치가 말했다.

"나도 들었네." 레빈은 컬컬진 목소리로 고요한 숲의 정적을 깨뜨리며 말했다. "이제 거의 다 됐어."

스테판 아르카디이치는 다시 덤불 뒤로 몸을 숨겼다. 타오르는 성냥불이 보이더니 곧 빨간 담뱃불과 연기만 보였다.

"찰칵! 찰칵!" 스테판 아르카디이치가 방아쇠를 당겼다. "저건 또 무슨 울음소리지?" 오블론스키는 망아지처럼 가늘게 우는 소리를 듣고는 레빈에게 물었다.

"아, 저 소리는 수토끼 소리야. 그 얘긴 나중에 하지. 저길 봐, 지금 날아온다!" 레빈이 방아쇠를 당기며 소리쳤다.

멀리서 희미한 휘파람 소리 같은 것이 들리는 듯했다. 사냥꾼들에게 익숙한 그 소리는 2초쯤 지나자 규칙적으로 두 번째, 세 번째 소리를 내기 시작했다. 그 후에는 특유의 소리가 들려왔다.

레빈은 좌우를 살펴보았다. 사시나무 우듬지가 얽혀 있는 어린 가지 위로 작은 새가 푸른 하늘을 향해 날아오르고 있었다. 새는 그들을 향해 날아왔다. 팽팽한 천을 찢는 듯한 쉰 목소리가 귓가에서 들려왔다. 새는 기다란 부리와 목이 보일 만큼 가까이 와 있었다. 레빈이 방아쇠를 당기려 할 때, 오블론스키가 있던 덤불 속에서 붉은빛이 번쩍였다. 새는 아래로 떨어지다가 다시 날아올랐다. 다시 한번 불빛이 번쩍이며 총소리가 들려왔다. 새는 공중에서 멈추기라도 하려는 듯 세차게 날갯짓하더니 '철퍽' 하는 소리를 내며 바닥에 떨어졌다.

"빗맞은 건가?" 연기에 가려져 잘 보이지 않았던 스테판 아르카디이치가 소리쳤다.

"맞았어. 여기 있네!" 레빈은 라스카를 가리키며 말했다. 신이 난 라스카는 한쪽 귀를 쫑긋 세우고 털이 보송보송한 꼬리를 살랑거리며, 마치 즐거운 기분을 오래 만끽하려는 듯 여유 있게 걸어오며 바닥에 떨어진 새를 주인에게 가져다주었다.

"자네, 실력이 대단한걸!" 레빈은 기뻐하면서도 그를 부러워하는 듯한 어조로 말했다.

"오른쪽 총신에서 살짝 빗나갔어." 스테판 아르카디이치가 총알을 장전하며 말했다. "쉿! 왔어!"

연달아 날카로운 새 울음소리가 들려왔다. 멧도요 두 마리가 서로를 쫓으며 가느다란 휘파람 소리를 내며 사냥꾼들의 머리 위를 날아다니고 있었다. 곧 네 발의 총성이 울렸고 멧도요는 날쌔게 방향을 바꾸며 눈앞에서 사라져 버렸다.

사냥 실적은 아주 훌륭했다. 스테판 아르카디이치가 두 마리를 더 맞혔고 레빈도 두 마리를 맞혔으나 그중 한 마리는 찾지 못했다. 날이 저물어 가고 있었다. 서쪽 하늘에서 밝게 빛나던 은빛 금성은 자작나무 뒤에서 환한 빛을 비추고 있었고 동쪽 하늘에서는 어두운 대각성이 붉은빛을 띠고 있었다. 레빈은 머리 위에서 큰곰자리를 찾다가 놓쳐 버렸다. 멧도요는 더 이상 보이지 않았다. 하지만 레빈은 자작나무 가지보다 낮은 곳에 있던 금성이 높이 떠오르고 큰곰자리별이 좀 더 선명해질 때까지는 기다려야겠다고 생각했다. 어느새 금성은 자작나무 가지보다 높아졌고 큰곰자리별의 마차가 어두운 하늘에서 선명하게 빛나고 있었다. 하지만 레빈은 말없이 계속 기다렸다.

"이제 그만 가야 되지 않겠나." 스테판 아르카디이치가 말했다.

숲에는 정적이 흘렀고 새 한 마리도 보이지 않았다.

"조금만 더 기다려 보세." 레빈이 말했다.

"그렇게 하지."

둘은 열다섯 발자국 정도 떨어져 거리를 두고 있었다.

"스티바!" 레빈이 말했다. "자네는 자네 처제가 결혼했는지, 언제쯤 결혼하는지 왜 내게 말해 주지 않는 건가."

레빈의 마음은 동요되지 않을 만큼 담담했기에 그는 어떤 대답이라도 상관없을 거라 생각했다. 하지만 스테판 아르카디이치에게서 의외의 답이 들려왔다.

"지금 처제는 결혼 같은 걸 생각할 처지가 아니야. 결혼은 커녕 건강이 너무 악화돼서 외국에 요양 가 있는 중이라고. 생명이 위독하진 않을까 다들 걱정하고 있어."

"뭐라고!" 레빈이 소리쳤다. "아프다니 대체 무슨 일이 있었던 거야? 왜 그녀가……."

그들이 대화하는 동안 라스카는 귀를 쫑긋 세우고 하늘을 바라보다가 그들을 원망하는 눈빛을 보냈다. '왜 지금 이렇게 떠드는 거야?' 라스카는 생각했다. '새가 저기 날아오고 있는데…… 이쪽으로 오고 있는데, 놓치겠군.'

그때 날카로운 울음소리를 들은 두 사람은 재빨리 총을 겨누었다. 두 개의 불빛이 번쩍거리며 두 발의 총성이 울렸다. 하늘을 날던 멧도요는 날개를 접고 숲속으로 철퍽 소리를 내며 떨어졌다.

"오, 성공이야! 동시에 맞히다니!" 레빈은 소리치며 라스카를 데리고 멧도요를 찾으러 숲속으로 달려갔다. '아, 지금 무엇 때문에 기분이 안 좋았던 거지?' 그는 생각했다. '아, 키티가 아프다고 했지. 내가 도울 수 있는 방법이 없으니 정말 안타깝군.' 그가 생각했다.

"오, 찾았어! 정말 영리하다니까!" 그는 라스카가 물고 온, 아직 온기가 남아 있는 새를 자루에 넣으며 말했다. "찾았어! 스티바!" 그가 소리쳤다.

16

집으로 돌아오면서 레빈은 키티의 증상과 쉬체르바쓰키 가의 일에 대해 좀 더 자세히 물어보았다. 그는 다소 양심에 가책을 느꼈지만 그 이야기를 듣고 기분이 나빠지는 않았다. 아직 자기에게 희망이 남아 있다는 생각이 들었고, 더불어 무 엇보다 자신을 그렇게 괴롭게 만들던 그녀가 아픈 상태였기 때문이다. 하지만 스테판 아르카디이치가 키티의 발병 원인 에 대해 말하면서 브론스키를 언급하자 레빈이 말을 막았다.

"남의 가정사에 대해 상세히 알아야 할 권리가 내겐 없네. 솔직히 말하면 별로 관심도 없고 말이야."

레빈의 성향을 잘 알고 있던 스테판 아르카디이치는 방금 전까지만 해도 유쾌해 보이던 레빈이 갑자기 우울해진 것을 알아채고는 묘한 미소를 지었다.

"랴비닌에게 숲을 팔기로 확정된 건가?" 레빈이 물었다.

"그렇다네. 흥정을 잘했지. 3만 8,000루블에 말이야. 8,000 은 받았고 나머지는 6년 동안 나눠 받기로 했네. 이 문제로 그 렇게 오래 알아봤지만 아무도 그 이상은 쳐주질 않더군."

"자넨 그 숲을 헐값에 넘긴 셈이로군." 레빈이 못마땅한 어 조로 말했다.

"무슨 뜻인가?"

레빈에게는 지금 이 모든 상황이 불만족스럽다는 것을 알 고 있는 스테판 아르카디이치는 미소를 띠며 말했다.

"그 숲은 최소한 1데샤티나에 500루블 정도는 받아야 하기 때문이지." 레빈이 대답했다.

"오, 그건 시골 지주들이나 쓰는 말이지 않나!" 스테판 아르카디이치가 농담조로 말했다.

"자네들의 이런 태도는 우리 도시인들을 무시하는 거야. 하지만 이런 일에 관해서는 우리도 잘 안다고. 그러니 걱정 말게. 충분히 계산해 본 거니까." 그가 말했다. "숲은 아주 좋은 값에 팔린 거야. 오히려 난 그가 계약을 취소할까 봐 걱정이네. 그 숲은 목재용이 아니니까 말이야." 스테판 아르카디이치는 '목재용'이라는 말을 사용함으로써 레빈의 생각이 잘못되었다는 것을 확인하려고 했다. "땔감 정도 나오려나. 1데샤티나당 30사줴니 이상은 무리야. 그런데 나는 1데샤티나에 200루블 정도를 받은 셈이지."

레빈이 냉소를 보였다. '불 보듯 뻔한 일이지.' 그는 생각했다. '하지만 이건 이 친구만 갖고 있는 모습은 아니야. 도시인들 대부분이 그렇지. 그들은 10년에 두어 번 시골에 찾아와 시골에서 쓰는 몇 마디 말을 배우고서는 틈날 때마다 사용하지. 그러면서 자신들이 모든 걸 다 알고 있다고 믿고 있지. 목재용이니 30사줴니 등의 말을 내뱉으면서도 정작 자신은 아무것도 모르고 있지.'

"난 자네에게 관청에서 하는 일들을 알려 주려는 게 아닐세." 그가 말했다. "하지만 필요하다면 물어보겠네. 자넨 숲에 대해 아주 조금은 알고 있다고 생각하는 것 같지만, 그건 결코 쉬운 일이 아닐세. 자넨 숲의 나무가 몇 그루인지 세어 본 적 있나?"

"어떻게 그 많은 나무를 다 세어 보겠나?" 스테판 아르카디이치는 자신의 친구를 불쾌한 기분에서 구해 주려고 애쓰며 미소를 지었다. "대단한 천재라면 모래알이나 유성의 빛을 세어 볼 수 있을지 몰라도……."

"그래. 머리가 좋은 랴비닌에겐 가능한 일이지. 자네처럼 헐값에 팔지 않는 이상 다들 계산해 본다네. 자네의 숲에 대해선 나도 잘 알고 있어. 매년 그곳으로 사냥을 갔었으니까. 그 숲은 1데샤티나에 500루블 정도의 가치가 있어. 그런데 그 녀석은 200루블씩 분할로 낸다고 하지 않았나. 결국 자네가 그 녀석한테 3만 루블을 거저 준 셈이지."

"아니, 그 얘긴 이제 그만하지." 스테판 아르카디이치가 답답함을 호소하듯 말했다. "그런데 왜 누구도 그 정도의 값을 치르려 하지 않는 거지?"

"그건 그 녀석이 다른 상인들과 입을 맞췄기 때문이지. 그 녀석이 그들을 완전히 매수해 버린 거라고. 난 그 상인들과 거래해 본 경험이 있어서 그들의 수법을 잘 알지. 그 녀석들은 상인이 아니라 투기꾼이나 마찬가지야. 그 녀석들은 1할이나 1할 5푼 정도밖에 중개료를 못 받을 것 같으면 아예 시작도 안 하지. 그들은 1루블짜리를 20코페이카에 살 수 있을 때까지 기다리고 있으니까."

"이제 그만하지! 자넨 지금 기분이 너무 안 좋은 것 같네."

"그럴 리가." 레빈이 우울한 얼굴로 말했다. 그때 그들이 탄 마차가 집 앞에 이르렀다.

현관 계단 쪽에 소형 마차가 대기하고 있었다. 몸집이 큰 말의 목을 두꺼운 가죽끈으로 묶고 쇠붙이와 가죽으로 튼튼하게 덧댄 마차였다. 마차 안에는 건강해 보이는 랴비닌의 점원이 허리띠를 꽉 조여 매고 앉아 있었다. 벌써 집에 들어가 있던 랴비닌은 다시 나와 현관에서 두 사람을 맞이했다. 키가 큰 랴비닌은 말끔히 면도한 주걱턱과 콧수염, 흐릿한 눈빛을 가진 중년 남성이었다.

그는 뒤쪽 허리 아래에 단추가 달린 길고 푸른 프록코트를 입고, 복사뼈 쪽에 주름이 잡히고 종아리 쪽은 평평한 긴 장화를 신은 뒤 그 위에 큰 덧신을 신고 있었다. 그는 손수건으로 얼굴을 닦은 뒤 굳이 다시 매만지지 않아도 단정한 프록코트의 앞섶을 여몄다. 그러고는 안으로 들어오는 두 사람을 미소로 맞이하면서 마치 무언가를 붙잡으려는 듯 스테판 아르카디이치에게 손을 내밀었다.

"오, 벌써 오셨군요." 스테판 아르카디이치도 그에게 손을 내밀었다. "잘 오셨습니다."

"오는 길이 많이 험했지만 각하의 명이니 따를 수밖에요. 걸어온 것이나 마찬가지였습니다. 그래도 제시간에 도착했습니다. 안녕하셨습니까, 콘스탄틴 드미트리치." 랴비닌은 레빈에게도 악수를 청했으나 레빈은 얼굴을 찡그리며 못 본 척하고는 멧도요를 꺼내기 시작했다.

"사냥하셨군요. 저건 무슨 새죠?" 랴비닌은 멧도요를 보며 빈정거리듯 말했다. "그래도 맛은 괜찮은가 봐요." 그는 이렇게 말하며 굳이 저것을 화약을 써서 잡을 만한 가치가 있냐는 듯한 태도로 고개를 저었다.

"서재로 가세." 레빈은 탐탁지 않은 얼굴로 인상을 찌푸리며 스테판 아르카디이치에게 프랑스어로 말했다. "서재로 가서 얘기하세."

"저는 좋습니다. 어디든 상관없어요." 랴비닌은 냉소를 띠며 말했다. 마치 다른 이들은 모두 그를 꺼려할지 몰라도 자신은 어떤 경우에도 굴하지 않는다는 듯한 어조였다.

랴비닌은 서재에 들어온 뒤 습관처럼 성상을 찾으려고 두리번거렸다. 하지만 그것을 발견하고도 성호를 긋지는 않았다. 그는 장식장과 책장을 보고 멧도요를 보았던 때처럼 냉소를 보이며 탐탁지 않은 표정을 지었다. 그리고 마치 그것들의 가치를 이해 못하겠다는 듯 고개를 내저었다.

"돈은 가져왔습니까?" 오블론스키가 물었다. "어서 앉으시죠."

"돈 걱정은 하지 않으셔도 됩니다. 의논할 일이 있어서 찾아왔습니다."

"의논이라니 무슨? 우선 앉으시죠."

"그러지요." 랴비닌은 몹시 불편한 자세로 앉아 의자 등받이에 팔꿈치를 기대며 말했다. "조금만 더 양보해 주셔야겠습니다, 공작님. 돈은 1코페이카까지 다 준비됐으니 확실히 드릴 수 있습니다."

총을 장식장에 넣고 나가려던 레빈이 상인의 말을 듣고 멈춰 섰다. "당신은 그 숲을 거저 얻은 거나 마찬가지잖아." 그가 말했다. "이 친구가 좀 더 일찍 우리 집에 왔다면 내가 값을 매겨 줬을 텐데 말이야."

랴비닌은 자리에서 일어나 웃으며 레빈을 훑어보았다. "너무 인색하시군요, 콘스탄틴 드미트리치." 그가 스테판 아르카디이치를 향해 웃으며 말했다. "여기선 이제 아무것도 못 사겠군요. 괜찮은 가격으로 밀 거래를 자주 했는데 말이죠."

"내가 내 것을 당신한테 거저 줘야 할 이유라도 있나? 주워 온 것도, 도둑질한 것도 아닌데 말이야."

"죄송한 말씀이지만 요즘 같은 세상엔 도둑질은 결코 용납될 수 없습니다. 모든 게 법에 따라 공평하고 바르게 움직이니까요. 도둑질의 문제가 아닙니다. 저희들은 정직하게 거래한 겁니다. 하지만 그 숲은 좀 비싸서 예산에 맞지 않을 듯합니다. 그러니 조금 더 깎아 주셨으면 합니다."

"거래는 이미 끝난 거야 아니면 아직 진행 중인 거야? 끝났다면 다시 흥정할 필요가 없잖아. 하지만 그게 아니라면." 레빈이 말했다. "내가 그 숲을 사도록 하지."

그러자 랴비닌의 얼굴에 웃음기가 사라지고 탐욕스럽고 잔인한 표정이 드리워졌다. 그가 마디가 굵은 손가락으로 프록코트 단추를 풀자 셔츠 자락과 조끼의 구리 단추, 시곗줄이 보였다. 그는 재빨리 품속에서 낡고 두툼한 지갑을 꺼냈다. "숲은 이제 제 겁니다." 그는 성호를 긋고 손을 내밀었다. "여기 돈을 받으십시오. 이제 숲은 제 것입니다. 돈 몇 푼 가지고 다투지 않는 것이 저의 거래 방식이지요." 그는 찌푸린 얼굴로 지갑을 보이며 말했다.

"내가 자네였다면 그렇게 성급하게 처리하진 않았을 거야." 레빈이 말했다.

"무슨 소린가?" 오블론스키가 놀라며 소리쳤다. "이미 계약해 버렸는걸."

레빈은 문을 쾅 닫고 밖으로 나가 버렸다. 랴비닌은 문 쪽을 쳐다보고는 미소를 띠며 고개를 저었다.

"아직 젊고 순수하셔서 그러시는 겁니다. 제가 숲을 사려는 이유는 오로지 명예 때문입니다. 믿어 주십시오. 그러니까 오블론스키가의 숲을 랴비닌이 소유했다는 말을 듣고 싶어서죠. 수지 타산을 맞추는 것은 하느님의 뜻이겠죠. 하느님을 믿으세요. 그러니 어서 계약서에 서명을……."

한 시간 후에 상인은 조심스럽게 할라트를 여미고 프록코트의 단추를 잘 채우고는 계약서를 주머니에 넣었다. 그러고는 쇠붙이를 튼튼하게 덧댄 소형 마차를 타고 돌아갔다.

"아, 저 영주들이란!" 그가 점원에게 말했다. "늘 주제가 똑같다니까."

"맞아요." 점원은 그에게 고삐를 건네주고는 가죽 덮개의 단추를 채우며 말했다.

"어쨌든 거래가 성사됐으니 한 턱 내셔야죠, 미하일 이그나이치?"

"그, 글쎄……."

17

스테판 아르카디이치는 상인에게 받은 석 달치 선금을 주머니에 두둑이 채우고는 위층으로 올라갔다. 숲 문제도 해결되고 돈도 들어왔으며 사냥 결과도 좋았기에 스테판 아르카디이치는 한껏 들떠 있었다. 그래서 더욱, 우울해 보이는 레빈의 기분을 전환시켜 주고 싶었다. 그는 저녁 식사를 하면서 아침 때 기분처럼 오늘 하루를 기분 좋게 마무리하고 싶었다.

실제로 레빈의 기분은 유쾌하지 못했다. 그래서 누구보다 소중한 친구를 잘 대접해야겠다고 생각하면서도 자신의 감정을 억제할 수가 없었다. 키티가 아직 결혼하지 않았다는 소식을 듣고 난 뒤 그의 마음은 점점 더 혼란스러워졌다.

키티는 결혼도 하지 않았고 병을 앓고 있다. 사랑하는 남자에게 배신당해 아파하고 있다. 레빈은 마치 자신이 모욕을 당한 기분이었다. 그녀는 브론스키에게, 레빈은 그녀에게 거절당했다. 그렇기 때문에 브론스키에게는 레빈을 무시할 일종의 권리가 생긴 것이나 마찬가지이며, 그는 자신의 적이 될 수밖에 없다고 생각했다. 하지만 레빈은 이 모든 것을 깊게 생각하지는 않았다. 그저 무언가가 자신을 모욕하고 있다는 생각이 들 뿐이었다. 그래서 그는 자신을 불쾌하게 만든 대상이 아닌, 눈앞에 보이는 모든 상황에 불만을 품은 것이다. 어리석게 팔아 버린 숲과 오블론스키가 당한 속임수, 이 모든 게 자신의 집에서 일어난 일이기에 그는 더욱 흥분할 수밖에 없었다.

"그래, 다 끝났나?" 그가 2층에서 스테판 아르카디이치를 맞으며 말했다. "저녁 식사는?"

"물론 먹어야지. 시골에 오니 유독 허기가 지는 것 같군. 그런데 왜 랴비닌에게는 식사를 권하지 않았나?"

"그런 녀석한테 왜!"

"하지만 자네는 오늘 그 사람을 너무 무시하더군." 오블론스키가 말했다. "자넨 손도 내밀지 않았어. 왜 그랬나?"

"나는 하인들에게 손을 내밀지 않아. 아니, 하인들이 그 녀석보다 100배는 낫지."

"자네는 정말 보수적이군. 계급을 타파하는 일에 대해서도 그런가?" 오블론스키가 말했다.

"타파하는 걸 좋아하는 자들은 그렇겠지. 하지만 난 반댈세."

"자넨 정말 극보수주의자군."

"솔직히 난 내 성향이 어떤지 한 번도 생각해 본 적이 없네. 난 그저 콘스탄틴 레빈일 뿐, 그 이상도 이하도 아니야."

"그래, 지금은 몹시 불쾌한 콘스탄틴 레빈이지." 스테판 아르카디이치가 웃으며 말했다.

"맞아, 난 지금 상당히 불쾌하다네. 왜 그런지 아나? 미안한 얘기지만 자네가 너무 어리석게 거래해서……."

스테판 아르카디이치는 마치 아무 잘못도 없는데 괜한 질책을 받은 사람처럼 눈을 찌푸렸다. "이제 그 얘긴 그만하지!" 그가 말했다. "누군가 무엇을 팔고 나면 사람들은 으레 이렇게 말하지. '원래 훨씬 더 비싸게 받을 수 있었는데.' 하고 말이야. 하지만 막상 팔려고 하면 아무도 비싼 값을 치르려 하지 않아. 내 생각에 자넨 랴비닌에게 너무 신경을 곤두세우고 있는 것 같네."

"그럴지도 모르지. 아니, 그렇네. 하지만 내가 왜 그러는지 이유를 아나? 이 말을 들으면 자넨 또 나한테 보수주의자라든지 아니면 더한 얘기를 할지도 모르겠군. 하지만 내가 속한 귀족이라는 부류들이, 계급 타파를 외치면서도 자부심을 갖고 있는 그들이, 여러 방면에서 점점 몰락하는 것을 보고 있자니 속상하고 화가 치미는 걸 어쩌겠는가. 그들이 몰락하는 게 꼭 사치 때문은 아닐세. 차라리 그렇다면 할 말이 없겠지만. 귀족들이 호화롭게 생활하는 건 당연한 일이고 그들의 특권 아니겠는가. 요즘 농부들이 점점 땅을 사 모으고 있는 추세지. 괜찮은 방법이야. 그런데 귀족이란 자들은 무위도식하고 있단 말이지. 농부들은 일하면서 게으른 자들을 쫓아내고 있는데 말이야. 물론 당연한 일이긴 하지만. 난 이런 것을 보면서 농부들에게 잘된 일이라는 생각이 들어 기쁘다네. 하지만 말이야. 뭐라고 해야 할지 모르겠지만, 어쨌든 난 귀족들이 순진하기 때문에 몰락하고 있다는 생각이 들 때면 너무 화가 난단 말이야. 여기서는 폴란드인 소작인이 니스에 사는 귀족 부인의 땅을 반값으로 사들이지. 또 어떤 귀족은 1 데샤티나에 10루블의 가치가 있는 땅을 1루블에 빌려 주기도 하지. 게다가 자네는 그 사기꾼에게 아무 이유도 없이 3만 루블을 바치지 않았나."

"그럼 어쩌란 말인가? 나무를 하나하나 세어 보기라도 하라는 건가?"

"물론이지. 이번 일만 해도 자네는 그리하지 않았지만 랴비닌은 세어 보았을 거야. 그 대가로 랴비닌의 아이들의 생활

비와 교육비가 생겼겠지만 불행하게도 자네 아이들은 그걸 잃게 된 셈이지."

"그렇게 생각할 수도 있겠지. 하지만 그런 계산 방식이 꼭 옳은 것만은 아냐. 우리에겐 우리가 해야 할 일이 있고 그들에겐 그들이 할 일이 따로 있지 않겠나. 게다가 그들은 이윤을 내야 하고 말이야. 어쨌든 그 일은 마무리되었어. 다 끝났다네. 오, 내가 제일 좋아하는 구운 달걀이군. 아가피야 미하일로브나는 그 훌륭한 약초 술을 또 준비해 줄 테지."

스테판 아르카디이치는 테이블 앞에 앉아 이토록 훌륭한 식사를 하루에 다 먹은 것은 오랜만이라며 아가피야 미하일로브나에게 찬사를 늘어놓았다.

"나리께선 그렇게 칭찬해 주시지만." 아가피야 미하일로브나가 말했다. "콘스탄틴 드미트리치께서는 어떤 음식을 드려도 아무 말씀 없이 얼른 드시고 일어나시죠. 빵 껍질만 드려도 그러실 거예요."

레빈은 자신의 감정을 애써 누르려 했지만 자꾸만 우울해졌다. 그는 스테판 아르카디이치에게 꼭 물어보고 싶은 게 있었다. 하지만 그 말을 선뜻 꺼낼 수가 없었고 언제, 어떤 식으로 꺼내야 할지도 몰랐다. 스테판 아르카디이치는 아래층 자신의 방으로 가서 씻은 뒤 가운으로 갈아입고 자리에 누웠다. 하지만 레빈은 그에게 이런저런 이야기를 하면서도 정작 묻고 싶은 이야기는 꺼내지도 못한 채 방 안에서 망설이고 있었다.

"이 비누는 정말 잘 만들었어. 아주 훌륭해!" 레빈은 아가피야 미하일로브나가 손님용으로 준비해 두었으나 오블론스키가 쓰지 않은 향기로운 비누를 보다가 포장을 뜯으며 말했다. "정말 예술이군."

"그래, 요즘 세상은 모든 게 점점 훌륭해지고 있어." 스테판 아르카디이치는 촉촉해진 눈으로 나른하게 하품하며 말했다. "극장도 그렇고, 유쾌한…… 아아!" 그는 다시 하품했다. "가는 곳마다 전등이…… 아아!"

"전등이라!" 레빈이 말했다. "그런데 브론스키는 지금 어디에 있나?" 그는 비누를 내려놓으며 불쑥 이야기를 꺼냈다.

"브론스키?" 스테판 아르카디이치가 하품을 멈추며 말했다. "그는 지금 페테르부르크에 있어. 자네가 떠난 뒤 바로 떠났지. 그 후론 모스크바에 오지 않았어. 그런데 코스티아, 솔직히 말하면." 그는 테이블에 팔꿈치를 대고 그 위에 붉어진 잘생긴 얼굴을 괴며 말했다. 선량하면서도 피곤해 보이는 눈동자는 별처럼 반짝이고 있었다. "자네한테도 잘못은 있어. 자넨 경쟁 상대에게 겁을 먹고 있었어. 하지만 그때도 얘기했지만 누구에게 희망이 있었는지는 잘 모르겠네. 왜 좀 더 적극적으로 밀고 나가지 않았나? 그때도 얘기했었지만……." 그는 입을 크게 벌리지 않고 턱을 움직이며 하품했다.

'이 친구는 내가 그녀에게 청혼한 사실을 아는 걸까 모르는 걸까?' 레빈은 그를 쳐다보며 생각했다. '그래, 이 친구는 교활하고 외교적인 구석이 있어.' 레빈의 얼굴은 점점 붉어졌다. 그는 스테판 아르카디이치의 눈을 똑바로 쳐다보았다.

"그때 처제한테 무슨 일이 있었다 하더라도 그건 단지 겉

모습에 빠졌던 것뿐이야." 오블론스키가 말을 이었다. "그건 말이야, 그녀보다도, 완벽한 귀족주의와 장래가 촉망되는 그의 모습에 그녀의 어머니가 매혹된 것이지."

레빈은 얼굴을 찌푸렸다. 그때 거절을 당하며 느꼈던 수치심이 다시 그를 자극했다. 하지만 지금 그는 자신의 집 안에 있었기에 벽들도 그의 편이 되어 주고 있었다.

"그만하게." 그가 오블론스키의 말을 가로막으며 말했다. "귀족주의라고 했나? 브론스키든 누구든 그런 부류들이 속한 귀족주의는 대체 뭔가? 날 모욕했던 그 귀족주의라는 게 대체 뭐길래? 자넨 브론스키를 귀족이라 생각하겠지만 난 아닐세. 그의 아버지는 교활한 방법으로 신분 상승을 했고, 어머니는 수많은 남자와 복잡한 관계를 맺은 그런 자가 왜……. 아니, 미안한 말이지만, 나는 나와 비슷한 부류의 사람들, 그러니까 높은 수준의 교양을 갖추고, 내 아버지와 할아버지처럼 누구에게도 피해를 주지 않고 비굴하지 않았던, 3, 4대에 걸쳐 귀족이라는 명예를 이어 온 사람들, 그런 사람들이야말로 진정한 귀족이라 생각하고 있다네. 난 그런 사람들을 잘 알고 있지. 자넨 내가 숲의 나무를 일일이 세는 것을 보며 천하다고 느낄 수도 있겠지만 말이야. 어쨌든 자넨 랴비닌에게 3만 루블을 거저 준 거나 마찬가지야. 하지만 자넨 봉급이나 그밖에 다른 수입이 있겠지만 난 그렇지 않다네. 그래서 나는 조상님께 물려받은 것들과 내 노력으로 얻은 것들을 소중하게 여기고 있지. 우리 같은 부류의 사람들이야말로 귀족이라 할 수 있는 것이지. 권력에 의지해 살며 20코페이카만 내면

살 수 있는 그런 인간들을 귀족이라 부를 순 없어."

"근데 자넨 누구를 말하고 있는 거야? 나도 자네 생각과 같네." 스테판 아르카디이치는 자신이 레빈이 말한 20코페이카만 내면 살 수 있는 인간 중 하나라고 생각하면서도 유쾌하게 말했다. 레빈이 기력을 되찾은 것이 기뻤기 때문이다.

"누구를 말하는 거냐고? 물론 자네가 브론스키에 대해 했던 말 중에는 잘못된 부분도 있어. 하지만 난 그걸 말하는 게 아니야. 솔직히 말하면, 내가 만약 자네라면 지금 당장 모스크바로 가서……."

"아니, 자네가 아는지 모르겠지만 난 지금도 마찬가지야. 한마디 덧붙이자면 난 이미 청혼했다가 거절을 당했네. 이제 카테리나 알렉산드로브나라는 이름은 내게 너무도 괴롭고 수치스러운 기억일 뿐이야."

"어째서? 그건 정말 어리석은 생각이야!"

"이제 그만하지. 그리고 혹시라도 자네의 기분을 상하게 했다면 용서해 주게." 레빈이 말했다. 그는 자신의 속마음을 털어놓고 나자 다시 아침처럼 유쾌한 사람이 되어 있었다. "나한테 화나지 않았나, 스티바? 제발 화내지 말아 주게." 그는 웃으며 오블론스키의 손을 잡았다.

"물론이지. 전혀 화나지 않았어. 화낼 이유가 없지 않은가. 난 우리가 마음을 터놓고 얘기했다는 사실이 정말 기쁘다네. 참, 아침 사냥을 나가는 건 어떤가? 한번 가 보세. 잠은 안 자도 괜찮아. 사냥터에서 바로 기차역으로 가면 되니까."

"그래, 그러세."

18

브론스키의 내적인 삶은 온갖 열정으로 가득 차 있었지만, 외적인 삶은 지금껏 그래 왔듯 사교계와 연대 생활을 중심으로 흘러가고 있었다. 그중에서도 연대 생활은 브론스키에게 가장 중요했다. 그는 연대에 애착을 가지고 있었으며 연대 역시 그를 사랑하고 있었기 때문이다. 연대 사람들 모두가 브론스키를 좋아했고 그를 존경하며 자랑스러워하고 있었다.

그들은 그가 훌륭한 재능을 갖추고 부와 명예, 성공을 동시에 거머쥔 전도유망한 청년임에도 누구보다 연대와 동료들을 아끼고 사랑했기에 그를 자랑스럽게 생각했다. 브론스키 역시 이런 동료들의 마음을 잘 알고 있었기에 이 생활을 사랑했고, 그들의 믿음에 어긋나지 않게 행동하는 것을 일종의 의무라고 생각했다.

물론 그는 어느 누구에게도 자신의 사랑에 대해 언급한 적이 없었다. 아무리 왁자지껄한 술자리에서도, 실수로라도 발설하지 않았던 것이다. 물론 그는 이성을 잃을 만큼 만취 상태였던 적이 없었다. 그러면서도 특히, 그들의 관계에 대해 짐작하고 있는 듯한 입이 가벼운 동료들에게는 더욱 조심했다. 그러한 노력에도 그의 사랑은 공공연히 알려졌으며 다들 카레니나 부인과 그의 관계를 눈치채고 있었다. 대부분의 젊은 남자는 그들의 사랑이 이루어질 수 없다는 것을, 즉 카레닌의 높은 지위 때문에 그들의 관계에 대한 추문이 세상에 퍼지기 쉽다는 것을 알고 있었기에 이를 꺼림칙하게 생각하고 있었다.

안나를 부러워하며, 그녀가 정숙한 부인으로 알려진 것에 대해 벌써 오래전부터 시기하던 젊은 여자들은 이런 일이 발생했다는 사실을 즐거워했다. 그러면서 그녀들은 추문이 널리 퍼져 이 소문이 굳어지기만을 기다리며, 안나를 향한 비난의 진흙덩이를 던질 준비를 하고 있었다. 연로한 사람들과 지위가 높은 이들은 이런 추문을 못마땅하게 생각하고 있었다.

브론스키의 어머니는 처음 아들의 불륜에 대해 알게 되었을 때에는 만족스러워했다. 그녀의 의견에 따르면, 상류층의 전도유망한 청년에게 있어 이런 일은 꽤 매력적인 일이었다. 게다가 브론스카야 백작 부인은, 아들에 대한 애정이 남달랐던 카레니나 부인을 몹시 마음에 들어 했고, 그녀가 고상하고 아름다운 다른 부인과 다를 바가 없다고 생각했기 때문이다. 하지만 백작 부인은 최근에 카레니나 부인 때문에 자신의 아들이 좋은 자리로 갈 수 있는 제안을 거절하며 연대에 남기로 결정했고 그로 말미암아 상관들의 눈 밖에 났다는 사실을 알고는 생각이 바뀌었다.

그녀가 지금껏 있었던 일들로 짐작해 보았을 때, 이것은 우아하고 화려한 사교계의 로맨스가 아닌 비극적 결말을 암시하는 베르테르식 사랑이었다. 혹시라도 아들이 무모한 짓을 벌일 수도 있다는 생각이 들자 그녀는 꺼림칙했던 것이다. 그녀는 브론스키가 모스크바를 떠난 이후 한 번도 그를 만나지 못했기에 큰아들을 시켜 그에게 집으로 오라는 소식을 전했다.

그의 형 역시 동생에게 불만이 있었다. 그는 동생의 사랑이 크든 작든, 열정이 있든 없든, 반도덕적이든 어떻든 상관하지 않았다. 그 역시 아들이 있었음에도 무용수를 정부로 두고 있었기 때문이다. 하지만 이 사랑은 그가 신경을 써야 할 주요 인사들에게 환영받지 못하는 것이었기에, 그는 동생의 사랑을 인정할 수 없었다.

연대와 사교계 생활 외에도 브론스키는 승마에 관심이 있었다. 그는 말 애호가였다.

때마침 올해는 장교들의 장애물 경마 대회가 열릴 예정이었다. 브론스키도 경마에 출전하기 위해 영국산 순종 암말을 구입했다. 그는 자신의 사랑에 열정을 쏟아부으며 경마를 자제하려 했지만, 그 역시 소홀히 할 수는 없었다.

이 두 가지의 열정은 상반된 것이 아니었기에 서로 방해되지 않았다. 그에게는 사랑 외에도 그의 흥분을 가라앉혀 주고 새로운 활력을 주는 무언가가 필요했다.

19

크라스노예 셀로에서 경마가 열리는 날이었다. 브론스키는 평소보다 이른 시간에 문을 연 연대 식당에서 비프스테이크를 먹었다. 그는 4푸드 반의 체중을 유지하고 있어서 식단을 조절할 필요는 없었지만, 체중이 늘지 않는 것이 좋았기에 밀가루나 당분은 될 수 있으면 피했다. 그는 하얀 조끼 위에 입은 프록코트의 단추를 풀고, 테이블 앞에 앉아 비프스테이크를 기다리며 팔꿈치를 괴고 프랑스 소설책을 읽고 있었다. 그는 오고 가는 다른 장교들과 잡담을 나누기 싫어서 책을 읽는 척하며 수많은 생각을 하고 있었다.

그는 오늘 경마가 끝난 뒤 안나를 만날 예정이었다. 사흘째 만나지 못했기 때문이다. 하지만 그녀의 남편이 출장에서 돌아와 있었기에 오늘 그녀를 만날 수 있을지 확신이 들지 않았고, 이를 알아볼 수 있는 방법도 없었다. 그는 가장 최근에 사촌 누이 벳시의 별장에서 그녀를 만났다. 그는 가능하면 카레닌의 별장에는 가지 않았지만 지금은 어떻게든 그곳에 가봐야겠다고 생각하고 있었다.

'그녀가 경마장에 갈 건지 물어보라는 벳시의 부탁 때문에 들른 거라고 말해야지. 그래, 꼭 가야겠어.' 그는 고개를 들며 생각했다. 그녀를 만날 생각을 하자 그의 얼굴은 행복한 미소로 환하게 빛났다.

"집에 사람을 보내서 삼두마차를 대기시키라고 전해." 그는 뜨거운 은 접시에 비프스테이크를 가져온 사환에게 그렇게 말하고는 접시를 앞으로 당겨 먹기 시작했다.

옆에는 당구장이 있었다. 그곳에서 당구를 치는 소리와 떠드는 소리, 웃음소리가 들려왔다. 장교 두 사람이 입구 쪽에서 모습을 드러냈다. 한 사람은 최근에 중앙 육군 사관 학교에서 그의 연대로 오게 된 얼굴이 갸름하고 허약해 보이는 젊은 장교였고, 팔찌를 찬 다른 한 사람은 살 속에 파묻혀 눈이 작아 보이는 나이 많은 장교였다.

브론스키는 그들을 보자 얼굴이 찌푸려졌다. 그는 마치 그들을 못 본 것처럼 책장을 넘겼고, 음식을 먹으면서 책을 읽었다.

"뭐하고 있나? 경주를 대비해 몸보신하고 있는 건가?" 뚱뚱한 장교가 그의 옆에 다가와 앉으며 말했다.

"보다시피." 브론스키는 그를 쳐다보지도 않고 얼굴을 찡그리고는 입을 닦으며 말했다.

"살찌는 게 걱정되지 않아?" 그는 젊은 장교에게 의자를 돌려주며 말했다.

"뭐?" 브론스키는 경멸하듯 얼굴을 찌푸리고는 고른 이를 드러내며 퉁명스럽게 말했다.

"살찌는 게 걱정되지 않냐고?"

"여기, 셰리주 좀 갖다 주게!" 브론스키는 그의 말에 대답하지 않고 외쳤다. 그러고는 책장을 넘기며 계속 읽기 시작했다.

뚱뚱한 장교는 주류 메뉴판을 들고 젊은 장교를 바라보았다.

"마실 것을 좀 골라 봐." 그는 젊은 장교에게 메뉴판을 건네며 말했다.

"그럼 라인 포도주로 하죠." 젊은 장교가 브론스키 쪽을 흘끔거리며 이제 막 나기 시작한 콧수염을 만지작거리며 말했다. 브론스키가 눈길도 주지 않자 젊은 장교가 일어섰다.

"당구장으로 가죠." 그가 말했다.

뚱뚱한 장교도 일어났다. 그러고 나서 두 사람은 문 쪽으로 향했다.

그때 키가 크고 체격이 좋은 기병 대위 야쉬빈이 들어왔다. 그는 두 장교를 경멸하듯 쳐다보며 브론스키에게 다가갔다.

"여기 있었군!" 그는 큼지막한 손으로 상대의 견장을 치며 큰 소리로 외쳤다. 브론스키는 성가신 듯한 얼굴로 돌아보았으나 곧 침착하고 온화한 표정을 지었다.

"현명하게 처신했어, 알료쉬아." 기병 대위는 크고 낮은 목소리로 말했다. "지금은 조금만 먹으면서 한잔하세."

"안 그래도 더 먹고 싶은 생각이 없네."

"단짝들이 지나가는군." 야쉬빈은 방금 식당 밖으로 나간 두 장교 쪽을 흘끔거리며 무시하는 듯한 어조로 말했다. 바지통이 좁은 승마용 바지를 입고 다리가 길어 낮은 의자 위에서 다리를 한껏 구부려야 했던 그는 브론스키 옆에 앉았다.

"왜 어젯밤에 크라스노예 극장에 오지 않은 건가? 누메로바가 괜찮았는데 말이야. 어디 있었나?"

"트베르스카야 공작 집에 계속 있었어." 브론스키가 말했다.

"아!" 야쉬빈이 대답했다.

야쉬빈은 노름꾼에다 방탕한 생활을 일삼으며, 어떤 사상도 규범도 거부하는 부도덕한 사내였다. 연대 안에서는 브론스키와 가장 친한 친구였다. 브론스키가 그를 좋아했던 이유는 밤을 꼬박 새우며 술을 잔뜩 마셔도 끄떡없는 강인한 체력 때문이었다. 그의 이런 듬직한 모습은 상관과 동료들에게 존경을 받고 있었다. 또한 그는 몇만 루블을 건 카드 게임에서, 게다가 만취한 상태에서도 영국 클럽에서 제일가는 노름꾼으로 추앙받고 있을 만큼, 철저하고도 대담한 정신력을 가지고 있었다. 그리고 무엇보다 브론스키는 야쉬빈이, 부와 명예 때문이 아닌 한 사람으로서 자신을 좋아하고 있다고 생각했기에 그 역시 야쉬빈을 좋아했다.

그러한 이유로 브론스키는 그에게만은 자신의 사랑에 대해 말하고 싶었다. 그는, 겉으로 보기에는 이러한 감정을 경멸하고 있는 듯한 야쉬빈이, 자신의 마음을 가득 채우고 있는 이 뜨거운 열정을 이해해 줄 거라 믿었다. 또한 야쉬빈은 풍문 따위에 휩쓸리지 않고 자신의 감정을 이해해 줄 거라 생각했고, 이 사랑을 단지 가벼운 장난이 아닌, 아주 진지하고도 중요한 감정이라는 것을 알아줄 거라는 확신이 들었기 때문이다.

브론스키는 그에게 자신의 사랑에 대해 말하지 않았으나 그는 이미 모든 것을 알고 있고 또한 이해하고 있다는 것을 알았다. 그는 야쉬빈의 그런 표정을 읽는 것이 즐거웠다.

"아, 그래!" 그는 브론스키가 트베르스카야 공작의 집에 있었다는 말에 이렇게 이야기하고는 검은 눈을 반짝였다. 그러고는 평소의 지저분한 버릇대로 왼쪽 콧수염을 잡아 입에 넣었다.

"참, 어제 어떻게 됐나? 이겼나?" 브론스키가 물었다.

"8,000 정도. 근데 3,000은 아마 못 받을 것 같아."

"그럼 오늘은 내가 져도 괜찮겠군." 브론스키가 웃으며 말했다 야쉬빈은 오늘 경마에서 브론스키의 말에 많은 돈을 걸었던 것이다.

"그럴 리가."

"마호틴의 말 때문에 걱정이 되는군."

그들의 대화는 브론스키의 머릿속을 가득 채우고 있는 오늘 있을 경마 쪽으로 옮겨 갔다.

"가세. 난 다 먹었어." 브론스키가 자리에서 일어나 문가로 갔다. 그러자 야쉬빈도 길고 튼튼한 다리와 등을 쭉 펴며 일어났다.

"식사하기엔 좀 이르지만 한잔 마셔야겠어. 곧 따라가겠네. 여기, 포도주!" 그는 지휘 때문에 익숙해진, 유리창마저 떨리게 할 크고 낮은 목소리로 외쳤다. "아니, 됐어!" 그가 재빨리 외쳤다. "집으로 가는 건가? 그럼 나도 같이 가세."

그는 브론스키와 함께 밖으로 나왔다.

20

브론스키는 넓고 깨끗한 핀란드식 오두막집에 묵고 있었다. 그는 이 집에 칸막이를 쳐서 둘로 나누어 페트리쓰키와 함께 지내고 있었다. 브론스키와 야쉬빈이 오두막으로 들어섰을 때 페트리쓰키는 자고 있었다.

"그만 일어나, 계속 잘 거야?" 야쉬빈이 칸막이 너머로 가서 코를 베개에 파묻고 머리는 헝클어뜨린 채 곤히 잠들어 있던 페트리쓰키의 어깨를 툭 치며 말했다.

그러자 갑자기 페트리쓰키가 벌떡 일어나 주변을 두리번 거렸다.

"자네 형님이 오셨어." 그가 브론스키에게 말했다. "날 깨워 놓고는 젠장, 다시 오겠다더군." 그러고 나서 그는 담요를 끌어다 덮으며 다시 베개에 머리를 파묻었다. "그러지 마, 야쉬빈." 야쉬빈이 담요를 걷어 내자 그가 화내며 말했다. "하지 말라니까!" 그가 몸을 뒤척이다 눈을 뜨며 말했다. "차라리 뭐 마실 건 없냐고 물어보지. 입이 텁텁하다고……."

"그럴 땐 보드카가 최고지." 야쉬빈이 낮은 목소리로 말했다. "테레쉬첸코! 주인에게 보드카랑 오이를 갖다드려!" 그는 자신의 목소리를 듣는 것을 즐기는 듯 외쳤다.

"뭐? 보드카를 마신다고?" 페트리쓰키가 얼굴을 찌푸린 채 눈을 비비며 말했다. "자네도 마실 텐가? 그럼 같이 마시지! 브론스키, 자네는?" 페트리쓰키는 자리에서 일어나 호피 담요를 두르며 말했다.

그가 칸막이 벽 쪽의 문으로 나와 손을 흔들며 프랑스어로 노래를 불렀다.

"먼 옛날 툴레에 왕이 살았네. 브론스키, 한잔하지 그래?"

"됐어." 브론스키는 하인이 가져다 준 프록코트를 입으며 말했다.

"어딜 가려고?" 야쉬빈이 물었다. "마차가 오고 있군." 그가 창 밖 너머로 오고 있는 마차를 보며 말했다.

"마구간에 갔다 올게. 말 때문에 브랸스키도 만나야 돼."

브론스키가 말했다.

브론스키는 페테르고프에서 10베르스타 정도 떨어진 곳에 사는 브랸스키에게 말값을 치르러 잠시 들를 계획이었다. 하지만 그의 친구들은 그가 거기만 들르는 게 아니라는 것을 알고 있었다.

페트리쓰키는 노래를 부르며 윙크했다. 그는 마치 무슨 일인지 다 알고 있다는 듯 입을 실룩거렸다.

"너무 늦지 마!" 야쉬빈은 이렇게 말하고는 화제를 돌렸다. "내 밤색 말은 좀 도움이 되던가?" 그는 창문 쪽을 바라보며 자신이 판 짐말에 대해 물었다.

"잠깐!" 페트리쓰키는 밖으로 나가던 브론스키를 불러 세웠다. "자네 형님이 편지랑 쪽지 같은 걸 남기고 가셨네. 잠깐 기다려 봐. 어디에 뒀더라?"

그러자 브론스키는 멈춰 섰다.

"어디에 있나?"

"그걸 어디에 두었나, 그것이 문제로다!" 페트리쓰키는 검지를 코앞에 세우며 진지한 어조로 말했다.

"어서 말해, 장난 그만 치고!" 브론스키가 웃으며 말했다.

"난로는 아직 안 피웠으니 여기 어딘가에 있을 텐데."

"이봐, 장난 그만하고. 대체 그 편지는 어디에 둔 거야?"

"없어. 정말 있었는데. 혹시 내가 꿈을 꿨나? 잠깐만! 그래도 그렇게 툴툴 댈 필요는 없잖아. 자네도 나처럼 한번에 네 병을 마셔 봐. 고주망태가 될 테니까. 잠깐만 기다려 봐. 생각 좀 해 볼게." 페트리쓰키는 칸막이 뒤로 가서 자기 침대에 누웠다. "그래, 내가 이렇게 자고 있었어. 그는 여기에 서 있었고. 그래, 그래, 바로 여기야!" 페트리쓰키는 이불 밑에 넣어둔 편지를 꺼냈다.

브론스키는 편지와 쪽지를 펼쳐 보았다. 그의 예상대로 그가 오지 않은 것에 대한 질책이 담긴 어머니의 편지와 뭔가 의논할 일이 있다는 내용이 담긴 형의 쪽지였다. 브론스키는 이 모든 게 그것과 관련된 일이라는 것을 알았다.

'무슨 상관이야!' 브론스키는 생각했다. 그러고 나서 나가는 길에 편지를 자세히 읽기 위해 프록코트 단추 사이에 편지를 접어 넣었다. 오두막 입구로 나오면서 그는 장교 두 사람과 마주쳤다. 한 명은 그의 연대 사람이었고 다른 한 명은 다른 연대의 장교였다.

브론스키의 숙소는 모든 장교의 아지트나 다름없었던 것이다.

"어딜 가시는지?"

"페테르고프에 볼일이 있어서."

"싸르스코예에서 보낸 말은 왔습니까?"

"네, 아직 보진 못했지만."

"마호틴의 글라디아토르가 절뚝거린다는 소문이 있던데."

"그럴 리가! 근데 이 진흙 밭에서 어떻게 경주하려는 겁니까?" 다른 한 사람이 말했다.

"오, 우리의 구세주들이 왔군!" 장교들이 들어오자 페트리쓰키가 외쳤다. 당직병이 오이와 보드카를 들고 그의 앞에 서 있었다.

"야쉬빈이 기분 전환하라고 주는 걸세."

"아니, 괜찮네. 우린 어제 자네한테 대접을 받았으니까." 들어온 사람 중 한 장교가 말했다. "밤새 잠도 못 자게 했지."

"그래서 결국엔 어떻게 됐는지 알아?" 페트리쯔키가 말했다. "볼코프 그 녀석이 지붕으로 올라가더니 '나는 슬퍼.'라고 소리치는 거야. 그래서 나도 '풍악을 울려라! 장송곡으로!' 하고 외쳤지. 그랬더니 장송곡 연주가 시작되는 와중에 그 녀석이 지붕 위에서 잠이 들어 버렸다네."

"어서 마셔, 지금 보드카가 꼭 필요하다네. 레몬도 많이 먹고 젤테르 광천수도 마시고 말이야." 야쉬빈은 마치 억지로 아이에게 약을 먹이는 엄마처럼 몸을 굽히며 페트리쯔키에게 말했다. "그다음엔 이렇게 샴페인을 조금 마시는 거야."

"좋은 생각인데? 브론스키, 한잔하세."

"아니, 사양하겠네. 오늘은 안 되겠어."

"왜, 체중 조절 때문에 그러는 건가? 할 수 없지. 우리끼리 마시지. 자, 젤테르 광천수랑 레몬을 줘."

"브론스키!" 그가 이미 현관으로 나갔을 때 누군가가 소리쳤다.

"무슨 일이야?"

"차라리 머리를 깎는 게 나을 거야. 그래야 무게가 좀 줄어들 테니까. 특히 거기 휑한 데 말이야."

실제로 브론스키는 나이에 비해 머리숱이 없었다. 그러자 그는 고른 이를 드러내며 유쾌하게 웃었다. 그리고 나서 휑한 머리 위에 모자를 쓰고는 밖으로 나와 마차를 탔다.

"마구간으로 가세!" 그러고 나서 그는 편지를 훑어보려다가 말을 살펴보기 전에는 다른 것에 신경을 쓰지 말아야겠다는 생각이 들었다. "그래, 나중에……."

21

경마장 옆에 임시 마구간인 목조 바라크가 설치되어 있었다. 그의 말은 어제 이곳에 도착하기로 되어 있었다. 그는 아직 자신의 말을 보지도 못하고 며칠간 조마사에게 관리를 맡겨 둔 상태였다. 그래서 그는 지금 자신의 말이 어떤 상태인지 알 수 없었다. 그의 마차가 도착하자마자 그를 발견한 마부가 조마사를 불렀다. 조마사는 긴 장화를 신고 짧은 재킷을 걸친, 턱 밑에만 조금 수염이 있는 무뚝뚝한 영국인이었다. 그는 팔꿈치를 펴고 몸을 흔들며 기수 같은 어색한 걸음으로 그에게 다가왔다.

"프루프루는 어떤가요?" 브론스키가 영어로 물었다.

"정말 좋습니다, 나리." 영국인은 목구멍 안쪽을 울리는 듯한 목소리로 말했다. "가지 않는 게 좋을 겁니다." 그가 모자를 집어 들며 말했다.

"재갈을 물려 놔서 지금 몹시 흥분한 상태거든요. 괜히 놀라기만 할 겁니다."

"아니, 그래도 가 봐야겠어요. 아직 한 번도 못 봤으니까."

"그럼 가시죠."

영국인은 찡그린 얼굴로 입을 거의 벌리지 않고 말했다. 그러고 나서 팔꿈치를 흔들며 나사가 풀린 듯한 엉거주춤한 걸음걸이로 길을 안내했다.

바라크 마당으로 들어가자 단정한 재킷을 입은, 듬직해 보이는 소년이 손에 빗자루를 쥔 채 두 사람을 맞이하며 그들의 뒤를 따랐다.

바라크 안에는 우리마다 각각 다섯 마리의 말이 들어 있었다. 브론스키는 그의 가장 유력한 경쟁 상대인, 키가 160cm나 되는 마호틴의 밤색 말 글라디아토르도 여기에 있다는 것을 알고 있었다. 그는 자신의 말보다 글라디아토르가 더 궁금했다. 하지만 경마의 예의상 그 말을 봐서는 안 되며 그와 관련된 질문 또한 금해야 했다. 소년이 왼쪽에서 두 번째 우리 문을 열었기에 브론스키는 통로를 지나가다 우연히 덩치가 큰 밤색 말과 그의 하얀 두 다리를 보았다. 그는 그 말이 글라디아토르라는 것을 알고 있었다. 하지만 마치 펼쳐진 남의 편지를 엿보는 듯한 기분이 들어 고개를 돌리고 프루프루가 있는 우리 쪽으로 이동했다.

"이 말이 마아…… 마크…… 발음하기가 참 힘이 드네요."

영국인은 지저분한 긴 손톱이 자란 커다란 손가락으로 글라디아토르의 우리를 가리키며 말했다.

"마호틴의 말 아닌가? 저 녀석이 가장 유력한 경쟁 상대지." 브론스키가 말했다.

"나리께서 저 말을 타신다면." 영국인이 말했다. "저도 나리께 돈을 걸겠습니다."

"프루프루는 어떤 말보다 예민하지만 힘이 세지요." 브론스키는 자신의 승마 실력에 대한 칭찬을 듣고는 기분 좋은 웃음을 보이며 말했다.

"장애물 경기에서는 승마 실력과 'pluck'이 가장 중요하지요." 영국인이 말했다.

브론스키는 자신이 'pluck'. 즉 담력은 이미 차고 넘친다고 느꼈다. 게다가 전 세계를 통틀어 보아도 담력만큼은 누구에게도 뒤지지 않을 거라 생각했다.

"그럼 더 이상은 연습시키지 않아도 되겠습니까?"

"물론입니다." 영국인이 대답했다. "저, 목소리를 좀 낮춰주십시오. 말이 흥분할 수 있거든요." 그가 문을 잠근 우리 쪽을 가리키며 말했다. 짚더미 위에서 발을 구르는 소리가 들려왔다.

문이 열리자 브론스키는 작은 창을 통해 희미한 빛이 비치는 우리 안으로 들어갔다. 그곳에는 재갈을 물린 흑갈색 말이 새 짚 위에서 발을 구르고 있었다. 브론스키는 어두컴컴한 우리의 주변을 둘러보다가 무의식중에 자신의 말을 훑어보았다. 프루프루는 체격이 중간 정도 되는 골격이 작은 말이었기에 신체 조건이 썩 좋다고 볼 수는 없었다. 가슴은 떡 벌어져 있었으나 폭이 좁았고 엉덩이는 약간 처졌으며 뒷다리는 유달리 굽어 있었다. 다리 근육도 그다지 단단해 보이지 않았으나 배 쪽이 넓은 편이었고 지금은 관리를 받은 터라 홀쭉한 배가 유난히 눈에 띄었다. 무릎 밑 다리뼈도 손가락 굵기 정도로 가늘었지만 옆쪽에서 보면 꽤 굵직했다. 늑골을 빼면 이 말은 앞뒤로 길게 늘어졌으므로 마치 양쪽에서 눌러놓은 듯한 모습이었다. 하지만 이 말은 이 모든 결점을 상쇄시킬 만한 강점이 있었는데 바로 혈통이었다. 영국식으로 말하자면, 자연스럽게 나타나는 혈통이었다. 얇고 부드러운 피부 속에 그물처럼 펼쳐진 혈관 밑으로 툭 불거진 근육은 마치 뼈처럼 탄탄해 보였다. 튀어나온 눈에는 생기가 돌았고 다소 야윈 머리는 콧대에서 충혈된 콧구멍 쪽으로 갈수록 넓게 펼쳐져 있었다. 특히 머리 쪽이 힘차 보였고 표정은 온화했다. 이 말은 단지 입의 구조 때문에 말을 못하고 있는 동물 중 하나일 거라는 생각마저 들었다.

브론스키는 지금 자신이 말에 대해 느끼고 있는 모든 감정을 말 또한 이해하고 있다는 생각이 들었다.

브론스키가 우리 안으로 들어가자 말은 숨을 깊게 들이마시고는 튀어나온 눈에 핏발을 세우며 우리로 들어오는 사람들을 쳐다보았다. 그러고는 재갈을 벗으려는 듯 계속해서 양 발을 굴렸다.

"지금 많이 흥분한 것 같군요." 영국인이 말했다.

"워워, 착하지! 워워." 브론스키는 다가가 말을 달래 주었다.

하지만 그가 가까이 갈수록 말은 점점 더 흥분했다. 그러다가 그가 자신의 머리 옆으로 다가가자 갑자기 차분해졌다. 말의 근육은 얇고 부드러운 피부 밑에서 파르르 떨리기 시작했다. 그러자 브론스키는 굵직한 말의 목덜미를 만져 주었고 반대쪽으로 넘어간 갈기를 손으로 정돈해 주었다. 그러고 나서 박쥐 날개처럼 얇게 펴진 콧구멍 가까이에 얼굴을 가져다 댔다. 그러자 말은 소리를 내며 콧구멍으로 숨을 내쉬며 몸을 부르르 떨었다. 그러고는 귀를 쫑긋거리며 마치 주인의 소매를 잡아당기려는 듯 탄탄한 검은 입술을 브론스키에게 가져다 댔다. 하지만 재갈을 썼다는 것을 의식하자 벗겨내려는 듯 반듯하게 다듬어진 두 발을 번갈아 구르기 시작했다.

"착하지, 얌전히 있어!" 그는 말 엉덩이 쪽을 쓰다듬으며 지금 말의 상태가 최고라는 생각이 들어 기쁜 마음으로 밖으로 나왔다.

흥분한 말을 보자 브론스키도 마음이 들떴다. 마치 피가 심장으로 몰리는 듯한 느낌이 들어 자신도 말처럼 달리며 뭔가 물어뜯고 싶기도 했다. 그는 두려우면서도 즐거웠다.

"그럼 잘 부탁드립니다." 브론스키가 영국인에게 말했다. "6시 30분에 그곳에서 뵙지요."

"알겠습니다." 영국인이 말했다.

"그런데 어디로 가십니까, 백작님?" 그는 한 번도 쓴 적이 없는 '백작'이라는 호칭을 사용하며 물었다.

브론스키는 깜짝 놀라 고개를 들며 영국인의 눈이 아닌 이마 쪽을 쳐다보았다. 하지만 그는 영국인이 그를 주인으로 섬겨서가 아니라 기수로 여기며 질문한 것이라 생각했기에 이렇게 답했다.

"브랸스키에게 볼일이 있습니다. 한 시간 뒤엔 집으로 갈 생각입니다."

'도대체 오늘 몇 번이나 이 질문을 받은 건지.' 그는 속으로 생각하며 평소와는 다르게 얼굴을 붉혔다. 영국인은 그를 유심히 살피더니 마치 브론스키의 행선지를 알기라도 하듯 이렇게 말했다.

"경마 전에는 마음의 안정이 필요합니다." 그가 말했다. "화를 내신다거나 혼란스러워하시면 안 됩니다."

"알겠습니다." 브론스키는 웃으며 대답하고는 마차에 올라타서 페테르고프로 가자고 지시했다.

마차가 얼마 움직이지도 않아 아침부터 끼어 있던 먹구름이 소나기를 퍼부었다.

'곤란하게 됐군.' 브론스키는 마차의 덮개를 걷으며 생각했다. '안 그래도 땅이 질퍽한데 이젠 늪이 되겠어.' 그는 마차 안에서 어머니의 편지와 형의 쪽지를 읽기 시작했다.

역시나 예상대로 두 사람은 같은 이야기를 하고 있었다. 어머니도 형도 다들 그의 사랑에 간섭하고 있었던 것이다. 그들의 행동은 그가 여태껏 거의 가져본 적이 없었던 반항심을 불러일으켰다.

"대체 이 일이 그들과 무슨 상관이란 말인가? 그들은 왜 내 일을 걱정해야 한다고 생각하는 거지? 왜 이렇게 성가시게 구는 걸까? 그들은 내 일을 도저히 이해할 수 없다고 생각하고 있어. 만약 이것이 사교계에서 흔히 일어나는 저속한 일이었다면 그들도 날 귀찮게 하진 않았을 거야. 그들은 분명 이것이 예삿일이 아니라고 느끼고 있어. 그저 단순한 연애 감정이 아닌, 나에게는 목숨보다 소중한 감정이란 걸 알고 있다고. 그러면서도 두 사람은 그 감정을 이해할 수 없으니 화가 난 거야. 우리의 미래가, 우리의 운명이 어떻게 되든 우리가 시작한 것이니 후회하지 않아." 그는 자신과 안나를 '우리'라는 말로 묶으며 혼잣말을 했다. '아니, 그들은 우리에게 살아가는 방법에 대해 가르쳐 줘야만 한다고 생각하고 있어. 행복이 무엇인지도 모르면서 말이야. 우리에게 사랑 없이는 행복도, 불행도, 아니 삶 자체가 존재하지 않는다는 것을 모르면서 말이야.' 그는 생각했다.

사실 그는, 속으로는 사람들의 생각이 옳다고 생각했기에 그들이 간섭하는 것에 반발심이 생겼던 것이다. 그는 자신과 안나의 사랑이, 그저 기쁨과 슬픔 외에는 아무것도 남기지 않고 사라져 버리는 덧없는 바람 같은 게 아니라는 것을 알고 있었다. 그는 사교계 사람들의 눈을 피해 사랑을 속여 가며 괴로움을 끌어안고 가야 하는 곤란한 상황에 처해 있다는 것을 알고 있었다. 심지어 그들을 하나로 결합시킨 열정이 두 사람 외에는 아무것도 보이지 않을 정도로 타오르고 있을 때조차도, 그들은 다른 사람들의 시선을 의식하며 남들을 속일 방법을 찾아야 하는 괴로움을 떠안고 있었다.

그는 자신의 천성을 거스르는 거짓된 행동과 기만을 반복해야만 하는 상황을 떠올려 보았다. 그녀 역시 그래야만 했기에 그녀가 느꼈을 수치심 또한 생생하게 떠올려 보았다. 그는 안나와 관계를 맺은 후에 때때로 묘한 기분이 들었다. 일종의 혐오감이었던 이 감정이, 알렉세이 알렉산드로비치를 향한 것인지, 자신을 향한 것인지 아니면 사교계를 향한 것인지 알 수 없었다. 어쨌든 그는 이 묘한 감정을 떨쳐 내려 애썼고 지금도 고개를 흔들며 끊임없이 생각하고 있었다.

'예전의 그녀는 불행하긴 했지만 당당하고 침착하게 처신해 왔어. 하지만 지금은 내색하고 있진 않지만 그러지 못하고 있어. 그러니 이 문제를 어떻게든 매듭지어야만 해.'

그는 마음의 결정을 내렸다. 그러면서 이 가식적인 모습을 더 이상은 보이지 말아야겠다고, 최대한 빨리 해결해야겠다고 결심했다.

'그녀도 나도 모든 것을 버리고 오로지 우리의 사랑을 위해 어디로든 도망쳐야 해.'

22

비는 곧 그쳤다. 브론스키가 고삐도 채우지 않은 부마들을 전속력으로 몰아 진흙탕을 달려 별장에 도착하자 어느새 해가 비치고 있었다. 별장 지붕과 길가의 양쪽으로 쭉 늘어선 보리수들은 빗물을 한껏 머금어 반짝거렸고 나뭇가지에서는 물방울이 똑똑 떨어졌으며 지붕 끝에서는 물줄기가 흘러내리고 있었다. 그는 소나기 때문에 엉망이 되었을 경마장은 생각지도 않고 비가 와서 분명 혼자 집에 있을 그녀를 생각하며 즐거워했다. 그는 얼마 전 외국의 온천에 다녀왔던 알렉세이 알렉산드로비치가 페테르부르크에서 아직 돌아오지 않았다는 것을 알고 있었다.

브론스키는 그녀가 혼자 있기를 바라며 늘 그랬듯 다른 사람들의 시선을 피하기 위해 다리에서 조금 떨어진 곳에서 내려 걸어갔다. 그는 현관 계단 쪽이 아닌 마당으로 들어갔다.

"주인어른 계신가?" 그가 정원사에게 물었다.

"아니요, 마님께서는 안에 계십니다. 현관으로 들어가시면 거기에 사람이 있으니 문을 열어 드릴 겁니다." 정원사가 말했다.

"아니, 난 정원 쪽으로 가겠네."

그녀가 집에 혼자 있다는 것을 확인한 그는, 오늘은 그녀의 집으로 오겠다는 약속도 하지 않았고 경마 대회가 있는 날이기에 자신이 올 거라고는 생각 못했을 그녀를 깜짝 놀라게 해 주고 싶었다. 그는 꽃이 핀 오솔길의 모래를 밟으며 정원 쪽으로 나 있는 테라스를 향해 걸어갔다. 브론스키는 오는 내내 생각했던 자신의 처지와 괴로움을 어느새 잊어버린 듯했다.

그는 오직 한 가지만 생각했다. 이제 그녀를, 상상 속에서가 아닌 바로 눈앞에서 볼 수 있다는 사실에 대해서 말이다. 그는 조용히 테라스 계단을 올라갔다. 그러다가 문득, 그가 잊고 있었던, 그와 그녀의 관계에서 가장 괴로웠던, 늘 그를 의심스럽고 적대적인 눈으로 바라보는 그녀의 아들이 생각났다.

그 아이는 누구보다 그들에게 있어 걸림돌이 되었다. 브론스키와 안나는 아이가 옆에 있을 때는 다른 사람들 앞에서 할 수 없는 말들은 전혀 언급하지 않았고, 아이가 이해하지 못할 거라 생각하는 말조차도 입에 올리지 않았다. 서로 그러자고 약속한 것은 아니었지만 자연스럽게 그렇게 된 것이다. 아이를 속이는 것은 그들 자신에게도 부끄러운 일이라 여겼던 것이다. 그들은 아이 앞에서는 그저 지인처럼 대화를 나누었다.

하지만 그렇게 조심했음에도 아이는 자주 그를 쳐다보며 의심스러운 눈빛을 보였다. 때때로 아이는 브론스키에게 다정한 모습을 보이다가도 차갑게 굴었다. 아이는 그와 어머니 사이를 이해할 수는 없지만 둘 사이에 무언가가 있을 거라 믿고 있는 듯했다.

아이는 그와 어머니의 관계를 이해할 수 없었기에 그에게 어떤 감정으로 대해야 할지 판단이 서지 않았다. 그저 아이들만의 예민한 감정으로 아버지도, 가정 교사도, 유모도 브론스키를 좋아하지 않는다는 것을 느끼고 있었다. 그리고 누구 하나 직접 이야기하지는 않았지만 모두 그를 경멸하며 두려워하는 눈빛으로 보고 있다는 것을 알고 있었다. 하지만 어머니만은 그를 가장 친한 친구처럼 대하고 있었다.

'이건 대체 무슨 일일까? 저 사람은 누굴까? 내가 저 사람을 좋아할 수 있을까? 어떻게 해야 할지 모르겠어. 이건 다 내 탓이야. 아니면 내가 바보거나 나쁜 아이인 거야.'

아이는 이렇게 생각했다. 그랬기 때문에 아이는 때때로 적의를 품고 그를 미심쩍게 바라보았으며, 그가 기묘하게 여길 만큼 변덕을 부리며 낯설게 굴었던 것이다. 브론스키는 아이와 함께 있을 때마다 불편했고 이제는 아이에 대한 혐오감마저 느껴졌다.

아이와 함께일 때면 브론스키와 안나는, 마치 잘못된 방향으로 가고 있다는 것을 알면서도 멈출 수 없는, 자신들이 가야 할 길에서 점점 멀어져도 어쩔 수 없다면서 나침반을 보며 체념하는 항해사와 같은 심정이었던 것이다.

세상을 순수하게 바라볼 수 있는 어린아이는, 그들이 알면서도 모른 척하고 싶었던, 현실 도피의 척도가 되는 나침반이었다.

그날은 집에 세료쥐아가 없었다. 혼자 있던 그녀는 테라스에 앉아, 산책을 나갔다가 비를 맞았을 아들을 기다리고 있었다. 그녀는 세료쥐아를 찾으러 하인과 하녀를 보낸 뒤에 그곳에서 기다리고 있었던 것이다. 그녀는 넓게 수놓은 하얀 옷을 입고 테라스 구석의 꽃송이들 뒤쪽 그늘에 앉아 있었기에 브론스키가 다가오는 것을 알지 못했다.

그녀는 곱슬거리는 검은 머리를 숙이고는 반지를 낀 아름다운 손으로 난간 위에 있던 찬 물뿌리개를 이마에 가져다 댔다. 그녀는 그에게 낯익은 반지를 낀 두 손으로 물뿌리개를 들고 있었다. 그녀의 아름다운 모습, 머리와 목덜미와 손은 브론스키를 항상 놀라게 했다. 그는 걸음을 멈추며 넋을 잃고 그녀를 바라보았다. 그가 그녀에게 가까이 가기 위해 걸음을 내딛는 순간, 그녀는 그가 온 것을 알아채고는 물뿌리개를 밀어 두고 붉어진 얼굴로 그를 바라보았다.

"혹시 무슨 일이라도 있는 겁니까? 어디가 안 좋은 겁니까?" 그는 그녀에게 다가가 프랑스어로 말했다. 그는 그녀한테 달려가고 싶었지만 사람들의 시선이 두려워 테라스 문 쪽을 살펴본 뒤 얼굴을 붉혔다. 그는 늘 어떤 일을 경계하거나 신중해야 한다고 느낄 때면 얼굴이 붉어지곤 했다.

"아니에요, 아무 일 없어요." 그녀가 자리에서 일어나 그의 손을 꼭 잡으며 말했다. "정말 당신이 오실 거라고는 생각지도 못했어요."

"아니, 손이 너무 차갑군요." 그가 말했다.

"정말 놀랐어요." 그녀가 말했다. "혼자 세료쥐아를 기다리고 있었어요. 산책을 나갔거든요. 곧 사람들이 이쪽으로 올 거예요." 그녀는 진정하려고 애썼지만 입술을 파르르 떨고 있었다.

"이렇게 찾아온 것을 용서하세요. 하지만 당신을 만나지 않고는 하루도 견딜 수 없을 것 같았어요." 그는 늘 그랬듯 프랑스어로 말했다. '브이(당신)'라는 러시아 말은 그들에게는 너무 딱딱하게 들렸고 '트이(너)'라는 말은 너무 다정하게 들렸기에 그 말들을 피하기 위한 것이었다.

"용서라니요? 난 정말 기뻐요!"

"근데 당신은 왠지 몸이 좀 안 좋아 보이네요. 무슨 걱정이라도 있는 것 같군요." 그가 그녀의 손을 잡은 채로 몸을 숙이며 말했다. "무슨 생각을 하고 있어요?"

"늘 같은 생각이죠." 그녀가 웃으며 말했다.

그녀의 말은 사실이었다. 언제라도 무슨 생각을 하느냐는 질문을 받는다면 그녀는 분명 이렇게 답할 것이다. 오직 하나, 자신의 행복과 불행에 대한 생각뿐이라고 말이다.

그가 그녀를 찾아온 이 순간에도 그녀는 다른 사람들에게는 이토록 별것 아닌 일이 왜 자신에게만 유독 괴로운 것인지 생각해 보았다. 그녀는 벳시와 투쉬케비치가 태연하게 은밀한 관계를 맺고 있다는 것을 알고 있었다. 오늘은 특히 그런 생각이 들었기에 그녀는 더욱 괴로웠다. 그녀는 그에게 경마에 대해 물었다. 그녀가 지금 두려워하고 있다는 것을 느낀 그는 그녀의 기분을 풀어 주기 위해 경마 준비 상황에 대해 담담한 어조로 상세하게 전해 주었다.

'이 얘기를 해야 하나 하지 말아야 하나?' 그녀는 그의 침착하면서도 다정한 눈을 보며 생각했다. '이 사람은 지금 이렇게 행복해하며 경마에 집중하고 있으니, 이 얘기를 한다 해도 제대로 이해해 줄 수 있을까. 이것이 우리에게 어떤 의미인지 알기나 할까.'

"참, 내가 들어왔을 때 당신이 무슨 생각을 하고 있었는지 아직 말하지 않았어요." 그는 갑자기 하던 이야기를 멈추며 말했다. "어서 얘기해 봐요."

그녀는 아무 말 없이 고개를 살짝 숙이고는 긴 속눈썹 아래 가려진 검은 눈동자를 반짝이며 그의 얼굴을 천천히 바라보았다. 나뭇잎을 만지작거리던 그녀의 손이 파르르 떨려 왔고 그도 그것을 보았다. 그러자 그의 얼굴에 늘 그녀의 마음을 움직이던 겸손함과 순종적인 표정이 어렸다.

"분명 무슨 일이 있군요. 당신의 아픔을 모른다면 난 한순간도 편히 지낼 수 없어요. 그러니 제발 말해 줘요, 어서." 그는 애원하듯 반복했다.

'만약 이 사람이 이 일에 대해 진지하게 생각하지 않는다면 난 그를 용서하지 않을 거야. 차라리 말하지 말까. 왜 이 사람을 시험해야 하는 거지?' 그녀는 계속 그를 바라보고 있었다. 나뭇잎을 쥔 그녀의 손이 점점 더 심하게 떨리고 있었다.

"어서요!" 그는 그녀의 손을 잡으며 다시 말했다.

"얘기해도 될까요?"

"그럼요, 그럼."

"나, 임신했어요." 그녀가 낮은 목소리로 천천히 말했다.

그녀의 손에 있던 나뭇잎이 더욱 심하게 떨리고 있었다. 하지만 그녀는 그가 어떤 반응을 보일지 살피기 위해 그를 주시했다. 갑자기 그의 얼굴이 창백해졌다. 그는 무슨 말을 하려다가 이내 생각을 바꾼 듯 그녀의 손을 놓으며 고개를 떨구었다.

'그래, 이 사람은 이 일의 의미를 잘 알고 있어.' 그녀는 고마운 마음으로 그의 손을 꼭 잡았다.

하지만 그가 이 일에 대해, 여자가 생각하는 것만큼 심각하게 받아들이고 있다고 생각한 것은 그녀의 착각이었다. 그는 이 말을 듣는 순간, 때때로 떠오르던 누군가를 향한 혐오감이 10배로 증폭되는 것을 느꼈다. 그러면서도 늘 자신이 생각하고 있던 난관에 봉착했다는 것, 그리고 더 이상은 그녀의 남편에게 자신들의 관계를 숨길 수 없으니 한시라도 이 상황을 매듭지어야 한다는 것을 느꼈다. 하지만 이러한 상황에서도 그녀의 고조된 감정은 육체적으로 고스란히 전달되었다. 그는 선량하고 순종적인 눈빛으로 그녀를 바라보며 손에 입을 맞추고는 자리에서 일어나 테라스 주변을 거닐었다.

"그래요." 그는 무언가를 결심한 듯 그녀에게 다가오며 말했다. "나도 당신도 우리의 관계를 가볍게 생각하고 있지 않았어요. 우리의 운명은 지금 결정된 거예요. 그러니 어떻게든 매듭을 지어야 해요." 그가 주변을 살피며 말했다. "우리가 살고 있는 이 거짓된 인생에서 벗어나야……."

"매듭을 짓는다고요? 어떻게 하겠다는 거죠, 알렉세이?" 그녀가 조용히 말했다. 그녀는 이제 안정을 되찾은 듯 온화한 미소를 지었다.

"남편과 헤어지고 하나가 되는 겁니다."

"우리는 이미 하나인걸요." 그녀가 속삭이듯 대답했다.

"그렇죠. 하지만 완전히, 정말 완전히 하나가 되는 겁니다."

"하지만 어떻게 해야 하죠? 제발 방법을 알려 주세요, 알렉세이." 그녀는 자조적인 목소리로 말했다. "이런 상황을 벗어날 방법이 있을까요? 난 그 사람의 아내인걸요."

"분명 벗어날 방법은 있을 겁니다. 하지만 결단이 필요해요." 그가 말했다. "어떤 방법이든 지금의 처지보단 나을 겁니다. 당신이 얼마나 고통스러운지 잘 알고 있어요. 사교계에 대해, 아들 그리고 남편에 대해 말이죠."

"아니, 남편은 아니에요." 그녀는 냉소적으로 말했다. "난 그 사람을 잘 몰라요. 그 사람 생각은 하지도 않아요. 그 사람은 내 안에 존재하지 않는 사람이에요."

"당신은 스스로를 속이고 있어요. 난 당신을 알아요. 그 사람 때문에 괴로워하고 있다는 걸."

"하지만 그 사람은 아무것도 몰라요." 그녀는 그렇게 말하며 얼굴을 붉혔다. 어느새 그녀의 볼과 이마, 목까지 붉게 물들었으며, 눈에서는 수치심에 눈물이 흘렀다.

"이제 그 사람 얘기는 그만하죠."

23

비록 지금처럼 단호하게 말한 적은 없었지만 브론스키는 지금껏 수차례 그녀에게 자신의 상황에 대해 진지하게 생각해 보라고 말했었다. 하지만 지금과 마찬가지로 그녀는 그 사실을 의식하지 않으려는 듯 가볍게 넘겨 버렸다. 마치 이 문제에 관해서 그녀는 이해할 수 없거나 이해하지 않으려고 하는 것 같았다. 이 문제와 관련해 이야기를 꺼낼 때면 안나는 어디론가 사라져 버리는 것 같았고 대신 그가 사랑할 수 없는 낯설고 두려운 여인이 나타나 그에게 반기를 드는 듯한 느낌이었다. 하지만 그는 오늘은 꼭 모든 이야기를 해야겠다고 마음먹었다.

"그가 알고 있든 그렇지 않든." 브론스키가 평소처럼 단호하고 침착한 어조로 말했다. "신경 쓰지 말기로 해요. 더 이상 이렇게 지낼 수는 없어요. 특히 지금과 같은 이런 상황에서 당신이 계속 이렇게 있을 수는 없어요."

"그럼 뭘 어떻게 해야 하는 거죠?" 그녀는 여전히 심각하지 않은 냉소적인 어조로 말했다. 방금 전까지 그녀는 그가 자신이 임신한 사실을 진지하지 않게 생각할까 봐 두려워했지만, 지금은 그것을 핑계로 어떻게든 결론을 지어야 한다는 그의 생각에 화가 났다.

"그 사람에게 모든 것을 털어놓고 그 사람을 떠나라는 겁니다."

"아, 당신은 다른 남자를 사랑해서 그 남자랑 불륜을 저지르는 죄를 범했다고(그녀는 알렉세이 알렉산드로비치가 자주 그랬듯 '죄'라는 말을 강조하며 그의 흉내를 냈다.)? 난 이미 당신한테 결혼의 신성함에 대해 말해 주었고, 그 일이 종교와 사회, 그리고 우리 가족에게 미치는 영향에 대해 경고했소. 하지만 당신은 내 말을 듣지 않았소. 더 이상 내 명예를 실추시킬 수는 없소. 그리고 내 아들을……."

그녀는 더 이야기하고 싶었지만 아들을 두고 농담조로 말할 수는 없었다. "아마 그 사람은 자신의 명예가 실추되었다는 말들을 언급할 거예요." 그녀가 말했다.

"어쨌든 그 사람은 추문을 잠재우기 위해 정치인답게 분명하고 확실한 대비책을 준비할 거예요. 그러고는 하나하나 실행에 옮길 거예요. 틀림없이 그렇게 할 사람이에요. 그 사람은 기계나 마찬가지니까. 한번 화가 나면 무시무시하게 변해 버리는 기계라고요." 그녀가 말했다. 그녀는 이런 이야기를 하면서 알렉세이 알렉산드로비치의 외모와 어조, 성격에서 느꼈던 단점들을 최대한 찾아 그를 비난했으며, 자신을 죄인으로 만든 그의 결점들을 절대 용서하려 하지 않았다.

"하지만 안나." 브론스키는 그녀를 달래려고 애쓰며 온화한 목소리로 말했다. "어쨌든 그에게 말해야 해요. 그러고 나서 그의 말에 따라야 해요."

"그다음은요? 도망이라도 갈 건가요?"

"그러면 안 되나요? 계속 이 상태로 머물 순 없어요. 나를 위해서가 아닌 당신을 위해서. 당신이 얼마나 괴로울지 잘 아니까요."

"그래요. 도망친 다음 난 당신의 정부가 되는 거군요." 그녀가 표독스럽게 말했다.

"안나!" 그가 온화하면서도 질책하는 듯한 어조로 말했다.

"그래요." 그녀가 말을 이었다. "난 당신의 정부가 되어 모든 사람을 파멸시키게 되겠죠."

그녀는 아들에 대해 말하고 싶었지만 차마 언급할 수 없었다.

브론스키는 강인하고 착실한 그녀가 왜 이 거짓된 삶에서 벗어나려 하지 않는 것인지 이해할 수 없었다. 가장 중요한 이유는, 그녀가 차마 입 밖으로 꺼낼 수 없었던 '아들' 때문이라는 것은 생각지도 못했던 것이다. 그녀는 훗날 아들이, 아버지를 버리고 자신을 버린 어머니를 떠올릴 때를 생각해 보자 자신의 과오가 떠올라 두려워졌다. 그럴 때마다 그녀는 달라질 것은 없을 거라고, 아들이 잘못되지는 않을 거라고 스스로를 기만하며 안심시키려 했던 것이다.

"부탁이니, 제발." 그녀는 그의 손을 잡으며 지금까지와는 다른 진지하고 부드러운 어조로 이야기했다. "더 이상 이 문제에 대해서는 얘기하지 말아 주세요."

"하지만 안나!"

"어떤 일이 있어도 더 이상은 말하지 말아요. 그저 나에게 맡겨 주세요. 나도 지금 내가 처한 끔찍한 상황에 대해 잘 알고 있어요. 하지만 이 문제는 당신 생각처럼 그렇게 쉬운 일이 아니에요. 그러니 더 이상은 이 일에 대해 언급하지 말아 주세요. 약속해 줄 수 있죠? 제발, 약속해 주세요."

"약속하겠습니다. 하지만 난 지금 당신의 말을 듣고 나니 더 불안하군요. 당신이 불안하면 나 역시 그럴 수밖에 없어요."

"나도 그래요." 그녀가 말했다. "그래요. 난 가끔 너무 괴로워요. 하지만 당신이 더 이상 이 얘기를 꺼내지 않으면 곧 괜찮아질 거예요. 당신이 이 문제를 언급할 때마다 난 너무 괴로워요."

"나로선 이해가 잘 되지 않는군요." 그가 말했다.

"알고 있어요." 그녀가 그의 말을 막았다. "당신처럼 올곧은 사람이 이런 거짓된 삶을 살아간다는 게 얼마나 괴로울지 말이에요. 당신이 너무 가여워요. 난 내가 당신의 인생을 망치고 있다는 생각이 들 때마다 두려워요."

"나도 같은 생각이에요." 그가 말했다.

"왜 당신이 나로 말미암아 모든 것을 희생해야 하는지 말이에요. 당신이 불행하기 때문에 난 나 자신을 용서할 수가 없어요."

"내가 불행해 보이나요?" 그녀는 그의 곁으로 다가가 사랑스러운 미소로 그를 바라보며 말했다. "난 굶주리고 있다가 먹을 것을 찾은 사람이나 마찬가지예요. 어쩌면 추웠을지도 모르죠. 옷이 해져서 부끄러웠을지도 몰라요. 하지만 그렇다고 해서 그 사람이 불행하지는 않아요. 내가 불행해 보인다고요? 천만에요, 난 행복해요……."

아들의 목소리가 들리자 그녀는 테라스 주변을 둘러보며 서둘러 자리에서 일어났다. 그녀의 눈은 그에게 익숙한 열정의 불꽃으로 타올랐다. 그녀는 반지를 낀 아름다운 손으로 그의 얼굴을 감싸고 천천히 바라보았다. 그러고는 미소로 살짝 벌어진 입술로 그의 입술과 두 눈에 입을 맞추며 뒤로 물러섰다. 그녀가 떠나려 했으나 그가 붙들었다.

"언제?" 그가 행복한 눈빛으로 그녀를 바라보며 속삭였다.

"오늘 밤 1시에요." 그녀는 그렇게 속삭이며 긴 한숨을 내쉬고는 경쾌한 걸음으로 아들을 맞으러 갔다.

세료쥐아는 공원에 갔다가 비가 와서 유모와 함께 비를 피하느라 정자에서 기다리다가 돌아왔다.

"그럼 이따 봐요." 그녀가 브론스키에게 말했다.

"지금 바로 경마장에 가야 돼요. 벳시가 온다고 했거든요."

브론스키는 시계를 들여다보며 서둘러 자리를 떠났다.

24

브론스키는 카레닌의 별장 테라스에서 시계를 들여다보았으면서도 마음이 혼란스러운 나머지 몇 시인지도 모르고 있었다. 그는 조심스럽게 진흙탕을 지나 자갈길로 나와 자신의 마차가 있는 곳으로 걸어갔다. 그는 안나에게 넋을 빼앗겨 지금이 몇 시이고, 브랸스키에게 들를 시간이 있는지조차 생각할 수 없었다. 종종 있는 일이었지만, 지금 그에게는 이후 자신이 무엇을 해야 하는지에 대한 피상적인 기억 능력만 남아 있을 뿐이었다.

그는 우거진 보리수 그늘 아래 마부석에서 꾸벅꾸벅 졸고 있던 마부에게 다가갔다. 그러고는 모기들이 땀에 젖은 말들 주변에서 앵앵거리는 모습을 바라보다가 마차에 올라탄 뒤 브랸스키의 집으로 가자고 지시했다. 7베르스타쯤 지나서야 정신이 든 그는 벌써 5시 30분이 되었고 늦었다는 사실을 깨달았다.

그날은 여러 경주가 열릴 예정이었다. 호위병들의 경주와 장교들의 2베르스타 경주, 그리고 4베르스타 경주가 있었다. 그는 이 중 4베르스타 경주에 출전할 예정이었다. 그는 자신의 순서가 될 때까지는 여유가 있었으나 브랸스키한테 들렀다 오면 아슬아슬하게 도착할 것만 같았다. 그때가 되면 이미 모든 대신이 도착해 있을 것이었기에 그것만은 피해야 했다. 하지만 브랸스키와 이미 약속했기 때문에 그에게 다녀오겠다고 마음먹으며 마부에게 전속력으로 말을 몰라고 지시했다.

그는 5분 정도 브랸스키의 집에 머문 뒤 서둘러 마차를 몰았다. 이렇듯 빠르게 질주하자 그는 마음이 진정되었다. 그리고 안나와의 관계에 대한 괴로움과 명쾌한 결론이 나지 않은 대화를 머릿속에서 떨쳐 버릴 수 있었다. 지금 그에게는 경기에 대한 기대와 초조함과 더불어 시간 내에 도착해야 한다는 생각만 남아 있을 뿐이었다. 그러면서도 그는 오늘 밤에 있을 그녀와의 행복한 밀회를 기대하며 흥분하기도 했다.

그는 별장과 페테르부르크에서 경마장으로 오는 마차들을 앞지르며 점점 더 경마 분위기에 빠져들어 가고 있었다. 그럴수록 다가오는 경주에 대한 압박이 그를 죄어 왔다.

다들 경마장으로 떠났기에 숙소에는 아무도 없었다. 하인이 경마장 문 쪽에서 대기하고 있었다. 그가 옷을 갈아입는 동안 하인은 두 번째 경기가 시작되었다고 전했다. 그리고 수많은 신사가 그에 관해 질문했고 마구간에서 소년이 두 번이나 뛰어왔다고도 전했다.

평소처럼 늘 침착했던 그는 서두르지 않고 옷을 갈아입은 뒤 바라크로 마차를 몰라고 지시했다. 바라크 쪽을 살펴보니 경마장 주변에는 마차와 사람들, 군인들로 가득 차 있었으며, 관람석에는 수많은 관중이 이미 자리를 잡고 있었다. 그가 바라크에 도착하자마자 벨 소리가 들렸으므로 아마 두 번째 경주가 시작된 것 같았다. 그는 마구간으로 가는 도중에 다리가 하얀 밤색 말인 마호틴의 글라디아토르와 마주쳤다. 테두리를 푸른색으로 덧댄 주황색이 섞인 덮개를 쓰고 있었기에 귀가 무척 커 보였던 말은 경마장으로 향하는 중이었다.

"코르드는 어디 있나?" 그가 마구간지기에게 물었다.

"마구간에서 안장을 얹고 있는 중입니다."

우리 안은 열려 있었고 프루프루에게 안장이 얹혀 있었다. 사람들은 프루프루를 밖으로 끌어내려 애쓰고 있었다.

"늦지 않았으려나?"

"괜찮습니다. 문제없어요, 아무 문제없어요." 영국인이 말했다. "그러니 절대 흥분하지 마세요."

브론스키는 몸을 부들부들 떨고 있는 아름답고 훌륭한 말 프루프루를 다시 한번 바라보고는 바라크에서 나왔다. 그는 누구의 시선도 받지 않고 관람석으로 올 수 있었다. 2베르스타 경주가 막 끝나 가던 참이었기에, 다들 근위 기병대의 장교와 그를 추격하고 있는 경기병이 결승점을 향해 질주하는 모습에 집중하고 있었기 때문이다. 트랙 주변에 있던 사람들이 결승점을 향해 모여들었고, 근위 기병대들은 자신들의 장교이자 동료를 소리 높여 응원하며 기쁨을 표출했다. 경마가 종료됐음을 알리는 소리와 함께 브론스키는 군중 속으로 들어갔다. 흙탕물을 뒤집어쓰고 가장 먼저 들어 온 키가 큰 근위 기병이 말안장 위에 엎드려, 땀으로 흠뻑 젖어 거친 숨을 고르고 있던 회색 말의 고삐를 풀어 주고 있었다.

그 종마는 사력을 다해 발로 버텨 가며 큰 몸뚱이의 속도를 줄이고 있었다. 그러자 근위 기병 장교는 마치 악몽에서 벗어난 듯 주위를 둘러보며 힘겹게 미소 지었다. 그의 동료와 사람들이 그를 에워쌌다.

브론스키는 관람석 앞에서 조용히 움직이며 상류층 사람들을 일부러 피하고 있었다. 그곳에는 카레니나와 벳시, 그의 형수도 있었다. 그는 자신의 마음이 혼란스러워질 것을 염려해 일부러 그쪽을 피하고 있었던 것이다. 하지만 그가 아무리 피하려 해도 지인들과 마주칠 수밖에 없었고, 그들은 지금껏 벌어진 경마 이야기와 그가 늦은 이유에 대해 계속 물어 왔다.

출전했던 기수들이 시상을 위해 관람석 쪽으로 모여들자 모두의 시선이 그곳으로 향했다. 그때 브론스키의 형인 참모 대령 알렉산드르가 술기운에 붉어진 얼굴로 그에게 다가왔다. 그는 중키에 알렉세이만큼 건장한 체격이었지만 알렉세이보다 잘생겼고 더 듬직했다.

"내 쪽지는 받았니?" 그가 말했다. "좀처럼 널 만날 수가 없더구나."

알렉산드르 브론스키는 자유분방하고 술을 지나치게 좋아했지만 완벽히 귀족적인 사람이었다.

그는 지금 자신의 동생과 굉장히 불미스러운 대화를 나누고 있으면서도 다른 사람들의 시선을 의식해 마치 가벼운 농담을 주고받는 듯 미소 지으며 말했다.

"받았어요. 하지만 저는 무엇 때문에 형님이 그렇게 걱정하시는지 잘 모르겠군요." 알렉세이가 말했다.

"내가 걱정하는 이유는 조금 전까지만 해도 네가 이 자리에 없었고, 월요일에도 페테르고프에 있었다는 소식을 들었기 때문이야."

"볼일이 있었어요. 오직 당사자들만이 판단할 수 있는 그런 일 말이죠. 지금 형님이 걱정하시는 일이 바로……."

"그래, 하지만 그렇게 되면 일을 그만두고……."

"제발, 더 이상은 간섭하지 말아 주세요. 부탁입니다."

그러자 알렉세이 브론스키의 찌푸린 얼굴이 하얗게 질리

며 튀어나온 턱이 덜덜 떨려 왔다. 그는 선량한 사람이었고 좀처럼 화를 내는 법이 없었기에 이런 일은 흔히 있는 상황은 아니었다. 하지만 일단 화가 나고 그 턱이 덜덜 떨리기 시작하게 되면 그가 무서운 인물로 돌변한다는 사실을 알고 있는 알렉산드르 브론스키는 미소를 지었다.

"난 어머니의 편지를 전하러 온 것뿐이야. 답장은 꼭 해라. 경주 전에는 흥분하지 말고. 그럼 좋은 결과 있기를!" 그는 웃으며 자리를 떠났다.

뒤이어 반가운 목소리가 브론스키의 발걸음을 멈추게 했다.

"친구를 보고도 모른 척할 건가! 이봐!" 스테판 아르카디이치가 말했다. 그는 이 화려한 페테르부르크에서도 모스크바에 있을 때와 마찬가지로 생기가 돌았고, 그의 구레나룻은 윤이 나게 잘 정돈되어 있었다. "난 어제 도착했어. 자네가 우승하는 모습을 보게 될 생각을 하니 기쁘군. 우리 언제쯤 만날까?"

"내일 장교 식당으로 오게." 브론스키가 말했다. 그러고 나서 브론스키는 그의 외투 소매를 쥐며 인사하고는 경마장 한가운데로 갔다. 그곳에는 이미 장애물 경기에 출전한 말들이 모이고 있었다.

이제 막 경주를 끝낸 말들은 땀에 흠뻑 젖어 숨을 헐떡이며 마부 손에 이끌려 마구간으로 갔다. 뒤이어 다음 경기에 출전할 활기찬 말들이 하나씩 모습을 드러냈다. 대부분 말은 영국산이었고 머리에 두건을 쓰고 배에 단단하게 띠를 매어 마치 특이하게 생긴 커다란 새와 같은 모습들이었다. 몸매가 날렵하고 아름다운 미녀 프루프루는 발에 용수철이라도 달린 듯 길고 탄력 있는 발목으로 오른쪽에서 걸어오고 있었다.

그곳에서 조금 떨어진 곳에서 마부들이 귀가 늘어진 글라디아토르의 몸에서 덮개를 벗기고 있었다. 브론스키는 탄력 있는 엉덩이, 발굽 위에 바로 붙은 듯한 짧은 회색 발목을 가진, 듬직하고 아름다운 말의 모습에 시선을 빼앗겼다. 그가 자신의 말이 있는 곳으로 발길을 돌리려는 순간 그의 지인이 그에게 말을 걸어 왔다.

"저기 카레닌이 오고 있군요!" 그가 브론스키에게 말했다.

"부인을 찾고 있군요. 부인은 관람석 중앙에 있던데요. 카레니나 부인을 아직 못 만나셨어요?"

"아니요, 못 봤습니다." 브론스키가 대답했다. 그러고 나서 그는 카레니나 부인이 있다고 알려 준 쪽으로는 눈길도 주지 않고 자신의 말이 있는 곳으로 갔다.

브론스키가 안장을 살펴보기도 전에 기수들이 번호와 출발 지점을 정하기 위해 관람석 쪽으로 모여들고 있었다. 다소 얼굴이 굳어 있으면서도 창백한 열일곱 명의 장교들이 번호표를 뽑았다. 브론스키는 7번이었다.

"다들 말에 올라타시오!"

브론스키는 자신을 포함한 모든 기수가 관중의 시선을 한 몸에 받고 있다고 느끼자 긴장이 되었으나 늘 그랬듯 특유의 침착함을 잃지 않고 자신의 말에게 다가갔다. 코르드는 경마장에 나오기 위해 화려한 옷을 입고 있었다. 그는 단추를 다

채운 검은 프록코트를 입고 빳빳한 깃을 세우고, 검고 둥근 모자를 쓰고 긴 장화를 신고 있었다. 그러면서 특유의 침착하면서도 당당한 태도로 말 앞에서 고삐를 붙들고 있었다. 프루프루는 열병에 걸린 듯 몸을 계속 떨며, 똘망똘망한 눈으로 브론스키를 바라보았다. 브론스키가 배띠 아래에 손가락을 넣자 말은 계속 그를 힐끔거리며 이를 드러내 놓고 한쪽 귀를 쫑긋했다. 자신이 채운 안장을 검사받은 영국인은 미소를 보이기 위해 입술을 움직였다.

"어서 타십시오. 그래야 덜 흥분할 겁니다."

브론스키는 자신의 경쟁자들을 쭉 훑어보았다. 그는 막상 출전하면 정신이 없을 것이기에 그들을 살필 여유가 없을 거라 생각했다. 그중 두 사람은 이미 출발점으로 말을 몰고 가고 있었다. 브론스키의 친구이자 유력한 경쟁 상대인 골리친은 좀처럼 기수를 태우려 하지 않는 화난 종마 주변을 맴돌고 있었다. 몸에 딱 붙는 승마 바지를 입은 체격이 왜소한 근위 경기병은, 말 엉덩이 위에서 영국인 기수를 흉내 내려는 듯 고양이처럼 등을 굽히며 달려가고 있었다. 쿠조블료프 공작은 겁에 질린 모습으로 그라보프 종마 사육장에서 데려온 순종 암말을 타고 있었고 영국인 마구간지기가 고삐를 붙들고 있었다.

브론스키와 그의 친구들은 쿠조블료프가 나약한 정신을 가지고 있으면서도 자존심이 무척 강한 사람이라는 것을 알고 있었다. 그들은 그가 겁이 많으며, 특히 군마를 타는 것을 두려워한다는 것을 잘 알고 있었다. 잘못하면 목이 부러질 수도 있는 매우 위험한 경기였기에 장애물 옆에는 의사와 구급차, 간호사가 대기하고 있었다. 그 때문에 그는 경기에 나올 결심을 할 수 있었던 것이다. 그와 눈이 마주치자 브론스키는 격려의 눈빛을 보냈다. 하지만 그는 가장 유력한 경쟁 상대인 글라디아토르에 올라 탄 마호틴만은 쳐다보지 않았다.

"서두르지 마십시오." 코르드가 브론스키에게 말했다. "한 가지만 기억해 두십시오. 장애물이 있는 곳에선 고삐를 조절하지 마시고 말이 하는 대로 맡겨 두셔야 합니다."

"알았어요." 브론스키가 고삐를 잡으며 말했다.

"가능하면 선두에 서시고, 혹시나 뒤처지신다 해도 마지막까지 힘을 내십시오."

브론스키는 부드러우면서도 힘차게, 톱니 모양의 강철로 된 등자를 밟고 올라섰다. 그러고는 경쾌한 동작으로, 삐걱대는 안장 위에 올라탔다.

그가 오른발을 등자에 끼우고 능숙한 손놀림으로 고삐를 고르자 코르드도 손을 놓았다. 프루프루는 어느 발부터 디뎌야 할지 고민이라도 하듯 기다란 목으로 고삐를 끌어당겨 기수를 흔들며 용수철처럼 탄력 있게 움직였다. 코르드도 빠른 걸음으로 그 뒤를 따랐다. 흥분한 말은 우왕좌왕하며 고삐를 끌어당겨 기수를 곤란하게 만들었고, 브론스키는 말과 손동작으로 그를 진정시키기 위해 애쓰고 있었다.

그들은 둑을 쌓아 놓은 냇가를 지나 출발 지점을 향해 가고 있었다. 경주자들이 앞뒤로 무리를 지어 오고 있었다. 그때 갑자기 브론스키의 등 뒤에서 진흙탕을 달리는 소리가 들려왔다. 조금 뒤 다리가 하얗고 귀가 처진 글라디아토르를 탄 마호틴이 힘차게 달리며 그를 추월했다. 마호틴은 이를 드러내며 웃음을 보였다. 하지만 브론스키는 화가 난 듯 그를 노려보았다. 그는 원래 마호틴을 좋아하지 않았고, 지금은 가장 유력한 경쟁 상대인 데다가 그가 갑자기 치고 나오는 바람에 자신의 말을 놀라게 했기 때문이었다. 프루프루는 왼발을 먼저 올리며 갤럽으로 달리면서 두어 번 뛰어올랐다. 그러고는 화가 난 듯 팽팽하게 매어진 고삐를 당기면서 기수를 떨어뜨릴 듯 위태롭게 걸어갔다. 그러자 코르드가 얼굴을 찌푸리며 천천히 뛰다시피 걸어오며 브론스키의 뒤를 쫓아왔다.

25

총 열일곱 명의 장교들이 경주에 출전했다. 경주는 관람석 앞에 있는 4베르스타 길이의 큰 타원형 트랙 안에서 진행되었다. 그 안에는 아홉 가지 장애물이 놓여 있었다. 개울, 관람석 바로 앞에 있는 높이가 2아르쉰이나 되는 커다란 울타리, 물 없는 도랑, 물을 채운 도랑, 비탈길, 물이 든 아일랜드식 뱅크가 놓여 있었다. (아일랜드식 뱅크는 가장 난도가 높은 장애물이었다.) 그 뒤에는 마른 나뭇가지들을 쌓아 올려 만든 작은 언덕이 있었고 그 너머에는 말이 볼 수 없는 도랑이 놓여 있었다. 만약 말이 한 번에 두 장애물을 뛰어넘지 못한다면 목숨을 잃을 수도 있었다. 그곳을 통과하면 물을 채운 도랑 두 개와 물 없는 도랑이 하나 있었으며 관람석 건너편에 결승 지점이 있었다. 하지만 출발 지점은 그곳에서 100사줴니 정도 떨어진 곳에 있었고, 그 사이에 첫 번째 장애물이 놓여 있었다. 너비가 3아르쉰 정도 되는 둑을 쌓아 놓은 냇가였는데, 기수들은 그것을 뛰어넘거나 건너갈 수 있었다.

기수들은 세 번이나 출발 준비를 했으나 그때마다 말 한 마리가 먼저 뛰어나가 다시 출발 준비를 해야만 했다. 네 번째 준비가 되어서야 출발 신호를 외칠 수 있었던, 출발 준비를 담당하던 세스트린 대령은 화가 나 있었다.

"출발!"

기수들이 달리기 시작했다. 사람들의 시선과 망원경은 형형색색의 기수들이 출발 준비를 할 때부터 그들에게 몰려 있었다.

"드디어 출발했다! 달린다!" 곳곳에서 사람들의 목소리가 들려오기 시작했다.

조금이라도 더 자세히 보기 위해 관중은 무리를 지어, 혹은 혼자서 우왕좌왕하며 옮겨 다니기 시작했다. 출발할 때 몰려 있던 기수들은 시간이 지나자 둘씩 혹은 셋씩 또 나란히 줄을 지어 달리며 냇가 쪽으로 향하고 있었다. 관중이 보았을 때 그들은 거의 동시에 출발한 듯 보였으나 기수들 사이에는 중요한 몇 초간의 차이가 있었다.

흥분한 프루프루는 몹시 예민해져 있었기에 출발이 늦어져 조금 뒤처지기 시작했다. 하지만 냇가에 이르기도 전에 브론스키가 전력을 다해 말을 제어하며 세 마리를 제쳤다. 이제 그의 앞에는 엉덩이를 경쾌하면서도 규칙적으로 흔들고 있는 마호틴의 밤색 말 글라디아토르와 생사를 분간할 수 없는 쿠조블료프를 태운 아름다운 말 디아나만 남아 선두를 차지하고 있었다.

처음 얼마 동안 브론스키는 말을 제어할 수가 없었다. 그는 첫 번째 장애물인 냇가에 이를 때까지도 말을 완전히 제어할 수가 없었다.

글라디아토르와 디아나는 거의 동시에 달려가면서 냇가를 뛰어넘었다. 프루프루도 뒤이어 날아오르듯 뛰어올랐다. 브론스키는 몸이 공중에 붕 떠 있는 순간, 자신의 말이 발을 딛게 될 지점에서 쿠조블료프와 디아나가 허우적거리고 있는 것을 보았다. 쿠조블료프가 뛰어오른 뒤에 고삐를 놓쳐 말과 함께 땅에 곤두박질쳤던 것이었다.

하지만 브론스키는 이 상황을 나중에 가서야 자세히 알게 되었고, 그 순간에는 그저 프루프루가 착지하게 될 지점에 디아나의 다리나 머리가 있는지 생각했을 뿐이었다. 하지만 다행히 프루프루는 마치 고양이처럼 다리와 등에 힘을 주어 디아나를 피해 뛰어넘으며 말의 앞쪽에 발을 디뎠다.

'오, 똑똑한 녀석!' 브론스키는 생각했다.

브론스키는 냇가를 뛰어넘고서야 말을 제어할 수 있었다. 그는 마호틴의 뒤를 이어 큰 울타리를 뛰어넘고 장애물이 없는 200사줴니쯤 되는 구간에서 그를 추월해야겠다고 생각했다.

군주의 관람석 앞쪽에 놓여 있던 커다란 울타리는 '악마'

라고 불릴 만큼 어려운 것이었다. 그와 마호틴이 울타리 근처에 이르자 군주와 관리, 모든 군중은 일제히 두 사람을 주시했다. 마호틴은 말 한 마리 정도의 거리를 두고 브론스키 앞에서 달리고 있었다. 브론스키는 군중의 시선이 느껴졌으나 그의 눈에는 오로지 프루프루의 귀와 목, 그리고 마치 자신을 향해 달려들고 있는 것 같은, 땅과 일정한 거리를 유지하며 자신의 앞에서 엉덩이를 흔들고 있는 글라디아토르의 하얀 다리만 눈에 들어올 뿐이었다. 어느새 글라디아토르는 장애물을 가뿐히 뛰어넘고는 짧은 꼬리를 흔들며 브론스키의 시야에서 사라졌다.

"브라보!" 누군가가 외치는 소리가 들려왔다.

그때 브론스키의 눈앞에 울타리의 판자가 보였다. 일정하게 움직이던 말은 뛰어올랐다. 순간 판자가 시야에서 사라져 버렸다. 그리고 그의 뒤에서 무언가 부딪히는 소리가 들렸다. 자신의 앞에서 달리고 있던 글라디아토르를 보며 흥분한 말이 너무 빨리 뛰어올라 뒷발굽이 판자에 부딪힌 것이다. 하지만 속도는 일정하게 유지되었다. 진흙을 뒤집어쓴 브론스키는 다시 글라디아토르와 거리가 벌어져 있음을 깨달았다. 그는 자신의 앞에 있는 글라디아토르의 엉덩이와 짤막한 꼬리, 일정한 거리 안에서 빠르게 움직이는 하얀 다리와 다시 마주하게 되었다.

브론스키가 이제 마호틴을 추월해야겠다고 마음먹은 순간, 마치 그의 마음을 읽기라도 한 듯 프루프루는 한층 더 속도를 내며, 추월하기 유리한 위치이자 마호틴이 있는 밧줄을

친 트랙 안쪽으로 달려가기 시작했다. 하지만 마호틴은 밧줄이 있는 자리를 내주지 않았다. 그래서 브론스키가 바깥쪽에서 추월해야겠다고 생각한 순간, 프루프루는 방향을 바꾸어 바깥쪽으로 앞서 나가기 시작했다.

땀으로 흠뻑 젖어 짙게 변해 버린 프루프루의 어깨가 글라디아토르의 엉덩이에 닿을 듯했다. 그들은 한동안 그렇게 달렸다. 하지만 또 다른 장애물 앞에 이르자 브론스키는 고삐를 조절해 비탈길 위에서 마호틴을 재빨리 추월했다. 그는 진흙을 뒤집어쓴 마호틴의 얼굴을 흘긋 보았다. 마치 마호틴이 비웃고 있는 듯한 느낌이 들었다. 마침내 브론스키는 마호틴을 앞질렀다. 하지만 이내 마호틴은 그를 바짝 추격해 왔고, 그의 등 뒤에서 규칙적인 발굽 소리와 글라디아토르의 고른 숨소리가 느껴졌다.

그는 이번에 마주하게 된 도랑과 울타리를 가뿐히 뛰어넘을 수 있었다. 글라디아토르의 숨소리가 점점 더 가깝게 들려왔다. 그러자 그는 말을 좀 더 빨리 몰았고, 그의 기대에 부응하듯 말은 한층 더 속력을 내기 시작했다. 그는 몹시 기뻤다. 하지만 어느 순간, 조금 전과 같이 글라디아토르의 발굽 소리가 들려오기 시작했다.

자신도 원했고 코르드도 바랐던 대로 브론스키는 선두가 되었다. 그는 자신의 승리를 확신하고 있었다. 그러자 그는 기쁜 나머지 점점 더 흥분이 되었고 프루프루에 대한 사랑도 더해 갔다. 그는 문득 뒤를 돌아보고 싶어졌으나 그럴 수는 없었다. 그는 글라디아토르에게 아직 남아 있는 만큼의 체력을 자신의 말에게도 비춰시키기 위해 스스로를 진정시키고 더 이상 속력을 내지 않으려고 노력했다. 이제 단 하나, 가장 어려운 장애물만이 남아 있었다. 그것만 먼저 뛰어넘게 된다면 그의 우승은 따 놓은 당상이었다. 그는 아일랜드식 뱅크를 향해 달려갔다.

그는 프루프루와 함께 아직은 멀리 보이는 아일랜드식 뱅크를 바라보았다. 그때 그와 프루프루는 순간적으로 의심이 들었다. 그는 말이 뭔가 주저하고 있다고 느끼며 곧 채찍을 들었다. 하지만 이내 착각이었다는 것을 깨달았다. 말은 자신의 역할을 제대로 알고 있었고, 속력을 내며 그가 바라던 대로 뛰어올라 도랑 건너편에 착지했다. 프루프루는 그렇게 일정한 감각과 속도로 계속 달려갔다.

"브라보, 브론스키!" 장애물 옆에서 그를 응원하는 소리가 들려왔다. 그는 자신의 연대 사람들과 친구들의 소리라는 것을 알 수 있었다. 야쉬빈의 목소리도 들렸지만 그의 모습은 제대로 볼 수 없었다.

'오, 사랑스러운 녀석!' 그는 프루프루에 대해 생각하면서도 등 뒤에서 들리는 소리를 의식하고 있었다. '뛰어넘었군!' 그는 등 뒤에서 글라디아토르의 발굽 소리를 들으며 생각했다. 이제 남은 것은 단 하나, 물이 고여 있는 이 아르쉰 너비의 도랑이었다. 브론스키는 이제 그 장애물이 눈에 들어오지 않았다. 그저 더 격차를 벌이고 싶은 마음에 말의 움직임에 따라 고삐를 조절하며 달리기 시작했다. 그는 말이 마지막 남은 힘으로 버티고 있다는 것을 알고 있었다. 말의 목과 어깨는

땀으로 흠뻑 젖어 있었고 갈기와 머리, 뾰족하게 솟은 귓가에도 땀방울이 맺혀 있었다. 말은 가쁘게 숨을 몰아쉬고 있었지만 아직 남은 체력만으로도 200사줴니 정도는 충분히 달릴 수 있을 것이었다.

브론스키는 자신의 몸이 얼마나 땅에 더 가까워졌고, 또 자신의 동작이 얼마나 부드러워졌는지에 따라 말의 속도를 가늠하고 있었다. 말은 마치 한 마리 새처럼, 작은 도랑을 무의식중에 가볍게 뛰어넘었다. 하지만 그 순간, 브론스키는 자신이 말의 리듬에 맞추지 않고 스스로도 이해할 수 없는 잘못을 저질렀다는 사실을 깨달았다. 그가 너무 빨리 안장에 내려앉은 것이었다. 그의 자세가 바뀌면서 그는 무서운 일이 벌어지고 있다는 것을 느꼈다. 무슨 일이 벌어진 건지 명확하게 의식하기도 전에 밤색 수말의 하얀 다리가 그의 시야에 들어오며 마호틴이 그를 빠르게 앞질러 갔다. 그러고 나서 브론스키의 한쪽 발이 땅에 닿았고 이내 말이 그의 발 위로 고꾸라졌다.

그가 겨우 발을 빼자 말은 쓰러져 고통스러운 신음을 냈고, 땀에 젖은 가는 목을 움직이며 일어나려고 애썼다. 말은 총 맞은 새처럼 그의 발밑에서 버둥거렸다. 나중에 알게 된 사실이지만, 브론스키의 잘못된 동작 때문에 말의 등뼈가 부러진 것이었다. 하지만 지금 그에게는 빠른 속도로 저 멀리 사라져 가는 마호틴의 모습과, 진흙을 뒤집어쓰고 땅 위에서 휘청거리는 자신의 모습을 고통스럽게 숨을 몰아쉬며 바라보고 있는 프루프루의 모습만 보일 뿐이었다. 그는 아직 말의 상태가 어떤지 몰랐기에 고삐를 잡아당겼다.

그러자 말은 물고기처럼 팔딱거리며 일어나 안장의 양 날개를 삐걱대며 앞발을 디디려다 휘청거리며, 엉덩이를 들어올리지도 못하고 다시 쓰러져 버렸다. 흥분한 나머지 얼굴이 파랗게 질리며 일그러진 브론스키는 턱을 덜덜 떨며, 구두 뒷굽으로 말의 배를 걷어차고서는 고삐를 끌어당겼다. 하지만 말은 움직이지 않았다. 그저 코를 바닥에 박고 무언가를 원하는 눈빛으로 주인을 쳐다보고만 있었다.

"아아, 아아!" 브론스키는 머리를 감싸 쥐었다. "아아! 대체 내가 무슨 짓을 저지른 거지?" 그가 외쳤다. "결국 이렇게 패배하고, 수치스럽고 용서받지 못할 잘못을 저질렀어. 가엾고 사랑스러운 나의 말을 죽게 만들고! 내가 대체 무슨 짓을 한 거야!"

관중과 의료진, 그의 연대 사람들이 모두 달려왔다. 그는 불행히도 자신은 아무 데도 다친 곳이 없다는 것을 알았다. 등뼈가 부러진 말은 사살하기로 결정되었다. 브론스키는 사람들의 질문에 대답할 수 없었고 아무 말도 할 수 없었다. 그는 돌아서서 떨어진 모자를 줍지도 않고 목적지도 없이 경마장 밖을 나섰다. 너무도 비참했다. 태어나서 처음으로, 자신이 저지른 잘못으로 최악의 불행을 경험한 것이었다.

얼마 후 야쉬빈이 그의 군모를 들고 와 그를 집까지 데려다주었다. 30분 정도 지나자 브론스키는 정신이 들었다. 하지만 오늘의 경주는 그의 인생에서 가장 마음 아프고 괴로운 기억으로 오래도록 가슴에 남았다.

26

알렉세이 알렉산드로비치와 아내의 관계는 표면적으로 보았을 때 크게 달라지지 않았다. 만약 달라진 게 있다면 그가 전보다 훨씬 더 바빠졌다는 것뿐이다. 그는 지난겨울 내내 업무에 시달려 건강이 악화되었다. 그래서 그는 매해 그래왔듯이, 봄이 되자 외국의 온천으로 여행을 떠났다. 그리고 늘 그랬듯 7월에 돌아와 다시 활기차게 업무에 매진했다. 그의 아내 역시 언제나 그랬듯 별장으로 갔고, 그는 페테르부르크에 남아 있었다.

트베르스카야 공작 부인의 만찬에서 돌아와 대화를 나눈 이후, 그는 더 이상 자신의 의심과 질투에 대해 안나에게 언급하지 않았다. 늘 빈정대는 듯한 그의 태도는 지금의 자신과 아내의 관계에 가장 적절한 것이었다. 그는 아내에게 다소 냉정하게 대했다. 그가 그토록 아내와 허심탄회하게 나누고 싶던 대화를 계속 피하기만 했던 그날 밤 아내의 태도가 못마땅했기 때문이다. 그는 아내의 태도에 노여워하고 있었으나 그 이상은 아니었다.

'당신은 나에게 속마음을 얘기하려 하지 않았소.' 그는 속으로 이렇게 말하는 듯했다. '그것은 당신에게도 좋은 게 아니오. 언젠가는 당신이 나한테 애원하겠지만 난 다시는 내 진심을 얘기하지 않을 것이오. 그러면 당신에게도 좋을 게 없을 테지.' 그는 속으로 이렇게 생각했다. 마치 불을 끄려 애쓰던 사람이 자신의 노력이 헛된 것이라 깨닫고는 화를 내며 '될

대로 되라지! 다 타 버려!'라고 하며 자포자기하듯 말이다.

자신의 일에 관해서는 그토록 총명하고 빈틈없던 사람이 아내에 대한 자신의 태도가 얼마나 어리석었는지에 대해서는 전혀 알지 못했던 것이다. 그는 현재 자신의 상황을 직시하는 게 너무 두려웠다. 그래서 그는 자신의 가슴속에 아내와 아들에 대한 감정의 상자를 단단히 잠가 두고 봉인해 두었던 것이다. 자상한 아버지였던 그는 겨울이 끝나갈 무렵부터 아들에게도 냉정해지기 시작했고, 아내를 대하듯 아들에게도 빈정거리기 시작했다. 그는 아들을 '이봐! 젊은이!'라고 부르기도 했다.

알렉세이 알렉산드로비치는 올해처럼 일이 많았던 적이 없다고 생각했고, 사람들에게도 그렇게 말했다. 하지만 그는 스스로 할 일을 만들어 내고 있었다. 그는 가족에 대한 마음이 들어 있는 그 상자, 오래 묻어 둘수록 더욱 두려워지는 그 상자를 열지 않기 위해 일에 열중하고 있다는 것을 스스로 의식하지 못했던 것이다. 만일 누군가가 아내의 행실에 관한 그의 생각을 묻는다면, 온화하고 침착한 알렉세이 알렉산드로비치는 아무 대답도 하지 않고 오히려 화를 냈을 것이다. 그랬기 때문에 누군가 아내의 안부를 묻기만 해도 알렉세이 알렉산드로비치는 냉엄한 표정을 지었다. 알렉세이 알렉산드로비치는 아내의 행실과 감정에 대해 생각하지 않으려 했고 실제로도 그랬다.

알렉세이 알렉산드로비치의 별장은 페테르고프에 있었다. 매년 여름마다 리디야 이바노브나 백작 부인이 그 근처로 와서 안나와 가깝게 지내고 있었다. 하지만 무슨 일인지 올해 리디야 이바노브나 백작 부인은 페테르고프에 오지 않았고 안나 아르카디예브나를 찾아오지도 않았다. 심지어 그녀는 알렉세이 알렉산드로비치에게 안나와 벳시, 브론스키가 가깝게 지내는 것에 대한 불만을 표하기도 했다. 그러자 알렉세이 알렉산드로비치는 자신의 아내는 그런 의심을 할 필요가 없는 여자라며 그녀의 말을 가볍게 넘겨 버렸다. 그 후로 그는 리디야 이바노브나 백작 부인을 피했다. 그는 사교계의 많은 사람이 그의 아내를 곱지 않은 시선으로 본다는 사실을 알려고도 하지 않았고 실제로 알지도 못했다. 게다가 그는 아내가 왜 벳시와 함께 살고 있는지, 왜 브론스키 연대의 야영지와 가까운 싸르스코예로 가겠다고 하는지도 이해하지 못했고 그러려고 하지도 않았다. 그는 그 일과 관련해 생각하지 않으려 했고 실제로도 그렇게 했다. 이렇게 그는 모든 것을 부정하면서 그 일과 관련한 어떤 증거도, 의혹도 없다고 생각했다. 그러면서도 그는 자신이 배신당한 남편이라는 사실만은 분명히 인지하고 있었기에 매우 불행했다.

지난 8년 동안 아내와 행복한 결혼 생활을 하면서 알렉세이 알렉산드로비치는 부정한 아내들과 배신당한 남편들을 보며 '왜 저 지경이 될 때까지 내버려 두었을까? 왜 저런 비참한 상황을 해결하지 않고 있는 것일까?' 하고 생각했었다.

하지만 막상 그 불행이 자신의 일이 되자 그는 상황을 해결하려 들지도, 아니 사실 자체를 인정하려고도 하지 않았다. 그 사실을 인정하는 것이 너무 두려웠고 꺼려졌기 때문이다.

    알렉세이 알렉산드로비치는 외국에서 돌아온 뒤 두어 번 별장을 찾아갔다. 한 번은 식사하고 한 번은 손님들과 저녁 시간을 보냈지만 여느 해처럼 그곳에서 하룻밤 머물지는 않았다.

    경마가 있었던 날, 알렉세이 알렉산드로비치는 유독 바빴다. 하지만 그는 아침부터 자신의 일정을 떠올리며, 일찍 식사를 끝내고 아내가 있는 별장에 들렀다가 경마장에 가야겠다고 생각했다. 그날 경마장에는 모든 관리가 참석할 예정이었기에 그도 꼭 얼굴을 비쳐야만 했다. 아내에게 들른 이유는, 그가 일주일에 한 번은 아내에게 들르기로 마음먹었으며, 매달 15일은 아내에게 생활비를 주는 날이기도 했기 때문이다.

    그는 수많은 생각을 했지만 자신의 생각을 스스로 제어할 줄 아는 사람이었기에 더 이상 아내에 대해 깊이 생각하지 않기로 했다.

    그날 오전부터 알렉세이 알렉산드로비치는 몹시 바빴다. 전날 밤에 리디야 이바노브나 백작 부인에게서 한 통의 편지를 받았던 것이다. 그녀는 편지와 함께, 중국에 다녀와 페테르부르크에 체류 중인 저명한 어느 여행가의 소책자를 보내며 여러 방면에서 흥미 있고 뛰어난 그를 만나 달라고 부탁했다.

    알렉세이 알렉산드로비치는 그날 밤 그 책자를 다 읽지 못했기에 아침에 마저 읽었다. 그러고 나서 청원자들을 만나고, 알렉세이 알렉산드로비치가 잡무라고 말하는 보고, 접견, 임명, 파면, 포상, 연금, 봉급, 편지 등을 처리하는 일에 많은 시간을 할애했다. 그 후에는 의사와 집사가 집으로 찾아왔다. 집사는 잠깐 들러 알렉세이 알렉산드로비치에게 필요한 돈을 건네며 좋지 않은 재정 상태를 보고했다. 올해에는 잦은 여행으로 경비의 지출이 컸기 때문이었다.

반면에 페테르부르크에서 꽤 유명한 의학 박사이자 알렉세이 알렉산드로비치와 친구 사이였던 의사는 꽤 오래 머물렀다. 그가 오늘 자신을 찾아올 것이라는 예상을 하지 못했기에 알렉세이 알렉산드로비치는 몹시 놀랐다. 더욱 놀라운 것은 그가 알렉세이 알렉산드로비치의 건강에 대해 아주 자세히 물으며 가슴에 청진기를 대 보고 간 쪽을 손으로 누르며 살펴보았기 때문이었다. 알렉세이 알렉산드로비치는 그의 친구 리디야 이바노브나가 그의 건강 상태가 좋지 않다는 것을 알고 의사를 보낸 사실을 모르고 있었다.

"나를 위해서라도 꼭 그렇게 해 주세요." 리디야 이바노브나 백작 부인은 의사에게 이렇게 말했다.

"나는 러시아를 위해서 그렇게 하겠습니다, 백작 부인." 의사가 대답했다.

"정말 훌륭한 사람이에요!" 리디야 이바노브나 백작 부인이 말했다.

알렉세이 알렉산드로비치의 건강 상태를 확인한 의사는 그를 질책했다. 그러고 나서 의사는 그의 간이 몹시 비대해지고 영양 상태도 좋지 않아 온천으로도 아무 효과를 볼 수 없다고 말했다. 그래서 가능하면 운동을 많이 하고 스트레스를 줄이며 마음가짐을 편하게 하라고 말했다. 그것은 알렉세이 알렉산드로비치가 절대로 실행할 수 없는 일이었다. 의사는 알렉세이 알렉산드로비치에게 그의 몸 어딘가가 좋지 않으며, 그것을 치료하는 것은 아마 불가능할 것이라는 의심을 남겨 둔 채 떠났다.

의사는 알렉세이 알렉산드로비치의 집을 나서며 현관 계단에서 그와 친했던 알렉세이 알렉산드로비치의 사무장인 슬류딘과 마주쳤다. 그들은 대학 동창이었고 자주 만나지는 못했지만 서로 존중하는 사이였다. 그래서 의사는 환자에 대해 누구에게도 말하지 않았던 자신의 소견을 슬류딘에게 솔직히 말해 주었다.

"당신이 방문해 주셔서 정말 기쁩니다." 슬류딘이 말했다.

"그분의 건강 상태가 좋지 않아요. 제 생각엔…… 병세는 좀 어떻습니까?"

"말하자면……." 의사는 슬류딘의 뒤쪽으로 마부에게 마차를 대기시키라는 손짓을 했다. "이렇습니다." 의사는 하얀 손에 염소 가죽 장갑을 끼며 말했다. "현악기의 줄을 적당히 당겨 놓고 끊으려 하면 잘 끊어지지 않죠. 하지만 아주 팽팽하게 당긴 뒤에는 그 위에 손가락 무게만큼의 무언가를 얹어도 쉽게 끊어지고 말지요. 그는 자신의 일에 너무 몰두한 나머지 지금 몹시 긴장한 상태입니다. 게다가 극심한 스트레스를 받고 있는 것 같습니다."

의사는 눈썹을 치켜올리며 의미심장한 말을 건넸다.

"당신도 경마장에 가나요?" 그는 마차가 대기하고 있는 곳으로 가기 위해 현관 계단을 내려가며 말했다.

"물론이죠. 아마 시간이 좀 걸릴 겁니다." 의사는 슬류딘의 말을 잘 알아듣지 못하고 그렇게 대답했다.

의사와 많은 시간을 보낸 뒤 얼마 후 유명한 여행가가 찾아왔다. 알렉세이 알렉산드로비치는 조금 전 다 읽은 책자에서 얻은 지식과 자신의 지식을 활용해 심도 있는 견해를 피력해 여행가를 놀라게 했다.

그가 여행가와 대화를 나누고 있을 때 페테르부르크로 온 현지사가 찾아왔다는 보고를 받았다. 그는 그와도 잠깐 만나 이야기를 나누어야 했다. 그리고 그 후에 그는 사무장과 일상적인 업무를 봐야 했고 중요한 문제에 대해 의논하기 위해 어느 유명 인사를 찾아가야 했다. 알렉세이 알렉산드로비치는 식사 시간인 5시가 되어서야 집으로 돌아왔다. 그는 사무장과 함께 식사를 마친 후 사무장에게 별장에 들렀다가 함께 경마장으로 가자고 했다.

그는 스스로도 그 이유를 잘 몰랐으나, 최근에 알렉세이 알렉산드로비치는 아내를 만나러 갈 때면 늘 다른 사람과 동행하려고 했던 것이다.

27

안나는 안누쉬카의 도움으로 2층 거울 앞에서 드레스의 리본을 매고 있었다. 그때 현관 앞쪽에서 마차 바퀴 소리가 들려왔다.

'벳시가 벌써 온 건가.' 그녀는 이렇게 생각했다. 창밖을 내다보니 사륜 여행 마차 한 대와 검은 모자, 그리고 익숙한 알렉세이 알렉산드로비치의 귀가 보였다. '하필 오늘 오다니. 어쩌면 자고 갈지도 몰라.' 그녀는 생각했다. 그러자 그 때문에 벌어질 일들이 떠올라 끔찍하고 두려웠다. 그녀는 활기찬 모습으로 그를 맞으러 갔다. 그녀는 이미 자신의 몸속에 익숙한 거짓과 위선이 가득 찬 영혼이 있다는 것을 느끼며, 자신이 무슨 말을 하는지도 모른 채 떠들어 댔다.

"어서 오세요!" 그녀는 남편에게 손을 내밀고는 이젠 가족만큼 가까운 슬류딘과도 웃으며 인사를 나누었다.

"주무시고 가실 거죠, 그렇죠?" 이것은 그녀 안의 거짓된 영혼이 그녀에게 건넨 첫마디였다. "이제 같이 가요. 근데 벳시하고 약속이 있어요. 그녀가 날 데리러 올 거예요."

벳시라는 말을 듣자 알렉세이 알렉산드로비치는 얼굴을 살짝 찌푸렸다.

"난 당신들을 억지로 떼어 놓을 생각은 없소." 그는 평소처럼 농담조로 말했다. "난 미하일 바실리예비치하고 같이 가겠소. 의사도 걷는 게 좋다고 했으니 난 걸어가겠소. 온천에 와 있다고 생각하면 되니까."

"서두르지 말고 천천히 하세요." 안나가 말했다.

"차 드시겠어요?" 그녀가 벨을 울렸다. "차 좀 내 와요. 그리고 세료쥐아한테 알렉세이 알렉산드로비치께서 오셨다고 전해 줘요. 참, 당신 몸은 좀 어때요? 미하일 바실리예비치,

여기 처음 오시는 거죠? 테라스 좀 보세요. 정말 근사하죠?"
그녀는 그들을 번갈아 바라보며 말했다.

그녀는 아주 꾸밈없고 자연스럽게 말했다. 하지만 지나칠
정도로 말이 많았고 빨랐다. 그녀 스스로도 그렇게 느끼고 있
었다. 특히 미하일 바실리예비치의 눈빛이 자신을 주시하고
있다는 생각이 들자 더욱 그렇게 느껴졌다.

미하일 바실리예비치는 테라스로 나갔다.

그녀는 남편 옆자리에 앉았다.

"안색이 좋아 보이지 않는군요." 그녀가 말했다.

"그렇소." 그가 고개를 끄덕였다.

"오늘도 의사가 찾아와 한 시간쯤 얘기를 나눴소. 내 친구
중 누군가가 그를 보낸 것 같소. 그만큼 내 건강을 소중하게
여긴다는 건데…….."

"의사는 뭐라고 하던가요?" 그녀는 그의 건강 상태와 일에
관련된 질문을 하고는 그에게 휴가를 내 별장으로 오라고 권
했다. 그녀는 유독 눈을 반짝이며 모든 이야기를 경쾌하면서
도 빠르게 말했다. 하지만 알렉세이 알렉산드로비치는 그녀
의 말투에 어떤 의미도 부여하지 않았다. 그는 단지 그녀의
말을 주의 깊게 듣고 들리는 그대로 받아들일 뿐이었다. 그러
면서 그는 농담을 섞어 가며 그녀의 말을 받아치고 있었다. 그
저 특별할 것 없는 평범한 대화였지만 훗날 안나는 이 대화
를 떠올리며 수치스러움을 느끼며 괴로워했다.

가정 교사와 함께 세료쥐아가 들어왔다. 알렉세이 알렉산
드로비치가 주의 깊게 살펴보았다면, 세료쥐아가 먼저 아버

지를 본 뒤 어머니를 당황스러운 눈빛으로 쳐다보았다는 것을 알 수 있었을 것이다. 하지만 그는 그러려고 하지도 않았으며 실제로 아무것도 보지 못했다.

"이봐, 젊은이! 많이 컸네. 이제 제법 어른 같은걸. 잘 지냈나, 젊은이." 그러고 나서 그는 다소 겁에 질린 듯한 세료쥐아에게 손을 내밀었다.

세료쥐아는 전부터 아버지를 어려워했지만 최근에 알렉세이 알렉산드로비치가 자신을 '이봐, 젊은이!'라고 부르고, 브론스키라는 인물이 자신의 아군인지 적군인지 헷갈리게 하며 머릿속을 혼란스럽게 하자 아버지를 더욱 서먹하게 대했다. 그는 구조 요청이라도 하듯 어머니를 바라보았다. 그는 그저 어머니와 단둘이 있는 게 좋았다. 알렉세이 알렉산드로비치는 가정 교사와 대화를 나누며 아들의 어깨에 손을 얹고 있었다. 안나가 보았을 때, 세료쥐아는 금방이라도 올 것 같은 얼굴로 당황해하고 있었다.

아들이 오자 얼굴이 붉어졌던 안나는 당황하는 세료쥐아의 모습을 보고 그의 어깨에서 알렉세이 알렉산드로비치의 손을 떼어 냈다. 그러고는 아들에게 입을 맞춘 뒤 테라스로 데려다주고 돌아왔다.

"이제 시간이 다 됐네요." 그녀는 시계를 들여다보며 말했다. "벳시는 왜 안 오는 거지……."

"그렇군." 알렉세이 알렉산드로비치는 자리에서 일어나 손가락 깍지를 끼며 손가락 관절을 우두둑 꺾었다. "당신한테 이 돈을 주려고 들른 거요. 꾀꼬리도 옛날이야기만 먹고는 못

사니까 말이야." 그가 말했다. "분명 당신한테 필요할 거요."

"아뇨……. 아니, 필요해요." 그녀는 그의 얼굴을 쳐다보지도 못하고 머리끝까지 얼굴을 붉히며 말했다. "경마장에 갔다가 다시 오실 거죠?"

"물론이지." 알렉세이 알렉산드로비치가 대답했다. "저기 페테르부르크의 미녀 트베르스카야 공작 부인이 오시는군." 그는 창밖 너머로, 말에 눈가리개를 하고 작은 마차를 용수철로 높게 올린 영국식 승용 마차가 들어오는 것을 보며 말했다. "정말 화려하군! 훌륭해! 그럼 이제 우리도 가지."

트베르스카야 공작 부인은 마차에서 내리지 않았다. 이윽고 각반 달린 부츠를 신고 두건 달린 외투와 검은 모자를 착용한 그녀의 하인이 현관에서 내렸다.

"그럼 다녀올게, 잘 있어!" 안나는 아들에게 이렇게 말한 뒤 입을 맞추고는 알렉세이 알렉산드로비치에게 다가가 손을 내밀었다. "당신이 와서 정말 기뻐요."

그러자 알렉세이 알렉산드로비치가 그녀의 손에 입을 맞췄다.

"그럼 이따 봐요. 차 마시러 들르시겠죠? 아, 정말 좋아요." 그녀는 밝은 얼굴로 유쾌하게 밖으로 나갔다. 하지만 그와 멀어지자 그녀는 자신의 손에 닿았던 그의 입술의 감촉을 떠올리며 혐오감에 몸서리를 쳤다.

28

알렉세이 알렉산드로비치가 경마장에 들어섰을 때 안나
는 이미 상류층 사람들과 함께 모여 벳시와 나란히 관람석에
앉아 있었다. 그녀는 남편이 멀리 있을 때부터 그가 왔다는
것을 알아챘다. 남편과 애인, 이 두 남자는 그녀의 삶에 있어
두 중심이었기에 그녀는 어떤 외부적인 도움 없이도 그들이
다가오는 것을 본능적으로 느낄 수 있었다. 그녀는 저 멀리
떨어진 곳에서 남편이 오고 있다는 것을 느끼고는 군중 속에
서 움직이는 그를 무의식적으로 계속 바라보고 있었다.

그녀는, 굽신거리며 인사하는 사람들에게 겸손하게 답하
기도 하고 또 반가워하며 동료들과 인사를 나누는 그의 모습
을 바라보고 있었다. 그는 권세가들의 눈에 띄려고 노력하며,
귀를 누르고 있던 커다랗고 둥근 모자를 벗고는 관람석을 향
해 오고 있었다. 그녀는 그의 이러한 태도를 잘 알고 있었다.
그녀에게는 그의 모든 것이 역겨울 뿐이었다.

'출세를 향한 야망, 저 사람의 마음속엔 오직 그 생각뿐이
야. 그의 고상한 생각, 학문에 대한 관심, 종교 의식 같은 것
또한 자신의 출세를 위한 도구일 뿐이지.'

그녀는 그가 부인석을 살피며 자신을 찾고 있다는 것을 알
았지만 모른 척했다. 그는 그녀와 정면으로 마주치기는 했으
나 모슬린과 명주 레이스, 리본, 깃털과 양산들이 뒤섞여 있
었기에 아내를 한눈에 알아보지 못했다.

"알렉세이 알렉산드로비치!" 벳시 공작 부인이 소리쳤다.

"당신 아내가 보이지 않나요? 안나는 여기 있어요!"

그러자 그는 특유의 냉소를 지었다. "여기는 눈부시게 화
려하군요." 그는 이렇게 말하고는 관람석으로 들어왔다. 그는
조금 전에도 아내를 보았기에 가볍게 미소를 건네며 공작 부
인을 비롯한 다른 사람들과 적절한 인사를 나누었다. 부인들
에게는 농담을 건네고 남자들과는 인사를 주고받았다. 관람
석 아래쪽에는 지식과 교양이 풍부해 평소 알렉세이 알렉산
드로비치가 존경하는 시종무관장이 있었다. 알렉세이 알렉
산드로비치는 그에게 인사를 건네며 대화를 나누었다.

때마침 휴식 시간이었기에 누구도 그들의 대화를 방해하
지 않았다. 시종무관장은 경마를 비난했고 알렉세이 알렉산
드로비치는 경마를 옹호하며 그의 의견에 반박했다. 안나는
그의 가늘면서도 부드러운 목소리를 경청하고 있었다. 그녀
는 그의 한마디 한마디가 위선처럼 느껴져 피로웠다.

드디어 4베르스타 장애물 경주가 시작되었다. 그녀는 몸
을 앞으로 내밀고 브론스키가 말에 올라타는 것을 주시하고
있었다. 그러면서도 남편이 쉴 새 없이 떠드는 역겨운 소리를
듣고 있었다. 그녀는 브론스키 때문에 불안해하며 괴로워했
다. 하지만 더욱 괴로운 것은 익숙한 목소리로 쉴 새 없이 떠
들어 대는 남편의 가는 목소리를 듣는 것이었다. 누구도 그렇
게 생각하지 않을지라도 그녀에게만큼은 그렇게 느껴졌다.

'나는 나쁜 여자야, 타락한 여자야.' 그녀는 생각했다. '하지
만 난 거짓된 인생을 살고 싶지 않아. 더 이상은 참을 수 없어.
하지만 저 사람의 모든 것은 거짓투성이야. 모든 걸 다 알고

있으면서도 아무렇지 않은 척하고 있다니, 대체 무슨 속셈일까? 차라리 저 사람이 나나 브론스키 둘 중 하나를 죽이기라도 한다면 이해할 수 있겠어. 하지만 그럴 리 없겠지. 저 사람에게는 그저 거짓과 체면이 최우선이니까.'

안나는 자신이 남편에게 무엇을 원하는지, 그가 어떻게 해주었으면 하는지는 생각지도 않고 마음대로 상상하고 있었다. 그녀는 오늘 유독 자신을 괴롭히며 심하게 떠들어 대던 알렉세이 알렉산드로비치가 그의 마음속에 있는 심란함과 불안함을 잠재우기 위해 그런 행동을 했다는 것을 전혀 눈치채지 못하고 있었다. 마치 상처 입은 아이가 그 아픔을 잊기 위해 안절부절못하며 움직이듯 알렉세이 알렉산드로비치는 아내와 브론스키를 보며, 또 계속해서 브론스키의 이름이 들려오는 이 경마장에서 그들에 대한 생각을 떨쳐 내기 위해 정신적으로 무언가를 해야만 했던 것이다. 아이들이 뛰는 게 당연한 것처럼, 그가 말솜씨를 발휘해 훌륭하고 지성적인 대화를 나누는 것은 지극히 자연스러운 일이었던 것이다. 그가 말했다.

"경마에서는 군인과 기병들에게 위험이 따를 수밖에 없습니다. 만일 영국 군대가 전쟁사에서 가장 훌륭한 기병 전투를 보였다면, 그것은 영국이 인간과 동물이 지닌 능력을 국가적으로 크게 발전시켰기 때문입니다. 제 생각에 스포츠라는 것은 아주 큰 의의를 담고 있습니다. 하지만 우리는 피상적으로 이해할 뿐이지요."

"꼭 피상적이라고 볼 수만은 없죠." 트베르스카야 공작 부인이 말했다. "어느 장교는 늑골이 두 개나 부러졌다더군요."

알렉세이 알렉산드로비치는 이를 드러내고 웃으며 특유의 냉소를 지었다.

"공작 부인 말씀처럼 피상적인 게 아니라." 그가 말했다. "본질이라고 가정해 봅시다. 하지만 문제는 그것이 아닙니다." 그는 이렇게 말하고는 장군 쪽으로 시선을 돌려 진지한 어조로 말했다. "참가자들은 그것을 스스로 선택한 군인이라는 것을 명심해야 합니다. 또한 직업을 가진 사람들은 그에 걸맞은 의무가 있지요. 군인 역시 마찬가지입니다. 권투나 스페인식 투우 같은 것은 야만적인 경기일 뿐입니다. 하지만 전문적인 스포츠는 발전된 문화라고 볼 수 있습니다."

"아니요, 전 다시는 오지 않을 거예요. 이런 경기는 너무 자극적이에요." 벳시 공작 부인이 말했다. "안 그런가요, 안나?"

"그래요, 정말 초조해지죠. 그래서 오히려 한시도 눈을 뗄 수가 없죠." 어느 부인이 말했다. "내가 만약 로마 제국의 부인이었다면 모든 경기를 다 관람했을 거예요."

안나는 아무 말도 하지 않고 망원경으로 어느 한 곳을 주시하고 있었다.

그때 키가 큰 장군이 관람석 앞으로 지나가자 알렉세이 알렉산드로비치는 대화를 멈추고는 빠르게 일어나 장군에게 허리를 숙이며 정중하게 인사를 건넸다.

"당신은 경주에 참가하지 않으십니까?" 장군이 그에게 농담조로 말했다.

"저는 더 어려운 경주에 참여 중이지요." 알렉세이 알렉산드로비치가 공손한 태도로 답했다.

특별한 의미가 담긴 말은 아니었으나 장군은 현명한 사람에게서 현명한 답을 들었다는 뜻을 표하며 그의 대답을 음미했다.

"두 가지 면에서 그렇지요." 알렉세이 알렉산드로비치가 말을 이었다. "바로 출전자와 관람자라는 측면에서 그렇습니다. 이런 경기를 좋아하는 관람자들은 문화적 수준이 낮다는 것을 의미합니다. 저 역시 그렇게 생각합니다만······."

"공작 부인, 내기를 해 봅시다!" 저 아래쪽에서 벳시에게 말을 건네는 스테판 아르카디이치의 목소리가 들렸다. "당신은 누구한테 걸겠습니까?"

"안나와 같이 쿠조블료프 공작한테 걸겠어요." 벳시가 말했다.

"난 브론스키한테 장갑 한 켤레를 걸겠어요!"

"그거 좋군요!"

"정말 멋지군요, 그렇지 않습니까?"

다른 사람들이 말하는 동안 알렉세이 알렉산드로비치는 잠시 침묵하다가 이내 말을 이어 갔다. "저도 동감이지만 남성적인 경기는······." 그가 계속 말을 이으려 했다.

하지만 때마침 기수들이 출발했기에 모든 대화가 중단되었다. 알렉세이 알렉산드로비치도 말을 멈추었다. 다들 일어나 개울 쪽을 바라보았다. 알렉세이 알렉산드로비치는 경마에 관심이 없었기에 기수들을 바라보는 대신 피곤한 눈빛으로 관람석을 둘러보았다. 그러다가 안나의 얼굴 위에서 시선이 멈추었다.

그녀는 창백하고 굳은 표정이었다. 그녀는 단 한 사람 외에는 아무것도 보고 있지 않았다. 그녀는 부채를 꼭 쥐고 마치 숨도 쉬지 않는 것처럼 집중하고 있었다. 그는 잠시 그녀를 바라보다가 서둘러 다른 사람들에게로 시선을 돌렸다.

"그래, 그녀도 모든 부인들도 다 흥분한 상태야. 이건 지극히 자연스러운 일이야." 알렉세이 알렉산드로비치가 혼잣말을 했다. 그는 그녀를 쳐다보지 않으려 했으나 자신도 모르게 그녀 쪽을 바라보게 되었다. 그는 그녀의 얼굴을 바라보며 그녀의 얼굴에 뚜렷하게 나타나는 그 표정을 읽지 않으려고 했다. 하지만 그는 두려워하던 그 표정을 읽고 말았다.

개울에서 쿠조블료프가 말에서 떨어졌기에 사람들은 몹시 흥분했다. 하지만 여전히 창백하고 담담한 안나의 얼굴을 통해 알렉세이 알렉산드로비치는 그녀가 주시하는 대상이 떨어진 것이 아니라는 것을 알 수 있었다. 그리고 마호틴과 브론스키가 커다란 울타리를 뛰어넘은 뒤, 그 뒤를 쫓던 장교가 떨어지며 크게 다친 것을 본 사람들이 공포에 질려 술렁거렸다. 하지만 알렉세이 알렉산드로비치는, 안나가 마치 그 장면을 못 본 듯, 사람들이 왜 그렇게 술렁거리는지 그 이유조차도 모르는 듯한 태도를 보이는 것을 보았다. 그럴수록 그는 안나를 더욱더 주시했다. 안나는 질주하는 브론스키의 모습에 넋이 나가 있었으나 자신을 바라보고 있는 남편의 차가운 시선 또한 느끼고 있었다.

그녀는 고개를 돌려 남편의 얼굴을 흘끗 쳐다보고는 인상을 살짝 찌푸리며 다시 시선을 돌렸다.

'난 이제 아무것도 신경 쓰지 않아요.' 그녀는 그에게 이렇게 말하고 있는 듯했다. 그러고 나서 더 이상은 그의 얼굴을 쳐다보지 않았다.

이번 경주는 불운했다. 열일곱 명의 기수 중 반 이상이 낙마해서 부상을 당한 것이다. 경주가 끝날 무렵이 되자 사람들은 점점 더 흥분했고, 더구나 군주가 불만족스러워했기에 분위기는 더욱 고조되었다.

29

사람들 모두가 경주를 비난했다. 누군가는 '오직 사자와의 싸움이 아쉬울 뿐이다.'라는 말을 반복해 댔다. 사람들 모두가 공포에 질려 있었기에, 브론스키가 낙마했을 때 안나가 몹시 놀라 크게 비명을 지른 것도 이상한 일은 아니었다. 하지만 곧 안나의 표정이 변하기 시작했다. 그녀는 이성을 잃고 마치 붙잡힌 새처럼 몸부림을 치며 안절부절못하는 상태로 벳시가 있는 쪽을 계속 돌아보았다.

"가요, 어서 가요!" 안나가 말했다.

하지만 벳시는 몸을 굽히며 아래쪽에 있는 장군과 대화를 나누느라 그 말을 듣지 못했다.

그때 알렉세이 알렉산드로비치가 안나에게 다가와 다정하게 손을 내밀었다.

"안나, 같이 갑시다." 그가 프랑스어로 말했다. 하지만 장군의 말에 귀를 기울이느라 안나는 그의 목소리를 듣지 못했다.

"다리를 부러뜨렸나 보군요." 장군이 말했다. "이건 정말 말도 안 되는 일이군요."

안나는 남편의 말에 대꾸도 하지 않고 망원경으로 브론스키가 낙마한 곳을 보았다. 하지만 워낙 멀었고 사람들이 몰려 있었기에 아무것도 보이지 않았다. 그녀는 망원경을 내리고 자리에서 일어났다. 그때 어느 장교가 말을 타고 달려와 군주한테 보고를 올렸다. 그러자 안나는 몸을 내밀어 그들의 말에 귀를 기울였다.

"스티바! 스티바!" 그녀가 자신의 오빠를 향해 소리쳤다. 하지만 그녀의 오빠는 그 소리를 듣지 못했다. 그래서 그녀는 다시 나가려고 했다.

"한 번 더 손을 내밀겠소. 괜찮다면 같이 갑시다." 알렉세이 알렉산드로비치가 그녀에게 손을 내밀며 말했다. 그러자 그녀는 경멸하는 눈빛으로 뒤로 물러서며 그를 쳐다보지도 않고 말했다.

"아니, 그냥 내버려 두세요. 난 여기 있을 거예요."

그때 그녀는 브론스키가 낙마한 곳에서 한 장교가 경기장을 가로지르며 관람석으로 달려오는 것을 보았다. 그러자 벳시가 손수건을 흔들어 그를 불렀다. 그는 기수는 다치지 않았지만 말의 등뼈가 부러졌다고 말했다.

그 말을 들은 안나는 자리에 주저앉아 부채로 얼굴을 가렸다. 알렉세이 알렉산드로비치는 그녀가 눈물을 참지 못하고 몸을 들썩이며 몹시 흐느끼고 있는 것을 보았다. 알렉세이 알렉산드로비치는 몸으로 그녀를 가리며 그녀가 안정을 되찾을 시간을 주었다.

"세 번째로 손을 내밀겠소." 그는 조금 후에 그녀에게 말했다. 안나는 그를 쳐다보았지만 아무 말도 하지 못했다. 그러자 벳시 공작 부인이 그녀를 도와주려고 나섰다.

"알렉세이 알렉산드로비치, 안나는 나와 함께 왔고 내가 바래다주기로 약속했으니 그렇게 하겠어요." 벳시가 끼어들었다.

"미안하지만, 부인." 그는 미소를 지으면서도 그녀를 똑바로 쳐다보며 말했다. "안나의 기분이 좋지 않은 것 같으니 내가 데리고 가겠습니다."

안나는 깜짝 놀라 주변을 둘러본 뒤 남편의 손 위에 자신의 손을 포갰다.

"사람을 보내 어떻게 됐는지 알아보고 알려줄게요." 벳시가 그녀에게 속삭이듯 말했다.

알렉세이 알렉산드로비치는 관람석 출구 쪽에서 사람들과 대화를 나누고 있었다. 안나 역시 그들과 대화를 나누어야만 했다. 하지만 그녀는 자신의 감정을 억누를 수 없었기에 넋이 나간 듯 남편의 팔에 의지하며 그곳을 빠져나갔다.

'그가 다쳤을까? 괜찮겠지? 그 말이 사실일까? 오늘 올 수 있을까? 못 오려나? 오늘 그를 만날 수 있을까?' 그녀는 생각했다.

그녀는 아무 말도 하지 않고 알렉세이 알렉산드로비치의 마차를 타고 수많은 마차 사이로 빠져나갔다. 이 모든 것을 직접 목격했음에도 알렉세이 알렉산드로비치는 아내의 진심을 외면하고 있었다. 그는 아내가 지나친 행동을 보였기에 그 행동이 잘못되었다는 것을 그저 주의시키면 된다고 생각했다. 하지만 그 외에 아무 말도 하지 않는다는 것은 힘든 일이었다. 그는 아내의 어느 부분이 잘못되었다고 지적하려다가 결국 다른 이야기를 꺼내고 말았다.

"다들 이런저런 말들이 많아도 결국 인간은 잔인한 것을 좋아하는 경향이 있지." 그가 말했다. "난 그렇게 생각하는데……."

"무슨 뜻이죠? 저는 잘 모르겠군요." 안나가 냉소적으로 답했다.

그러자 갑자기 화가 난 그는 하고 싶었던 말을 꺼냈다.

"당신한테 꼭 해야 할 말이 있소." 그가 말을 꺼냈다.

'드디어 결판이 나는 것인가.' 이런 생각을 하자 그녀는 두려워졌다.

"당신이 오늘 잘못된 행동을 했다는 것을 꼭 말해야겠소." 그는 프랑스어로 말했다.

"어떤 점에서 그랬다는 거죠?" 그녀는 고개를 돌려 그를 똑바로 쳐다보며 말했다. 하지만 그녀는 예전처럼 무언가를 감추고 있는 듯한 태연한 태도가 아닌, 두려움을 애써 숨기려고 의연한 척하고 있는 모습을 보였다.

"명심하시오." 그가 마부 뒤쪽에 열린 창을 보며 말했다.

그는 몸을 일으켜 창문을 닫았다.

"어떤 점에서 잘못되었다는 거죠?" 그녀가 재차 물었다.

"기수 한 명이 낙마했을 때 차마 숨기지 못했던 당신의 절망스러운 모습 말이오."

그는 그녀가 반박하기를 기다렸으나 그녀는 아무 말 없이 앞을 응시할 뿐이었다.

"지난번에도 나는 당신이 사교계 사람들의 입에 오르내리지 않도록 처신을 바로 해 줬으면 하고 말했소. 전에도 우리의 내면적인 관계에 대해 말한 적이 있었지만 지금은 오로지 표면적인 것만 언급하겠소. 당신의 행동이 올바르지 않으니 다시는 이런 일이 없도록 해 달라는 얘기요."

그녀는 두려움을 느꼈으나 그의 말이 귀에 들어오지 않았다. 그녀는 오로지 '브론스키가 다치지 않았다는 게 사실일까, 기수는 다치지 않았지만 말의 등뼈가 부러졌다는 건 그의 애기일까.' 하는 생각만 하고 있던 것이다. 그녀는 그의 말에 신경 쓰지 않고 있었기에 그가 말을 마치자 냉소를 보였을 뿐 아무 말도 하지 않았다. 마음속에 담아 두었던 말들을 모두 꺼내던 알렉세이 알렉산드로비치는 자신의 말에 담긴 의미를 불현듯 자각하게 되자, 그녀가 느꼈던 두려움과 비슷한 공포를 느꼈다. 그는 그녀의 냉소를 보자 기묘한 생각에 사로잡혔다.

'저 사람은 내 생각을 비웃고 있어. 전에도 내가 아무 근거 없이 자신을 의심한다며 대수롭지 않게 여겼지. 지금도 그러려는 거야.'

모든 게 무너지려는 지금 이 순간, 그는 예전처럼 그녀가 근거 없이 자신을 의심한다며 차라리 비웃었으면 좋겠다고 생각했다. 그가 알게 된 진실이 두려웠기에 이제 그는 그녀가 하는 다른 어떤 말이라도 믿고 싶었던 것이다. 하지만 두려워하며 침울해 보이던 그녀는 이제 거짓을 말할 힘조차 없어 보였다.

"어쩌면 내가 오해하고 있는지도 모르겠소." 그가 말했다. "그렇다면 부디 용서해 주시오."

"아니, 당신은 오해하지 않았어요." 절망에 빠진 그녀는 차가운 그의 얼굴을 바라보며 천천히 말했다. "당신이 오해한 게 아니에요. 난 절망했어요. 그럴 수밖에 없었어요. 당신의 말을 듣고 있는 지금도 그 사람을 생각하고 있었어요. 난 그 사람을 사랑하고 있어요. 난 그 사람의 애인이에요. 난 더 이상 당신을 견뎌 낼 수가 없어요. 난 당신이 두렵고 싫어요. 그러니 이제 당신이 원하는 대로 하세요."

이렇게 말하고 나서 그녀는 마차 한구석에서 두 손으로 얼굴을 가린 채 흐느꼈다. 알렉세이 알렉산드로비치는 미동도 하지 않고 정면을 응시했다. 그의 얼굴은 갑자기 죽은 사람처럼 장엄한 표정으로 굳어 버렸다. 그 표정은 별장에 도착할 때까지 계속되었고 집 근처에 도착하자 그는 여전히 그 얼굴로 그녀를 바라보았다.

"그렇군. 하지만 당분간은 체면을 위해서라도 외적인 조건은 지켜 주길 바라오." 그의 목소리는 떨리고 있었다. "내 명예를 실추시키지 않을 방법을 찾아 당신에게 전할 때까지 말이오."

그러고 나서 그는 마차에서 먼저 내려 그녀가 내리는 것을 도와주었다. 하인들이 보는 앞에서 그는 그녀의 손을 잡았다. 그러고는 마차를 타고 페테르부르크로 향했다.

얼마 후에 벳시 공작 부인의 하인이 안나에게 쪽지를 전하러 왔다.

'알렉세이가 어떤지 알아보기 위해 사람을 보냈어요. 그랬더니 그는 아무 이상 없지만 절망하고 있다는 답장을 보내 왔어요.'

'그가 올 수 있겠구나!' 그녀는 생각했다. '모든 걸 다 얘기했으니 잘한 거야.'

시계를 보니 그가 오기 전까지는 아직 세 시간 정도 남아 있었다. 그녀는 지난번 그와 만났을 때를 떠올리자 감정이 벅차올랐다.

'아, 정말 좋구나! 두렵긴 하지만 그래도 난 그 사람을 만나는 게 좋아. 이 꿈속 같은 기분…… 남편! 아, 그래……. 그 사람과의 관계는 이제 깨끗이 마무리된 거야.'

30

많은 사람이 모이는 곳은 으레 그러하듯, 쉬체르바쓰키 가족이 찾은 독일의 작은 온천 역시 사람들에게 각각 그들의 불변의 지위를 결정해 주는 뭔가가 존재했다. 마치 물방울이 얼면서 눈송이 같은 결정체가 되듯, 새로 온천을 찾은 사람들도 자연스럽게 자신에게 걸맞은 지위를 찾아가고 있었던 것이다.

쉬체르바쓰키 공작 부부와 그 딸도, 그들이 머물고 있는 집과 그들의 이름, 그리고 그곳에서 만난 사람들로 말미암아 일정한 지위 속에 굳어졌다.

올해 이 온천에는 독일의 대공비가 와 있었기에 이곳의 사회적 결정(結晶)은 한층 더 강해졌다. 공작 부인은 자신의 딸과 대공비가 친분을 쌓기를 바랐다. 그리고 그 소망은 그들이 이곳에 머문 지 이틀째 되던 날 실행되었다. 키티는 파리에서 맞춘 화려하고 세련된 여름 드레스를 입고 공손하고 우아하게 예를 갖추어 대공비께 인사를 올렸다. 대공비가 말했다.

"그 아름다운 얼굴에 어서 빨리 장밋빛 활기가 돌기를 바랍니다."

그렇게 쉬체르바쓰키 사람들은 벗어날 수 없는 일정한 행동 양식을 가지게 되었다.

쉬체르바쓰키가는 영국의 귀부인 가족, 전쟁에서 부상을 당한 아들과 함께 온 독일의 백작 부인, 스웨덴의 학자, 카누트 씨와 그의 누이와도 가깝게 지냈다. 하지만 그들은 주로 마리야 예브게니예브나 르티쉬체바라는 모스크바의 귀부인과 그녀의 딸, 그리고 모스크바의 대령과 교류했다. 그 집안의 딸 역시 키티처럼 사랑의 열병을 앓고 있었기에 키티는 그녀를 멀리했다. 키티는 어릴 때부터 견장이 달린 군복을 입은 그 대령을 보아 왔기에 그의 모습이 익숙했다. 눈이 작은 대령은 화려한 넥타이를 매고 칼라가 낮은 옷을 입어 목이 훤히 드러나 있었기에 모양새가 우스웠다. 또한 그는 한번 찾아오면 좀처럼 가려고 하지 않았기에 몹시 따분한 사람이었다. 키티는 이러한 생활이 계속되자 못 견디게 괴로웠다.

또한 공작도 카를스바트로 떠났고 지금은 어머니와 단둘이 지내서 그녀는 더욱 따분했다. 그녀는 오래전부터 알고 지낸 지인들에게서 더 이상 어떤 새로운 것도 찾을 수 없었기에 그들에게 관심을 가지지 않았다. 이 온천에서 그녀가 가장 흥미를 가졌던 것은, 낯선 사람들을 살피며 상상의 나래를 펼치는 일이었다. 키티는 특유의 상상력을 발휘해 낯선 사람들을 주시하며 아름다운 상상을 펼치곤 했다. 지금도 키티는 사람들을 관찰하면서 그들이 어떤 사람이고, 서로 어떤 관계일지 추측하고 있었다. 그녀는 그들이 지닌 신비로움과 아름다움을 상상하면서 자신이 그렇게 생각할 수밖에 없는 이유를 찾고 있었다.

그중에서 가장 그녀의 관심을 끌었던 사람은 쉬탈리 부인이라 불리는 병약한 러시아 부인과 함께 온, 러시아 아가씨였다. 상류층에 속하던 쉬탈리 부인은 거동도 못할 만큼 건강이 악화돼서 화창한 날에만 가끔 휠체어를 타고 온천에 얼굴을 비추곤 했다. 하지만 공작 부인은 쉬탈리 부인이 병 때문이 아니라 성격이 오만했기 때문에 러시아 사람들과 교류하지 않는 것이라고 생각했다. 러시아 아가씨는 쉬탈리 부인을 간호하고 있었는데, 키티가 목격한 바에 의하면 그녀는 다른 환자들과도 친하게 지내며 그들을 돌봐 주고 있었다.

그동안 키티가 살펴본 바에 따르면, 이 러시아 아가씨는 쉬탈리 부인의 친인척도 아니었고 그녀에게 고용된 간병인도 아니었다. 쉬탈리 부인은 그녀를 바레니카라 불렀고 다른 사람들은 그녀를 마드무아젤 바레니카라 불렀다. 키티는 이 러시아 아가씨와 쉬탈리 부인, 그리고 다른 사람과 그녀의 관계를 살펴보는 것이 가장 재미있었는데, 특히 마드무아젤 바레니카에게 마음이 이끌렸다. 또한 키티는 그녀와 눈이 마주칠 때마다 그녀 역시 자신에게 호감을 느끼고 있다는 생각이 들었다.

마드무아젤 바레니카는 젊었으나 어딘지 모르게 생기가 없었다. 어떨 때는 열아홉 같았지만 또 어떨 때는 서른 살로 보이기도 했다. 자세히 들여다보면, 그녀는 혈색은 그다지 좋지 않았으나 미인에 가까운 얼굴이었다. 그녀는 몸이 말라서 머리가 커 보였고 키도 보통이었지만 그것을 제외하면 균형 잡힌 몸매를 가진 아가씨였다. 하지만 그녀는 남자들의 시선을 끌 만큼 매력적으로 보이지는 않았다. 마치 수많은 꽃잎을 지녔지만 점차 시들어 향기를 잃어 가고 있는 꽃 같았다. 무엇보다 그녀가 남자의 시선을 끌 수 없었던 가장 큰 이유는, 키티에게는 차고 넘치는 활기와 자신의 매력에 대한 의식이 그녀에게는 부족했기 때문이었다.

그녀는 늘 바쁘게 살아가고 있었다. 그래서 일 말고는 다른 것에는 관심을 가질 수 없을 것 같았다. 이러한 그녀의 모습에 키티는 더욱 호감이 생겼다. 키티는 그녀와 그녀의 생활방식을 통해 자신이 찾고 있던 무언가를 찾을 수 있을 것만 같았다. 키티는 지금 자신이 진열장 안의 상품 같다는 생각이 들어 수치스러웠다. 키티는 사교계의 남녀 관계를 넘어선 보다 흥미롭고 가치 있는 무언가를 그녀에게서 찾을 수 있을 것 같다는 생각이 들었다. 이 새로운 친구를 관찰할수록 키티는 그녀야말로 자신이 동경하던 완벽한 벗이라는 생각이 들었고 그럴수록 그녀와 더욱 가까워지고 싶었던 것이다.

하루에도 몇 번이나 두 사람은 마주쳤다. 그럴 때마다 키티의 눈은 이렇게 말하는 듯했다.

'당신은 누구시죠? 어떤 사람인가요? 내가 생각하는 것만큼 멋진 사람이겠죠? 하지만.' 그녀의 눈빛은 또 이렇게 덧붙여 말했다. '당신과 억지로 친해지고 싶지는 않아요. 난 그저 당신에게 호감을 느끼고 있을 뿐이에요.'

'나도 당신이 마음에 들어요. 당신은 정말 사랑스럽거든요. 내가 여유가 있었다면 당신과 친하게 지냈을 텐데.' 낯선 친구의 눈은 이렇게 답하는 듯했다. 키티는 그녀가 늘 바쁘다는 것을 알고 있었다. 그녀는 어느 러시아 가족의 아이들을 온천 밖으로 데리고 나가기도 했고 환자에게 덮개를 가져다주기도 했으며, 화내는 병든 남자를 진정시키기도 했다. 또 누군가에게 커피에 곁들일 과자를 사다 주기도 했다.

쉬체르바쓰키 가족이 이곳에 온 지 얼마 되지 않은 어느 날 아침, 두 명의 낯선 사람들이 사람들의 곱지 않은 시선을 받으며 온천에 나타났다. 한 사람은 낡고 짧은 코트를 입은, 키가 크고 등이 굽은 손이 큰 남자였는데, 매섭고 어두운 눈빛을 지니고 있었다. 다른 한 사람은 초라한 옷차림에 얼굴이

조금 얽긴 했지만 아름다운 여자였다. 그들이 러시아인이라
는 것을 알자 키티는 상상의 나래를 펼쳐 그들과 관련된 아름
다운 이야기를 생각해 내기 시작했다. 하지만 방명록을 보고
난 뒤 그들이 니콜라이 레빈과 마리야 니콜라예브나라는 사
실을 알게 된 공작 부인이 키티에게 이 남자가 얼마나 형편없
는 사람인지 말해 주었기에 두 사람과 관련된 그녀의 상상은
곧 무너져 버렸다. 키티는 어머니한테 들은 이야기 때문만이
아니라 그가 콘스탄틴의 형이었기에 몹시 불편했다. 키티는
수시로 머리를 덜덜 떨고 있던 니콜라이 레빈을 보며 참을 수
없는 혐오감을 느꼈다.

그녀는 그의 크고 매서운 눈에서 증오의 감정을 느꼈기에
될 수 있으면 그와 마주치지 않으려고 노력했다.

31

오전 내내 비가 내려 날씨가 좋지 않았다. 환자들은 우산
을 받쳐 들고 복도 지붕 밑에 모여 있었다.

키티는 어머니와 모스크바 대령과 함께 걷고 있었다. 그
는 프랑크푸르트에서 구입한 유럽풍 코트를 입고 의기양양
해 있었다. 그들은 마주 보며 걷고 있는 레빈을 피하기 위해
복도 한편에서만 거닐었다. 바레니카는 평소처럼 검은 옷을
입고 챙이 넓은 검은 모자를 쓰고는 앞이 보이지 않는 프랑스
부인의 손을 잡고 긴 복도를 거닐고 있었다. 그녀와 키티는

서로 마주칠 때마다 다정한 눈빛을 보냈다.

"어머니, 저분과 얘기를 나누고 싶어요." 키티가 말했다. 낯선 친구를 주시하던 키티는 그녀가 분수대 쪽으로 가는 것을 보며 그곳에 가고 싶어 했다.

"그래, 네가 그러고 싶다면 그렇게 하렴. 하지만 내가 좀 더 알아본 뒤에." 어머니가 대답했다. "저 사람 어디가 마음에 들었니? 아마 귀부인의 말동무가 되어 주려고 온 걸 테지. 내가 먼저 쉬탈리 부인하고 가까이 지내야겠어. 내가 그분의 올케를 알고 있으니까 말이야." 공작 부인이 다소 거만한 태도로 고개를 꼿꼿이 들며 말했다.

키티는 어머니가 쉬탈리 부인이 자신을 피하는 듯한 느낌이 들어 모욕감을 느끼고 있다는 것을 알고 있었다.

"정말 사랑스러운 아가씨예요!" 키티는 바레니카가 프랑스 부인에게 컵을 건네는 모습을 보며 말했다. "저기 좀 보세요. 얼마나 다정하고 사랑스러운지."

"네가 저 아가씨한테 그렇게 빠져 있다니 참 이상하구나." 공작 부인이 말했다. "이제 그만 돌아가는 게 좋겠어." 그녀는 레빈이 동행한 여자를 데리고 이쪽으로 오면서 독일인 의사에게 큰 소리로 화내는 모습을 보고는 이렇게 말했다.

그녀들이 왔던 길로 되돌아가려는 순간, 고함치는 소리가 들려왔다. 레빈이 멈춰 서서 악을 쓰고 있었고 의사 역시 화가 나 있었다. 그러자 사람들이 그곳으로 몰려들었다. 공작 부인은 키티를 데리고 서둘러 자리를 뜨려고 했다. 하지만 대령은 무슨 일인지 궁금해하며 사람들이 모인 곳으로 가 보왔다.

얼마 후 대령이 돌아왔다.

"대체 무슨 일이에요?" 공작 부인이 물었다.

"너무도 수치스러운 일입니다." 대령이 말했다. "외국에서 저런 러시아 사람과 함께 있다는 것만으로도 수치스러운 일이에요. 저 키 큰 남자가 의사한테 치료법이 잘못되었다면서 욕을 퍼붓고 지팡이를 휘두르더군요. 이런 추태가 없어요!"

"오, 대체 그게 무슨 짓인지!" 공작 부인이 말했다. "그래서 결국 어떻게 됐어요?"

"다행히도 버섯 모양의 모자를 쓴 아가씨가 나서서 해결해 줬죠. 그녀도 러시아 사람인가 봐요." 대령이 말했다.

"마드무아젤 바레니카요?" 키티가 화색을 띠며 물었다.

"네, 그녀가 나서서 해결해 주더군요. 그 남자의 팔을 붙들고 어딘가로 데려갔어요."

"그것 보세요, 어머니." 키티가 어머니에게 말했다. "이래도 내가 그녀를 좋아하는 게 이상한 일인가요?"

그다음 날, 키티는 낯선 친구를 주시하며, 마드무아젤 바레니카가 그녀가 돌봐 주고 있는 다른 사람들과 마찬가지로 레빈과 그와 동행한 부인을 보살펴 주고 있다는 사실을 알았다. 그녀는 그들과 대화를 나누며 외국어를 모르는 부인을 위해 통역해 주기도 했다.

키티는 바레니카와 가까이 지낼 수 있도록 허락해 달라고 어머니께 간청했다. 공작 부인은 왠지 오만한 쉬탈리 부인에게 먼저 다가가는 게 꺼려졌지만 바레니카에 대해 알아보기 위해 어쩔 수 없이 그렇게 했다. 그녀와 가까이 지내는 것은 크게 나쁠 게 없을 거라는 결론에 이르자 어머니가 먼저 바레니카에게 다가가 인사를 건넸다.

딸이 분수대로 갔을 때, 빵집 앞에 서 있던 바레니카를 발견한 공작 부인은 이때다 싶어 그녀에게 다가갔다.

"당신과 친하게 지내고 싶은데 괜찮을까요?" 그녀가 공손하게 미소 지으며 말했다. "내 딸이 당신에게 아주 호감을 갖고 있어요." 그녀가 말했다. "당신은 나를 잘 모르겠죠. 난……."

"저도 그러고 싶었어요. 제가 오히려 영광이에요." 바레니카가 재빨리 대답했다.

"당신은 어제 가엾은 러시아 사람들에게 정말 좋은 일을 하셨더군요." 공작 부인이 말했다. 그러자 바레니카가 얼굴을 붉혔다.

"글쎄요. 저는 아무것도 한 게 없는걸요." 그녀가 말했다.

"별말씀을. 그 불쾌한 상황에서 레빈을 구해 줬잖아요."

"동행한 부인께서 저를 부르셔서 그분을 진정시키려고 했을 뿐이에요. 그분은 몸이 굉장히 안 좋으셔서 의사 선생님께 화내고 있었던 거예요. 전 환자들을 많이 만나 봐서 그런 일에 익숙하거든요."

"그렇군요. 난 당신이 쉬탈리 부인과 멘토나에 살고 있다고 들었어요. 혹시 쉬탈리 부인과 친척 관계인가요? 난 그분의 올케와 친분이 있어요."

"아니요. 그분을 어머님이라 부르고 있지만 친척은 아니에요. 그분은 저를 길러 주신 분이세요." 바레니카가 얼굴을 붉히며 답했다.

그녀는 모든 이야기를 솔직히 털어놓으며 순수하고 진실한 모습을 보였기에 공작 부인은 그녀가 사랑스럽게 느껴졌다. 그제야 부인은 키티가 바레니카를 좋아하는 이유를 알 것 같았다.

"레빈 그 사람은 어떻게 됐어요?" 공작 부인이 말했다.

"아마 떠나실 것 같아요." 바레니카가 대답했다.

어머니가 자신의 낯선 친구와 대화를 나누는 모습을 본 키티는 기뻐하며 다가왔다.

"키티가 오고 있네요. 자, 네가 그토록 친하게 지내고 싶어 하던 마드무아젤……."

"바레니카예요." 그녀가 미소를 지으며 속삭였다. "다들 그렇게 부르세요."

키티는 기쁨에 넘쳐 붉어진 얼굴로 아무 말 없이 새로운 친구의 손을 한참 동안 쥐고 있었다. 그녀는 키티의 손을 마주 잡지는 않았으나 그녀의 손은 키티의 손 안에서 잠자코 있었다. 마드무아젤 바레니카는 다소 슬퍼 보이기는 했지만 은근히 기뻐하며 크고 고른 이를 드러내며 미소 지었다.

"오래전부터 당신과 가까이 지내고 싶었어요." 그녀가 말했다. "하지만 당신이 너무 바쁘니까……."

"아니, 전혀 그렇지 않아요." 바레니카가 대답했다. 하지만 그때 환자의 딸인 러시아 소녀 둘이 그녀에게 달려왔기에 그녀는 새로운 친구를 두고 떠나야만 했다.

"바레니카, 엄마가 찾으세요!" 두 여자아이가 외쳤다. 그러자 바레니카는 그들을 따라갔다.

32

공작 부인은 바레니카의 과거와 쉬탈리 부인과의 관계, 그리고 쉬탈리 부인에 대해 알아보았다.

쉬탈리 부인에 관한 소문에 따르면, 그녀가 남편을 상당히 괴롭혔다고도 하고, 반대로 남편이 방탕한 생활을 했기에 오히려 그녀가 괴롭힘을 당했다고도 했다. 어쨌든 그녀는 병약했고 무언가에 쉽게 빠지는 성격이었다. 그녀는 남편과 이혼하고 첫 아이를 낳았지만 아이는 곧 죽었다고 했다.

그래서 쉬탈리 부인의 여린 성격을 알고 있는 지인이 혹시라도 그녀가 무슨 짓을 저지를까 두려워 그날 밤 페테르부르크의 같은 집에서 태어난 궁중 요리사의 딸을 데려다가 죽은 딸과 바꿔치기를 했다는 것이었다. 그때 데려온 그 아이가 바로 바레니카였다. 시간이 흐른 뒤에 쉬탈리 부인은 바레니카가 자신의 친딸이 아니라는 사실을 알게 되었지만 계속 그녀를 키웠다. 얼마 후 바레니카의 가족들이 모두 세상을 떠났다는 소식을 듣고 부인은 그녀를 더욱 열심히 키웠다.

쉬탈리 부인은 남쪽 지역에 있는 외국에 살면서 10여 년간 침대에서 벗어나지 못하고 있었다. 누군가는 쉬탈리 부인이 신앙심이 깊고 어진 부인이라는 사회적 지위를 그녀 스스로 만들어 낸 것이라 말하기도 했고, 또 누군가는 그녀가 내적으로도 진실하다며 주변 사람들에게 좋은 일을 많이 하는 고귀한 성품을 지녔다고도 했다. 하지만 누구도 그녀의 종교가 가톨릭인지 신교인지 혹은 러시아 정교인지 알지 못했다. 한 가지 분명한 사실은, 그녀가 모든 교회와 종교의 고위층 인사들과 친분이 있다는 것이었다.

바레니카는 그녀와 함께 계속 외국에서 지내 왔다. 쉬탈리 부인의 지인들은 모두 자신들이 마드무아젤 바레니카라고 부르던 그녀를 아끼고 사랑해 주었다.

모든 상황을 상세히 알게 되자 공작 부인은 자신의 딸과 바레니카가 가깝게 지내는 것이 전혀 해가 되지 않을 것이라고 생각했다. 더욱이 바레니카는 행실이 바르고 좋은 교육을 받았으며 프랑스어와 영어를 유창하게 구사했다. 무엇보다 쉬탈리 부인이 바레니카를 통해, 자신의 병 때문에 공작 부인과 가까이 지낼 수 없어 무척 아쉬웠다는 뜻을 전했기에 공작 부인의 마음은 더욱 기울었다.

키티는 바레니카와 친구가 되면서부터 점점 더 그녀에게 호감을 가지게 되었다. 키티는 매일 그녀의 새로운 장점을 발견했던 것이다.

공작 부인은 바레니카가 노래를 잘한다는 이야기를 듣고서는 어느 날 저녁 그녀를 초대해 노래를 요청했다.

"키티가 반주를 할 줄 알아요. 그리고 썩 좋은 것은 아니지만 숙소에 피아노도 있고요. 당신이 노래를 불러 준다면 정말 즐거울 거예요." 공작 부인은 으레 보이던 가식적인 미소를 지으며 말했다. 하지만 키티는 유독 그녀의 웃음이 불쾌하게 느껴졌다. 바레니카가 썩 내켜 하지 않는 것 같았기 때문이다. 하지만 그날 저녁 바레니카는 악보를 들고 그들의 숙소로 왔다. 공작 부인은 마리야 예브게니예브나와 그녀의 딸, 그리고 대령도 초대했다.

바레니카는 낯선 사람들과 한자리에 있었지만 전혀 의식하지 않는 듯 피아노 옆으로 갔다. 그녀는 반주를 하지는 못했지만 노래를 정말 잘 불렀다. 피아노 실력이 좋은 키티가 반주를 했다.

"정말 대단하세요." 바레니카가 첫 번째 곡을 훌륭하게 소화해 내자 공작 부인이 말했다.

마리야 예브게니예브나와 그녀의 딸도 그녀의 노래 솜씨를 칭찬했다.

"저기 좀 보세요." 대령이 창가 쪽을 바라보며 말했다. "당신 노래를 들으려고 많은 사람이 모여 있어요."

정말로 창문 아래에는 많은 사람이 모여 있었다.

"다들 좋아해 주시니 정말 기뻐요." 바레니카가 담담하게 말했다.

키티는 누구보다 자랑스럽게 자신의 친구를 바라보고 있었다. 키티는 그녀의 노래 솜씨와 목소리, 외모에 감탄했다. 하지만 무엇보다 감동받은 것은 그녀가 자신의 노래 실력에 자부심을 가지지 않고 온갖 칭찬에도 담담한 모습을 보였기 때문이었다. 그녀는 단지 '더 부를까요, 아니면 이제 그만할까요?' 이렇게 묻고 있는 듯했다.

'나라면 어땠을까?' 키티는 생각했다. '얼마나 우쭐했을까! 창문 아래에 모인 사람들을 보며 얼마나 기뻐했을까! 하지만 그녀는 전혀 개의치 않았어. 그녀는 그저 어머니의 부탁을 받고 어머니를 기쁘게 해 주고 싶다는 마음뿐이었던 거야. 대체 그녀는 어떤 사람인 걸까? 그녀 마음에는 대체 무엇이 있기에 어떤 상황에서도 그렇게 의연하고 침착할 수 있는 것일까? 난 그게 뭔지 꼭 찾아내고 싶어. 그리고 나도 꼭 그렇게 되고 싶어.'

키티는 그녀의 차분한 얼굴을 바라보며 생각했다. 공작 부인은 바레니카에게 한 곡 더 요청했다. 그러자 바레니카는 피아노 옆에서 곧은 자세로 서서 가무잡잡하고 야윈 손으로 리듬을 타면서 조금 전처럼 부드럽고 멋지게 노래를 불렀다.

악보를 보니 다음 곡은 이탈리아 가곡이었다. 키티는 반주를 시작하며 바레니카를 바라보았다. 키티는 이 곡의 전주 부분을 무척 좋아했다.

"그 곡은 그냥 넘어갔으면 좋겠어요." 바레니카가 붉어진 얼굴로 말했다.

키티가 놀라며 그 이유가 궁금하다는 얼굴로 바레니카를 쳐다보았다.

"그럼 다른 곡으로 할까요?" 키티는 이 노래에 어떤 사연이 있을 거라 짐작하고 악보를 넘기며 말했다.

"아니에요." 바레니카는 악보 위에 손을 얹고 미소 지으며 말했다. "그냥 부를게요." 그러고 나서 그녀는 방금 전과 마찬가지로 차분하면서도 아름답게 노래를 불렀다.

그녀가 노래를 마치자 모두 다시 한번 그녀에게 찬사를 보내고는 차를 마시러 응접실로 갔다. 키티와 바레니카는 숙소 앞에 있는 작은 정원으로 나갔다.

"그 노래에 무슨 사연이라도 있나요?" 키티가 말했다.

"대답하지 않아도 괜찮아요." 그녀가 재빨리 말했다. "하지만 내 짐작이 맞는지 그것만이라도 말해 줘요."

"아니, 괜찮아요. 다 말할게요." 바레니카가 담담한 어조로 말을 이었다. "추억이 있어요. 한때는 너무도 괴로운 일이었죠. 사랑하던 사람이 있었거든요. 그 사람한테 그 노래를 자주 불러 주곤 했었죠."

키티는 몹시 놀라 눈을 크게 뜨며 조용히 바레니카의 얼굴을 바라보았다.

"난 그 사람을 사랑했고 그 역시 나를 사랑했어요. 하지만 그의 어머님의 반대로 그 사람은 다른 사람과 결혼하게 됐어요. 그 사람은 여기서 멀지 않은 곳에 살고 있어서 그와 종종 마주치기도 했어요. 당신은 내게 이런 로맨스가 있을 거라고는 생각 못했겠죠?" 그녀가 말했다. 한때는 분명 그녀의 모든 것을 빛냈을 환한 빛이 그녀의 아름다운 얼굴에 희미하게 어려 있었다.

"생각 못하다니요? 내가 남자였다면 당신을 알게 된 후로는 절대 다른 여자를 사랑할 수 없었을 거예요. 그래서 난 그분이 더 이해가 되지 않아요. 아무리 어머님의 뜻에 따랐다지만 어떻게 당신을 잊고 당신을 불행하게 만들 수 있는지 말이에요. 참 냉정한 분이셨나 봐요."

"아니에요. 그는 아주 좋은 사람이었어요. 그리고 난 불행하지 않아요. 오히려 행복한걸요. 참, 오늘 노래는 여기까지만 할까요?" 그녀가 숙소로 향하며 말했다.

"당신은 정말 아름다운 사람이에요. 정말 좋은 사람이에요!" 키티는 이렇게 말하며 그녀에게 입을 맞추었다. "당신을 조금이라도 닮을 수만 있다면!"

"당신이 왜 굳이 누군가를 닮아야 하죠? 당신은 이미 충분히 좋은 사람이에요." 바레니카가 다정하면서도 피곤한 듯한 미소를 지으며 말했다.

"아니에요. 난 좋은 사람이 아니에요. 얘기를 좀 더 해 주세요. 잠깐만 더 앉아 있다 가요." 키티는 그녀를 자신의 옆에 있는 작은 벤치에 앉히며 말했다. "당신은 누군가가 당신을 무시하고 당신을 버렸다는 생각을 해도 모욕감이 들지 않나요?"

"하지만 그 사람은 나를 무시해서 그런 게 아니었어요. 그 사람은 분명 날 사랑했어요. 다만 그가 착한 아들이었기에……."

"하지만 그분이 어머니의 강요가 아닌 자신의 의지로 그런 거라면……." 키티는 자신의 비밀을 털어놓은 것이나 다름없다고 생각하며 부끄러움에 얼굴을 붉혔다.

"만약 그렇다면 그 사람이 잘못한 거죠. 그러니 더 이상 그 사람에게 미련을 갖지 않을 거예요." 바레니카는 이 이야기가 키티의 이야기라는 것을 알아챈 듯 대답했다.

"하지만 모욕감은 어쩌죠?" 키티가 말했다. "치욕스러운 순간은 잊히지 않아요. 절대 잊을 수가 없어요." 키티는 마지막 무도회에서 음악이 잠시 멈추었을 때 브론스키를 바라보던 자신의 눈빛을 떠올리며 말했다.

"무엇 때문에 모욕감이 드는 거죠? 당신은 잘못한 게 없잖아요?"

"잘못을 넘어 수치스러운 일을 했죠."

바레니카는 고개를 저으며 키티의 손 위에 자신의 손을 얹었다.

"왜 그렇게 수치스러운 건가요?" 그녀가 말했다. "당신한테 무관심하던 그분께 사랑한다고 말했나요?"

"아니, 말할 수 없었어요. 하지만 그 사람은 알고 있었어요. 충분히 짐작할 수 있었을 테니까요. 100년이 지나도 난 절대 그 일을 잊지 못할 거예요."

"왜 그렇죠? 난 이해가 되지 않아요. 당신은 지금도 그분을 사랑하고 있는 건가요?" 바레니카가 직설적으로 물었다.

"아니요, 난 그 사람을 증오하고 있어요. 그리고 나 자신을 용서 못하겠어요."

"왜 그런 거죠?"

"수치스럽고 모욕적이니까요."

"아아! 당신은 너무 예민해요." 바레니카가 말했다. "그런 일은 여자라면 누구나 겪는 일일 거예요. 하지만 그건 인생에서 그다지 중요하지 않아요."

"그럼 뭐가 중요한 일이죠?" 키티는 의아해하며 그녀의 얼굴을 바라보며 말했다.

"중요한 건 정말 많이 있죠." 바레니카가 웃으며 말했다.

"어떤 게 중요한 거죠?"

"중요한 일은 얼마든지 있어요." 바레니카는 꼬집어 설명할 수 없는 듯 이렇게 말했다. 그때 창문 너머에서 공작 부인이 외쳤다.

"키티야, 밖이 추우니 숄을 걸치든 안으로 들어오든지 하렴."

"오, 이제 가 봐야 할 것 같아요!" 바레니카가 일어서며 말했다. "베르트 부인을 만나러 가야 해요. 그분이 부르셨거든요."

키티는 그녀의 손을 잡으며 호기심 가득한 간절한 눈빛으로 물었다. '대체 가장 중요한 것이 뭐예요? 무엇 때문에 당신은 그렇게 평온할 수 있나요? 당신은 이미 알고 있으니 어서 내게 가르쳐 줘요!'

하지만 바레니카는 키티의 눈이 묻고 있는 말을 알아채지 못했다. 그녀는 그저 베르트 부인을 만나야 하고 어머니께 차를 드리기 위해 12시 전에 집으로 돌아가야 한다는 생각뿐이었다. 그녀는 다시 숙소로 들어가 악보를 챙기고는 모두에게 인사를 건네고 돌아가려 했다.

"괜찮으시다면 제가 바래다 드리죠." 대령이 말했다.

"그래요. 시간이 너무 늦었어요." 공작 부인이 덧붙였다. "파라샤에게 바래다 드리라고 할게요."

키티는 바레니카가 자신을 바래다 줘야 한다는 사람들의 이야기를 듣고 웃음을 참고 있다는 것을 알았다.

"아니, 괜찮아요. 저는 늘 혼자 걸어 다니지만 아무 일도 없었는걸요." 그녀가 모자를 집어 들며 말했다. 그리고 나서 그녀는 키티에게 입을 맞추는 가장 중요한 게 무엇인지 알려 주지 않은 채 악보를 겨드랑이에 끼고 경쾌하게 걸어갔다. 그녀는 가장 중요한 게 무엇인지, 그녀를 그토록 평온하고 담담하게 만드는 것은 대체 무엇인지 그 비밀을 가슴에 품은 채 어슴푸레한 여름밤의 어둠 속으로 사라졌다.

33

키티는 쉬탈리 부인과도 가깝게 지냈다. 부인과 친하게 지낸 것은 바레니카와의 교제와 더불어 키티에게 큰 영향을 미치며 그녀의 슬픔을 달래 주었다. 그녀는 그들과의 교제로 과거에 대한 기억을 떨쳐 낼 수 있었고 새로운 세계로 나아감으로써 위안을 얻을 수 있었다. 그녀는 자신의 지난날들을 차분한 마음으로 바라볼 수 있는 드높은 세계를 찾았던 것이다. 그곳에는 지금껏 그녀가 충실했던 본능적인 일상생활 외에도 정신적인 생활이 존재하고 있었다.

그녀를 이런 생활로 이끌어 준 것은 종교였다. 하지만 이 종교는 그녀가 어릴 때부터 알고 있던, 지인들을 만날 수 있는 브도비 돔에서 아침저녁으로 드리던 예배나 신부님과 슬라브어로 된 성구를 외는 종교와는 다른 것이었다. 이것은 아름답고 훌륭한 사상과 감정이 결합된 고결하고 은밀한 종교였으며, 명령에 따른 의무감이 아닌 사랑이 바탕이 된 종교였다.

키티는 이 모든 것을 말을 통해 알게 된 것이 아니었다. 쉬탈리 부인은 키티를 사랑스럽고 귀여운 아이처럼 바라보며, 마치 자신의 젊은 시절을 회상하듯 이야기를 들려주었다. 언젠가 그녀는 사랑과 믿음은 인간의 슬픔을 치유해 준다고 말했었다. 또한 그리스도는 모든 사람을 가엾게 여기며 그들의 슬픔을 구원해 준다는 말을 언급하며 종교와 관련된 이야기는 그 이상 하지 않았다. 하지만 그 순간, 키티는 그녀의 몸짓과 말, 성스러운 눈빛 속에서, 특히 바레니카가 들려준 그녀의 인생사를 통해 지금껏 자신이 모르고 있던 중요한 것을 찾아냈다.

이토록 고결하고 감동적인 삶을 살아온 쉬탈리 부인이었으나 키티는 그녀에게서 조금은 미심쩍은 무언가를 발견했다. 언젠가 키티가 그녀에게 친척에 관한 질문을 했을 때 쉬탈리 부인은 그리스도 신자의 선량함과는 어울리지 않는 경멸의 미소를 띠었다. 또한 가톨릭 신부와 동석했던 어느 날, 키티는 쉬탈리 부인이 전등갓 뒤에 얼굴을 감추고 조소를 띠던 모습을 보았다. 어찌 보면 특별한 일이 아닐 수도 있었으나 키티는 혼란스러웠다.

그러면서 그녀는 점점 쉬탈리 부인에 대한 의혹을 가지기 시작했다. 하지만 친척도 친구도 없는 큰 슬픔 속에서 아무것도 바라지 않는 외로운 바레니카는 키티가 동경하던 이상형이었다. 그녀는 바레니카를 보며 처음으로 자신보다 남을 사랑하는 것이 가치 있는 일이라고 느꼈다. 또 그로 말미암아 평온하고 행복한, 아름다운 삶을 살 수 있다는 것을 알게 되었다. 키티는 그런 사람이 되고 싶었다. 이제 키티는 가장 중요한 것이 무엇인지 알 수 있었다. 하지만 그녀는 그것을 찾아낸 기쁨에 만족하지 않고 최선을 다해 새로운 삶을 살아가야겠다고 다짐했다.

키티는 바레니카에게 쉬탈리 부인과 여러 사람의 인생에 관한 이야기를 듣고서 미래에 대한 계획을 세웠다. 어느 날 바레니카는 키티에게 쉬탈리 부인의 조카 알리느에 대한 이야기를 들려주었다. 키티는 그녀처럼 어려운 사람들을 도와주며 복음을 전하고 환자나 죄인, 죽음을 목전에 둔 사람들에게 복음서를 읽어 줄 생각을 하고 있었다. 키티는 알리느가 그랬던 것처럼, 죄인에게 복음서를 읽어 주는 장면을 상상하며 그 생각에 푹 빠져 있었다. 하지만 그녀는 이러한 자신의 생각들을 혼자 간직하며 어머니에게도 바레니카에게도 말하지 않았다.

키티는 그 계획을 실행할 기회를 군이 기다릴 필요가 없었다. 지금 이 온천만 해도 환자들이 아주 많았기 때문이다. 키티는 바레니카가 그랬던 것처럼 자신의 새로운 계획을 실행할 기회를 쉽게 찾을 수 있었다.

공작 부인은 처음에 키티가 쉬탈리 부인과 바레니카에게 그저 푹 빠져 있는 줄로만 알고 있었다. 하지만 공작 부인은 키티가 바레니카의 모든 행동을 따라하고 있음을 알게 되었다. 걸음걸이, 말투, 심지어 눈을 깜박이는 버릇까지 말이다.

공작 부인은 이것을 통해 키티가 단순히 그녀를 외적으로만 동경하고 있는 것이 아닌, 그녀의 내면까지도 닮으려 애쓰고 있으며, 키티에게 뭔가 진지한 변화가 일어나고 있다는 것을 알 수 있었다.

공작 부인은 키티가 매일 밤 쉬탈리 부인이 준 프랑스어로 된 복음서를 읽는 것을 보았다. 예전에는 결코 본 적이 없는 모습이었다. 게다가 키티는 사교계 사람들을 멀리하며 바레니카가 돌보고 있는 환자들, 특히 가난한 화가 페트로프의 가족들을 돌보며 친하게 지내고 있었다. 키티는 그의 가족들을 위해 간병인 역할을 하며 기쁨을 느끼고 있었고, 이것은 바람직한 일이었기에 공작 부인도 굳이 반대하지는 않았다. 페트로프의 아내는 품위 있고 훌륭한 성품을 지녔기 때문이다. 게다가 키티의 이런 모습을 주시하던 대공비는 그녀를 천사라 부르며 찬사를 보냈다. 이 모든 일들을 지나치지 않게 적당히 한다면 좋을 것이었다. 하지만 키티가 가끔 지나칠 정도로 이 일에 열정을 보이자 공작 부인이 주의를 주었다.

"어떤 일을 하든 너무 극단적으로 해서는 안 되는 법이야." 그녀가 딸에게 말했다.

하지만 딸은 아무 말도 하지 않았다. 그녀는 그리스도의 가르침에 따라 행하는 일에는 지나침이 없다고 믿었기 때문이다. '누군가가 한쪽 뺨을 때리거든 다른 뺨도 내주어라. 또 누군가가 카프탄을 달라고 하거든 루바슈카도 내주어라.' 하고 말하는 교리에 어떤 과도함이 있겠는가? 하지만 공작 부인은 그녀의 행동이 지나치다고 생각했다. 무엇보다도 공작 부인이 불쾌했던 것은 키티가 자신의 속마음을 보이지 않는다는 것이었다. 키티는 자신의 새로운 생각들을 어머니에게 말하지 않았다. 어머니에 대한 존경심이 부족하다거나 그녀를 사랑하지 않기 때문은 아니었다. 단지 그녀가 자신의 어머니였기 때문이다. 만약 그녀가 자신의 이야기를 털어놓을 생각이었다면 어머니보다는 다른 사람들에게 먼저 말했을 것이다.

"요즘은 왜 안나 파블로브나가 오지 않는 걸까?" 공작 부인이 페트로프 부인에 대해 언급했다.

"그분을 초대했건만 뭔가 기분 나쁜 일이라도 있는 건가."

"글쎄요. 저는 잘 모르겠는데요, 어머니." 키티가 얼굴을 붉히며 말했다.

"너도 그 집에 간 지 꽤 오래됐지?"

"내일 함께 등산하기로 했어요." 키티가 말했다.

"그래, 잘 다녀오렴." 당황한 딸의 모습을 보며 공작 부인은 그 이유를 찾기 위해 그녀를 살피며 말했다.

그날 바레니카가 찾아와 함께 식사했다. 그러면서 그녀는 안나 파블로브나가 내일 예정이었던 등산 약속을 취소했다고 전했다. 그러자 공작 부인은 키티의 얼굴이 또다시 붉어진 것을 알아챘다.

"키티, 페트로프 부부와 무슨 일이라도 있는 거니?" 딸과 단둘이 남게 되자 공작 부인이 물었다. "왜 우리 집에 오지도 않고 아이들도 보내지 않는 걸까?"

키티는 아무 일도 없었다며, 단지 안나 파블로브나가 자신에게 뭔가 불만이 있는 것 같은데 이유를 모르겠다고 말했다. 키티는 사실대로 말했다. 그녀는 왜 안나 파블로브나의 태도가 변한 것인지 알지 못했다. 어렴풋이 짐작은 하고 있었지만 차마 어머니에게 말할 수는 없었다. 스스로도 납득할 수 없는 그런 일이었기에 알면서도 말할 수 없는, 혹시라도 오해였다면 너무도 수치스러운 일이었기 때문이다.

그녀는 지난 기억들을 떠올리며 자신이 그들을 어떻게 대했는지 생각해 보았다. 그러자 안나 파블로브나의 선량하면서도 순수한 얼굴이 떠올랐다. 그리고 환자에 대해 은밀하게 나누었던 이야기, 해서는 안 될 일을 하지 못하도록 그의 마음을 딴 곳으로 돌리려던 자신의 노력, 산책을 시키기 위해 함께 꾸몄던 일들, 그녀가 보이지 않으면 잠들려 하지 않았던, 그녀를 '나의 키티'라 부르던 막내아들의 모습을 떠올려 보았다. 모든 일은 잘 되어 가고 있었다. 그리고 그녀는 페트로프의 야윈 몸과 긴 목, 갈색 프록코트와 듬성듬성한 고수머리, 처음에는 무섭게 보이던 의심 가득한 파란 눈동자, 활기차게 보이려고 애쓰던 그의 노력을 차례로 떠올려 보았다.

그녀는 처음에 폐병 환자들이 꺼려졌지만 그 혐오감을 떨쳐 내기 위해 노력했던 자신의 모습과 한마디라도 더 이야기를 나누려고 애쓰던 일들을 떠올려 보았다. 그녀는 자신을 바라볼 때마다 수줍어하던 그의 부드러운 눈빛, 그럴 때마다 느꼈던 연민과 어색함, 자신의 선행에 대한 대견함 같은 것들이 뒤섞인 감정에 대해 생각했다. 이 모든 것은 얼마나 좋았던가! 하지만 잠시뿐이었다. 불과 며칠 사이에 모든 게 엉망이 되었던 것이다. 안나 파블로브나는 키티를 어색하게 대했고 그녀와 남편의 관계를 주시하기 시작했던 것이다.

그녀가 다가갈 때마다 감출 수 없었던, 기뻐하던 그의 모습이 안나 파블로브나의 마음을 돌아서게 만든 것일까?

'그럴지도 몰라.' 키티는 안나 파블로브나가 기분 나쁜 얼굴로 '이 사람은 이렇게 기운이 없으면서도 내내 당신만 기다렸어요. 당신이 올 때까진 커피 한 모금도 마시려 하지 않아요.'라고 말하며 평소 그녀의 선량한 모습과는 다르게 차갑게 굴었던 것을 떠올렸다.

'그래, 어쩌면 내가 그분께 덮개를 건넸던 일이 그녀를 언짢게 만든 것일지도 몰라. 별로 대단한 일도 아닌데 그분은 내가 민망할 정도로 수줍어하며 거듭 고마워했어. 그리고 그분이 멋지게 그려 주신 내 초상화, 당황한 듯하면서도 온화한 눈빛. 그래, 분명 그거야!' 키티는 두려운 마음으로 그 일들을 되뇌어 보았다. "아니, 아닐 거야. 분명 아닐 거야. 그분은 가엾은 사람이야." 그녀는 이렇게 혼잣말을 했다.

그녀의 새로운 생활에 대한 즐거움은 이러한 의혹 때문에 차츰 시들어져 갔다.

34

온천에서 지낼 시간도 이제 얼마 남지 않았을 때쯤, 그의 말을 빌리자면, 러시아의 기운을 흡수하기 위해 카를스바트에서 바덴, 키싱겐으로 친지들의 집을 방문하러 떠났던 쉬체르바쓰키 공작이 돌아왔다.

외국 생활에 대한 공작과 공작 부인의 견해는 전혀 달랐다. 공작 부인에게는 모든 것이 놀랍고 훌륭하게 느껴졌다. 그녀는 러시아 사회에서 높은 지위에 있음에도 외국에서는 유럽의 귀부인처럼 보이고 싶어 했다. 하지만 그녀는 전형적인 러시아 귀부인이었기에 유럽 귀부인처럼 보이려고 애쓰는 그녀의 모습은 왠지 모르게 어색해 보였다. 이와 반대로 공작은 외국 문물은 죄다 천박하다고 여기며 유럽 생활을 답답하게 생각하고 있었다. 그는 러시아에서 생활하던 방식을 그대로 고수하며 외국에서는 더욱더 유럽인의 모습처럼 보이지 않기 위해 애썼다.

공작은 다소 야위어 볼이 푹 파인 채로 돌아왔으나 유쾌해 보였다. 게다가 키티가 건강을 되찾은 것을 보고는 더욱 즐거워했다. 그는 키티와 쉬탈리 부인, 바레니카와의 교제와 키티의 내면에서 일어나는 변화에 대한 부인의 이야기를 듣고 당황스러워했다. 그는 딸의 마음을 이끄는 모든 것에 대해 질투를 느끼며, 딸이 자신에게서 벗어나 자신이 접근하지 못할 새로운 세계로 들어가게 될까 두려웠던 것이다. 하지만 이러한 불안함도 그의 관대한 성품과 카를스바트 온천으로 말미암은 즐거움으로 잊혀 갔다.

공작이 이곳에 돌아온 다음 날, 그는 긴 외투를 입고 러시아인답게 축 처진 볼을 빳빳하게 풀을 먹여 세운 깃으로 받치고는 유쾌한 기분으로 딸과 함께 온천으로 향했다.

화창한 아침이었다. 깔끔하고 밝은 작은 정원이 딸린 집들과 맥주를 마셔 얼굴과 손이 붉어진 독일인 하녀들이 즐겁게 일하는 모습, 밝게 빛나는 태양이 그들을 즐겁게 했다. 하지만 그들은 온천에 가까워질수록 많은 환자와 마주쳤다. 환자들의 모습은 이렇듯 질서정연한 독일의 일상 속에서 더욱 비참해 보였다. 하지만 키티는 이런 상반된 모습에 더 이상 놀라지 않았다.

밝게 빛나는 태양과 싱그럽고 푸른 잎들, 그리고 음악 소리 같은 것들은 이제 그녀가 늘 주시하며 돌보고 있는, 상태가 호전되기도 악화되기도 하는 환자들의 변화를 둘러싼 자연 현상일 뿐이었다. 하지만 공작의 입장에서 6월의 아침 햇살과 흥겨운 왈츠를 연주하는 오케스트라의 소리, 특히 건강한 하녀들의 모습은 유럽 각지에서 모여 우울한 모습의 환자들과 뒤섞여 무례하고 추악하게 보였다.

공작은 사랑스러운 딸의 손을 잡고 걸으면서 뿌듯해했고, 마치 젊음의 활력을 되찾은 기분이었다. 하지만 자신의 힘찬 걸음걸이와 커다랗고 살집이 좋은 자신의 팔다리가 왠지 모르게 불편하게 느껴졌다. 마치 수많은 군중 앞에서 발가벗고 있는 듯한 느낌이었다.

"너의 새 친구들을 만나고 싶은데 소개해 주겠니?" 그는 팔꿈치로 딸의 팔을 살짝 건드리며 말했다. "난 여기 소덴이란 곳이 너무 싫었단다. 하지만 너의 병을 이렇게 낫게 해 주었으니 이젠 좋아졌단다. 하지만 여긴 왠지 우울한 곳이야. 그런데 저 사람은 누구지?"

키티는 그들과 마주친, 아는 사람들의 이름과 잘 모르는 사람들의 이름을 하나하나 아버지에게 알려 주었다. 그러다가 정원 입구 쪽에서 간병인을 데리고 있는, 앞이 보이지 않는 베르트 부인과 마주쳤다. 공작은 키티의 목소리를 듣고서 감동한, 연로한 프랑스 부인의 얼굴을 보며 뿌듯해했다. 그녀는 프랑스인 특유의 다정한 모습으로 공작에게, 이토록 훌륭한 딸을 두셨다며 찬사를 늘어놓았고 그녀를 보물이며 진주, 천사라는 말로 치켜세웠다.

"그럼 제 딸아이는 두 번째 천사군요." 공작이 웃으며 말했다.

"제 딸아이는 마드무아젤 바레니카를 천사 1호라고 부르고 있거든요."

"오! 마드무아젤 바레니카. 그녀는 정말 천사예요, 정말로." 베르트 부인이 기뻐하며 말했다.

그들은 회랑에서 바레니카와 마주쳤다. 그녀는 말끔한 빨간색 가방을 들고 그들을 향해 걸어오고 있었다.

"아버지께서 돌아오셨어요!" 키티가 말했다.

바레니카는 늘 그렇듯 무릎을 굽히며 꾸밈없고 자연스럽게 인사했다. 그러고는 다른 사람들과 대화를 나눌 때처럼 솔직하고 순수한 태도로 공작과 이야기를 나누었다.

"당신에 대해 잘 알고 있어요. 많은 얘기를 들었어요." 공작은 웃으며 그녀에게 말했다. 키티는 아버지가 자신의 새 친구를 마음에 들어 하는 것을 알고는 기뻐했다.

"어디를 그렇게 서둘러 가십니까?"

"어머니를 뵈러요." 그녀가 키티를 보며 말했다. "어제 한숨도 못 주무셔서 의사 선생님께서 외출하라고 권해 주셨어요. 그래서 지금 일거리를 가지고 가는 길이에요."

"저 아가씨가 천사 1호란 말이지!" 바레니카가 떠나자 공작이 말했다.

키티는 아버지가 바레니카를 놀리려 했으나 그녀가 마음에 들었기에 그러지 못한다는 것을 알았다.

"그럼 지금부터 네 친구들을 다 만나러 가자꾸나." 그가 말했다. "쉬탈리 부인도 말이야. 만약 날 알아본다면."

"아버지는 그분을 알고 계셨어요?" 키티는 아버지가 쉬탈리 부인을 언급하며 다소 조소의 눈빛을 보인 것을 눈치채고는 두려워하며 물었다.

"그녀의 남편을 알고 있지. 그리고 경건주의자가 되기 전의 그녀의 모습에 대해 좀 알고 있지."

"경건주의자라니요. 그게 뭐예요?" 키티는 자신이 그렇게 높이 평가하던 쉬탈리 부인의 모습을 가리키는 어떤 명칭이 있다는 것을 알고는 놀라 물었다.

"자세히는 모르지만, 어떠한 일에도 감사하는 자들을 가리키는 말이야. 어떤 불행이 와도, 심지어 남편이 죽었어도 하느님께 감사하는 사람들이지. 그런데 우습게도 남편이 살아 있을 때 두 사람 사이가 좋지 않았으니 더욱 이상하게 보일 수밖에."

"저 사람은 누구지? 참 안됐구나!" 그가 벤치에 앉아 있는 다소 키가 작은 환자를 보며 말했다. 그는 갈색 외투를 입고 흰 바지를 입고 있었는데, 다리는 뼈만 앙상하게 남아 바지에 주름이 질 정도였다.

그 신사는 성근 고수머리 위에 있던 밀짚모자를 들어 올려 모자 자국 때문에 붉게 달아오른 병약한 이마를 드러내고 있었다.

"저분은 페트로프예요. 화가예요." 키티가 붉어진 얼굴로 말했다. "그리고 저분이 그의 부인이에요." 그녀는 두 사람이 다가가자 일부러 아들이 뛰어다니는 쪽으로 자리를 옮긴 듯한 안나 파블로브나를 가리키며 말했다.

"참 가여운 사람이구나. 그래도 꽤 다정해 보이는데!" 공작이 말했다. "왜 가까이 가지 않는 거니? 저 사람은 너와 얘기를 나누고 싶어 하는 것 같은데."

"그럼 같이 가요." 키티는 몸을 돌리며 말했다.

"오늘은 좀 어때세요?" 그녀가 페트로프에게 물었다.

그러자 페트로프는 지팡이를 딛고 일어서며 다소 쑥스러운 듯한 얼굴로 공작을 바라보았다.

"이 아이가 바로 내 딸입니다." 공작이 말했다. "잘 지내봅시다."

"처음 뵙겠습니다." 화가는 인사하고는 하얀 이를 반짝이며 묘한 미소를 지었다. "우리는 어제 종일 당신을 기다렸어요." 그가 키티에게 말했다.

그러면서 그는 살짝 휘청거렸다. 그러고는 마치 일부러 그런 것처럼 보이기 위해 한 번 더 반복했다.

"저도 가고 싶었어요. 하지만 안나 파블로브나가 바레니카한테 함께 가지 않겠다는 전갈을 보냈다고 들었어요."

"무슨 소리죠? 우리가 안 가겠다고 했다니?" 페트로프는 얼굴을 붉히며 기침하기 시작하더니 아내를 찾았다. "아네타! 아네타!" 그는 가늘고 하얀 목에 굵은 핏줄이 설 정도로 크게 외쳤다. 곧 안나 파블로브나가 그에게 다가왔다.

"당신은 왜 우리가 아가씨한테 가지 않겠다는 전갈을 보낸 거지?" 화가는 힘겨운 목소리로 속삭였다.

"안녕하세요, 아가씨!" 안나 파블로브나는 예전과는 너무도 다른 가식적인 미소를 지으며 말했다. "만나 뵙게 되어 영광입니다." 그녀가 공작에게 말했다. "오래전부터 뵙고 싶었습니다, 공작님."

"왜 아가씨한테 가지 않겠다는 전갈을 보냈느냔 말이야!" 화가는 쉰 목소리로 한층 더 화를 내며 속삭였다. 그는 마음대로 목소리가 나오지 않았기에, 자신의 뜻을 충분히 전달하지 못한다는 사실에 더 화가 난 듯했다.

"아아, 그러니까, 우리가 안 가는 줄 알았죠." 아내는 짜증스러운 말투로 말했다.

"어째서 그런……." 그가 기침을 심하게 하며 손을 내저었다.

공작은 모자를 벗고 인사하고는 딸과 함께 자리를 떠났다.

"오, 이런!" 그는 괴로워하며 탄식했다. "오, 가엾은 사람들!"

"그래요, 아버지." 키티가 대답했다. "더구나 저들은 자식이 셋이나 있는데 하녀도 재산도 거의 없으니 말이에요. 아카

데미에서 조금 지원받는 게 전부라고 하더군요."

그녀는 안나 파블로브나의 달라진 태도를 보고 난 후 혼란스러운 마음을 애써 누르기 위해 일부러 활기찬 어조로 말했다. "저기 쉬탈리 부인이 계세요." 키티는 휠체어를 가리키며 말했다. 그곳에는 쿠션을 받치고 회색과 하늘색 옷을 걸친 양산을 쓴 부인이 누워 있었다.

쉬탈리 부인이었다. 그녀의 뒤에는 건장한 체격에 침울한 얼굴을 하고 있는 독일인 하인이 있었다. 그리고 그의 옆에는 키티가 이름을 알고 있는 금발의 스웨덴 백작이 서 있었다. 몇몇 환자는 마치 귀중한 것을 바라보듯 부인을 신기하게 바라보며 휠체어 근처에 모여 있었다.

공작은 그녀의 곁으로 갔다. 그때 키티는 아버지의 눈에서 때때로 자신을 당황스럽게 했던 조소의 빛을 보았다. 그는 쉬탈리 부인 곁으로 다가가, 요즘 사람들은 좀처럼 구사할 수 없는 고상한 프랑스어로 다정하고 상냥하게 말했다.

"저를 기억하실지 모르겠습니다만, 제 딸아이를 잘 보살펴 주신 친절에 감사드리기 위해서라도 상기시켜 드려야겠군요." 그는 모자를 벗어 들고 그녀에게 말했다.

"알렉산드르 쉬체르바쓰키 공작님." 쉬탈리 부인은 아름다운 눈빛으로 그를 올려다보며 말했다. 그때 키티는 뭔가 불만족스러워하는 그녀의 눈빛을 보았다.

"정말 반가워요. 나는 당신의 따님이 정말 마음에 들어요."

"건강은 어떠십니까?"

"여전히 그래요. 이젠 어쩔 수 없이 익숙해졌지만요." 쉬탈리 부인은 이렇게 말하고는 스웨덴 백작을 소개했다.

"하지만 부인께선 크게 변하지 않으셨어요." 공작이 그녀에게 말했다. "10년 전쯤에 뵙고 못 뵈었던가요?"

"그래요. 하느님께서는 우리에게 십자가를 주시면서 버틸 힘도 함께 주셨지요. 가끔은 언제까지 이런 생활이 계속될지 궁금해지기도 하지요. 아, 저쪽부터!"

그녀가 갑자기 바레니카에게 화를 내며 소리쳤다. 덮개로 그녀의 발을 감싸는 바레니카의 방식이 마음에 들지 않았기 때문이었다.

"아마도 우리에게 덕을 쌓으라는 의미겠지요." 공작이 웃으며 말했다.

"그건 우리가 판단할 수 있는 일이 아니에요." 쉬탈리 부인이 공작의 미묘한 표정을 읽어 내며 말했다.

"그럼 그 책 좀 보내 주시겠어요, 백작님? 고마워요." 그녀는 젊은 스웨덴 남자를 바라보며 말했다.

"오!" 공작은 옆에 서 있던 모스크바 대령을 발견하고는 외쳤다. 그는 쉬탈리 부인에게 인사를 건네고는 딸과 모스크바 대령과 함께 자리를 떠났다.

"저런 사람들이 우리나라의 귀족들이죠, 공작님!" 모스크바 대령은 쉬탈리 부인이 자신과 가까이 지내려 하지 않는다는 사실을 떠올리며 불쾌한 듯 냉소적으로 말했다.

"지금도 예전과 마찬가지군." 공작이 대답했다.

"공작님께서는 저 부인이 아프기 전부터 알고 지내셨습니까? 저렇게 병상에 누워 있기 전부터 말입니다."

"그렇다네, 내가 저 부인을 알았을 무렵부터 병을 앓기 시작했지." 공작이 말했다.

"10년간 자리에서 일어난 적이 없다더군요."

"아마도 다리가 짧아서 그럴 테지. 몸이 어찌나 보기 싫던지……."

"아버지, 그런 말씀 마세요!" 키티가 소리쳤다.

"오, 애야. 다들 그렇게 말하더구나. 어쨌든 네 친구 바레니카가 몹시 고생하고 있구나." 그가 말했다.

"오, 저렇게 아픈 부인들은 참."

"아니에요, 아니에요, 아버지!" 키티가 발끈하며 반박했다. "바레니카는 저분을 존경해요. 저분께서 얼마나 좋은 일을 많이 하신다고요! 아무한테나 물어보세요. 저분과 알리느 쉬탈리에 관한 얘기라면 다들 알고 있으니까요."

"그럴 수도 있겠지." 그는 팔꿈치로 딸의 팔을 살짝 누르며 말했다. "하지만 그런 일은 아무도 모르게 하는 게 좋아."

키티는 더 이상 아무 말도 하지 않았다. 하고 싶은 말은 많았지만 아버지한테도 자신의 은밀한 계획을 털어놓고 싶지 않았던 것이다. 하지만 이상하게도 그녀는 아버지의 말을 믿지 않겠다고, 아버지조차도 자신만의 신성한 공간을 침범하지 못하도록 해야겠다고 다짐하면서도, 그녀가 한 달 동안 그토록 믿어 왔고 존경해 왔던 고결한 쉬탈리 부인의 모습이 한순간에 사라져 버리는 것을 느꼈다. 마치 벗어 놓은 옷을 보며 그것을 진짜 형체라고 믿고 있다가 나중에 그저 옷가지에 불과하다는 사실을 깨달았을 때처럼 말이다. 그 후로 그녀는 부인을 몸이 추하기 때문에 병상에 누워 있어야만 하는, 덮개를 발에 잘 감싸지 못했다며 착한 바레니카에게 화를 내는 다리가 짧은 여인으로만 기억할 수 있을 뿐이었다. 그녀는 아무리 애써 봐도 예전의 쉬탈리 부인의 모습을 떠올릴 수 없었다.

35

공작은 가족과 지인들, 그리고 쉬체르바쓰키 가족이 묵고 있는 숙소의 독일인 집주인에게까지 자신의 유쾌한 기분을 전해 주었다.

공작은 키티와 함께 온천에서 돌아온 뒤 함께 커피를 마시자며 대령과 마리야 예브게니예브나와 바레니카를 초대했다. 그리고 나서 그는 정원의 밤나무 아래로 테이블과 의자를 옮겨 그곳에 아침 식사를 준비하라고 지시했다. 그의 유쾌한 기분 덕분에 집주인도 하녀들도 즐거워했다.

그들은 그의 관대한 성품을 잘 알고 있었다. 30분 정도 지나자 위층에 사는 함부르크에서 온, 병을 앓고 있는 의사가 밤나무 밑에 둘러앉아 유쾌하게 러시아식 모임을 즐기는 그들의 모습을 창문으로 내다보았다. 그들은 나뭇잎이 빙그르르 돌며 너풀거리는 그늘 밑에서, 하얀 테이블보가 덮인 테이블 위에 커피포트, 빵, 버터, 치즈, 그리고 차가운 고기를 차려 놓고 식사를 즐기고 있었다. 라일락 빛깔의 리본이 달린 모자를 쓴 공작 부인은 사람들에게 차와 샌드위치를 나누어 주었다. 공작은 테이블 맞은편에 앉아 맛있게 음식을 먹으며 큰 소리로 즐겁게 떠들고 있었다. 공작은 조각 장식이 된 작은 상자들과 장식품들, 그리고 온천에 갈 때마다 사들인 페이퍼 나이프 같은 것들을 쭉 늘어놓고 사람들에게 하나씩 나누어 주고 있었다. 그는 하녀 리스헨과 집주인에게도 물건을 주었다. 그러고 나서 공작은 서툰 독일어로 키티의 병을 낫게 한 것은 온천이 아니라 집주인의 멋진 요리, 특히 건자두가 들어 있는 수프였다며 농담조로 말했다. 공작 부인은 남편의 러시아식 농담이 못마땅하기는 했지만 온천에 온 이후로는 한 번도 볼 수 없었던 쾌활하고 즐거운 모습을 보이고 있었다.

공작이 농담하자 대령은 언제나처럼 웃어 주었다. 하지만 그가 심도 있는 견해를 가지고 있던 유럽에 관한 이야기만큼은 공작 부인의 편을 들어 주었다. 선량한 마리야 예브게니예브나는 공작이 재미있는 이야기를 할 때마다 포복절도했고, 바레니카 또한 키티가 한 번도 보지 못한 모습으로 활짝 웃었다.

키티 역시 즐거웠지만 그녀의 마음은 여전히 혼란스러웠다. 아버지는 그녀가 그토록 사랑했던 이 생활과 자신의 친구들을 유쾌한 시선으로 바라보며 그녀에게 또 하나의 문제를 남겼기 때문이다. 하지만 그녀는 이 문제를 해결할 수 없었다. 또한 최근에 자신을 대하는 페트로프 가족의 태도가 확연히 불쾌하게 변한 것도 마음에 걸렸다. 다들 유쾌했지만 키티는 마냥 즐거울 수 없었다. 그런 생각을 할수록 키티는 더욱 괴로워졌다. 그녀는 마치 어린 시절에 벌을 받으며 혼자 방에 갇혀 있었을 때 밖에서 들리던 언니들의 웃음소리를 듣고 있는 것과 같은 기분이 들었다.

"뭐하러 이렇게 많이 사 오셨어요?" 공작 부인은 남편에게 커피 잔을 건네고는 웃으며 말했다.

"당신도 밖에 나갔다가 상점 앞을 지나가다 보면 알게 될 거요. 점원들이 '하나 사 주십시오. 각하, 선생님, 전하.'라고 외치면서 아우성이니 말이야. 난 '전하'라는 말을 들으면 더 이상은 참지 못해. 그러다 보면 어느새 10탈레르가 없어지게 된다니까."

"따분해서 그런 걸 테죠." 공작 부인이 말했다.

"정말 그래. 너무 지루해서 괴로울 정도라니까."

"그렇게 지루하세요, 공작님? 요즘 독일에는 재미있는 일들이 많이 있어요." 마리야 예브게니예브나가 말했다.

"그래요. 나도 재미있는 일은 다 알고 있어요. 건자두가 들어 있는 수프도, 완두콩이 든 소시지도 말이죠."

"아니요, 공작님. 어쨌든 그들의 제도는 정말 흥미롭지 않습니까?" 대령이 말했다.

"어떤 점에서 그렇다는 거요? 모두들 한 푼짜리 구리 동전처럼 만족스러워하지. 죄다 정복하고 말았으니까. 하지만 난 대체 어떤 것에 만족해야 하는 거요? 아무것도 차지한 게 없는데. 난 그저 호텔에서 구두도 직접 벗어 문밖에 내놓아야 하는 처지라오. 그리고 아침에 일어나면 서둘러 옷을 갈아입고 맛없는 차를 마시러 살롱으로 가야 하지. 하지만 내 집에서는 아침에 천천히 일어나도 되고, 마음껏 화낼 수도 있지. 서두를 필요가 없으니 한참 동안 생각에 잠겨 있어도 되고 말이야."

"하지만 시간은 금과 같습니다. 공작님께서는 혹시 그걸 잊고 계신 것 아닌가요?" 대령이 말했다.

"어떤 시간을 말하는 거요? 어떤 시간은 한 달에 50코페이카를 주고 팔아 버리고 싶고 또 어떤 시간은 아무리 큰돈을 준다 해도 반 시간도 채 얻지 못하지. 안 그러니 카테니카? 왜 그렇게 따분해하는 거니?"

"아니에요. 전 괜찮아요."

"벌써 가려고요? 조금 더 있다 가죠." 공작은 바레니카를 보며 말했다.

"그만 가 봐야 할 것 같아서요." 바레니카는 일어서면서 그렇게 말하고는 또 한바탕 크게 웃었다. 그러고 나서 사람들에게 인사를 건네고는 모자를 가지러 집 안으로 들어갔다. 키티는 그녀를 따라갔다. 지금 그녀의 눈에는 바레니카도 다른 사람처럼 보였다. 그녀를 나쁘게 보는 것은 아니지만 지금 그녀는 키티가 생각하던 모습과는 다르게 보였다.

"정말 오랜만에 실컷 웃었어요!" 바레니카는 양산과 가방을 챙기며 말했다. "당신 아버님은 정말 재미있는 분이세요!"

키티는 아무 말도 하지 않았다.

"언제 또 볼까요?" 바레니카가 물었다.

"어머니께서 페트로프 씨 댁에 들렀으면 하셔서요. 당신도 같이 가지 않을래요?" 키티는 바레니카의 마음을 떠보기 위해 이렇게 물었다.

"가야죠." 바레니카가 대답했다. "그분들은 이제 이곳을 떠나신다더군요. 그래서 짐을 챙기는 일을 도와드린다고 했어요."

"그럼 나도 같이 갈게요."

"아니에요. 당신이 왜요?"

"왜? 왜요? 왜요?" 키티는 눈을 크게 뜨며 말했다. 그녀는 바레니카의 양산을 붙잡으며 말했다. "잠깐만요. 대체 왜 안 되는 거죠?"

"그게, 아버님께서도 돌아오셨고 그 사람들도 당신을 좀 꺼리는 듯해서요."

"아니, 솔직히 말해 주세요. 당신은 왜 내가 페트로프 씨 댁에 가는 것을 꺼리는 거죠? 당신도 원치 않는 거죠? 그 이유가 대체 뭐죠?"

"난 그런 적 없어요." 바레니카가 침착하게 말했다.

"아니, 제발 말해 줘요!"

"그럼 다 얘기할까요?" 바레니카가 물었다.

"그래요. 전부 다 말해 주세요!" 키티가 재빨리 말했다.

"그래요. 특별한 얘긴 아니고 미하일 알렉세예비치(화가의 이름이었다.)가 전에는 빨리 떠나고 싶어 했는데 최근에는 떠나고 싶어 하지 않는다는 얘기예요. 그뿐이에요." 바레니카가 웃으며 말했다.

"그래서요?" 키티는 침울한 표정으로 바레니카를 바라보며 말했다.

"근데 안나 파블로브나는 그 이유가 당신 때문이라고 말했어요. 말도 안 되는 얘기지만 그 때문에 두 사람이 말다툼을 하게 됐어요. 당신도 잘 알다시피 그런 환자들은 걸핏하면 화를 내니까요."

키티는 얼굴을 찌푸리며 잠자코 있었다. 바레니카는 어떤 식으로든 감정이 폭발할 것 같은 그녀를 진정시키며 말했다.

"그러니 당신이 가지 않는 게 나을 거 같아요……. 이해할 수 있죠? 화내진 마요."

"다 내 탓이에요. 당연한 일이에요!" 키티는 바레니카의 손에서 양산을 빼앗으며 그녀의 시선을 피하며 말했다.

바레니카는 어린애처럼 화내는 친구의 모습을 보며 웃음이 나오려 했으나 혹시라도 그녀가 모욕감을 느낄까 봐 꾹 참고 있었다.

"뭐가 당신 탓이에요? 난 잘 모르겠군요." 그녀가 말했다.

"내 행동은 전부 가식이었으니까요. 마음에서 우러나온 것이 아니라 꾸며 낸 일들이었으니까요. 다른 사람의 일이 나한테 뭐 그리 중요하겠어요? 내가 누구도 원하지 않는 일에 나서서 괜히 남의 가정에 불화만 일으켰어요. 전부 다 위선이었어요! 위선! 위선 때문이에요!"

"하지만 굳이 당신이 위선을 보일 필요가 있었나요?" 바레니카가 조용히 말했다.

"정말 어리석고 추한 행동이었어요! 굳이 그럴 필요도 없었는데……. 전부 다 위선이었어요!" 키티는 양산을 접었다 폈다 하면서 말했다.

"하지만 왜 그랬던 거예요?"

"다른 사람들에게, 나 스스로에게, 그리고 하느님께 잘 보이고 싶어서 다른 사람들을 속였어요. 하지만 이제 더 이상 그러지 않을 거예요. 추하게 보일지라도 마음에도 없는 행동을 하는 거짓말쟁이나 사기꾼은 되지 않을 거예요!"

"하지만 누가 사기꾼이라는 거예요?" 바레니카가 다그치듯 말했다. "당신은 마치……."

하지만 키티는 몹시 흥분한 상태였기에 그녀의 말을 끝까지 듣지 않았다.

"절대 당신을 두고 하는 얘기는 아니에요. 당신은 결점이 없는 사람이니까요. 그래요. 당신은 정말 완벽한 사람이라는 걸 잘 알아요. 하지만 나는 어리석었어요. 내가 어리석지만 않았어도 이런 일이 벌어지지 않았을 거예요. 난 이제 더 이상 위선자로 살지 않을 거예요. 안나 파블로브나가 나랑 무슨 상관이 있겠어요? 그들 인생은 그들이 알아서 살겠죠. 난 내가 원하는 대로 살 거예요. 나는 다른 사람이 될 수 없으니까요……. 모든 게 다 쓸데없는 짓이었어요. 전부 다 불필요한 짓이었다고요!"

"왜 쓸데없다고 생각하는 거예요?" 바레니카가 이해할 수 없다는 듯 물었다.

"모든 게 다 헛된 짓이었어요. 난 내 감정에 따라 살아왔지만 당신은 당신의 신념대로 살아왔어요. 난 당신이 좋았어요. 하지만 당신은 분명 나를 교화시키기 위해서 좋아했을 거예요."

"그렇지 않아요." 바레니카가 말했다.

"하지만 난 다른 사람에 대해 말하는 게 아니라 나 자신에 대한 얘기를 하고 있는 거예요."

"키티!" 어머니의 목소리가 들려왔다. "어서 와서 아버지께 네 산호를 보여 드리렴."

키티는 화해도 하지 않고 친구를 그렇게 남겨 두고는 오만한 모습으로 테이블 위에 있던 산호가 든 작은 상자를 가지고 어머니에게 갔다.

"대체 무슨 일이니? 얼굴은 왜 그렇게 붉어졌니?" 어머니와 아버지가 그녀에게 물었다.

"아무 일도 아니에요." 그녀가 대답했다. "금방 다시 올게요." 그러고 나서 그녀는 다시 뛰어갔다.

'아직 저기 있어!' 그녀는 생각했다. '뭐라고 해야 하지. 아, 내가 대체 무슨 짓을 한 걸까! 왜 그녀에게 모욕감을 줬을까? 이제 뭐라고 말해야 하지?' 키티는 생각에 잠겨 문 앞에 서 있었다.

바레니카는 모자를 쓰고 한 손에 양산을 쥔 채 키티가 망가뜨린 손잡이를 바라보며 테이블 앞에 앉아 있었다. 그녀가 고개를 들었다.

"바레니카, 부디 용서해 줘요!" 키티는 그녀에게 다가가 속삭였다. "방금 전에 내가 무슨 말을 한 건지 모르겠어요. 나는 단지……."

"나도 당신 마음을 아프게 하고 싶지 않았어요." 바레니카가 웃으며 말했다.

이렇게 두 사람은 화해했다. 하지만 아버지가 돌아오고 나서 키티는 지금껏 자신이 꿈꾸던 세계가 완전히 변해 버렸다는 것을 알게 되었다. 그녀는 새로 알게 된 사실을 전부 부정하지는 않았다. 하지만 그녀는 자신의 희망대로 살 수 있을 거라 믿으며 스스로를 기만하고 있었다는 것을 깨달았다.

그녀는 마치 잠에서 깨어난 것 같은 기분이 들었다. 그리고 위선과 기만 없이 자신이 원하는 높은 경지에 오르는 일은 참으로 어려운 일이라는 것을 절실히 느꼈다. 슬픔과 질병 속에서 병마와 싸우는 사람들이 사는 세계가 주는 중압감을 몸소 체험했기 때문이다. 그녀는 이제 그 세계를 보듬기 위해 스스로 고군분투하던 일들도 괴롭게만 느껴졌다. 그녀는 하루라도 빨리 상쾌한 러시아의 공기를 마시고 싶었고, 돌리가 편지를 통해 아이들과 함께 거처를 옮겼다고 전한 예르구쉬오보로 가고 싶어졌다.

하지만 바레니카를 향한 키티의 애정은 변함이 없었다. 키티는 그녀와 작별 인사를 나누며 러시아에 꼭 와 달라고 부탁했다.

"당신이 결혼하게 되면 가겠어요." 바레니카가 말했다.

"난 절대 결혼은 하지 않을 거예요."

"그럼 나도 절대 가지 않겠어요."

"그럼 당신을 만나기 위해서라도 결혼해야겠군요. 이 약속 절대 잊지 말아요." 키티가 말했다.

의사의 예상은 들어맞았다. 키티는 완쾌되어 러시아의 집으로 돌아왔다. 물론 예전만큼 쾌활하지는 않지만 평온해졌던 것이다. 그녀에게 모스크바에서의 슬픔은 이제 추억으로 남았다.

안나 카레니나
-1-

Anna
Karenina

작품 해설 및 작가 연보

『안나 카레니나(Anna Karenina)』 1권 작품 해설

1. 작가의 생애

19세기 러시아 문학을 대표하는 대문호이자 위대한 사상가, 혁명가였던 레프 니콜라예비치 톨스토이(Lev Nikolayevich Tolstoy, 1828~1910)는 1828년 러시아의 야스나야 폴랴나에서 명문 백작의 넷째 아들로 태어났다. 어려서 일찍 부모님을 여의고 친척 집에서 자랐던 그는 1847년, 카잔 대학에서 법학을 전공한다. 하지만 대학 교육에 환멸을 느끼고 자퇴한다. 그 후 고향 야스나야 폴랴나로 돌아와 지주로서 농민의 삶을 개선하기 위해 노력한다. 하지만 농민 계몽이 실패로 끝나자, 그는 귀족들과 어울리며 잠시 방탕한 생활을 한다. 그러다가 1851년에 캅카스군에 입대하고 이듬해 첫 소설인 『유년시대(Detstvo)』(1852)를 발표한다. 그는 이 작품으로 문단의 주목을 받기 시작한다. 그리고 군 복무 중에 『소년시대(Otrochestvo)』(1854)와 『세바스토폴 이야기(Sevastopoliskie Rasskazy)』(1855~1856)를 집필하면서 작가로서의 입지를 굳힌다. 1856년, 러시아와 터키의 전쟁이 끝나고 전역한 뒤 유럽의 문명을 시찰하기 위해 여행을 떠난다. 하지만 유럽 부르주아의 삶에 실망하고 돌아오게 된다. 1857년에는 『청년시대(Yunost)』를 발표하고, 1859년에는 농민 계몽을 위해 농민 학교를 설립하며 농노 해방 운동에도 적극적으로 참여한다. 그러다가 1860년, 형 니콜라이가 사망하게 되고 1862년에는 궁정 의사의 딸 소피야와 결혼하게 되면서 창작에 전념한다. 1869년에는 전쟁의 공포와 부조리한 세태를 비판한 장편 소설 『전쟁과 평화(Voina i mir)』를 발표한다. 톨스토이는 당대 러시아의 모습과 민중의 삶을 현실감 있게 그려 낸 이 작품을 통해 세계적인 작가로 이름을 알리게 된다. 1877년에는 사랑과 결혼, 가족, 죽음이라는 소재를 깊이 있게 다룬 장편 소설 『안나 카레니나(Anna Karenina)』를 발표한다. 이 무렵 톨스토이는 인생에 대한 무상함과 죽음에 대한 불안감을 느끼며 정신적 혼란을 겪게 된다. 그는 러시아의 귀족 출신으로서 부유한 삶을 살았지만, 민중의 생활과 그들을 계몽하는 일에 관심이 많았고 청렴한 삶을 꿈꾸었다. 하지만 현실과 이상의 거리는 멀기만 했고, 이러한 괴리를 견딜 수 없었던 그는 이때부터 종교에 의지하게 된다. 이 무렵 그는 『참회록(Ispoved')』(1882), 『나의 신앙은 무엇인가(V chem moya vera)』(1884) 등과 같이 종교적 색채가 짙은 작품을 발표한다. 그는 현대의 타락한 교회의 권위를 부정하고 원시 그리스도교의 도덕적인 가르침을 추구했다. 이러한 그의 사상은 종교와 윤리를 넘어서 사회 제도의 문제까지 확대되었다. 이 무렵 톨스토이는 사유 재산권마저 부정하기 시작했기에 아내와 불화를 겪게 된다. 그 후 톨스토이는 저작권 일체를 아내에게 넘겨주고, 1885년에는 출판사를 설립해 러시아 민화와 복음서를 각색한 작품들을 출간한다. 러시아 민화를 기반으로 한 작품으로는 「사람은 무엇으로 사는가」, 「바보 이반」, 「사랑이 있는 곳에 신도 있다」, 「사람에게는 얼마나 많은 땅이 필요한가」 등이 있다. 1899년에는 장편 소설 『부활(Voskresenie)』을 발표해 큰 반향을 일으킨다. 이 작품은 톨스토이가 러시아 정교회가 아닌 교도들을 미국으로 이주시키기 위한 자금을 마련하기 위해 집필한 것이다. 1901년, 그는 당시 러시아 정교회에 비판을 가했다는 이유로 러시아 정교회로부터 파문을 당한다. 그 후 차츰 건강이 악화되어 크림반도로 요양을 떠나게 된다. 하지만 이러한 상황에서도 활발한 창작 활동을 이어 나가며 『신부(神父) 세르게이』(1898), 희곡 「산송장」(1900), 단편 「항아리 알료샤」(1905) 등의 문학 작품과 「종교와 도덕」(1894), 「셰익스피어론(論)」(1903), 「러시아 혁명의 의의」(1906) 등의 논문을 집필하고 발표한다.

이렇듯 수많은 작품을 발표하면서 작가로서 톨스토이의 명성은 더욱 빛을 발한다. 하지만 그는 계속되는 아내와의 갈등으로 마침내 집을 떠나기로 하고 여행길에 오른다. 1910년 11월, 안타깝게도 여행 도중에 얻은 감기가 폐렴으로 번지면서 건강이 악화되어 아스타포보 역장의 관사에서 생을 마감하게 된다.

2. 작품 내용 살펴보기
"행복한 가정은 모두 비슷하지만 불행한 가정은 제 나름대로의 이유로 불행하다."

『안나 카레니나』1권은 위와 같은 문장으로 시작된다. 모스크바 관청의 고위직 관리인 남편 스테판 아르카디이치(오블론스키라고도 불린다.) 공작이 가정 교사와 불륜을 저지른 사실을 알게 된 아내 돌리는 절망에 빠져 괴로워한다. 더 이상 남편을 신뢰할 수 없었던 돌리는 하루에도 수십 번씩 아이들을 데리고 집을 나갈 생각을 하지만, 여자 혼자의 몸으로 아이들을 키우고 생계를 책임질 자신이 없는 현실에 좌절하며 눈물로 하루하루를 보낸다.

오블론스키는 나이가 들어 여성으로서의 매력을 잃은 아내에게 예전과 같은 사랑의 감정을 느끼지는 못하지만 그녀와 이혼할 생각은 없다. 그는 어떤 식으로든 가정생활을 유지하고 싶었기에 페테르부르크에 사는 여동생 안나 카레니나에게 도움을 요청한다. 안나는 유능한 정치인인 알렉세이 알렉산드로비치의 아내로서, 누구보다 다른 사람의 감정을 잘 이해하고 설득할 수 있는 능력을 지닌 사랑스러운 여인이었다. 오빠를 도와주기 위해 모스크바로 온 안나는 진심을 담아 돌리를 위로하고 그녀의 아픔에 공감하며 마침내 그들을 화해시킨다.

한편, 안나는 모스크바로 오는 기차 안에서 오빠 오블론스키의 친구인 브론스키 백작의 어머니와 우연히 동석하게 된다. 브론스키의 어머니는 사랑스러운 안나에게 호감을 느끼고, 안나는 때마침 어머니를 마중 나온 브론스키 백작과 기차역에서 만나게 된다. 묘한 기류가 흐르던 두 사람은 서로에게 이끌리게 된다. 브론스키는 돌리의 여동생이자 오블론스키의 처제인 키티와 좋은 감정을 나누고 있었지만 그는 안나에게 점점 빠져들며 키티를 외면한다.

이러한 사실도 모른 채 브론스키에게 빠져 있던 키티는 그가 자신에게 청혼할 것임을 믿어 의심치 않는다. 그리고 오래 전부터 키티를 사랑해 왔던, 오블론스키의 친구 레빈은 그녀에게 청혼하기 위해 모스크바로 온다. 키티 역시 레빈에게 호감을 느끼고 있었지만 브론스키의 사랑에 확신을 가지고 있었기에 성실하고 점잖은 귀족 레빈의 청혼을 거절한다. 크게 상심한 레빈은 시골로 내려가 농사를 지으며 시름을 달랜다. 그는 지주로서 농사와 농민들의 문제에 관심을 가지고 농사에 관한 저술을 하며 농사에 새로운 기법을 도입하기 위해 노력한다.

이렇듯 『안나 카레니나』는 주인공 안나의 위험한 사랑이 주된 내용인 가정 소설이자 연애 소설로 볼 수도 있지만 이 작품 안에는 당대 러시아 사회가 직면한 정치, 경제, 사회적 문제와 종교, 철학적 사상도 담겨 있다. 이는 안나와 더불어 이 작품의 또 다른 주인공인 레빈과, 그의 형인 저명한 학자 세르게이 이바노비치의 견해를 통해 알 수 있다. 이 책을 읽은 독자들이라면 능히 짐작할 수 있겠지만, 이 작품에서 톨스토이가 가장 애착을 가지고 있는 인물은 바로 콘스탄틴 드미트리치 레빈이다. 그는 귀족이었지만 농민들을 사랑하고 그들과 부대끼며 함께하기 위해 애쓰는 성실하고 우직한 인물이다. 이러한 레빈의 모습은 실제로 농민 문제에 큰 관심을 가졌던 톨스토이와 가장 많이 닮아 있다고 볼 수 있다.

레빈은 키티를 잊기 위해 농사일에 전념하지만 그녀에게 거절을 당했던 그날은 잊을 수 없는 치욕으로 남아 그를 괴롭힌다. 그러던 어느 날, 산림을 매각하고 도요새 사냥을 하기 위해 오블론스키가 레빈을 찾아온다. 레빈은 오블론스키를 통해 키티가 곧 결혼한다는 소식을 들을 거라고 생각한다. 하지만 레빈의 예상과는 달리 키티는 브론스키와 맺어지지 않았고, 결별의 후유증으로 병이 나 외국으로 요양을 떠났다는 말을 듣게 된다. 그 소식을 듣게 된 레빈은 다시 마음이 혼란스러워진다.

한편, 알렉세이 알렉산드로비치는 아내 안나와 브론스키의 관계를 의심하기 시작한다. 사교계에서는 이미 두 사람의 관계가 심상치 않다는 것을 눈치채고 수군거리기 시작했기 때문이다. 질투와 의심은 가장 저속하고 수치스러운 일이라 여겼던 알렉세이 알렉산드로비치는 안나에게 행동을 조심하라고 경고하지만 안나는 개의치 않는다. 그러다가 장애물 경마 대회가 열리던 어느 날, 경마에 참가했던 브론스키가 낙마하는 사고를 당하게 되고 이를 관람하던 안나는 자신의 감정을 숨기지 못한 채 그 자리에 주저앉아 흐느낀다. 그날 알렉세이 알렉산드로비치는 두 사람의 관계에 확신을 가지게 되고, 이를 계기로 안나는 남편에게 자신의 마음에 브론스키가 있음을 고백한다.

안나는 남편에게 브론스키와의 관계를 들켰음에도 브론스키와의 밀회를 이어 나간다. 그러던 어느 날, 안나는 브론스키에게 그의 아이를 임신했다는 소식을 전한다. 브론스키는 안나에게 이혼하라고 요구하지만 그녀는 아들 세료쥐아에 대한 걱정 때문에 그럴 수 없다고 말한다. 안나와 브론스키는 서로 뜨겁게 사랑했지만 현실적인 문제에 관해서는 견해 차이를 보인다.

한편, 독일 온천으로 요양을 떠난 키티는 그곳에서 바레니카라는 처녀를 알게 된다. 그녀는 아무런 대가 없이 아픈 사람들을 지극 정성으로 보살피며 거기에서 완전한 행복을 느끼는 천사 같은 존재였다. 키티는 그런 그녀를 동경하며 그녀의 모든 것을 따라 한다. 하지만 키티는 바레니카처럼 누군가에게 헌신하고 희생하는 데에서 완전한 행복을 느끼지 못한다. 키티는 그동안 자신의 행동이 위선이자 가식이었다고 고백하며 바레니카와 작은 다툼을 벌인다. 바레니카는 키티에게 다른 누군가가 될 필요가 없다고 말한다. 그녀는 키티가 가장 괴로워하고 있던 문제, 즉 브론스키와의 결별과 그로 말미암은 모욕감에 대한 고백을 들은 뒤, 그러한 일은 미혼 여성에게는 흔한 일이며 이 세상에는 그러한 것보다 훨씬 더 중요한 일이 있다고 말한다. 자신보다 불행한 처지에 있는 사람들을 간호하고 그들과 함께 생활하며 많은 깨달음을 얻은 키티는 언니 돌리와 조카들을 그리워하며 이제 집으로 돌아가고 싶다고 느낀다.

3. 마치며

이렇듯 『안나 카레니나』 1권은 오블론스키의 불륜으로 말미암은 아내와의 갈등과 불화, 가정을 지키기 위해 조력자로 나선 안나, 그리고 안나와 브론스키의 만남과 사랑, 실연으로 말미암은 키티와 레빈의 열병에 관한 내용을 담고 있다. 앞으로 안나와 브론스키의 위험한 사랑은 어떻게 전개될지, 키티와 레빈의 사랑은 과연 이루어질 수 있을지, 또한 철없는 막내딸이었던 키티가 얼마나 성숙해진 모습으로 돌아오게 될지 궁금한 독자들은 후속 권을 기대해도 좋을 것이다.

앞서 언급했듯 『안나 카레니나』는 단순한 연애 소설, 가정 소설을 넘어서 톨스토이의 정치, 경제, 사회, 철학적 사상이 집약된 작품이다. 방대한 분량 때문에 시중에 나온 번역서들은 대개 총 3권으로 나누어 출간되었다. 보통 분권된 작품들은 마지막 권에 해설을 수록하지만, 책의 두께에 지레 겁을 먹고 도전을 망설이는 독자들에게 조금이나마 도움이 되기 위해 각 권마다 줄거리와 간단한 해설을 덧붙였다. 이 작은 배려가 더 많은 독자로 하여금 톨스토이가 만들어 낸 또 하나의 명작인 『안나 카레니나』라는 매력적인 세계로 진입하게 만드는 통로가 되기를 바란다.

작가 연보

1828년 러시아 툴라 현의 야스나야 폴랴나에서 니콜라이 일리치 톨스토이 백작의 넷째 아들로 태어남.

1830년 어머니 마리야 니콜라예브나 사망.

1836년 푸시킨의 시 「바다에」와 「나폴레옹」을 낭독해 아버지를 놀라게 함.

1837년 모스크바로 이주함. 아버지 니콜라이 백작이 뇌일혈로 급사함.

1840년 시 「사랑하는 숙모에게」 창작.

1844년 카잔 대학 동양어학부에 입학한 뒤, 투르크 어와 페르시아 어를 전공함.

1846년 카잔 대학 중퇴. 고향으로 돌아간 뒤 농장 경영 시작.

1848년 페테르부르크 대학에서 실시한 학사 고시에 합격함.

1851년 형 니콜라이와 함께 카프카스 포병 부대에 입대함.

1852년 첫 장편 소설 『유년시대』 발표.

1854년 『소년시대』 집필.

1855년 제대 후에 상트페테르부르크로 귀환.

1857년 『청년시대』 발표.

1860년 형 니콜라이 사망. 「국민 교육론」 기고.

1862년 크렘린 궁정 부속 교회에서 소피야 안드레예브나 베르스와 결혼.

1863년 큰아들 세르게이가 태어남. 『카자흐 사람들』 발표.

1864년 큰딸 타티아나가 태어남. 『전쟁과 평화』 집필 착수.

1866년 『전쟁과 평화』 집필에 전념. 둘째 아들 일리야가 태어남.

1869년 『전쟁과 평화』(전 3권) 발표.

1873년 『안나 카레니나』 집필. 아카데미 회원이 됨. 『톨스토이 저작집』 전 8권 출판.

1876년 음악가 차이콥스키와 친교를 맺음.

1881년 『사람은 무엇으로 사는가』, 『교의신학비판』 출판.

1885년 「바보 이반」, 「두 노인」 등 발표.

1888년 초등학교 교사로 지원했다가 거절당함.

1889년 『크로이체르 소나타』, 『악마』 발표. 『부활』 집필 시작.

1891년 1881년 이후에 발표한 작품의 판권만 포기하고, 이전 작품의 판권을 부인에게 넘겨줌.

1895년 『주인과 하녀』 발표. 막내아들 이반 사망.

1898년 톨스토이 탄생 70주년 기념 축하회를 개최함. 『부활』의 완성에 전념함. 『신부 세르게이』 발표.

1899년 『부활』을 발표해 큰 반응을 일으킴.

1901년 그리스 정교회에서 파문당함. 노벨문학상 수상을 거부함.

1903년 『유년 시절의 추억』 집필 시작. 단편 소설 「무도회의 밤」, 「아시리아 왕 아사르하돈」, 「세 가지 질문」, 「노동과 죽음의 병」 등 집필.

1908년 사형제 집행을 반대하는 『나는 침묵할 수 없다』 발표.

1910년 부인에게 최후의 유언장을 남긴 채 가출. 11월 3일, 마지막 일기를 씀. 11월 7일 오전 6시 5분, 시골의 작은 간이역 관사에서 영면. 고향인 야스나야 폴랴나로 안장됨.

생각뿔 | 세계문학 미니북 클라우드 라이브러리

거장의 숨소리를 만나는 특별한 여행

*** | 폭풍의 언덕 × 에밀리 브론테 Emily Bronte
- 미국 대학위원회 SAT 추천 도서
- BBC 선정 '반드시 읽어야 할 고전'
- 〈옵서버〉 선정 '인류 역사상 가장 훌륭한 책'
- 국립중앙도서관 선정 '청소년 권장 도서'

*** | 독일인의 사랑 × 프리드리히 막스 뮐러 Friedrich Max Müller
- 한국출판문화산업진흥원 선정 '대학 신입생 추천 도서'

*** | 도리언 그레이의 초상 × 오스카 와일드 Oscar Wilde
- 미국 대학위원회 SAT 추천 도서 • 〈동아일보〉 선정 '우리나라 명사들의 추천 도서'

*** | 이상한 나라의 앨리스 × 루이스 캐럴 Lewis Carroll
- BBC 선정 '영국인이 즐겨 읽은 책 100선' • 영국 최고 아동 도서 50선

*** | 두 도시 이야기 × 찰스 디킨스 Charles John Huffam Dickens
- 미국 대학위원회 SAT 추천 도서 • 미국 하버드대학교 선정 '신입생 추천 도서'

*** | 오페라의 유령 × 가스통 르루 Gaston Leroux
- 세계 4대 뮤지컬인 〈오페라의 유령〉 원작

*** | 월든 × 헨리 데이비드 소로 Henry David Thoreau
- 미국 대학위원회 SAT 추천 도서

*** | 킬리만자로의 눈 × 어니스트 헤밍웨이 Ernest Hemingway
- 1954년 노벨 문학상 수상 작가

*** | 오즈의 마법사 × 라이먼 프랭크 바움 L. Frank Baum
- 미국 대학위원회 SAT 추천 도서
- 연세대학교 선정 '필독 도서'

*** | 레 미제라블 1~5 × 빅토르 위고 Victor Marie Hugo
- 세계 4대 뮤지컬인 〈레 미제라블〉 원작 • WTO 북클럽 추천 도서

*** | 파우스트 1~2×요한 볼프강 폰 괴테 Johann Wolfgang von Goethe
- 미국 대학위원회 SAT 추천 도서
- 서울대학교 선정 '권장 도서 100선'
- 국립중앙도서관 선정 '청소년 권장 도서'

*** | 바냐 아저씨×안톤 체호프 Anton Pavlovich Chekhov
- 서울대학교 선정 '동서 고전 100선'

*** | 로미오와 줄리엣×윌리엄 셰익스피어 William Shakespeare
- 미국 대학위원회 SAT 추천 도서
- 서울대학교 선정 '동서 고전 200선'

*** | 바람이 분다×호리 다쓰오 Tatsuo Hori
- 애니메이션 〈바람이 분다〉 원작

*** | 세 가지 질문×레프 니콜라예비치 톨스토이 Leo Nikolayevich Tolstoy
- 영어권 문학가들이 뽑은 '가장 좋아하는 작가'

*** | 맥베스×윌리엄 셰익스피어 William Shakespeare
- 미국 대학위원회 SAT 추천 도서
- 서울대학교 선정 '권장 도서 100선'
- 연세대학교 선정 '필독 도서 200선'
- 국립중앙도서관 선정 '청소년 권장 도서'

*** | 외투·코×니콜라이 바실리예비치 고골 Nikolai Vasilievich Gogol
- 러시아 단편 소설의 모태가 된 작품

*** | 리어 왕×윌리엄 셰익스피어 William Shakespeare
- 미국 대학위원회 SAT 추천 도서 • 〈뉴스위크〉 선정 '세계 100대 명저'
- 〈가디언〉 선정 '권장 도서'

*** | 좁은 문×앙드레 지드 Andr-Paul-Guillaume Gide
- 1947년 노벨 문학상 수상 작가

*** | **주홍색 연구 × 아서 코난 도일** Arthur Conan Doyle
- BBC 드라마 〈셜록〉 원작

*** | **제인 에어 1~2 × 샬럿 브론테** Charlotte Bronte
- 〈옵서버〉 선정 '인류 역사상 가장 훌륭한 책'
- 〈가디언〉 선정 '세계 100대 최고의 책'
- BBC 선정 '반드시 읽어야 할 고전' • 미국 대학위원회 SAT 추천 도서

*** | **피아노 치는 여자 × 엘프리데 옐리네크** Elfriede Jelinek
- 2004년 노벨 문학상 수상 작가

*** | **왼손잡이 × 니콜라이 레스코프** Nikolai Semyonovich Leskov
- 러시아 사람들이 가장 좋아하는 소설

*** | **마음 × 나쓰메 소세키** Natsume Sosek
- 서울대학교 선정 '권장 도서 100선'

*** | **실낙원 1~2 × 존 밀턴** John Milton
- 단테의 『신곡』과 함께 '최고의 기독교 서사시'로 꼽히는 작품

*** | **복낙원 × 존 밀턴** John Milton
- 기독교 서사시 『실낙원』의 속편

*** | **테스 1~2 × 토머스 하디** Thomas Hardy
- 미국 대학위원회 SAT 추천 도서
- BBC 선정 '영국인이 사랑한 도서 100선'
- 서울대학교 선정 '고등학생 권장 도서 100선'

*** | **어머니 이야기 × 한스 크리스티안 안데르센** Hans Christian Andersen
- 1846년 덴마크 단네브로 훈장 수상 작가

*** | **야간 비행 × 앙투안 드 생텍쥐페리** Antoine Marie Roger De Saint Exupery
- 1931년 페미나 문학상 수상 작가

*** | **톰 소여의 모험** × 마크 트웨인 Mark Twain
- 1876년 출간 이후 절판된 적이 없는 스테디셀러

*** | **포로기** × 오오카 쇼헤이 Shohei Ooka
- 제1회 요코미쓰 리이치상 수상 작가

*** | **인공호흡** × 리카르도 피글리아 Ricardo Piglia
- 1997년 플라네타상 수상 작가
- 아르헨티나 작가 선정 '아르헨티나 역사상 가장 위대한 10대 소설'

*** | **정글북** × 조지프 러디어드 키플링 Joseph Rudyard Kipling
- 1907년 노벨 문학상 최연소 수상 작가
- 애니메이션, 영화 〈정글북〉 원작

*** | **신곡—연옥** × 단테 알리기에리 Alighieri Dante
- 미국 대학위원회 SAT 추천 도서 • 〈뉴스위크〉 선정 '세계 100대 명저'
- 서울대학교 선정 '권장 도서 100선' • 국립중앙도서관 선정 '고전 100선'

*** | **황금 물고기** × J.M.G. 르 클레지오 Jean-Marie-Gustave Le Clezio
- 2008년 노벨 문학상 수상 작가

*** | **판탈레온과 특별봉사대** × 마리오 바르가스 요사 Mario Vargas Llosa
- 〈포린 폴리시〉 선정 '가장 영향력 있는 지식인 100인'
- 1994년 세르반테스상 수상 작가

*** | **잠자는 숲속의 공주** × 샤를 페로 Charles Perrault
- 애니메이션 〈잠자는 숲속의 공주〉 원작

*** | **나귀 가죽** × 오노레 드 발자크 Honore de Balzac
- 작가의 '철학 연구'의 첫 번째 자리에 배치된 작품

*** | **노예 12년** × 솔로몬 노섭 Solomon Northup
- 영화 〈노예 12년〉 원작

*** | 둔황 × 이노우에 야스시 Yasushi Inoue
- 1960년 제1회 마이니치예술대상 수상작
- 1976년 일본 문화 훈장 수상 작가

*** | 어느 어릿광대의 견해 × 하인리히 뵐 Heinrich Boll
- 1972년 노벨 문학상 수상 작가

*** | 웃는 남자 1~3 × 빅토르 위고 Victor Marie Hugo
- 영화, 뮤지컬 〈웃는 남자〉 원작
- 한국간행물윤리위원회 선정 '청소년 권장 도서'

*** | 휴먼 스테인 × 필립 로스 Philip Roth
- 1997년 퓰리처상 소설 부문 수상 작가

*** | 바보들을 위한 학교 × 사샤 소콜로프 Sasha Sokolov
- 1996년 푸쉬킨 메달 수상 작가

*** | 톰 아저씨의 오두막 1~2 × 해리엇 비처 스토 Harriet Beecher Stowe
- 미국 최초의 밀리언셀러 소설

*** | 아버지와 아들 × 이반 세르게예비치 뚜르게녜프 Ivan Sergeevich Turgenev
- 미국 대학위원회 SAT 추천 도서
- 서울대학교 선정 '동서 고전 200선'
- 우리나라 문인이 가장 선호하는 '세계 문학 100선'

*** | 베니스의 상인 × 윌리엄 셰익스피어 William Shakespeare
- BBC 선정 '지난 1,000년간 최고의 문학가' 1위

*** | 해부학자 × 페데리코 안다아시 Federico Andahazi
- 16세기에 실존한 해부학자 마테오 콜롬보를 다룬 소설

*** | 긴 이별을 위한 짧은 편지 × 페터 한트케 Peter Handke
- 1979년 카프카상 수상 작가

생각뿔 세계문학 미니북 클라우드 라이브러리는 계속 출간됩니다.
*** 근간 목록은 발간 순에 따라 변경될 수 있습니다.

번역 및 해설 | 엄인정

국민대학교 국어국문학과를 졸업하고 동 대학원에서 국어교육학을 전공했다. 현재 단행본 편집과
영한 번역 업무를 병행하며 프리랜서로 활동 중이다. 옮긴 책으로는 『데미안』, 『톨스토이 단편선』,
『오만과 편견』, 『카프카 단편선』, 『그리스인 조르바』 등이 있다.

안나 카레니나 1

1판 1쇄 발행 2019년 1월 11일

지은이 레프 니콜라예비치 톨스토이
옮긴이 엄인정
해설 엄인정
펴낸이 생각투성이
편집 안주영, 오세림
디자인 생각을 머금은 유니콘
마케팅 김사랑

발행처 생각뿔
주소 서울시 서초구 반포동 66-1 코웰빌딩 102호
등록번호 제233-94-00104호
전화 02-536-3295
팩스 02-536-3296
커뮤니티 www.facebook.com/tubook2018(페이스북)
e-mail tubook@naver.com
ISBN 979-11-89503-46-8(04890)
      979-11-964400-8-4(세트)

생각뿔은 '생각(Thinking)'과 '뿔(Unicorn)'의 합성어입니다.
신화 속 유니콘의 신성함과 메마르지 않는 창의성을 추구합니다.